中华经典名剧

長生殿

〔清〕洪昇 著

翁敏华 陈劲松 评注

中華書局

图书在版编目(CIP)数据

　　长生殿/(清)洪昇著;翁敏华,陈劲松评注. —北京:中华书局,2016.11(2024.10 重印)
　　(中华经典名剧)
　　ISBN 978-7-101-12210-7

　　Ⅰ.长… Ⅱ.①洪…②翁…③陈… Ⅲ.传奇剧(戏曲)-剧本-中国-清代 Ⅳ.I237.2

中国版本图书馆 CIP 数据核字(2016)第 244666 号

书　　名	长生殿	
著　　者	〔清〕洪　昇	
评 注 者	翁敏华　陈劲松	
丛 书 名	中华经典名剧	
封面题签	徐　俊	
文字编辑	宋凤娣	
责任编辑	胡香玉	
装帧设计	毛　淳	
责任印制	管　斌	
出版发行	中华书局	
	(北京市丰台区太平桥西里 38 号　100073)	
	http://www.zhbc.com.cn	
	E-mail:zhbc@zhbc.com.cn	
印　　刷	三河市鑫金马印装有限公司	
版　　次	2016 年 11 月第 1 版	
	2024 年 10 月第 7 次印刷	
规　　格	开本/880×1230 毫米　1/32	
	印张 11⅞　插页 2　字数 200 千字	
印　　数	30001-33000 册	
国际书号	ISBN 978-7-101-12210-7	
定　　价	24.00 元	

前　言

　　王实甫笔下的"崔、张爱情"，冲破了门第和身份的樊篱，有情人终成眷属；汤显祖笔下的"杜、柳爱情"，跨越了阴阳、生死的阻隔，"普天下做鬼的有情谁似咱"。崔、张的俗世情，杜、柳的人鬼情，在剧作家的妙笔下均得以淋漓尽致地展现，达到了令后世难以企及的高度。1688年，随着洪昇"三易稿而始成"的《长生殿》的问世，戏曲文学的创作又陡然登上了另一座高峰。《长生殿》以唐代安史之乱为背景，抒写和歌颂了唐明皇李隆基与贵妃杨玉环的帝妃之恋；或谓围绕李、杨爱情悲剧，展示了安史之乱前后的社会历史背景。作者力图以艺术的形式探索历代王朝兴衰的原因，剧作具有深邃的历史主题与家国兴亡之感。作品一改历来"女人祸水"的陈腐论调，表现了作者较为进步的妇女观。剧作结构合理，曲词清丽，且非常适合舞台搬演，艺术上亦达到相当的成就，故甫一问世便轰动朝野，乃至作者洪昇与稍后写作《桃花扇》的孔尚任齐名，时称"南洪北孔"。

　　洪昇（1645—1704），字昉思，号稗畦、稗村、南屏樵者。钱塘（今浙江杭州）人，出生于一个没落的名门望族之家。洪昇出生在清王朝入主中原的第二年，这一时期的汉族知识分子，对清朝统治者普遍采取积极反抗或消极的不合作态度。洪昇正是在前明名士的影响下，在自己的生活经历中，铸就了刚正的性格和进步的思想。洪昇天资聪颖，从少年时代起就接受当时最好的文学艺术熏陶，工于诗词，善写戏曲。在家乡即广交师友，与学者毛先舒，戏曲家袁于令、李渔等人常相过从。十七八岁时，遇"家难"，父亲差一点"被诬遣戍"，看来与政治有关。二十四岁进京赴国子监读书，很快就"以诗名京师"。但是洪昇性格耿直高傲，在朋友圈常常白眼踞坐，指摘古今，不肯趋炎附势，故迟迟没能获得一官半职，做了二十几年的国子监生。洪昇自号"稗畦"，意为一块长满稗草的田垄；又号"稗村"，意为一个荒芜的村落，均充满自嘲意味，可见其不同流俗及内心深处的愤懑不平。戏曲作品今仅存传奇《长生殿》与杂剧《四婵娟》两种。诗词有《稗畦集》《稗畦续集》《啸月楼集》《诗骚韵注》《啸月楼词》《昉思词》《四婵娟室填词》等。

关于李隆基、杨玉环爱情的故事，安史之乱后不久，就已经在民间广为流传，并出现白居易《长恨歌》、陈鸿《长恨歌传》这样影响力巨大的作品。至宋代，又有乐史的《杨太真外传》及秦醇的《骊山记》《温泉记》，前者情节丰富，串联了许多故事。金代则有院本《广寒宫》。进入元朝，中国迎来了第一个戏曲的黄金时代，李、杨爱情被搬上戏曲舞台，先后有关汉卿的《唐明皇哭香囊》，白朴的《唐明皇秋夜梧桐雨》《唐明皇游月宫》，岳伯川的《罗光远梦断杨贵妃》，庾天赐的《杨太真霓裳怨》《杨太真华清宫》等，另，王伯成的诸宫调《天宝遗事》（现存残曲）亦值得一提。南戏传奇系统则有明人吴世美的《惊鸿记》、屠隆的《彩毫记》等。洪昇正是在前人这样深厚的创作基础上，"荟萃唐人诸说部及李（白）、杜、元、白、温、李（商隐）数家诗句，又刺取古今剧部中繁丽色段以润色之",创作而成《长生殿》的。

《长生殿》一经问世,立即取得了轰传效应。时人评之曰:"(洪昇《长生殿》传奇)非但藻思妍辞远接实甫,近追义仍(汤显祖),而宾白科目,俱入元人阃奥。"(王晫《长生殿·跋》)与前人所作的同题材作品相比较,《长生殿》更称得上是其中的巅峰之作,徐灵昭《长生殿·序》中道:"试杂此剧于元人之间,直可并驾仁甫,俯视赤水。彼《惊鸿》者流,又乌足云!"而《长生殿》演出所产生的轰动效应,也是非同凡响,"一时朱门绮席、酒社歌楼,非此曲不奏,缠头为之增价"(徐灵昭《长生殿·序》)。这里的"仁甫"指写作了《梧桐雨》的白朴,"赤水"指写作了《彩毫记》的屠隆。"昉思句精字研,罔不谐叶。爱文者喜其词,知音者赏其律。以是传闻益远,畜家乐者攒笔竞写,转相教习。优伶能是;升价什佰。"(吴舒凫《长生殿·序》)就连素来对昆曲颇有研究的康熙皇帝也对此剧青眼有加,"圣祖览之称善,赐优人白金二十两,且向诸亲王称之。于是诸亲王及阁部大臣,凡有宴会必演此剧"(王应奎《柳南随笔》)。

那么,洪昇笔下的《长生殿》又究竟有何过人之处呢?胡荣在《长生殿·序》中,一语道破肯綮:"昉思此剧不惟为案头书,足供文人把玩。近时燕会家纠集伶工,必询《长生殿》有无,设俳优非此俱为下里巴词,一如开元名人潜听诸妓歌声,引手画壁,竞为角胜者。"衡量戏曲文学的成功与否,关键看它是否能和舞台搬演相结合,并产生良好的演出效果,《长生殿》的成功正在于此。洪昇在《长生殿·例言》中写道:"予自惟文采不逮临川,而恪守韵调,罔敢稍有逾越。盖姑苏徐灵昭氏为今之周郎，尝论撰《九宫新谱》，予与之审音协律，无一字不慎也。"他谦虚地认为自己文采不如汤显祖，但在音乐上足以自豪。如此看来，洪昇在文人所看重的曲词、音律上下了很大功夫，因此，此剧一出，自是受到了士大夫文人阶层的喜爱。

当然，文人所喜爱的东西未必均属高雅，对于《长生殿》中的李、杨情事，洪昇前辈们的作品，把着眼点放在了宫闱秘闻上，极力渲染杨妃污乱事。对此，洪昇的态度非常坚决："予撰此剧，止按白居易《长恨歌》、陈鸿《长恨歌传》为之。而中间点染处，多采《天宝遗事》《杨妃全传》。若一涉秽迹，恐妨风教，绝不阑入，览者有以知予之志也。"（《长生殿·例言》）他的态度和作品，明显获得了时人的首肯。毛奇龄《长生殿·序》中道："唐人好小说，争为乌有。而史官无学，率摭而入之正史。独是词不然，诬罔秽亵概屏之而勿之及。"虽然，作品将杨妃所谓的"秽事"删去，但是要把一段帝妃之恋写得真实可感、荡气回肠，其难度不亚于让人们信服杜丽娘因其"情至"而复活。然而，洪昇高超的艺术能力正是由此得以体现。徐灵昭《长生殿·序》中归纳得好："（洪昇）或用虚笔，或用反笔，或用侧笔、闲笔，错落出之，以写两人生死深情，各极其致。"

尤值得一提的是，洪昇在描写这段帝妃之恋时，引入当时深入人心的民俗视角与眼光，将李、杨二人的爱情做世常化的处理和表现，于是乎，在历史学家眼中，完全是虚构的定情信物——金钗、钿盒，成了贯穿全剧的重要线索，其民俗寓意则是象征李、杨二人"情似金坚"，"同心好合"。李、杨二人享受爱情的甜蜜，也会遭遇爱情的烦恼。爱情是排他的，李隆基特殊的帝王身份，免不了要三宫六院雨露均沾，李、杨二人为此闹了别扭、翻了脸。最终，杨玉环托高力士"献发"感动君王，二人和好如初。这里则体现了中国人对身体发肤重视的传统观念。李隆基与梅妃旧情复燃，杨玉环怒气冲冲，兴师问罪，把个"妻管严"的李隆基闹了个神色慌张，语无伦次，令人忍俊不禁。这样的"吃醋戏"在舞台上更是热演不衰，为观众喜闻乐见。李、杨经历了爱情的波折，在七夕之夜，向双星祷告，说出了真挚的誓言。这一出《密誓》结合了七夕节的民俗事象，同时还独创性地引入牛郎、织女作为李、杨爱情的见证，增添了全剧的浪漫色彩。这些对李、杨爱情世常化的表现，拉近了人物形象与民间大众的距离，从而取得了雅俗共赏的演出效果。此外，李、杨二人堪称典范的"才子佳人"婚恋模式，也相当符合百姓的审美心理和意识，为民众所津津乐道。

《长生殿》作为传奇剧本，其主要人物李隆基与杨玉环，同时具有文学与舞台形象的双重性，而这两种形象的生成皆离不开民间土壤的培育。李、杨爱情在民间具有极强的影响力，然而，这种影响力绝非单向辐射，民间文化形成的巨大"磁场"，也会反过来对舞台上的人物形象塑造产生影响。李隆基和杨玉环作为上层统治者，他们和道教文化结下了不解之缘。道教是中国土生土长的民间宗教，它的起源和上古时期先民的日月崇拜、神鬼祭祀的巫术思想行为密不可分，在民间具有极强的影响力，它与戏剧之间的关系也非常密切。道教活动和民间祭祀两者间的关系密不可分，百姓把戏剧的娱乐性和祭祀时的庄重感，捏合得恰到好处，充分体现了中国民间世俗力量的生动性、活泼性，可谓摇曳多姿，妙态可掬。有关李、杨爱情的文学戏剧作品，大多充满浓郁的道教气息，《长生殿》也不例外。全剧共有十六出是根据李隆基和杨玉环富于道教色彩的传闻改写而成。道教文化从本质上说属于民间、世俗文化，民众会本能地运用道教文化思维，重新打量、诠释、甚至"包装"李隆基与杨玉环。这样一来，民众眼中喜闻乐见的李、杨舞台形象，其背后孕育着的民俗积淀也逐渐得以形成，并随着时间的流逝慢慢扩展以致深入人心。原先存在于民众头脑中的一连串的丰富想象，最终在舞台上下得到了妥帖的安置：沉迷于道教的李隆基、杨玉环，在舞台上，一个成了孔昇真人，一个作了蓬莱仙子，最终月宫团聚；李隆基具有道教君王、梨园领袖的双重身份，他才华横溢，且善待艺人，现实中地位低下的伶人们也就顺水推舟，把他作为行业神顶礼膜拜；"一神多职"的情况在中国社会的特定语境中屡见不鲜，戏神李隆基还应兼具别的重要职能。因此，通过《长生殿》中出现的"四大节日"及其背后的民俗意蕴，来阐释李隆基在民间被偶像化的成因，无疑是一种有益的尝试。杨玉环作为李隆基的配偶，民间把她附会为道教神祇西王母、蓬莱仙子，甚至杜撰了她在马嵬坡死里逃生，东渡扶桑的传说，杨玉环简直成了"长生不死"的代名词，她被民间偶像化也就成了顺理成章的事。《长生殿》能够历经数百年之久，至今仍能盛演不衰的文化机理，由此也更加清晰可辨。

　　洪昇在《长生殿·例言》中写道："棠村（梁清标）相国尝称予是剧乃一部闹热《牡丹亭》，世以为知言。"这当然是针对《长生殿》的演出效果而言。但是，这舞台"闹热"背后，蕴含的则是个人与时代的"冷清"。出生于顺治二年（1645年）的洪昇，虽身处明清易代之时，但是并无切肤之痛。在其年少成名、婚姻美满之后，自然会到京城国子监深造，寻找机会踏上仕途。就在赴京一年之后，他还作了多首"颂圣"之作，表达对康熙的景仰之情。然而，洪昇的仕途却始终不顺，这一方面和他的性格脾气有关，不适宜在官场周旋，也决定了他命运落拓；另一方面，激发洪昇进行戏曲创作的诱因，还与其多灾多难的家庭处境有关：1671年秋，洪昇遭"天伦之变"，随即穷困潦倒。1673年，他与严曾萟坐皋园，谈及开元、天宝间事，感李白之遇，作《沉香亭》传奇，当时恐怕还想有朝一日，得明主赏识，大展宏图；1675年秋末，洪昇父因事获罪，并远道赴京，洪昇赶往京城。1679年，对于洪昇家庭与他的创作来说，又是重要的一年，在毛玉斯的建议下，洪昇"去李白，入李泌辅肃宗中兴事"，将《沉香亭》更名为《舞霓裳》。从剧名来看，此剧的主角无疑应当是杨玉环。用李泌代替李白，很重要的一点，是因为《沉香亭》传奇已经"排场近熟"。而且李泌的生平，既有年少颖悟，为君王所重用的经历，也有数被说议，为权幸所疾的遭遇，不仅与李白身世相似，同时也投射了作者的个人经历在其中。可是，这一年的冬天，昉思父以事遣戍，母亦同戍。洪昇奔走求助，侍亲北行，又一次经历了重大的家庭变故。最终，1688年问世的《长生殿》中，已经没有李白和李泌的半点痕迹，只有那总归虚幻的李、杨情缘了。从以上分析不难看出，洪昇的创作经历与家庭罹难之间，关系颇为紧密。虽然，目前还没有现成的资料明确说明洪昇因何事蒙受"天伦之变",其父又是具体因何事屡屡获罪,以致被诬遭戍,但这和彼时的政治风云肯定有着直接的联系,其江南名门望族的身份,自然会树大招风,遭小人暗算。"国破"才会造成"家亡",就这样,洪昇同样步着明代遗民的后尘,走进了人生的两难境地。屋漏偏逢连夜雨,1689年洪昇又惨遭《长生殿》演出之祸,遭国子监除名,返乡定居后,日益潦倒。所幸,《长生殿》于1695年付梓,师长、好友纷纷为之作序,这是洪昇行冠礼之后少有的温暖时光。1704年,就在他溺水而死那年,他还被两次奉为上宾,亲眼目睹了耗尽一生心血的作品,在红氍毹上的华丽演出:这年春末,洪昇应江南提督张云翼之聘,往游松江,被云翼延为上客,开长筵,盛集宾客,为演《长生殿》;曹寅闻之,亦迎致昉思于江宁,集南北名流为胜会,独让昉思居上座,以演《长生殿》剧。是真乎?亦梦乎?在半梦半醒之间,洪昇酒后登舟堕水,结束了自己疲惫的一生,可以说,毫无遗憾地完美谢幕了。他人生最后的经历,不也正是"闹热"背后的"冷清"吗?

《长生殿》的主题是矛盾的,既歌颂李、杨帝妃间忠贞不渝、超越生死的纯真爱情,又暴露、批评最高统治者好色误国的荒淫、腐败。这一主题的矛盾自白居易《长恨歌》起既已存在,其后有作为的文人作家皆力图避免而不能,洪昇也在所难免,但他较为巧妙地将李、杨爱情悲剧与政治悲剧结合了起来,彼此缠绕、互为因果,塑造了两位可爱又可恨、令人同情又该当批评的艺术形象。

杨贵妃形象也曾搬上过邻国演艺舞台。韩国朝鲜朝时代的唱剧《兴夫歌》(朴打令),表现善良的农夫兴夫救活了一只燕子，燕子送他葫芦籽，他种下后，秋天收获硕大的葫芦，锯开后，里面走出了杨贵妃；他凶狠的哥哥种的葫芦里，走出来的却是张飞。这里的"杨贵妃"已然是一个符号，是美人的代名，而张飞则是武力惩罚的象征。日本十五世纪诞生的能乐剧本《杨贵妃》，则只是把李、杨两人的"死恋"——阴阳相隔而依旧绵绵不绝的爱情——展示给人看，甚至没有出现这对爱人的男主人公李隆基形象。故此，两邻国舞台上的此题材剧作，都避免了主题和人物形象矛盾分裂的问题。这一点，本评注本也在相关点评中简略作了介绍与分析。

　　本书的注释主要侧重于疑难字词的疏解，对相关文学和文化典故、常识也稍作提示，以期能引起阅读者了解文字背后文化意蕴的兴趣。全书采用郑振铎先生所藏稗畦草堂原刊本为底本，并对徐朔方1956年的《长生殿》校注本和竹村则行、康保成1999年《长生殿笺注》本有关成果多有借鉴和参考，限于体例不能一一注明出处，特此说明并诚致谢忱。文中不足之处还请读者诸君指教。

评注者

2016年6月

目　录

自　序

　　余览白乐天《长恨歌》及元人《秋雨梧桐》，辄作数日恶①。南曲《惊鸿》一记，未免涉秽②。从来传奇家非言情之文，不能擅场。而近乃子虚乌有，动写情词赠答，数见不鲜，兼乖典则。因断章取义，借天宝遗事，缀成此剧。凡史家秽语，概削不书，非曰匿瑕③，亦要诸诗人忠厚之旨云尔。然而乐极哀来④，垂戒来世⑤，意即寓焉。且古今来逞侈心而穷人欲⑥，祸败随之，未有不悔者也。玉环倾国，卒至陨身。死而有知，情悔何极。苟非怨艾之深⑦，尚何证仙之与有⑧。孔子删《书》而录《秦誓》⑨，嘉其败而能悔，殆若是欤？第曲终难于奏雅，稍借月宫足成之⑩。要之广寒听曲之时，即游仙上升之日⑪。双星作合⑫，生忉利天⑬，情缘总归虚幻⑭。清夜闻钟，夫亦可以蘧然梦觉矣。

　　　　　　康熙己未仲秋稗畦洪昇题于孤屿草堂⑮。

注释：

①余览白乐天《长恨歌》及元人《秋雨梧桐》，辄作数日恶：作者说自己每读《长恨歌》与《梧桐雨》，心情就会数日不好。白乐天，唐代诗人白居易，敷演李、杨爱情的长篇叙事诗《长恨歌》的作者。元人《秋雨梧桐》，指元代剧作家白朴所作的杂剧《唐明皇秋夜梧桐雨》。恶，此指难过，不舒服。

②南曲《惊鸿》一记，未免涉秽：指明代吴世美所作的传奇剧《惊鸿记》，剧作描绘杨贵妃原为寿王妃、安禄山向唐明皇进献"助情花"、高力士建议明皇与杨、梅二妃同宿花萼楼等，故洪昇认为"涉秽"。

③匿瑕：藏匿瑕疵，即为尊者讳。

④乐极哀来：亦即乐极生悲。

⑤垂戒来世：即垂戒后来者。唐代陈鸿《长恨歌传》："意者不但感其事，亦欲惩尤物，窒乱阶，垂于将来者也。"可参。

⑥侈心：邪心，奢侈之心。

⑦怨艾：悔过，自责。《孟子·万章上》："太甲悔过，自怨自艾。"

⑧与有：帮助，亲近。

⑨孔子删《书》而录《秦誓》：指孔子删订《尚书》而存录《尚书》里的《秦誓》篇，盖此篇为秦穆公的悔过、誓告的文字。

⑩第曲终难于奏雅，稍借月宫足成之：曲终奏雅，指文艺作品特别精彩的结尾，作者自憾"曲终难于奏雅"，所以要借助李、杨游月宫和成仙的传说，来造就一个月宫团圆的结局。

⑪广寒听曲之时，即游仙上升之日：指两者都发生在中秋之夜。参见本剧第四十七出织女云："闻得中秋之夕，月中奏你新谱《霓裳》，必然邀你。恰好此夕正是唐帝飞升之候。"

⑫双星：指牛郎、织女。

⑬忉利天：佛教用语，即三十三天，指欲界的第二层天，在须弥山的顶上，此界天众身长四十里，寿命一千岁，人间百年为其一日一夜。

⑭情缘总归虚幻：明代汤显祖《南柯记》第四十四出旦云："忉利天夫妻，就是人间，则是空来，并无云雨。若到以上几层天上去，那夫妻就不交体了。情起之时，或是抱一抱儿，或笑一笑儿，或嗅一嗅儿。"此便是作者所谓的"总归虚幻"。

⑮康熙己未：即康熙十八年（1679）。孤屿草堂：洪昇书斋名。杭州西湖孤山，位于里外二湖间，一屿孤立，故名孤屿。洪昇此处以"孤屿"名其书斋，晚年更在此地设"稗畦草堂"。

点评：

  洪昇在这一篇序言中，交代了自己创作《长生殿》的意图和追求。"余览白乐天《长恨歌》及元人《秋雨梧桐》，辄作数日恶"中的"恶"，人们的理解历来有很大分歧。有人认为这是洪昇的"文人相轻"，表达了对《长恨歌》《梧桐雨》的否定；有人则认为这是洪昇渲染自我心绪的表达，"恶"就是伤心、难过，正因此，他才下决心重写这一题材作品，"恶"成了他创作《长生殿》的原动力。据笔者所见，这一"恶"字，恐怕兼有"难过"与"不满"两重意思，但此"不满"，并非嫌《长恨歌》《梧桐雨》写得不好，而是拘于文学体裁的局限，这两部作品对于李、杨爱情及其背后的历史景观，没能进行淋漓酣畅的、全景观式的表现。《长恨歌》是诗，诗歌是文学体裁中最为简约的形式；《梧桐雨》是杂剧，四折一楔子的剧本体制，"一人主唱"的音乐体制，是杂剧的特色亦是其局限：作为剧中女主人公的杨玉环，竟然没能开口唱哪怕一句。这对于酷爱杨玉环这一人物形象的洪昇而言，如何能够不"恶"？所以，洪昇认为重写李、杨故事，还是很有必要并大有空间、大有可为的。

　　紧接着的"从来传奇家非言情之文，不能擅场。而近乃子虚乌有，动写情词赠答，数见不鲜，兼乖典则"数句，很好地表现了洪昇的文艺观。传奇传奇，无奇不传，若非言情，便难以搬上舞台走红剧坛，对于这一点，洪昇是持肯定态度的；但是他又指出：近来文艺界充斥着子虚乌有、胡编乱造的作品，男女主人公动辄情词赠答，但是这样的情节已是屡见不鲜不能吸引观众，再则也有违典雅的风致。这段话，与《红楼梦》开篇，青埂峰下顽石所批评的才子佳人作品"开口文君，满篇子建，千部一腔，千人一面，且终不能不涉淫滥"的观点，何其相似乃尔！所以洪昇强调自己在写作《长生殿》时，"史家秽语，概削不书"，并解释说这样做并非是为古人"匿瑕"，而是为了坚守诗人温柔敦厚的传统。

　　然而这并不是说这部作品就没有寄寓了，对其"乐极哀来""垂戒来世"的寓意，洪昇希望它在作品中自然流露出来，而不是刻意揭露出之。古今"逞侈心而穷人欲"导致"祸败"者，没有不"悔"的，忏悔就让他们自忏悔，哪怕死而能悔，也是好的，而作者，就是用笔记录他们的"悔"意，就像孔子当年录《秦誓》一样。此剧编写的难点在于"曲终"怎么"奏雅"，为此，洪昇说只得动用民间传说，让男女主人公到月宫中得以团圆了。当然，如此团圆之中的有情人李隆基与杨玉环，与在人间时已是不一样，只能是"忉利天夫妻"那样的精神之恋关系了。"情缘总归虚幻"，色即是空，这是一切俗世男女都应该有的觉悟。

如果说剧本第一出《传概》的副末开场【满江红】，是洪昇借副末之口表达的自己的戏剧观，那么这篇自序，则是其用散文形式写就的文艺理想，两者完全可以并且应该对照参看。

例　言

忆与严十定隅坐皋园①，谈及开元、天宝间事②，偶感李白之遇，作《沉香亭》传奇③。寻客燕台，亡友毛玉斯谓排场近熟④，因去李白，入李泌辅肃宗中兴，更名《舞霓裳》⑤，优伶皆久习之。后又念情之所钟，在帝王家罕有。马嵬之变，已违凤誓。而唐人有玉妃归蓬莱仙院⑥，明皇游月宫之说⑦，因合用之。专写钗合情缘⑧，以《长生殿》题名，诸同人颇赏之。乐人请是本演习，遂传于时。盖经十余年，三易稿而始成⑨，予可谓乐此不疲矣。

史载杨妃多污乱事，予撰此剧，止按白居易《长恨歌》、陈鸿《长恨歌传》为之⑩。而中间点染处，多采《天宝遗事》《杨妃全传》⑪。若一涉秽迹，恐妨风教，绝不阑入，览者有以知予之志也。今载《长恨歌、传》，以表所由，其杨妃本传、外传及《天宝遗事》诸书⑫，既不便删削，故概置不录焉。

棠村相国尝称予是剧乃一部闹热《牡丹亭》⑬，世以为知言。予自惟文采不逮临川，而恪守韵调，罔敢稍有逾越。盖姑苏徐灵昭氏为今之周郎⑭，尝论撰《九宫新谱》，予与之审音协律，无一字不慎也。

曩作《闹高唐》《孝节坊》诸剧⑮，皆友人吴子舒凫为予评点⑯。今《长生殿》行世，伶人苦于繁长难演，竟为伧辈妄加节改⑰，关目都废。吴子愤之，效

《墨憨十四种》⑱，更定二十八折，而以虢国、梅妃别为饶戏两剧⑲，确当不易。且全本得其论文，发予意所涵蕴者实多。分两日唱演殊快。取简便，当觅吴本教习，勿为伧误可耳。

是书义取崇雅，情在写真。近唱演家改换，有必不可从者，如增虢国承宠、杨妃忿争一段，作三家村妇丑态，既失蕴藉，尤不耐观。其《哭像》折，以"哭"题名，如礼之凶奠，非吉祭也。今满场皆用红衣，则情事乖违，不但明皇钟情不能写出⑳，而阿监、宫娥泣涕皆不称矣。至于《舞盘》及末折演舞，原名《霓裳羽衣》，只须白袄红裙，便自当行本色。细绎曲中舞节，当一二自具。今有贵妃舞盘学《浣纱舞》，而末折仙女或舞灯、舞汗巾者，俱属荒唐，全无是处。

洪昇昉思父识㉑

注释：

①严十定隅：严曾榘，字定隅，家族中大排行第十，余杭监生，有《雨堂集》等。皋园：园林名，严曾榘父严沆所筑，在今浙江杭州城东。

②开元：唐玄宗李隆基的年号，公元713—741年。开元年间，唐朝国力强盛，史称开元盛世。天宝：唐玄宗李隆基的年号，公元742—756年。天宝十四载（755）十一月，范阳等三镇节度使安禄山联合史思明在范阳（今北京）以诛杀杨国忠为名发动叛乱，史称"安史之乱"，从此，唐帝国由盛转衰。

③《沉香亭》传奇：沉香亭为李白奉诏写《清平乐》处，《沉香亭》传奇当以李白为主角。已佚。

④毛玉斯：洪昇友人，工词曲。

⑤《舞霓裳》：顾名思义，此剧作当以李、杨爱情与文艺成就为主要情节。亦佚。

⑥玉妃归蓬莱仙院：唐代白居易《长恨歌》："忽闻海上有仙山，山在虚无缥缈间。楼阁玲珑五云起，其中绰约多仙子。中有一人字太真，雪肤花貌参差是。"唐代陈鸿《长恨歌传》里也有方士"东极天海，跨蓬壶"终于找到"玉妃太真院"的情节。

⑦明皇游月宫：见唐代郑綮《开天传信记》等唐人小说。明皇，即唐玄宗李隆基。唐玄宗谥号为"至道大圣明孝皇帝"，后人诗文多有称其"明皇"者。

⑧钗合：金钗与钿盒。李隆基赠杨玉环之定情物。

⑨三易稿：指洪昇自己由《沉香亭》《舞霓裳》而至《长生殿》的创作历程。

⑩陈鸿《长恨歌传》：陈鸿，唐代小说家，字大亮。传奇小说《长恨歌传》作于宪宗元和初，故事情节和白居易《长恨歌》一样，取材于史事而加以铺张渲染，寓有劝戒讽谕之意。

⑪《天宝遗事》：当指元代王伯成所作的《天宝遗事诸宫调》。《杨妃全传》：当指北宋乐史所作的《杨太真外传》。

⑫杨妃本传：指新、旧《唐书》中的《杨贵妃传》。

⑬棠村相国：指梁清标（1620—1691），字玉立，号棠村，直隶真定（今河北正定）人。明末进士，入清官至保和殿大学士，与洪昇友善。

⑭徐灵昭：名徐麟，字灵昭，长洲（今江苏苏州）人。洪昇同学，擅长音律。曾为《长生殿》作序。周郎：指三国时周瑜。据说周瑜精通音律，民间有谣云："曲有误，周郎顾。"故有"顾曲周郎"之典。

⑮《闹高唐》《孝节坊》：二剧皆佚失。《曲海总目提要》卷二三载有前者情节简介。洪昇共作剧本十部，除《长生殿》《四婵娟》外均佚。

⑯吴子舒凫：吴舒凫，名仪一，字舒凫（亦作抒凫），号吴山，钱塘（今浙江杭州）人，为洪昇同乡挚友，有《吴吴山三妇合评牡丹亭》行世，亦曾为《长生殿》写序。

⑰伧辈：詈骂之词，意谓卑鄙之人。

⑱《墨憨十四种》：明末冯梦龙改定的十四种传奇。冯氏号墨憨斋主人。

⑲饶戏：正戏之外另加的小戏。

⑳写出：此处意谓表现出。

㉑父：即"甫"，对男子的称呼。此处是洪昇自指。

点评：

　　在这篇《例言》中，洪昇首先回顾了自己先创作《沉香亭》又创作《舞霓裳》再创作《长生殿》，十余年三易其稿的创作过程，时间漫长，过程曲折，洪昇不以为苦，还自言"乐此不疲"，其对《长生殿》全身心投入的深爱，由此可见一斑。

　　《长生殿》剧本是有所继承的，作者对于前人的有关成果是有所取舍的，选择的标准还是一条：有助于净化人物形象，有助于纯化李、杨情爱。这一层意思，《自序》里已经表达，《例言》中再度强调。"情之所钟，在帝王家罕有"，洪昇的爱惜之情溢于言表。

剧本被搬上舞台、风行一时，洪昇特别提到几位师友所起的作用。感谢"棠村相国"的肯定，将《长生殿》与汤显祖的《牡丹亭》相提并论；感谢友人徐麟在音律上的相助；感谢友人吴舒凫在搬演上的帮助，缩减到二十八出，分两日唱演，不仅没有伤害，反而"发予意所涵蕴者实多"。这是些真正的知音知己，没有他们，也就没有《长生殿》的成功搬演、广为传播。

但在具体演出中，作者还是有诸多不满，《例言》中提到三点：一是《禊游》一出后半部，"三家村妇丑态"百出的科诨表演；二是演员"满场红衣"表演《哭像》，把凶礼演成了吉祭；三是贵妃舞《浣纱》，仙女舞灯、舞汗巾的表演，洪昇毫不客气地批评说："俱属荒唐，全无是处。"这一段文字让人看到：一个剧本被搬上舞台，戏班艺人的"二度创作"是何等强大。演凶礼着红，也许是因为艺人不懂；贵妃舞《浣纱》，仙女舞灯、舞汗巾，也许是因为艺人只会这些民间舞蹈，如果说这两点还是可以用提高演员的文化素养和表演技能来解决；那么，《禊游》后半部的插科打诨，却是剧作家也奈何它不得的。我们看到：自洪昇在《例言》里提出意见后，直至今天，《长生殿》通行本第五出的后半部分，还是"三家村妇丑态"表演！"义取崇雅，情在写真"，作者的好恶，抵不住观众的喜闻乐见。

第一出　传　概

【南吕引子】【满江红】（末上）今古情场，问谁个真心到底？但果有精诚不散，终成连理。万里何愁南共北，两心那论生和死。笑人间儿女怅缘悭①，无情耳。　感金石，回天地。昭白日，垂青史。看臣忠子孝，总由情至。先圣不曾删《郑》《卫》②，吾侪取义翻宫、徵③。借《太真外传》谱新词④，情而已。

【中吕慢词】【沁园春】天宝明皇，玉环妃子，宿缘正当。自华清赐浴，初承恩泽；长生乞巧⑤，永订盟香。妙舞新成，清歌未了，鼙鼓喧阗起范阳⑥。马嵬驿，六军不发，断送红妆⑦。　西川巡幸堪伤⑧，奈地下人间两渺茫。幸游魂悔罪，已登仙籍，回銮改葬，只剩香囊。证合天孙⑨，情传羽客⑩，钿盒金钗重寄将。月宫会，霓裳遗事，流播词场。

　　　唐明皇欢好霓裳宴，
　　　杨贵妃魂断渔阳变。
　　　鸿都客引会广寒宫，
　　　织女星盟证长生殿⑪。

注释：

①悭（qiān）：缺少。

②先圣：指孔子。《郑》《卫》：指《诗经》中的《郑风》与《卫风》，多写男女之情，被认为是"淫靡之声"。

③吾侪（chái）：我们这类人。宫、徵：宫、商、角、徵、羽的略称，这里泛指乐曲。

④《太真外传》：指宋代乐史所作的逸事小说《杨太真外传》。分上下两卷，记叙杨玉环一家由荣华富贵至家破人亡的经过：杨玉环被封为贵妃，唐明皇对她恩宠有加，杨氏一门亦一荣俱荣；安史之乱，唐明皇避走西川，马嵬坡兵变，杨贵妃被缢杀，其家族一损俱损。小说中描写的歌舞宴饮场面，李、杨爱情的曲折隽永，以及《霓裳羽衣》曲的来历等，多为《长生殿》剧所利用，故作者洪昇有"借《太真外传》谱新词"之说。

⑤长生乞巧：长生，指长生殿。乞巧，旧俗阴历七月七日晚上，天上牛郎织女相会，地上妇女便向织女乞求刺绣缝纫的技巧。

⑥鼙（pí）鼓喧阗起范阳：此句由唐代白居易《长恨歌》"渔阳鼙鼓动地来，惊破《霓裳羽衣》曲"化生而来，指安禄山在范阳起兵叛乱。唐朝天宝十四载（755）十一月初九，安禄山打着讨伐杨国忠的旗号在范阳起兵。此次动乱历七年余方得以平息。鼙鼓，战鼓。

⑦"马嵬驿"三句：指唐明皇出逃至马嵬驿，护驾军队哗变，逼唐明皇赐死杨贵妃。此三句生发自白居易《长恨歌》之"六军不发无奈何，宛转蛾眉马前死"句。又，《旧唐书·玄宗本纪下》则有"上既命力士赐贵妃自尽。玄礼等见上请罪"的记载。马嵬坡，在今陕西兴平西。红妆，此指杨贵妃。

⑧西川巡幸堪伤：指唐明皇于天宝十五载（756）六月十三日

逃离长安，三日后到马嵬坡，事变之后又行一个月，这才到达西川，暂得安宁，却时时想念死在马嵬驿的爱妃，故云"堪伤"。

⑨证合天孙：天孙，指织女，神话传说为天帝孙女。在剧中为李、杨爱情作证。

⑩情传羽客：羽客，此指剧中道士杨通幽，在剧中为李、杨传达情意，终使两人在月宫团圆。

⑪"唐明皇欢好霓裳宴"四句：这是本出的"下场诗"，四句八言诗，分别概括李隆基、杨玉环、杨通幽与织女的关键行为。在表演中，这首下场诗是由副末一个人吟诵的。渔阳，即范阳，唐方镇名，治所在幽州，在今北京西南。鸿都客，指道士杨通幽。鸿都，仙府。

点评：

　　传奇大戏《长生殿》即将开场与观众见面了。在正式开演前，根据南戏、传奇一脉相承的演出形式的规定格式，得先来上一段"副末开场"。这时候，"副末"这个脚色还没有扮演剧中的任何角色，而是以局外人的身份，介绍创作缘由和剧情提要。

　　南戏、传奇剧本，开卷伊始第一出，无论名称是"家门"、"首引"、"标目"、"提宗"，或是"家门始末"、"敷演大义"等等，还是如《长生殿》剧这样名"传概"的，它们都是"副末开场"。"副末开场"是中国古代戏曲独特的开场形式，它的形成和发展、它的存在和意义应当引起我们足够的重视。

从《长生殿》第一出的题目看，"传概"正是"传达概要"的意思。这也可算是古人在正式戏剧开场前作的一次广告宣传。看来商业宣传意识，古已有之。2004年8月，上海昆剧团在贺绿汀音乐厅上演的七夕版《长生殿》，"副末开场"颇有创意地让演员扮成"神鹊"来念这段"今古情场"，不由得让人感觉眼前一亮。

"副末开场"作为报幕形式出现，是剧作家直接和观众的对话。那么它的内容，总或多或少反映着剧作家的艺术思想，体现着他们的艺术追求，渗透着他们的美学趣味。这对我们理解剧作家的人生观、戏剧观，有着不容忽视的理论意义。

【南吕引子】【满江红】的关键词莫过于一个"情"字。爱情是人类文艺的永恒主题。中国古代"四大名剧"——《西厢记》《牡丹亭》《长生殿》《桃花扇》，在内容题材上离不开国仇家恨、儿女情长的范畴，这类作品又最符合广大民众的心理和审美取向。汤显祖《牡丹亭》宣扬的是"情至"观念，"情"可以令真心相爱的人跨越时空、阴阳的距离，最后终成眷属。在《长生殿》这里，这个问题又出现了："今古情场，问谁个真心到底？"而"真心到底"的爱情又会产生怎样的结果？这是剧作家洪昇所要展现给大家的。更何况这部戏里男女主人公的身份尤为特殊——帝王与妃子，他们之间是否能产生千古不变的情感？于是，作者又接着说："先圣不曾删《郑》《卫》，吾侪取义翻宫、徵。借《太真外传》谱新词，情而已。"作者的心迹在此已然表明：本剧是想"借助"有关杨玉环的故事，写一段轰轰烈烈、至死不渝的爱情，历史人物与历史事实本身只是作品的外壳，实际的写作目的并非完全纠结于历史本身。作者抓住这个"情"字，为剧作"立"了"主脑"（李渔语）。

"谱新词"，是作者自豪的宣称。确实，与此前的同类题材作品比，这部作品还有两个"新"值得一提：其一在于，前人的作品和《长生殿》相比，无论从人物塑造还是规模、格局都逊色不少。尤其是《长生殿》后半部分集中描写了"安史之乱"给苍生黎民带来的灾难，使全剧更富有强烈的反思性和批判性；其二，作者"借天宝遗事缀成此剧"，为表现"古今来逞侈心而穷人欲，祸败随之，未有不悔者也"的历史教训，赋予了本剧深广的历史内涵和哲理意趣。主题上质的飞跃又可算其一新也！

太真遺編

淑儇影摹龍眠野摹本

感金石，回天地。昭白日，垂青史。看臣忠子孝，总由情至。先圣不曾删《郑》《卫》，吾侪取义翻官、徵。借《太真外传》谱新词，情而已。

第二出　定　情

【大石引子】【东风第一枝】（生扮唐明皇引二内侍上）端冕中天，垂衣南面①，山河一统皇唐。层霄雨露回春，深宫草木齐芳。《升平》早奏，韶华好，行乐何妨。愿此生终老温柔，白云不羡仙乡。

　　韶华入禁闱，宫树发春晖。天喜时相合，人和事不违。《九歌》扬政要，《六舞》散朝衣。别赏阳台乐，前旬暮雨飞②。朕乃大唐天宝皇帝是也。起自潜邸③，入缵皇图④。任人不二，委姚、宋于朝堂⑤；从谏如流，列张、韩于省闼⑥。且喜塞外风清万里，民间粟贱三钱。真个太平致治，庶几贞观之年⑦；刑措成风，不减汉文之世⑧。近来机务余闲，寄情声色。昨见宫女杨玉环，德性温和，丰姿秀丽。卜兹吉日，册为贵妃。已曾传旨，在华清池赐浴，命永新、念奴伏侍更衣⑨。即着高力士引来朝见，想必就到也。

【玉楼春】（丑扮高力士，二宫女执扇，引旦扮杨贵妃上）恩波自喜从天降，浴罢妆成趋彩仗。（宫女）六宫未见一时愁，齐立金阶偷眼望。

　　（到介，丑进见生跪介）奴婢高力士见驾。册封贵妃杨氏，已到殿门候旨。（生）宜进来。（丑出介）万岁爷有旨，宣贵妃杨娘娘上殿。（旦进，拜介）臣妾贵妃杨玉环见驾，愿吾皇万岁！（内侍）平身。（旦）臣妾寒门陋质，充选掖庭⑩，忽闻宠命之加，不胜陨越之惧⑪。（生）妃子世胄名家，德容兼备。取供内职⑫，深惬朕心。（旦）万岁！（丑）平身。（旦起介，生）传旨排宴。（丑传介）

（内奏乐。旦送生酒，宫女送旦酒。生正坐，旦傍坐介）

注释：

①端冕中天，垂衣南面：意谓国家礼制得当，等级森严，是为太平盛世。端冕，帝王的冠服。中天，天运正中，喻指盛世。垂衣，制定服饰以标示等级贵贱，后亦用以喻盛世。南面，帝王面南而坐，指统治。

②"韶华入禁闱"几句：见《全唐诗》卷一，为唐明皇李隆基所作《首夏花萼楼观群臣宴宁王山亭回楼下，又申之以赏乐赋诗》。《九歌》，夏代乐曲。《六舞》，周代乐舞。这里用做生角歌唱引子之后的"上场诗"。

③潜邸：皇帝未即位前的府邸。

④缵（zuǎn）：继承。

⑤姚、宋：指唐代开元时贤相姚崇、宋璟。

⑥张、韩：指开元时贤相张九龄、韩休。省闼（tà）：朝廷。

⑦庶几：差不多。贞观：唐太宗李世民的年号，公元627—649年，这一时期，政治清明，史称"贞观之治"。

⑧刑措成风，不减汉文之世：刑措，废除刑罚。汉文，即汉文帝，史称汉文帝和景帝时为"文景之治"，时为太平盛世。

⑨永新、念奴：皆为开元、天宝年间的著名歌手，应当没有伺候过杨贵妃。《长生殿》创造性地把两人塑造成杨贵妃身边的宫女，这样，剧中不仅有同声相应的夫妇，且又有趣味相投的主仆。

⑩掖庭：皇宫中妃嫔居住处。掖，旁也。

⑪陨越：因自己的过失而令天子蒙羞。陨，落。越，失。

⑫内职：宫内妇女的职务，此指贵妃的身份。

【大石过曲】【念奴娇序】(生) 寰区万里，遍征求窈窕，谁堪领袖嫔嫱①？佳丽今朝，天付与，端的绝世无双。思想，擅宠瑶宫，褒封玉册②，三千粉黛总甘让③。(合) 惟愿取，恩情美满，地久天长。

【前腔】【换头】(旦) 蒙奖。沉吟半晌，怕庸姿下体，不堪陪从椒房④。受宠承恩，一霎里身判人间天上。须仿，冯媛当熊，班姬辞辇，永持彤管侍君傍⑤。(合) 惟愿取，恩情美满，地久天长。

【前腔】【换头】(宫女) 欢赏，借问从此宫中，阿谁第一？似赵家飞燕在昭阳⑥，宠爱处，应是一身承当。休让，金屋妆成，玉楼歌彻，千秋万岁捧霞觞⑦。(合) 惟愿取，恩情美满，地久天长。

【前腔】【换头】(内侍) 瞻仰，日绕龙鳞，云移雉尾⑧，天颜有喜对新妆。频进酒，合殿春风飘香。堪赏，圆月摇金，余霞散绮⑨，五云多处易昏黄⑩。(合) 惟愿取，恩情美满，地久天长。

(丑) 月上了。启万岁爷撤宴。(生) 朕与妃子同步阶前，玩月一回。(内作乐。生携旦前立，众退后，齐立介)

【中吕过曲】【古轮台】(生) 下金堂，笼灯就月细端相，庭花不及娇模样。轻偎低傍，这鬓影衣光，掩映出丰姿千状。(低笑，向旦介) 此夕欢娱，风清月朗，笑他梦雨暗高唐⑪。(旦) 追游宴赏，幸从今得侍君王。瑶阶小立，春生天语⑫，香蒙仙仗⑬，玉露冷沾裳。还凝望，重重金殿宿鸳鸯。

（生）掌灯往西宫去。（丑应介，内侍、宫女各执灯引生、旦行介）
（合）

【前腔】【换头】辉煌，簇拥银烛影千行。回看处珠箔斜开，银河微亮。复道回廊⑬，到处有香尘飘扬。夜色如何？月高仙掌。今宵占断好风光，红遮翠障，锦云中一对鸾凰⑮。《琼花玉树》《春江夜月》⑯，声声齐唱，月影过宫墙。褰罗幌，好扶残醉入兰房。

（丑）启万岁爷，到西宫了。（生）内侍回避。（丑）春风开紫殿，
（内侍）天乐下珠楼。（同下）

【余文】（生）花摇烛，月映窗，把良夜欢情细讲。（合）莫问他别院离宫玉漏长⑰。

注释：

①嫔嫱：指宫中女官。

②玉册：指册封贵妃的文书。

③三千粉黛：指后宫嫔妃。三千，形容很多。

④椒房：汉代皇后所居的宫殿，以花椒和泥涂抹，取温、香、多子之义，后因以代称后妃的居处。

⑤"须仿"几句：冯嬺（nì），汉元帝时婕妤（宫中女官）。有一次熊从笼中跑出，她怕伤害元帝，上前挡住。班姬，汉成帝时婕妤，有一次成帝要她同坐一车，她推辞了，并劝成帝近贤臣而远女色。彤管，红杆的笔，后宫女史所用。

⑥赵家飞燕：指赵飞燕，汉成帝的皇后，飞燕和其妹妹合德曾长期受到成帝的宠幸。昭阳：指飞燕的妹妹赵合德之居处。

此处指后宫。

⑦霞觞：指美酒。霞，色泽像霞光一样艳丽。

⑧日绕龙鳞，云移雉尾：语本唐代杜甫《秋兴八首》其五："云移雉尾开宫扇，日绕龙鳞识圣颜。"龙鳞，指皇帝。雉尾，即雉尾扇，皇帝仪仗之一。

⑨余霞散绮：本句出自南朝齐谢朓《晚登三山还望京邑》："余霞散成绮，澄江静如练。"

⑩五云多处：传说天子所居处有五彩祥云，此指皇帝所居处。唐代白居易《长恨歌》有"楼阁玲珑五云起，其中绰约多仙子"句。

⑪笑他梦雨暗高唐：暗用战国时期楚国宋玉《高唐赋》楚王与巫山神女幽会的典故。

⑫天语：天子的话语。

⑬仙仗：帝王的仪仗。

⑭复道：楼阁间上下两重通道。

⑮锦云中一对鸾凤：一对凤凰比翼双飞，喻夫妻相和。

⑯《琼花玉树》：古曲名，即陈后主所作《玉树后庭花》。《春江月夜》：古曲名，即《春江花月夜》，亦为陈后主所作。

⑰玉漏：古代计时器，此借指时间。

（宫女与生、旦更衣，暗下，生、旦坐介，生）银烛回光散绮罗，（旦）御香深处奉恩多。（生）六宫此夜含颦望，（合）明日争传《得宝歌》①。（生）朕与妃子偕老之盟，今夕伊始。（袖出钗、盒介）特携得金钗、钿盒在此，与卿定情。

【越调近词】【绵搭絮】（生）这金钗钿盒百宝翠花攒。我紧护怀中，珍重奇擎有万般②。今夜把这钗呵，与你助云盘③，斜插双鸾；这盒呵，早晚深藏锦袖，密裹香纨。愿似他并翅交飞，牢扣同心结合欢。（付旦介，旦接钗、盒谢介）

【前腔换头】谢金钗钿盒赐予奉君欢。只恐寒姿，消不得天家雨露团。（作背看介）恰偷观，凤翥龙蟠④，爱杀这双头旖旎，两扇团圞。惟愿取情似坚金，钗不单分盒永完。

（生）胧明春月照花枝，_{元　稹}

（旦）始是新承恩泽时。_{白居易}

（生）长倚玉人心自醉，_{雍　陶}

（合）年年岁岁乐于斯。_{赵彦昭}⑤

注释：

①《得宝歌》：北宋乐史《杨太真外传》："是夕……上喜甚，谓后宫人曰：'朕得杨贵妃，如得至宝也。'乃制曲子曰《得宝子》。"洪昇即采此说。

②奇擎（qíng）：即"擎"，十分宝爱地擎着。

③云盘：指乌黑盘曲的发髻。

④翥（zhù）：飞。

⑤"胧明春月照花枝"四句：从本出开始，下场诗都用唐诗集句，简称"集唐"。这是文人剧的一个特点，剧作家借此炫耀自己的学问。也有专门"集宋"的。本出第一句出自元稹《仁风李著作园醉后寄李十》，第二句出自白居易《长恨歌》，第三句出自雍陶《再下第将归荆楚上白云舍人》，第四句出自赵彦昭《奉和幸安乐公主山庄应制》。

点评：

　　此出为"开场"之后的正式开演。第二出戏，名叫"冲场"，其实应算作正剧的第一出。清代戏曲家李渔在《闲情偶寄·冲场》中对"冲场"作了如下解释："冲场者，人未上而我先上也。"这个"我"就是全剧的男主角"生"——也就是李隆基。"冲场"之后随着剧情的展开，各个脚色逐一登场，矛盾逐渐展开。重要人物必须在戏的前几出里全部登场，"不宜出之太迟"（《闲情偶寄·出脚色》），以便让观众尽早入戏。此时，唐天子李隆基，全剧的一号男主角上场了。这个时候的李隆基已经年届花甲，只是风流潇洒不减当年。

　　天下一朝太平，便想着"韶华好，行乐何妨"，这一句道破了历代明主由励精图治到玩物丧志的真相。"愿此生终老温柔，白云不羡仙乡"，更是淋漓尽致地道尽了这位已是花甲之年的帝王当下的人生抱负和理想：有了杨玉环这个"温柔乡"，哪还羡什么"仙乡"，更甭提什么社稷江山了。这几句念白的内容和作者"垂戒来世"的创作理念是相吻合的，真可谓一针见血。

　　"冲场"的男主角登场后，照例得来段"引子"。"引子"唱后还得来段"定场白"。"言其未说之先，人不知所演何剧，耳目摇摇，得此数语，方知下落，犹未定而今方定也。"这些都是"冲场"时的程式。李渔对其颇为看重，认为"而作此一本戏文之好歹，亦即于此时定价"（以上均引自《闲情偶寄·冲场》）。足可见"冲场"这一出"含金量"有多高了。这里，还值得注意的当属对杨玉环身份的描写：轻描淡写地用"宫女杨玉环"五个字一笔带过。洪昇主动对史实进行干预，玉环本人在十七岁时就被册为李隆基之子寿王的妃子，后来被公公李隆基占有，本剧将此等事一并隐去，目的就是尽量将二人的秽事滤清，让观众眼里只看到真情、挚情以及纯情。

女主人公杨玉环上场了，一登场便是"回眸一笑百媚生，六宫粉黛无颜色"（白居易《长恨歌》语）。皇上选妃，容貌姿色自然是放在首位的，这倒也不难理解。至于二人日久生情，并且七夕月下盟誓，那就不单是容貌所能决定的了。

高力士，这个李隆基身边最重要的人也上场了。戏曲中的高力士稍嫌脸谱化了点。历史上的高力士倒是个忠诚、谨慎、精明的人，特别是他和玄宗的私人情谊值得一提。玄宗死后不久，高力士也"北望号泣，呕血而死"（郑处诲《明皇杂录·补遗》）。这样忠诚的宦官史上也少见。

此时的杨玉环刚刚得到君王的宠幸，未知圣意深浅，尚有些战战兢兢，这和日后那个集万千宠爱于一身的杨贵妃之间形成了鲜明的对比。这段情节，基本上敷演唐代陈鸿《长恨歌传》里的几句描写："定情之夕，授金钗、钿合以固之。"在中国人的婚俗中，定情是需要借助物质形式的，名曰"定情物"或"定情信物"，此物最为当事人看重，就像唐代陈鸿所谓"授金钗、钿合以固之"，物以"定"为名，借以"固"情，意欲取"信"于对方，这就是定情信物的效用。恋人们赠送信物，不但寄情于物，还以此作为自己忠诚于爱情的凭证。

古人是很重视定情物之有无的。唐小说《莺莺传》里莺莺抵挡不住张生的情爱攻势，"自荐"了"枕席"，"佳期"之翌日早晨悲啼不已，就是因为："岂期既见君子，而不能定情，致有自献之羞。"她觉得她与张生的爱情之所以不牢靠，缺少定情之物是一个重要原因。两人离别之后，张生给莺莺寄过一信，同时寄上发油（"惠花胜"）一盒和口红（"口脂"）五寸，显然不是定情物，莺莺给张生回寄的东西里，有"玉环一枚"，饱含了丰富的情感信号。可是已经来不及了，这时的崔、张爱情已经衰落。

人们在定情信物的选择上也很有讲究。定情物首先要选择坚硬、牢固的东西充当，形式又须是有隐喻性的，即隐喻吉利美好。李、杨的爱情信物金钗，质地为金，取其坚硬，蕴含"情似坚金"；钗又是成双的，制作成飞鸾的形状，正好是"在天愿为比翼鸟"的寓意。钿盒，由盒身与盒盖组成，"两扇团圆"，"牢扣同心结合欢"的"扣"，正指盒身与盒盖的紧"扣"，更是男女和合的好喻意。崔莺莺赠张生的玉环，"玉取其坚润不渝，环取其终始不绝"。所以古今信物中，常见圆形物、环形物，如环佩、戒指、圆盒，都成了示爱的形式、定情的符号。洪昇说自己的《长生殿》剧"专写钗盒情缘"，"钗盒"作为"情缘"的限定词，组成了固定搭配，"钗盒"在这里亦符号化了。

男女定情送信物在中国十分普遍，穷人有穷人的送法，富人有富人的选择，连帝妃之恋也不能免俗。李、杨的钗盒情定具有相当的代表性。李、杨爱情故事自诞生之日起，就有钗盒的身影，《长生殿》中表现得更加充分。除了《长

生殿》，还有不少爱情剧作，围绕着定情物展开剧情、塑造
人物，如宋元南戏中《刘文龙菱花镜》里的菱花镜，《王月
娘（英）月下留鞋》里的绣鞋，《朱文鬼赠太平钱》里的定
情物太平钱是鬼女所赠。元代关汉卿《玉镜台》写一对老夫
少妻的婚姻生活，玉镜台是他们的定情物。南戏《荆钗记》
里王十朋初穷困，只得将木制的荆钗作为定情物送给钱玉
莲。清代孔尚任《桃花扇》中的那柄与全剧相始终的宫扇，
是侯（方域）李（香君）爱情的凭证。现代戏剧《罗汉钱》，
表现乡村爱情故事，男赠女的定情物罗汉钱，和女回赠男
的小方戒，见证了小飞蛾、艾艾母女两代人的爱情两重天。

　　定情时的恋人，大概都以为自己的爱情是"定"了的，
是最牢固的，不料，爱来得快去得也快。李、杨这对帝妃
情侣，在他们今后的日子里，凡有金钗、钿盒这两件定情
物出现的时候，多是大好而实寓不妙之兆的时光。所以
《长生殿》，特别是上半本的剧情，其实是两人的定情、定
情、再定情。一再努力定情而情难定，正是李、杨的难题，
也是天底下男人女人共同的难题。

这金钗钿盒百宝翠花攒。我紧护怀中，珍重奇擎有万般。今夜把这钗呵，与你助云盘，斜插双鸾，这盒呵，早晚深藏锦袖，密裹香纨。愿似他并翅交飞，牢扣同心结合欢。

第三出　贿　权

【正宫引子】【破阵子】（净扮安禄山箭衣、毡帽上）失意空悲头角①，伤心更陷罗罥②。异志十分难屈伏，悍气千寻怎蔽遮③？权时宁耐些。

　　腹垂过膝力千钧，足智多谋胆绝伦。谁道孽龙甘蠖屈④，翻江搅海便惊人。自家安禄山，营州柳城人也。俺母亲阿史德，求子轧荦山中，归家生俺，因名禄山。那时光满帐房，鸟兽尽都鸣窜。后随母改嫁安延偃⑤，遂冒姓安氏。在节度使张守珪帐下投军。他道我生有异相，养为义子。授我讨击使之职，去征讨奚契丹。一时恃勇轻进，杀得大败逃回。幸得张节度宽恩不杀，解京请旨。昨日到京，吉凶未保。且喜有个结义兄弟，唤作张千，原是杨丞相府中干办。昨已买嘱解官，暂时松放。寻他通个关节，把礼物收去了。着我今日到彼候覆。不免前去走遭。（行介）唉，俺安禄山，也是个好汉，难道便这般结果了么？想起来好恨也！

【正宫过曲】【锦缠道】莽龙蛇，本待将河翻海决，反做了失水瓮中鳖，恨樊笼霎时困了豪杰。早知道失军机要遭斧钺，倒不如丧沙场免受缧绁⑥，蓦地里脚双跌。全凭仗金投暮夜⑦，把一身离阱穴。算有意天生吾也，不争待半路枉摧折⑧。

　　来此已是相府门首，且待张兄弟出来。（丑扮张千上）君王舅子三公位，宰相家人七品官。（见介）安大哥来了。丞相爷已将礼物全收，着你进府相见。（净揖介）多谢兄弟周旋。（丑）丞相爷尚未出堂，且到班房少待。全凭内阁调元手，（净）救取边关失利人。
（同下）

注释：

①头角：喻指才华。

②罗罝（jū）：罗网。此处指解京问罪。

③千寻：极言高。此处形容悍气之盛。寻，古代长度单位，七尺或八尺为一寻。

④蠖（huò）屈：喻指屈曲不得志。蠖，虫名，行动时一伸一缩。

⑤安延偃：突厥族部落首领。

⑥缧绁（léi xiè）：本指捆绑犯人的绳索。后借指监狱、囚禁。

⑦金投暮夜：东汉昌邑令王密夜持金十斤赠东莱太守杨震，谓夜深人静无人知晓。杨震说："天知，神知，我知，子知，何谓无知！"不受其金。见《后汉书·杨震传》。这里指安禄山通过张千私下里向杨国忠行贿。

⑧不争：犹"不曾"。

【仙吕引子】【鹊桥仙】（副净扮杨国忠引祗从上）荣夸帝里，恩连戚畹①，兄妹都承天眷。中书独坐揽朝权②，看炙手威风赫煊③。

国政归吾掌握中，三台八座极尊崇④。退朝日晏归私第，无数官僚拜下风。下官杨国忠，乃西宫贵妃之兄也。官居右相，秩晋司空⑤。分日月之光华，掌风雷之号令。（冷笑介）穷奢极欲，无非行乐及时；纳贿招权，真个回天有力。左右回避。（从应下）（副净）适才张千禀说，有个边将安禄山，为因临阵失机，解京正

第三出　赂权

29

法。特献礼物到府，要求免死发落。我想胜败乃兵家常事，临阵偶然失利，情有可原。（笑介）就将他免死，也是为朝廷爱惜人才。已曾分付令他进见，再作道理。（丑暗上，见介）张千禀事：安禄山在外伺候。（副净）着他进来。（丑）领钧旨。（虚下⑥，引净青衣、小帽上，丑）这里来。（净膝行进见介）犯弁安禄山⑦，叩见丞相爷。（副净）起来。（净）犯弁是应死囚徒，理当跪禀。（副净）你的来意，张千已讲过了。且把犯罪情由，细说一番。（净）丞相爷听禀：犯弁遵奉军令，去征讨奚契丹呵，（副净）起来讲。（净起介）

【仙吕过曲】【解三酲】恃勇锐，冲锋出战，指征途所向无前。不提防番兵夜来围合转，临白刃，剩空拳⑧。（副净）后来怎生得脱？（净）那时犯弁杀条血路，奔出重围。单枪匹马身幸免，只指望鉴录微功折罪愆。谁想今日呵，当刑宪，（叩首介）望高抬贵手，曲赐矜怜。

【前腔】【换头】（副净起介）论失律丧师关巨典⑨，我虽总朝纲敢擅专？况刑书已定难更变，恐无力可回天。（净跪哭介）丞相爷若肯救援，犯弁就得生了。（副净笑介）便道我言从计听微有权，这就里机关不易言。（净叩头介）全仗丞相爷做主！（副净）也罢。待我明日进朝，相机而行便了。乘其便，便好开罗撤网，保汝生全。

（净叩头介）蒙丞相爷大恩，容犯弁犬马图报。就此告辞。（副净）张千引他出去。（丑应，同净出介）眼望捷旌旗，耳听好消息。（同下）（副净想介）我想安禄山乃边方末弁，从未著有劳绩。今日犯了死罪，我若特地救他，必动圣上之疑。（笑介）哦，有了。前日张节度疏内⑩，曾说他通晓六番言语⑪，精熟诸般武艺，可当边将之任。我就授意兵部，以此为辞，奏请圣上，召他御前试验。于中乘机取旨，却不是好。

专权意气本豪雄，卢照邻

万态千端一瞬中。吴　融

多积黄金买刑戮，李咸用

不妨私荐也成公。杜荀鹤[12]

注释：

①戚畹（wǎn）：外戚所居处。

②中书：官名，即中书令，行宰相之职。此处指相当于中书令的右相兼文（吏）部尚书杨国忠。

③看炙手威风赫烜：唐代杜甫《丽人行》有"炙手可热势绝伦，慎莫近前丞相嗔"句。

④三台八座：指古代最高统治机构。汉代以尚书、御史、谒者为三台，唐代以六部尚书、左右仆射为八座。

⑤司空：古官名。唐代司空是荣誉职位。《资治通鉴》卷二一七"天宝十三载二月"载："丁丑，杨国忠进位司空。"

⑥虚下：戏曲表演术语，指作出下场的动作却并不下场。反之，不作下场动作却下场了，叫"暗下"。

⑦弁（biàn）：士兵中的小头目，此处安禄山自指，带一点自贱意味。

⑧弮（quān）：弩弓。

⑨失律丧师：《资治通鉴》卷二一四"开元二十四年"："（张）九龄固争曰：禄山失律丧师，于法不可不诛。"

⑩张节度疏：指节度使张守珪的奏章。

⑪通晓六番言语：新、旧《唐书》皆载安禄山通晓"六番语"，本剧袭之。

⑫"专权意气本豪雄"四句：本剧下场诗首句来自卢照邻《长安古意》，第二句出自吴融《无题》，第三句出自李咸用《金谷园》，第四句出自杜荀鹤《投从叔补阙》。

点评：

头号反派人物安禄山登场了。奸人上场，暗含杀机。"四大名剧"里，《长生殿》的可看性较强，究其原因，笔者认为，剧作者对情节张弛的把握非常到位：往往几出戏之后，就会产生一个小高潮，一个段落之后，就会有大的波澜，吸引着读者目不错行地读下去，而且，这样也非常适合舞台搬演。《长生殿》盛演不衰，确实有它的道理。

"安"姓在中国史书里称为"营州杂种胡"。禄山的背景并不突出。开始的时候，他在番人做买卖的地方担任翻译，后来加入了边防军的杂牌部队，以其才能迅速得到升迁。公元743年，安禄山经一位巡视钦差的推荐来到西安，为皇上召见，自此以后飞黄腾达，身兼三个地方的节度使，总揽境内文武诸事。这些都是后话。不过异人出世，老天也必现"异相"，安禄山出生的时候也是如此："那时光满帐房，鸟兽尽都鸣窜。"估计在襁褓之中，安禄山就冥冥之中觉得自己不是一般的人物，日后应该能够"翻江搅海"，这些倒是在日后都应验了，搅得个好端端的大唐天下，成了"一锅粥"。只是此时他还在不得志的时候，而且还犯了领兵冒进的罪，真是福无双至、祸不单行呀！也只好"权时宁耐些"。

　　紧接着，杨国忠也上场了。杨国忠，原名钊，本是杨玉环的一个从祖兄，亲属疏远，不是直系，却因杨贵妃而得势，正所谓"一人得道，鸡犬升天"，杨国忠"官居右相，秩晋司空"。你听他这点词儿：什么"荣夸帝里，恩连戚畹，兄妹都承天眷"——羞不羞！什么"中书独坐揽朝权，看炙手威风赫烜"——横不横！这就是我们今天说的裙带关系，那时候叫外戚专权。汉代就是因为宦官纠集、外戚专权才灭亡的，唐朝又走上了老路，可见这是一个封建王朝无法回避的问题。今天安禄山求到杨国忠，估计花了不老少的银子，看在钱的份上，杨国忠也就顺水推舟，做个人情。杨国忠霸道一世，糊涂一时，把安禄山推荐到御前，这不就是放虎归山嘛！现在，杨国忠还洋洋得意，自以为得计，日后安禄山一朝权在手，可就由不得他杨国忠发威了。

　　大唐坚不可破的城墙，掉下了第一块砖。

　　从表演的角度看，本剧的"穿关"很值得注意。文本第一个舞台提示就标明："净扮安禄山箭衣、毡帽上"，后面敷演安禄山前去见杨国忠"贿权"时，又标"净青衣、小帽上"，两处都是穿关提示。箭衣，圆领、大襟，马蹄袖或敞袖，腰际以下前后左右开叉，长及足；青衣，即青褶子，大领、大襟、水袖，长及足。毡帽，毡制，高而窄，略向前折，顶有一片小须；小帽，硬质素帽，一般为黑色。安禄山在本出前后穿着不同，表明他见杨国忠时特意换卑微之装，凸显他颇有心计的一面。

　　各类角色出场，剧本并不每一处都注明穿关，可见注明者是规定好的，剧作家强调的；其余者，则可以按规矩来，或根据戏班子所拥有，随意选择。

第四出　春　睡

【越调引子】【祝英台近】（旦引老旦扮永新、贴旦扮念奴上）梦回初，春透了，人倦懒梳裹。欲傍妆台，羞被粉脂涴①。（老旦、贴旦）趁他迟日房栊，好风帘幕，且消受薰香闲坐。

永新、念奴叩头。（旦）起来。【海棠春】流莺窗外啼声巧，睡未足，把人惊觉。（老）翠被晓寒轻，（贴）宝篆沉烟袅②。（旦）宿醒未醒宫娥报③，（老、贴）道别院笙歌会早。（旦）试问海棠花，（合）昨夜开多少？（旦）奴家杨氏，弘农人也。父亲元琰，官为蜀中司户。早失怙恃④，养在叔父之家。生有玉环，在于左臂，上隐"太真"二字。因名玉环，小字太真。性格温柔，姿容艳丽。漫揩罗袂，泪滴红冰；薄试霞绡，汗流香玉。荷蒙圣眷，拔自宫嫔。位列贵妃，礼同皇后。有兄国忠，拜为右相，三姊尽封夫人，一门荣宠极矣。昨宵侍寝西宫，（低介）未免云娇雨怯。今日晌午时分，才得起来。（老、贴）镜奁齐备，请娘娘理妆。（旦行介）绮疏晓日珠帘映⑤，红粉春妆宝镜催。

【越调过曲】【祝英台】（坐对镜介）把鬓轻撩，鬟细整，临镜眼频睃⑥。（老）请娘娘贴上这花钿。（旦）贴了翠钿，（贴）再点上这胭脂。（旦）注了红脂，（老）请娘娘画眉。（旦画眉介）着意再描双蛾。（旦立起介）延俄⑦，慢支持杨柳腰身，（贴）呀，娘娘花儿也忘戴了。（代旦插花介）好添上樱桃花朵。（老、贴作看旦介）看了这粉容嫩，只怕风儿弹破。（老、贴）请娘娘更衣。（与旦更衣介）

【前腔】【换头】飘堕、麝兰香，金绣影，更了杏衫罗。（旦步介）（老、贴看介）你看小颤步摇⑧，轻荡湘裙。（旦兜鞋介）低蹴半弯凌波⑨，停妥。（旦顾影介）（老、贴）袅临风，百种娇娆。（旦回身临镜介）（老、贴）还对镜，千般婀娜。（旦作倦态，欠伸介）（老、贴扶介）娘娘，恁恹恹，何妨重就衾窝。

（旦）也罢，身子困倦，且自略睡片时。永新、念奴，与我放下帐儿。正是：无端春色熏人困，才起梳头又欲眠。（睡介）（老、贴放帐介）（老）万岁爷此时不进宫来，敢是到梅娘娘那边去么？（贴）姐姐，你还不知道，梅娘娘已迁置上阳楼东了。（老）哦，有这等事？（贴）永新姐姐，这几日万岁爷专爱杨娘娘，不时来往西宫，连内侍也不教随驾了。我与你须要小心伺候。

注释：

①羞被粉脂涴（wò）：嫌脂粉玷污了自己天然的肤色。涴，玷污，污染。唐代杜甫《虢国夫人》："却嫌脂粉涴颜色，淡扫蛾眉朝至尊。"

②宝篆沉烟袅：指香烟袅袅，如同古篆体字一般在空中舞动。"宝篆"二字，后演化为古人焚香的美称。

③宿酲（chéng）：宿醉，指隔夜曾经酒醉。

④怙恃（hù shì）：指父母。

⑤绮疏：镌刻精美的花格窗户。

⑥睃（suō）：斜着眼睛看。

⑦延俄：一会儿。

⑧步摇：插在髻后的首饰，行走时会摇动。

⑨半弯凌波：本指娇小的脚。此处形容走姿如仙女行走于水上般袅袅婷婷。三国魏曹植《洛神赋》："凌波微步，罗袜生尘。"

（生行上）

【前腔】【换头】欣可，后宫新得娇娃，一日几摩挲。（生作进，老、贴见介）万岁爷驾到。娘娘刚才睡哩。（生）不要惊他。（作揭帐介）试把绡帐慢开，龙脑微闻①，一片美人香和。（瞧科）爱他，红玉一团，压着鸳衾侧卧。（老、贴背介）这温存怎不占了风流高座！

【前腔】【换头】（旦作惊醒，低介）谁个？蓦然揭起鸳帏，星眼倦还接。（作坐起，摩眼、撩鬓介）（生）早则浅淡粉容，消褪唇朱，掠削鬓儿欹嚲②。（老、贴作扶旦起，旦作开眼复闭、立起又坐倒介）（生）怜他，侍儿扶起腰肢，娇怯怯难存难坐③。（老、贴扶旦坐介）（生扶住介）恁朦腾，且索消详停和④。

（旦）万岁！（生）春昼晴和，正好及时游赏，为何当午睡眠？
（旦低介）夜来承宠，雨露恩浓，不觉花枝力弱。强起梳头，却
又朦胧睡去。因此失迎圣驾。（生笑介）这等说，倒是寡人唐突
了。（旦娇羞不语介）（生）妃子，看你神思困倦，且同到前殿去，
消遣片时。（旦）领旨。（生、旦同行，老、贴随行介）（生）落日
留王母，（旦）微风倚少儿。（老、贴合）宫中行乐秘，少有外人
知⑤。（生、旦转坐介）（丑上）昼漏稀闻高阁报，天颜有喜近臣
知⑥。启万岁爷：国舅杨丞相，遵旨试验安禄山，在宫门外回
奏。（生）宣奏来。（丑宣介）杨丞相有宣。（副净上）天下表章经院
过，宫中笑语隔墙闻⑦。（拜见介）臣杨国忠见驾。愿吾皇万岁，

娘娘千岁！（丑）平身。（副）臣启陛下：蒙委试验安禄山，果系人才壮健，弓马熟娴，特此覆旨。（生）朕昨见张守珪奏称：禄山通晓六番言语，精熟诸般武艺，可当边将之任。今失机当斩，是以委卿验之。既然所奏不诬，卿可传旨禄山，赦其前罪。明日早朝引见，授职在京，以观后效。（副）领旨。（下）（丑）启万岁爷：沉香亭牡丹盛开，请万岁爷同娘娘赏玩。（生）今日对妃子，赏名花。高力士，可宣翰林李白，到沉香亭上，立草新词供奉。（丑）领旨。（下）（生）妃子，和你赏花去来。

倚槛繁花带露开，　罗　虬

（旦）相将游戏绕池台。　孟浩然

（生）新歌一曲令人艳，　万　楚

（合）只待相如草诏来。　李商隐[8]

注释：

①龙脑：即冰片，香料名。

②掠削：梳理。欹矬（qī cuó）：歪斜。

③侍儿扶起腰肢，娇怯怯难存难坐：唐代白居易《长恨歌》："侍儿扶起娇无力，始是新承恩泽时。"

④消详停和：即"消停"。休息。

⑤"落日留王母"四句：出自唐代杜甫《宿昔》。王母，此处指杨贵妃。少儿，指卫少儿，汉武帝皇后卫子夫的姐姐。此处指杨贵妃与其两位姐姐因贵妃而得宠。

⑥天颜有喜近臣知：见杜甫《紫宸殿退朝口号》诗。天颜，指皇帝。

⑦宫中笑语隔墙闻：见唐代王建《赠郭将军》诗。

⑧"倚槛繁花带露开"四句：本出下场诗首句见罗虬《比红儿诗》第五十，第二句见孟浩然《春情》，第三句见万楚《五日观妓》，第四句见李商隐《赠庾十二朱版》。

点评：

其实这一出，才是旦角杨玉环的"冲场"。第二出《定情》玉环虽已露面，但还不及自报家门，交代自己来龙去脉。"生有玉环，在于左臂，上隐'太真'二字。因名玉环，小字太真"几句，值得关注。中国民间流行石头崇拜，老百姓首先把石头与生殖联系在一起。中国神话里有一个大禹变熊的故事，说他的妻子"涂山氏化作石"，大禹朝她喊："归我子！"然后"石破北方而启生"，他们的孩子启，就是从石头缝里蹦出来的。更有名的当数孙悟空，那块石头，"三丈六尺五寸高"对应着一年三百六十五天，"二丈四尺围圆"对应着二十四个节气。第三位就是杨玉环了。说她左臂上戴着一块有字的玉环出生的传说，从唐代就有了，洪昇一仍旧说。之所以这样，因为剧作家本身也是在同一文化语境中成长发展的，民俗文化对他具有"软控制"的功能。这么按时代先后说来，《红楼梦》里的贾宝玉衔玉而生、且上面有"莫失莫忘"字样，要排在第四位了。

这一出戏，以玉环的睡态为审美对象。据竹村则行、康保成统计，中国元明清三代以杨贵妃"春睡"为题材的美术作品十分多见。在国人心目中，春睡中的杨贵妃就是中国历史上的第一"睡美人"。本出剧演，便是把画幅上的睡美人、人们心目中的睡美人搬上舞台，让她立体化、动态化、戏剧化而已。应当说，洪昇做得不错。

我们来看杨妃以下的一连串动作："惊醒"（只怕人已醒，故作惊），"摩眼"（这叫故作迷糊），"掠削鬓儿"（这叫搔首弄姿），"开眼复闭"、"立起又坐倒"（这是让皇上我见犹怜，主动怜香惜玉），"娇羞不语"（颇有些得了便宜又卖乖的味道）。令人联想起苏东坡"萦损柔肠，困酣娇眼，欲开还闭"的《水龙吟·杨花》词。如此演技，简直可以登上奥斯卡领奖台了。读者、观众于此，颇能感觉到杨贵妃"作秀"的意味。

李隆基自从宠幸了杨玉环之后，早已失魂落魄，把原先的宠妃梅娘娘迁置到了上阳楼东，此刻又急不可待地来看望自己的爱妃玉环，真个是忙得不亦乐乎。作者见缝插针，在帝妃游赏之时，补叙安禄山之事，剧情安排做到滴水不漏。清代李渔提到，编剧构思时要"密针脚"，洪昇《长生殿》里的"针脚"算是够密的了。

这里有必要关注一下戏曲的舞台提示，即"科介"。戏曲舞台提示一般都用括号表示，如本出的"（代旦插花介）"、"（旦娇羞不语介）"等。一般来说，北杂剧的舞台提示写作"科"，南戏写作"介"，但南戏也有作"科"的，显然受到北剧的影响。如本出表现李隆基欣赏杨贵妃娇媚睡态的"瞧科"，可见两者混用。明代徐渭《南词叙录》云："科，相见、作揖、进拜、舞蹈、坐跪之类，身之所行皆谓之'科'。今人不知，以诨为科，非也。介，今戏文于'科'处皆作'介'，盖书坊省文，以'科'字作'介'字，非科、介有异也。"是为的论，只是说"介"仅仅是"科"

的"省文"，似乎有点武断，江浙方言里"介"字本来就用着，意为"这样的"，如"介好"、"介难"，与南戏用作舞台提示的"介"，意思相通。且，"科"字并不复杂，笔画也不多，似亦无须简化。

《长生殿》剧本中像本出这样混用者无多，其他的都是要么用"介"，要么用"科"，当然是用"介"者为多。且，用"科"的出目则北剧的意味浓重些。

谁个？蓦然揭起鸳帏，星眼偠还揉。早则浅淡粉容，消褪唇朱，掠削鬓儿欹坠。怜他，侍儿扶起腰肢，娇怯怯难存难坐。怎朦腾，且索消详停和。

第五出　禊　游①

【双调引子】【贺圣朝】（丑上）崇班内殿称尊，天颜亲奉朝昏。金貂玉带蟒袍新，出入荷殊恩②。

　　咱家高力士是也，官拜骠骑将军③。职掌六宫之中，权压百僚之上。迎机导窾④，摸揣圣情；曲意小心，荷承天宠。今乃三月三日，万岁爷与贵妃娘娘游幸曲江⑤，命咱召杨丞相并秦、韩、虢三国夫人，一同随驾。不免前去传旨与他。传声报戚里，今日幸长杨⑥。（下）

【前腔】（净冠带引从上⑦）一从请托权门，天家雨露重新。累臣今喜作亲臣⑧，壮怀会当伸。

　　俺安禄山，自蒙圣恩复官之后，十分宠眷。所喜俺生的一个大肚皮，直垂过膝。一日圣上见了，笑问此中何有？俺就对说，惟有一片赤心。天颜大喜，自此愈加亲信，许俺不日封王。岂不是非常之遇！左右回避。（从应下）（净）今乃三月三日，皇上与贵妃游幸曲江。三国夫人随驾。倾城士女，无不往观。俺不免换了便服，单骑前往，游玩一番。（作更衣、上马行介）出得门来，你看香尘满路，车马如云，好不热闹也。正是：当路游丝萦醉客，隔花啼鸟唤行人⑨。（下）（副净、外扮王孙，末扮公子；各丽服，同行上）（合）

【仙吕入双调】【夜行船序】春色撩人，爱花风如扇，柳烟成阵。行过处，辨不出紫陌红尘⑩。（见介）请了。（副净、外）今日修禊之辰，我每同往曲江游玩⑪。（末、小生）便是，那边簇拥着一队车儿，敢是三国夫人来了。我每快些前去。（行介）纷

纭，绣幕雕轩，珠绕翠围，争妍夺俊。氤氲，兰麝逐风来，衣彩珮光遥认。（同下）

（老旦绣衣扮韩国，贴白衣扮虢国，杂绯衣扮秦国，引院子、梅香各乘车行上⑫）（合）

【前腔】【换头】安顿，罗绮如云，斗妖娆，各逞黛娥蝉鬓。蒙天宠，特敕共探江春。（老旦）奴家韩国夫人，（贴）奴家虢国夫人，（杂）奴家秦国夫人，（合）奉旨召游曲江。院子把车儿趱行前去。（院）晓得。（行介）（合）朱轮，碾破芳堤，遗珥坠簪⑬，落花相衬。荣分，戚里从宸游⑭，几队宫妆前进。（同下）

【黑蟆序】【换头】（净策马上，目视三国下介）妙啊，回瞬，绝代丰神，猛令咱一见，半晌销魂。恨车中马上，杳难亲近。俺安禄山，前往曲江，恰好遇着三国夫人，一个个天姿国色。唉，唐天子，唐天子！你有了一位贵妃，又添上这几个阿姨，好不风流也！评论，群花归一人，方知天子尊。且赶上前去，饱看一回。望前尘，馋眼迷奚，不免挥策频频。

（作鞭马前奔，杂扮从人上，拦介）咄，丞相爷在此，什么人这等乱撞！（副净骑马上）为何喧嚷？（净、副净作打照面，净回马急下）（从）小的方才见一人，骑马乱撞过来，向前拦阻。（副净笑介）那去的是安禄山。怎么见了下官，就疾忙躲避了？（作沉吟介）三位夫人的车儿在那里？（从）就在前面。（副净）呀，安禄山那厮怎敢这般无礼！

【前腔】【换头】堪恨，藐视皇亲，傍香车行处，无礼厮混。陡冲冲怒起，心下难忍。叫左右，紧紧跟随着车儿行走，把闲人打开。（众应行介）（副净）忙奔，把金鞭辟路尘⑮，将雕鞍逐画轮。(合)语行人，慎莫来前，怕惹丞相生嗔。
(同下)

注释：

①禊（xì）游：又称"祓禊"、"修禊"等，古代上巳节风俗，季春时节，官吏和百姓到水边举行的消灾祈福仪式，后演化为水边嬉戏、游玩。唐代杜甫《丽人行》即有"三月三日天气新，长安水边多丽人"句。唐代上巳节已定在每年的三月初三。

②荷：蒙受。

③官拜骠骑将军：据《资治通鉴》卷二一六"天宝七载"云，高力士曾被加封为"骠骑将军"。

④导窾（kuǎn）：指看人眼色、见机行事。窾，指两骨连接的空隙之处。

⑤曲江：在长安（今陕西西安）东南，汉武帝时开发，至唐代，成为著名的皇家园林，内有曲江池、大雁塔等景观。

⑥长杨：古宫殿名，秦时旧宫，因宫中有数亩垂杨而得名，这里借指行幸之所，亦含有宠幸杨氏的意味。

⑦冠带：传统戏曲中的官服。官衣为圆领、大襟，后有两摆，前胸后背各缀绣有仙鹤等瑞禽的补子；头戴乌纱帽。此处为安禄山第三次出场，与前此的服饰比较，颇堪寻味。此后又有"作更衣"的提示，是为在舞台上当场进行的，一般只须脱去外服便可。

⑧累臣：被囚禁的臣子。此处安禄山指自己曾被解京问罪。

⑨当路游丝萦醉客，隔花啼鸟唤行人：见北宋欧阳修《浣溪

沙·湖上朱桥响画轮》词。

⑩辨不出紫陌红尘：形容道路两边花、柳非常茂盛，遮住了道路。紫陌，都城的道路。红尘，指都城中的闹市。

⑪我每：俗语，即我们。下文同，不再出注。

⑫院子：指仆人。梅香：指丫鬟。

⑬遗珥坠簪：北宋乐史《杨太真外传》卷下："护从之时，每家为一队，……遗钿、坠舄、琴瑟、珠翠，灿于路岐，可掬。"新、旧《唐书》里的《杨贵妃传》也有相似的记载。

⑭宸（chén）：皇帝所居处，借指皇帝。

⑮辟路尘：犹清道，赶行人回避。

【锦衣香】（净扮村妇，丑扮丑女，老旦扮卖花娘子，小生扮舍人，行上）（合）**妆扮新，添淹润**①；**身段村**②，**乔丰韵**③，**更堪怜芳草沾裙，野花堆鬓。**（见介）（净）列位都是去游曲江的么？（众）正是。今日皇帝、娘娘，都在那里，我每同去看一看。（丑）听得皇帝把娘娘爱的似宝贝一般，不知比奴家容貌如何？（老旦笑介）（小生作看丑介）（丑）你怎么只管看我？（小生）我看大姐的脸上，倒有几件宝贝。（净）什么宝贝？（小生）你看眼嵌猫睛石，额雕玛瑙纹，蜜蜡装牙齿，珊瑚镶嘴唇。（净笑介）（丑将扇打小生介）小油嘴，偏你没有宝贝。（小生）你说来。（丑）你后庭像银矿④，掘过几多人？（净笑介）休得取笑。闻得三国夫人的车儿过去，一路上有东西遗下，我每赶上寻看。（丑）如此快走。（行介）（丑作娇态与小生诨介）（合）**和风徐起荡晴云，钿车一过，草木皆春。**（小生）且在这草里寻一寻，可有甚么？（老旦）我先去了。**向朱门绣阁，卖花声叫的殷勤。**（叫卖花下）（众作寻、各拾介）（丑问净介）你拾的甚么？（净）是一枝簪子。（丑看介）是金的，上面一粒绯红的宝石。好造化！（净问丑介）你呢？（丑）一只凤鞋套儿。（净）好好，你就穿了何如？（丑作伸脚比介）啐，一个脚指头也着不下。鞋尖上这粒真珠，摘下来罢。（作摘珠、丢鞋介）（小生）待我袖了去。（丑）你倒会作揽收拾！你拾的东西，也拿出来瞧瞧。（小生）一幅鲛绡帕儿，裹着个金盒子。（净接，作开看介）咦，黑黑的黄黄的薄片儿，闻着又有些香，莫不是耍药⑤么？（小生笑介）是香茶。（丑）待我尝一尝。（净争吃，各吐介）呸！稀苦的，吃他怎么！（小生作收介）罢了，大家再往前去。（行介）（合）蜂蝶闲相趁，柳迎花引，望龙楼倒泻⑥，曲江将近。

  （小生、净先下，丑吊场，叫介⑦）你们等我一等。阿呀，尿急了，且在这里打个沙窝儿去⑧。（下）（老旦、贴、杂引院子、梅香行上）

【浆水令】扑衣香，花香乱熏；杂莺声，笑声细闻。看杨花雪落覆白蘋，双双青鸟，衔堕红巾。春光好，过二分⑨，迟迟丽日催车进。（院）禀夫人，到曲江了。（老旦）丞相爷在那里？（院）万岁爷在望春宫⑩，丞相爷先到那边去了。（老旦、杂、贴作下车介）你看果然好风景也！环曲岸，环曲岸，红酣绿匀。临曲水，临曲水，柳细蒲新⑪。

  （丑引小内侍、控马上）敕传玉勒桃花马，骑坐金泥蛱蝶裙⑫。
  （见介）皇上口敕：韩、秦二国夫人，赐宴别殿。虢国夫人，即令乘马入宫，陪杨娘娘饮宴。（老旦、杂、贴跪介）万岁！（起介）（丑向贴介）就请夫人上马。（贴）

【尾声】内家官，催何紧。姐姐妹妹，偏背了春风独近⑬。（老旦、杂）不枉你淡扫蛾眉朝至尊⑭。

（贴乘马，丑引下）（杂）你看裴家姐姐，竟自扬鞭去了。（老旦）且自由他。（梅香）请夫人别殿里上宴。

　　　红桃碧柳禊堂春，沈佺期
　（老旦）一种佳游事也均。张　谔
　　（杂）愿奉圣情欢不极，武平一
　　（合）向风偏笑艳阳人。杜　牧⑮

注释：

①淹润：脂粉。

②村：土气，笨拙。

③乔：怪模怪样，假模假式。

④后庭：肛门。

⑤耍药：春药。

⑥龙楼倒泻：龙楼倒映在曲江上。龙楼，本指太子居所的宫
　门，这里借指宫殿。

⑦吊场：一出戏，其他角色先下场，只留下一二人独唱下场诗
　（或打诨），称为吊场。

⑧打个沙窝儿：指女人就地小便。

⑨过二分：过了三分之二。北宋苏东坡《水龙吟·杨花词》有
　"春色三分，二分尘土，一分流水"句。

⑩望春宫：唐代宫殿名，故址在今陕西西安东。

⑪柳细蒲新：唐代杜甫《哀江头》诗有"细柳新蒲为谁绿"
　句，此为翻用。

⑫金泥：又名泥金，一种掺有黄金的高级染料，古人用来漂染
　衣料。

⑬偏背：意即独自得了宠爱。

⑭淡扫蛾眉朝至尊：唐代诗人张祜《集灵台》之二中的诗句，说虢国夫人"承主恩"时"却嫌脂粉污颜色，淡扫蛾眉朝至尊"，指出了她淡妆的风格。

⑮"红桃碧柳禊堂春"四句：本出下场诗四句分别出自沈佺期《上巳日祓禊渭滨应制》、张谔《九日》、武平一《兴庆池侍宴应制》、杜甫《紫薇花》。前三者都是描写节庆场面的（九日即重阳），用以烘托"禊游"的狂欢化画面，十分贴切。

点评：

中国传统节日是先民时间意识自觉的产物。节日均衡分布四季，行事充分体现对自然的亲近、对生命的关怀和对人情的呼唤。三月上巳则是对青春生命作出关怀的节日。其中心行事是祓禊沐浴，以求助人的健康成长；其水滨嬉戏对歌，是青春男女寻求佳偶的绝好时机；其节日崇拜的神祇是高禖，那是媒神，是人类繁衍自身、祈求子嗣的神秘力量象征。由此说来，三月三上巳节可谓中国传统的"情人节"。

这出戏名唤"禊游"，出游的时间正好是三月三日。"三月三"，魏晋以前称为上巳节，日期为农历三月的第一个巳日，故又称"元巳"。魏晋以后，改为农历三月三日，故又称"三巳"、"重三"。春秋时期上巳节已在流行。《诗经·郑风·溱洧》诗就是对春秋时期郑国士女在溱、洧两河岸边过上巳节的写照，上巳节的主要仪式就是祓禊。祓，即祛除，禊，为洁意，所谓"祓禊"，即以水洗去污垢和疾疫。是日，人们到河边以香薰草药沐浴，通过洗濯身体，达到避灾祛邪、祈福降吉的目的。《周礼·春官·女巫》云："女巫掌岁时祓除衅浴。"郑玄注："岁时祓除，如今三月上巳如水上之类。衅浴，谓以香薰草药沐浴。"可见祓禊风俗在周代就有了。但将祓禊风俗确定在三月上巳则是在汉代。东汉蔡邕有"今三月上巳，祓禊于水滨"之言，而《后汉书·礼仪志》也载："三月上巳，官民皆洁于东流水上，自洗濯，祓除宿垢，为大洁。"可见，汉代的祓禊仍以"洗濯"为其主要行为。上巳节无疑是古代举行"祓除衅浴"活动的"岁时"中最为重要的节日，而其事最初由女巫主掌，且载入官方礼制，说明上巳节原本是全民参与的巫祭活动，它的源头十分古老。

"祓禊"在晋代已成了春游野宴的行乐活动。最著名的一次当数东晋永和九年（353）三月三日王羲之与其友人的兰亭之会。王羲之乘兴而作的《兰亭集序》记录了当时聚会的盛况，"曲水流觞"遂成历史佳话，多为后人效仿。渐渐地，"祓禊"的祈祭演成了风雅的行乐。《南齐书·礼志》载："三月三日曲水会，古祓禊祭也。"南朝梁时宗懔的《荆楚岁时记》也载："三月三日，士民并出江渚沼间，为流杯曲水之饮。"南朝时期的"流杯"诗赋颇多，直到唐代仍见诸歌咏，这一出戏，就是根据唐代杜甫的《丽人行》的内容演化而来。

你看，远远的，三国夫人的马车驶近了。净扮安禄山也来了，前面他说："今乃三月三日，皇上与贵妃游幸曲江。三国夫人随驾。倾城士女，无不往观。"这一情节，就是由杨家诸姐妹从幸华清池的史实,与杜甫《丽人行》捏合而成的。众姐妹随从一个男人,是当时少数民族突厥的婚俗。康保成先生曾对这一情节做过很好的考证,他参合《旧唐书·杨贵妃传》中贵妃三姐妹"并承恩泽"和唐代李肇《唐国史补》中"诏令杨氏三夫人约为兄弟"的史料,说明杨氏三姐妹同事一个男人是当时的突厥风俗的影响所致,安禄山的"心动"也事出有因,他就属于突厥人,所以他对唐明皇的"群花归一人"羡慕不已,恨恨道:"唐天子,唐天子!你有了一位贵妃,又添上这几个阿姨,好不风流也!"他从羡慕到嫉妒,及至造反作乱,江山美女都要夺。三月三上巳节自古就是个两性放纵的日子,这才有剧中三姐妹同事一个男人的事情发生。《诗经·郑风·溱洧》描写的三月上巳郑国的溱、洧两河边男女恋爱的大集会,男男女女在一起沐浴、调情,"行夫妻事",也就是说,是夫妻须行夫妻事,不是夫妻亦能"行夫妻事"。其余的日子就不可能有这样自由了。《禊游》中三月三那天杨贵妃对李隆基将虢国夫人带进宫去,嫉妒万分,大发醋意,结果弄得龙颜大怒,被谪出宫去;而第十九出《絮阁》同样是这一对帝妃,李隆基复宠梅妃,杨贵妃妒心大发,李对杨的闹阁大闹、冷嘲热讽不但没有发怒,而且还十分害怕,千方百计回避遮盖,事发之后连声检讨,不久又对着双星"密誓",让爱妃放心。两次夫妻吵嘴两种结局,那是因为,从民俗文化的视角看来,《絮阁》中杨贵妃是"有理取闹",而《禊游》中则是"无理取闹"。这里的"理",便是民间习俗之"理"。平日里不可"出轨",但有一些节日,特别像三月三这样的两性狂欢的节日，就可以网开一面。皇家爱事，亦受民俗的约定俗成左右。

《禊游》这出戏真个是热闹非凡，前面走了三国夫人，后面又来了好色之徒安禄山和色厉内荏的杨国忠。安禄山直勾勾地盯着三国夫人疾驰而过，杨国忠还一厢情愿地以为安禄山惧怕自己的声威而故意躲避，这两个细节把人物刻画得惟妙惟肖，跃然纸上，令人忍俊不禁。

这出戏的主要情节取自杜甫的《丽人行》，其间一些唱词采用了诗人对杨氏一家颇具讽刺性的话语：如【前腔】中写杨国忠飞扬跋扈的两句唱词就取自诗中"炙手可热势绝伦，慎莫近前丞相嗔"；【浆水令】唱词则取自"杨花雪落覆白蘋，青鸟飞去衔红巾"，委婉且得体地表达了作者的态度。阅读时可以两者相参。

这一出后半剧情放纵，人物语言、行动放肆，出场的村妇、丑女、舍人、卖花娘子四人，更是调笑不已，舍人嘲笑丑女的长相，丑女的回话里就涉及了性："你后庭像银矿，掘过几多人？"村妇拾到茶片，还以为是"耍药（春药）"；丑女临下场，叫两人等一等，她"尿急了，且在这里打个沙窝儿去"，当场表演了尿尿。这种表演，至今还保留在韩国的假面剧中，且十分多见。这几个人相约去拾拣游春人掉落在地上的饰物，其实也是捡拾三月三男女性狂欢野合遗下的物品。剧情处处表现出三月三的性放纵痕迹。

民俗学中有"常民性"的文化概念，民俗学家指出："常民"中的"民"，不仅指民众，还包括皇家官僚，其所指与能指都包括全体受制于同一文化传统的人群。

春色撩人，爱花风如扇，柳烟成阵。行过处，辨不出紫陌红尘。

第六出　傍　讶

【中吕过曲】【缕缕金】（丑上）欢游罢，驾归来。西宫因个甚，恼君怀？敢为春筵畔，风流尴尬，怎一场乐事陡成乖①？教人好疑怪，教人好疑怪。

前日万岁爷同杨娘娘游幸曲江，欢天喜地。不想昨日娘娘忽然先自回宫，万岁爷今日才回，圣情十分不悦。未知何故？远远望见永新姐来了，咱试问他。（老旦上）

【前腔】宫帏事②，费安排。云翻和雨覆，蓦地闹阳台③。（丑见介）永新姐，来得恰好。我问你，万岁爷为何不到杨娘娘宫中去？（老）唉，公公，你还不知么！两下参商后，装幺作态④。（丑）为着甚来？（老）只为并头莲傍有一枝开⑤。（丑）是那一枝呢？（老笑介）公公，你聪明人自参解，聪明人自参解。

（丑笑介）咱那里得知！永新姐，你可说与我听。（老）若说此事，原是我娘娘自己惹下的。（丑）为何？（老）只为娘娘把那虢国夫人呵，

【剔银灯】常则向君前喝采，妆梳淡，天然无赛。那日在望春宫，教万岁召他侍宴。三杯之后，便暗中筑座连环寨⑥，哄结上同心罗带⑦。（丑拍手笑介）阿呀，咱也疑心有此。却为何烦恼哩？（老）后来娘娘恐怕夺了恩宠，因此上嫌猜。恩情顿乖，热打对鸳鸯散开⑧。

（丑）原来虢国夫人，在望春宫有了言语，才回去的。（老）便是。那虢国夫人去时，我娘娘不曾留得。万岁爷好生不快，今日竟不进西宫去了。娘娘在那里只是哭哩。（丑）咱想杨娘娘呵，

【前腔】娇痴性，天生忒利害。前时逼得个梅娘娘，直迁置楼东无奈。如今这虢国夫人，是自家的妹子，须知道**连枝同气情非外**，怎这点儿也难分爱。（老）这且休提。只是往常，万岁爷与娘娘行坐不离，如今两下不相见面，怎生是好？（丑）吾侪、如何布摆，且和你从旁看来。

（内）有旨宣高公公。（丑）来了。

狎宴临春日正迟，韩　偓

（老旦）宠深还恐宠先衰。罗　虬

（丑）外头笑语中猜忌，陆龟蒙

（老旦）若问傍人那得知！崔　颢⑥

注释：

①陡成乖：突然发生变化。乖，违背，相反。

②宫帏事：帝王与后妃间的事。宫帏，后妃居住的地方。

③云翻和雨覆，蓦地闹阳台：战国时期楚国宋玉《高唐赋》："旦为行云，暮为行雨；朝朝暮暮，阳台之下。"此处反其意而用之，意近"翻手为云覆手为雨"，形容两人突然翻脸闹别扭。

④两下参商后，装幺作态：两人闹别扭，装腔作势。参、商，皆为二十八宿之一，两者此出彼没，此处比喻分离。

⑤并头莲：即并蒂莲。比喻情人的亲密关系。元代王实甫《西厢记》第二本《崔莺莺夜听琴杂剧》有说白："地生连理木，水出并头莲。"

⑥连环寨：原指互相连通的营寨，此处喻李、杨与虢国夫人的三角恋关系。

⑦同心罗带：即同心结。

⑧热：中原一带的方言，"几乎"的意思。

⑨"狎宴临春日正迟"四句：本出下场诗首句出自韩偓的《侍
　宴》，临春，南朝陈后主的宫殿名；第二句出自罗虬的《比红
　儿诗》；第三句见陆龟蒙《鹤媒歌》；末句见崔颢《孟门行》。

点评：

　　中国文艺中的爱情作品，多表现婚姻前或者婚姻外的
爱情，表现婚姻里的爱情生活非常少见，故而清代沈复的
《浮生六记》里的一些篇章就显得难能可贵。戏曲的情况
亦复如此。《西厢记》《牡丹亭》都演述到婚姻就戛然而止。
《长生殿》可谓把《西厢记》《牡丹亭》的终点作为了起点，
"专写钗盒情缘"，即专写婚姻内的夫妻情缘。当然，这一
对夫妻不是一般的夫妻，是帝妃，是贵族，应当缺少普遍
意义。但是，戏剧向观众展示的，大量的却是世常化的夫
妻生活画面，比如这出的闹别扭。

　　话说"三月三日"曲江宴游之后，李隆基召虢国夫人进
宫陪主伴驾，两人暗中勾搭有了私情。这下可惹恼了杨玉
环，醋海起波澜，于是便与李隆基好一阵撒泼吵闹。那李
隆基乃是一朝天子，尽管心里有愧，但面子上无论如何过
不去，帝、妃之间爆发了一场冷战。《傍讶》这出戏的特点
就是把皇上与虢国夫人暗度陈仓的好戏，经过侧面旁人的
对话一一交待清楚，可见作者在创作时的灵活多变。率先
上来的还是高力士，不用多说，众所周知，高力士在这段
帝妃之恋中扮演的角色有多重要了。

永新、念奴乃是侍奉杨玉环的两个宫女，对贵妃娘娘的事情，岂有不知之理。针对高力士看到的情况：杨贵妃提前一天回宫，也不留姐姐虢国夫人多住些日子，"万岁爷今日才回，圣情十分不悦"，看来，李、杨两个人还真的闹起别扭来了。永新便将实情一五一十告诉了高力士。

　　听完永新的汇报，高力士作了总结发言，真可谓一语中的：杨娘娘是"娇痴性，天生忒利害"。日后李隆基、杨玉环这点折腾，也够高力士忙乎好一阵子了。只是，君王重色与贵妃追求专爱之间，如何达到一个平衡点，恐怕是一个千古以来都难以解决的问题，就看洪昇在剧中如何打开这个结了。

　　董每戡先生在他的《五大名剧论·长生殿》篇里，对本出《傍讶》说过这样一段话："表面上看来是一出'过场戏'，却非有不可，一因从旁观者的眼里看出第一对矛盾之所以产生和成长比直接描写来得好，它虽是矛盾，在整个剧本中比重不大，不必要正面写；二因使观众产生时间间隔的错觉，没有它，就会显得刚刚定情，开始热恋，怎么能有下一出忤旨出宫的行为呢？未免时间太短，翻脸太快，有了这个'过场'，这个缺点就消除了。"董先生还将此出与第九出《疑谶》做了比较，认为"同样由旁观者眼中看出另一巨大矛盾冲突必然产生"的《疑谶》，与《傍讶》出"对峙"，分别承担表现爱的矛盾与政治的矛盾。董每戡先生独具慧眼，他对本出的评论别出心裁，笔者同意他最后所说的评语："此等处正是作者的文笔老练、匠心细致的成果。"

第七出　幸　恩

【商调引子】【绕池游】（贴上）瑶池陪从①，何意承新宠！怪青鸾把人和哄②，寻思万种。这其间无端噏动③，奈谣诼蛾眉未容④。

玉燕轻盈弄雪辉⑤，杏梁偷宿影双依⑥。赵家姊妹多相妒，莫向昭阳殿里飞。奴家杨氏，幼适裴门。琴断朱弦，不幸文君早寡⑦；香含青琐，肯容韩掾轻偷⑧？以妹玉环之宠，叨膺虢国之封。虽居富贵，不爱铅华。敢夸绝世佳人，自许朝天素面。不想前日驾幸曲江，敕陪游赏。诸姊妹俱赐宴于外，独召奴家到望春宫侍宴。遂蒙天眷，勉尔承恩。圣意虽浓，人言可畏。昨日要奴同进大内，再四辞归。仔细想来，好傚幸人也。

【商调过曲】【字字锦】恩从天上浓，缘向生前种。金笼花下开，巧赚娟娟凤⑨。烛花红，只见弄盏传杯；传杯处，蓦自里话儿唧哝。匆匆，不容宛转，把人央入帐中。思量帐中，帐中欢如梦。绸缪处，两心同。绸缪处，两心暗同。奈朝来背地，有人在那里，人在那里，妆模作样，言言语语，讥讥讽讽，咱这里羞羞涩涩，惊惊恐恐，直恁被他抟弄⑩。

【不是路】（末扮院子、副净扮梅香暗上）（老旦引外扮院子、丑扮梅香上）吹透春风，威畹花开别样秾⑪。前日裴家妹子独承恩幸。我约柳家妹子，同去打觑一番。不料他气的病了，因此独自前去。（外）禀夫人：到虢府了。（老旦）通报去。（外报介）（末传介）韩国夫人到。（贴）道有请。（副净请介）（外、末暗下）（贴出，迎老旦进介）（贴）姊姊请。（副净、丑诨下）（老旦）妹妹喜也。（贴）有何喜来？（老旦）邀殊宠，一枝已傍日边红。（贴作羞介）姊姊，说那里话！我进离宫，也不过杯酒相陪奉，湛露君恩内外同。（老旦笑介）虽则一般赐宴，外边怎及里边。休调哄，九重春色偏知重[12]，有谁能共？（贴）有何难共？

（老旦）我且问你，看见玉环妹妹，在宫光景如何？

【满园春】（贴）春江上，景融融。催侍宴，望春宫。那玉环妹妹呵，新来倚贵添尊重。（老旦）不知皇上与他怎生恩爱？（贴）春宵里，春宵里，比目儿和同[13]。谁知得雨云踪？

（老旦）难道一些不觉？（贴）只见玉环妹妹的性儿，越发骄纵了些。细窥他个中，漫参他意中，使惯娇憨。惯使娇憨，寻瘢索绽[14]，一谜儿自逞心胸[15]。

（老旦）他自小性儿是这般的，妹妹，你还该劝他才是。（贴）那个耐烦劝他？

【前腔】【换头】（老旦）他情性多骄纵，恃天生百样玲珑，姊妹行且休傍作诵[16]。况他近日呵，昭阳内，昭阳内，一人独占三千宠[17]？问阿谁能与竞雌雄？（贴）谁与他争，只是他如此性儿，恐怕君心不测。（老旦起，背介[18]）细听裴家妹子之言，必有缘故。细窥他个中，漫参他意中，使恁骄嗔。恁使骄嗔，藏头露尾，敢别有一段心胸！

（末上）意外闻严旨，堂前报贵人。（见介）禀夫人：不好了。贵妃娘娘忤旨，圣上大怒，命高公公送归丞相府中了。（老旦惊介）有这等事！（贴）我说这般心性，定然惹下事来。（老旦）虽然如此，我与你姊妹之情，且是关系大家荣辱，须索前去看他才是！

（贴）正是，就请同行。（老旦）

【尾声】忽闻严谴心惊恐，（贴）整香车同探吉凶。姊姊，那玉环妹妹，可不被梅妃笑杀也！（合）倒不如冷淡梅花仍开紫禁中！

    （贴）传闻阙下降丝纶，刘长卿

    （老旦）出得朱门入戟门；贾　岛

    （贴）何必君恩能独久，乔知之

    （老旦）可怜荣落在朝昏。李商隐⑲

注释：

①瑶池陪从：《穆天子传》："天子觞西王母于瑶池之上。"此处借指侍宴曲江。

②青鸾：青鸟，相传为西王母的使者。和哄：哄骗。

③歆（xīn）动：动情。

④奈谣诼蛾眉未容：战国时期楚国屈原《楚辞·离骚》："众女嫉余之蛾眉兮，谣诼谓余以善淫。"谣诼，本为造谣、毁谤之意。这里指杨玉环。蛾眉，虢国夫人自指。

⑤玉燕：指赵飞燕及其妹妹，史载赵氏两姐妹皆身轻如燕，善宠后宫，此处借指虢国夫人自己及其妹杨玉环。

⑥杏梁：以杏木做梁，言其高贵，此处借指唐明皇后宫。

⑦琴断朱弦，不幸文君早寡：此处为虢国夫人用卓文君早年守寡典故以自指，表明自己与文君同命运。卓文君为临邛（今四川临峡）巨商卓王孙之女，精通音律，善弹琴，有文才，寡居时听到司马相如弹琴而心生爱慕，后与司马相如私奔。

⑧香含青琐，肯容韩掾轻偷：用韩寿偷香典故，说明自己洁身自好。青琐，古代门窗上的装饰物，代指闺房。韩掾，名

寿，据《晋书》卷四十《贾充传》所附《贾谧传》，贾充之女贾午对父亲贾充的司空掾韩寿心生爱悦，使其婢女代为致意，韩寿于是逾墙与之私通。贾午偷武帝赐给贾充的西域异香赠韩寿。此香一著体则香气数月不散，因此二人私情被贾充发觉，遂以贾午嫁韩寿。后以"偷香"谓女子爱悦男子，或比喻男女暗中通情。

⑨金笼花下开，巧赚娟娟凤：在花下张开金色笼子，把凤凰巧妙地哄骗进去，喻指自己受唐明皇的诱奸。

⑩抟（tuán）弄：耍弄，摆布。

⑪戚畹（wǎn）花开别样秾（nóng）：戚畹，即"戚里"，指外戚居处之地。花，指虢国夫人。秾，花木很盛。

⑫九重：本指皇帝居住处，此借指皇帝。

⑬比目儿：比目鱼。比喻形影不离的夫妇。

⑭寻瘢索绽：寻找别人的缺点。

⑮一谜儿：一味地。

⑯作诵：说人坏话。

⑰一人独占三千宠：出自唐代白居易《长恨歌》："后宫佳丽三千人，三千宠爱在一身。"

⑱背：戏曲术语，即"打背供（躬）"，指剧中人这一说白是直接对观众说的，类似内心独白。

⑲"传闻阙下降丝纶"四句：本出下场诗首句出自刘长卿《狱中闻收东京有赦》，丝纶，即圣旨；第二句出自贾岛《上杜驸马》，戟门，指贵族之家；第三句出自乔知之《折杨柳》，末句出自李商隐《槿花》。

点评：

　　虢国夫人自从与皇上欢会之后，其实也是恐惧大过甜蜜。要知道人言可畏，自己横刀夺了妹子的爱，独擅情场，终归有些说不过去。再者说，就算自己心里不当回事，外面的闲言碎语也能把人给活吞了。一想到这，虢国夫人真是好不烦恼！虢国夫人忙着为自己申辩，一不留神露了马脚。你看"思量帐中，帐中欢如梦。缔缪处，两心同"这样的词，不禁又让人恍然大悟：原来这就是一出"周瑜打黄盖"的好戏！这虢国夫人可不是省油的灯，别看她表面上一副无辜样，其实专横得很，杨氏三夫人里，属她势力最大。有元稹之诗为证："虢国门前闹如市"，"杨氏诸姨车斗风"。

　　落井下石，似乎哪朝哪代都缺不了这样的角色。她们就是为了让这世间多些响动而生的，看旁人的笑话，是他们应尽的职责。这不，韩国夫人袅袅地来了。她先是不阴不阳地揶揄了虢国夫人几句，让虢国夫人下不了台。董每戡先生对这一出的解读也颇具慧眼，他说：这一出"曲和白虽不多，三姊妹的心情如画，秦国年最少，急色至于气病了；韩国年最老，也禁不住笑在脸上，讥在口上，却酸在心上。""虢国因玉环嫉妒而心存芥蒂"，"玉环忤旨被谪出宫，虢国觉得她活该，但也不能不担心杨家会因此失势"，他认为虢国的"幸灾乐祸"及矛盾心理描写得真实而细致。董先生对杨玉环的解读尤其到位："深情跟嫉妒是一对孪生姊妹"，"爱得深才妒得狠"。所以不管是梅妃，还是姊姊虢国夫人，杨玉环对她们都怀有嫉妒之心。董每戡先生的分析可谓怀有理解的同情之心。

洪昇的笔墨，非同寻常，剧中的两次吃醋，写得绝不相同，后面的《夜怨》《絮阁》是正面写，连出名也紧扣杨妃，紧扣嫉妒；而这里的杨妃吃虢国夫人的醋，却是侧面写，写宫女、太监眼中的李、杨别扭，以虢国夫人的矛盾心理来反衬李、杨的深情。

他情性多骄纵，恃天生百样玲珑，姊妹行且休傍作诵。况他近日呵，昭阳内，昭阳内，一人独占三千宠。问阿谁能与竞雌雄？

第八出　献　发

（副净急上）天有不测风云，人有旦夕祸福。下官杨国忠，自从妹子册立贵妃，权势日盛。不想今早忽传贵妃忤旨，被谪出宫，命高内监单车送到门来。未知何故？好生惊骇！且到门前迎接去。（暂下）

【仙吕过曲】【望吾乡】（丑引旦乘车上）无定君心，恩光那处寻？蛾眉忽地遭撖窖①，思量就里知他怎？弃掷何偏甚！长门隔②，永巷深③，回首处，愁难禁。

　　（副净上，跪接介）臣杨国忠迎接娘娘。（丑）丞相，快请娘娘进府，咱家还有话说。（副）院子，分付丫鬟每，迎接娘娘到后堂去。（丫鬟上，扶旦下车，拥下）（副净揖丑介）老公公请坐，不知此事因何而起？（丑）娘娘呵。

【一封书】君王宠最深，冠椒房专侍寝。昨日呵，无端忤圣心，骤然间商与参。丞相不要怪咱家多口，娘娘呵，生性娇痴多习惯，未免嫌疑生抱衾④。（副净）如今谪遣出来，怎生是好？（丑）丞相且到朝门谢罪，相机而行。（副净）老公公，全仗你进规箴，悟当今⑤。（丑）这个自然。（合）管重取宫花入上林⑥。

　　（丑）就此告别。（副净）下官同行。（向内介）分付丫鬟，好生伺候娘娘。（内应介）（副净）乌鸦与喜鹊同行，吉凶事全然未保。

　　（同丑下）

【中吕引子】【行香子】（旦引梅香上⑦）乍出宫门，未定惊魂，渍愁妆满面啼痕。其间心事，多少难论。但惜芳容，怜薄命，忆深恩。

> 君恩如水付东流，得宠忧移失宠愁。莫向樽前奏《花落》，凉风只在殿西头⑧。我杨玉环，自入宫闱，过蒙宠眷。只道君心可托，百岁为欢。谁想妾命不犹⑨，一朝逢怒。遂致促驾宫车，放归私第。金门一出，如隔九天。（泪介）天那，禁中明月，永无照影之期；苑外飞花，已绝上枝之望。抚躬自悼，掩袂徒嗟。好生伤感人也！

【中吕过曲】【榴花泣】【石榴花】罗衣拂拭，犹是御香熏，向何处谢前恩。想春游春从晓和昏⑩，**【泣颜回】**岂知有断雨残云！我含娇带嗔，往常间他百样相依顺，不提防为着横枝⑪，陡然把连理轻分。

> 丫鬟，此间可有那里望见宫中？（梅）前面御书楼上，西北望去，便是宫墙了。（旦）你随我楼上去来。（梅）晓得。（旦登楼介）西宫渺不见，肠断一登楼。（梅指介）娘娘，这一带黄设设的琉璃瓦，不是九重宫殿么？（旦作泪介）

【前腔】凭高洒泪，遥望九重阊，咫尺里隔红云⑫。叹昨宵还是凤帏人，冀回心重与温存。天乎太忍，未白头先使君恩尽（梅指介）呀，远远望见一个公公，骑马而来，敢是召娘娘哩！（旦叹介）料非他丹凤衔书，多又恐乌鸦传信。

注释：

①撷窨（diān yìn）：挫折，指遭谴。

②长门：用汉武帝时陈皇后失宠请司马相如写作《长门赋》之典，借指自己当下处境与陈皇后相似。

③永巷：原指汉代宫中的长巷，用以幽闭罪错宫女。这里是

借指。

④未免嫌疑生抱衾：指因虢国夫人与唐明皇发生关系而生
嫌疑。

⑤当今：即当今皇帝。

⑥重取宫花入上林：使杨贵妃重新回到皇帝身边。宫花，喻指
杨贵妃。上林，即上林苑，御花园。

⑦梅香：戏曲中婢女的统称。

⑧莫向樽前奏《花落》，凉风只在殿西头：见唐代李商隐《宫
辞》诗。《花落》，即《梅花落》，乐曲名。

⑨不犹：不如平常。犹，平常。

⑩春游春从晓和昏：衍用自唐代白居易《长恨歌》："春游春从
夜专夜。"

⑪横枝：喻指虢国夫人。

⑫红云：谓神仙居处，此指皇帝所在。

（旦下楼介）（丑上）暗将怀旧意，报与失欢人。（见介）高力士叩
见娘娘。（旦）高力士，你来怎么？（丑）奴婢恰才覆旨，万岁爷
细问娘娘回府光景，似有悔心。现今独坐宫中，长吁短叹，一定
是思想娘娘。因此特来报知。（旦）唉，那里还想着我！（丑）奴
婢愚不谏贤，娘娘未可太执意了。倘有甚么东西，付与奴婢，乘
间进上，或者感动圣心，也未可知。（旦）高力士，你教我进什么
东西去好？（想介）

【喜渔灯犯】【喜渔灯】思将何物传情惆①，可感动君？我
想一身之外，皆君所赐，算只有愁泪千行，作珍珠乱滚；又
难穿成金缕把雕盘进。哦，有了，【剔银灯】这一缕青丝香

润，_{曾共君}枕上并头相偎衬，_{曾对君}镜里撩云。丫鬟，取镜台金剪过来。（梅应，取上介）（旦解发介）哎，头发，头发，【渔家傲】可惜你伴我芳年，剪去心儿未忍。只为欲表我衷肠。（作剪发介）剪去心儿自悯。（作执发起，哭介）头发，头发，【喜渔灯】全仗你寄我殷勤。（拜介）我那圣上呵，奴身止<u>鬙鬙</u>发数根②，这便是我的残丝断魂。

（起介）高力士，你将去与我转奏圣上。（哭介）说妾罪该万死，此生此世，不能再睹天颜！谨献此发，以表依恋。（丑跪接发搭肩上介）娘娘请免愁烦，奴婢就此去了。好凭缕缕青丝发，重结双双白首缘。（下）（旦坐哭介）（老旦、贴上）

【榴花灯犯】【剔银灯】听说是贵妃妹忤君。【石榴花】听说是返家门，【普天乐】听说是失势兄忧悯，听说是中官至③，未审何云？（进介）贵妃娘娘那里？（梅）韩、虢二国夫人到了。（旦作哭不语介）（老旦、贴见介）（老旦）贵妃请免愁烦。（同哭介）（贴）前日在望春宫，皇上十分欢喜，为何忽有此变？【渔家傲】我只道万岁千秋欢无尽，【尾犯序】我只道任伊行笑謇④，【石榴花】我只道纵差池⑤，谁和你评论？（老旦）裴家妹子，【锦缠道】休只管闲言絮陈。贵妃，你逢薄怒其中有甚根因⑥？（旦作不理介）（贴）贵妃，你莫怪我说，【剔银灯】自来宠多生嫌衅，可知道秋叶君恩？恁为人，怎趋承至尊？（老旦合）【雁过声】姊妹_每情切来相问，为甚么耳畔啾啾，_{总似}不闻？（旦）

【尾声】秋风团扇原吾分⑦，多谢连枝特过存⑧。总有万语千言_只在心上忖。

（竟下）（贴）姊姊，你看这个样子，如何使得？（老旦）正是，我每特来看他，他心上有事，竟自进房去了。妹子，你再到望春宫时，休要学他。（贴羞介）唉！

今朝忽见下天门，张　籍
（老旦）相对那能不悃神。廖匡图
（贴）冷眼静看真好笑，徐　夤
（老旦）中含芒刺欲伤人。陆龟蒙⑨

注释：

①悃（kǔn）：真诚。

②鬖鬖（sān）：下垂的样子。

③中官：即太监。

④伊行：她那里。

⑤差池：过失。

⑥薄怒：即怒。薄，语助词。

⑦秋风团扇：秋风起，团扇便被抛弃，喻指失宠。

⑧连枝特过存：姊妹们特地来慰问。

⑨"今朝忽见下天门"四句：本出下场诗首句出自张籍《朝日敕赐百官樱桃》，第二句见廖匡图《九日陪董内召登高》，第三句见徐夤《上卢三拾遗以言见黜》，末句见陆龟蒙《蔷薇》。

点评：

　　杨贵妃因为姐姐虢国夫人的事，嫉妒万分，大发醋意，结果弄得龙颜大怒，被谪出宫去。"君恩如水付东流，得宠忧移失宠愁"，她也是害怕的。但皇帝说出的话"驷马难追"又是收不回的，两个相爱的人就这样"僵"在那里了。幸好高力士懂得男女心境，及时传达万岁爷"似有悔心"的信息；亦幸好玉环女聪明，见好就收，剪下青丝一缕，请高力士带进宫去，就"说妾罪该万死，此生此世，不能再睹天颜！谨献此发，以表依恋"。这话说得多么得体、多么富有感情！"罪该万死"只能由"妾"说，只能由"妾"先说，你还指望皇帝先给你赔罪！

一缕头发可以作为代言、传递情愫，这源于国人非常重视头发的文化传统。《孝经》说："身体发肤，受之父母，不敢毁伤，孝之始也。"古人是把头发和皮肤、身体放在一个等级上等量齐观的。所以有曹操可以"割发代首"之事。国人珍视头发，因而有一头好发是值得骄傲的事，称作"美发"或"秀发"。史书上记有许多"美发"以及以发易酒、易书、易衣的事。西汉刘向《列女传》记有一个叫乐羊子的人学书，家里穷困，"其妻贞义，截发以供其费"。靠妻子卖头发就能够维持家用，妻子将头发卖掉帮助丈夫，这里面自然主要是爱的成分。这故事与戏曲《琵琶记》里的赵五娘有点相似，只是赵五娘是"捉发买葬"，卖发所得用于埋葬公婆。

在中国民间的传统里，用自己的头发作定情信物送给情人，也很多见，所以《婚姻家庭大辞典》"定情信物"条云："中国古代，一把香扇、一只玉簪、一缕青丝等，都可以成为相爱的标志。"1949年大陆解放，一士兵不得已去台湾，他新婚妻子剪去长发辫，一根送给爱人收藏，几十年后，老兵才有机会回家乡，当两位老人把一双乌黑发辫放在一处，各自看着对方的苍苍白发时，泣不成声，周围也一片唏嘘。中国民间还把初结合而成的夫妻叫"结发夫妻"，还要行"结发礼"的，也是头发与情感相联系之实例。

美发是美人的一个美处，且是比较重要的一个方面，是首先印入人眼帘的部分，头发的好坏确实重要，关系到给人的第一印象，现代人际交往学上也讲究"首印效果"。《史记·外戚世家》里记载：卫子夫原来是汉武帝的"侍衣"，上巳节那天"得幸"，解开头上发髻，瀑布一样的黑发散挂下来，武帝"见其发鬓，悦之，因立为后"，卫子夫因此当上了皇后，堪称中国历史上的"美发皇后"了。汉武帝另一个宠幸的女子李夫人，后来得病形容憔悴，死时以头发盖面，知道武帝喜欢美发，便只以美发相示。

杨玉环自然也很明白自己头发的美处和在得宠中的重要作用。"这一缕青丝香润，曾共君枕上并头相偎衬，曾对君镜里撩云"，黑发光亮散发着幽香，曾经与爱人耳鬓厮磨，爱人曾观看过自己的对镜梳妆。此时此物最相思，"全仗你寄我殷勤"，千言万语都寄托在头发上了。"曾对君镜里撩云"的"撩"字下得好！现在，仰仗它去"撩"动三郎的旧情记忆了。

全仗你寄我殷勤。我那圣上呵，奴身止鬓发数根，这便是我的残丝断魂。

第九出　复　召

【南吕引子】【虞美人】（生上）无端惹起闲烦恼，有话将谁告？此情已自费支持，怪杀鹦哥不住向人提。

　　辇路生春草，上林花满枝。凭高何限意，无复侍臣知①。寡人昨因杨妃娇妒，心中不忿②，一时失计，将他遣出。谁想佳人难得，自他去后，触目总是生憎，对景无非惹恨。那杨国忠入朝谢罪，寡人也无颜见他。（叹介）咳，欲待召取回宫，却又难于出口，若是不召他来，教朕怎生消遣，好刮划不下也③！

【南吕过曲】【十样锦】【绣带儿】春风静，宫帘半启，难消日影迟迟。听好鸟犹作欢声，睹新花似斗容辉。追悔，【宜春令】悔杀咱一划儿粗疏，不解他十分的好娇。枉负了怜香惜玉，那些情致。（副净扮内监上）脍下玉盘红缕细，酒开金瓮绿醅浓。（跪见介）请万岁爷上膳。（生不应介）（副净又请介）（生恼介）咄，谁着你请来！（副净）万岁爷自清晨不曾进膳，后宫传催排膳伺候。（生）咄，什么后宫！叫内侍。（二内侍应上）（生）揣这厮去，打一百，发入净军所去④。（内侍）领旨。（同揣副净下）（生）哎，朕在此想念妃子，却被这厮来搅乱一番。好烦恼也！

【降黄龙换头】思伊，纵有天上琼浆，海外珍馐，知他甚般滋味！除非可意立向跟前，方慰调饥。（净扮内监上）尊前绮席陈歌舞，花外红楼列管弦。（见跪介）请万岁爷沉香亭上饮宴，听赏梨园新乐⑤。（生）咄，说甚沉香亭，好打！（净叩头介）非干奴婢之事，是太子诸王，说万岁爷心绪不快，特请消遣。（生）咄，我心绪有何不快！叫内侍。（内侍应上）（生）揣这厮去，打一百，发入惜薪司当火者去⑥。（内侍）领旨。（同揾净下）（生）内侍过来。（内侍应上）（生）着你二人看守宫门，不许一人擅入，违者重打。（内侍）领旨。（作立前场介）（生）唉，朕此时有甚心情，还去听歌饮酒。【醉太平】想亭际、凭阑仍是玉阑干，问新妆有谁同倚？就有新声呵，知音人逝，他鹍弦绝响，我玉笛羞吹。（丑肩搭发上）【浣溪沙】离别悲，相思意，两下里抹媚谁知⑦！我从旁参透个中机，要打合鸾凰在一处飞。（见内侍介）万岁爷在那里？（内侍）独自坐在宫中。（丑欲入，内侍拦介）（丑）你怎么拦阻咱家？（内侍）万岁爷十分着恼，把进膳的连打了两个，特着我每看守宫门，不许一人擅入。（丑）原来如此，咱家且候着。（生）朕委无聊赖，且到宫门外闲步片时。（行介）看一带瑶阶依然芳草齐，不见蹴裙裾，珠履追随。（丑望介）万岁爷出来了，咱且闪在门外，觑个机会。（虚下、即上听介）（生）寡人在此思念妃子，不知妃子又怎生思念寡人哩！早间问高力士，他说妃子出去，泪眼不干，教朕寸心如割。这半日间，无从再知消息。高力士这厮，也竟不到朕跟前，好生可恶！（丑见介）奴婢在这里。（生）（作看丑介）（生）高力士，你肩上搭的甚么东西？（丑）是杨娘娘的头发。（生笑介）什么头发？（丑）娘娘说道：自恨愚昧，上忤圣心，罪应万死。今生今世，不能够再睹天颜，特剪下这头发，着奴婢献上万岁爷，以表依恋之意。（献发介）（生执发看，哭介）哎哟，我那妃子呵！【啄木儿】记前宵枕边闻香气，到今朝剪却和愁寄。觑青丝，肠断魂迷。想寡人与妃子，恩情中断，就似这头发也。一霎里落金刀，长辞云髻。（丑）万岁爷！【鲍老催】请休惨凄，奴婢想杨娘娘既蒙恩幸，万岁爷何惜宫中片席之地，乃使沦落外边⑧！春风肯教天上回，名花便从苑外移。（生作想介）只是寡人已经放出，怎好召还？

（丑）有罪放出，悔过召还，正是圣主如天之度。（生点头介）（丑）况今早单车送出，才是黎明，此时天色已暮，开了安庆坊，从太华宅而入⑨，外人谁得知之。（叩头介）乞鉴原，赐迎归，无淹滞。稳情取一笑愁城自解围。（生）高力士，就着你迎取贵妃回宫便了。（丑）领旨。（下）（生）咳，妃子来时，教寡人怎生相见也！【下小楼】喜得玉人归矣，又愁他惯娇嗔，背面啼，那时将何言语饰前非！罢，罢，这原是寡人不是，拼把百般亲媚，酬他半日分离。（丑同内侍、宫女纱灯引旦上）【双声子】香车曳，香车曳，穿过了宫槐翠。纱笼对，纱笼对，掩映着宫花丽。（内侍、宫女下）（丑进报介）杨娘娘到了。（生）快宣进来。（丑）领旨。杨娘娘有宣。（旦进见介）臣妾杨氏见驾。死罪，死罪！（俯伏介）（生）平身。（丑暗下）（旦跪泣介）臣妾无状⑩，上干天谴。今得重睹圣颜，死亦瞑目。（生同介）妃子何出此言？（旦）【玉漏迟序】念臣妾如山罪累，荷皇恩如天容庇。今自艾⑪，愿承鱼贯，敢妒蛾眉⑫？

（生扶旦起介）寡人一时错见，从前的话，不必再提了。（旦泣起介）万岁！（生携旦手与旦拭泪介）

【尾声】从今识破愁滋味，这恩情更添十倍。妃子，我且把这一日相思诉与伊。

（宫娥上）西宫宴备，请万岁爷、娘娘上宴。

（生）陶出真情酒满尊，　李　中

（旦）此心从此更何言，　罗　隐

（生）别离不惯无穷忆，　苏　颋

（旦）重入椒房拭泪痕。　柳公权⑬

注释：

①"辇路生春草"四句：见唐文宗《宫中题》诗。辇路，皇帝车驾所行之路。

②不惬：不满。

③刮（bǎi）划：即摆划，此指决断。

④净军所：明代监禁太监的地方。

⑤梨园：唐明皇时所设的宫廷音乐机关，其遗址在今陕西西安临潼华清宫。

⑥惜薪司：明代内官四司之一，掌薪炭之事。火者：这里指厨房伙夫。另，"火者"也可用指太监，一语双关。

⑦抹媚：痴迷貌。

⑧万岁爷何惜宫中片席之地，乃使沦落外边：《资治通鉴》卷二一六"玄宗天宝九载"："二月，杨贵妃复忤旨，送归私第。户部郎中吉温因宦官言于上曰：'妇人识虑不远，违忤圣心，陛下何爱宫中一席之地，不使之就死，岂忍辱之于外舍邪？'"可参照。

⑨开了安庆坊，从太华宅而入：北宋乐史《杨太真外传》卷上："力士因请就召，既夜，遂开安兴坊，从太华宅以入。"按：长安当时只有安兴坊没有安庆坊，而太华宅是太平公主之宅。

⑩无状：无礼。

⑪自艾：自怨自责。

⑫愿承鱼贯，敢妒蛾眉：意谓愿意依次而进，不敢妒嫉别的女子。

⑭"陶出真情酒满尊"四句：本出下场诗首句见李中《赠史虚

白》，第二句见罗隐《三衢哭孙员外》，第三句见苏颋《春晚紫薇省直寄内》，末句见柳公权《应制为宫嫔咏》。

点评：

花开两朵，各表一枝。此时的李隆基心里也不好受。两人毕竟恩爱了一段时间，怎么能说放弃就放弃呢！京剧《大唐贵妃》把《复召》和《密誓》两出戏的情节连在一起，借"七夕之盟"表达自己的悔意。这样的连缀虽嫌仓促，但对于一出两个多小时的戏来说，如此安排也算是合理。

皇上心中想着爱妃，食不甘味、触目生情了整整一天，已经掂量出玉环在自己心目中不可取代的地位，这一来进一步明白了她就是自己的"另一半"。正在无计可施的时候，高力士出现了。

高力士献发，先搭在肩上，故意引而不发；皇上不明就里，先发一"笑"，觉得有趣好奇；弄清原委后，执发而"哭"，此处描摹人物心理堪称细腻。果然，"献发"的动人效果非同寻常，万岁爷一见："记前宵枕边闻香气，到今朝剪却和愁寄。觑青丝，肠断魂迷。想寡人与妃子，恩情中断，就似这头发也。一霎里落金刀，长辞云髻。"这时的李隆基，再也抑制不住心中的感动，任感情的闸门打开，倾诉着自己的思念。他重新闻到了那一缕头发上的幽香，他读懂了蕴含在里面的愁绪，他由这缕断发联想到他俩恩情中断，他后悔自己的一时怒起。

复召，高力士再出良谋，促成杨玉环回宫。

感情问题不用愁，发愁就找高力士。此言不虚。《资治通鉴》上记载，这天夜里，玄宗特意准许乘夜打开"禁门"和坊门，迎回贵妃，一路由禁军护送。此等待遇，翻遍唐史也绝无仅有。足可见玄宗当时迫不及待的心情了。这位天子也是个性情中人，他也反省、也后悔，也能够检讨自己。最后，当着爱妃的面，能够说出"寡人一时错见"的话，不容易。

"从今识破愁滋味，这恩情更添十倍"。天底下的夫妻们闹别扭，谁个不是各自检讨让步，才达成重归于好的！这一次的李、杨别扭，是短暂的"生离"，后面的"埋玉"，是"死别"。生离时的这缕青丝，一直保留到死别。

如果说钗、钿是唐明皇赠给杨贵妃的定情物，那么这一缕青丝，就是杨的回赠。他们又一次"定情"。

香车曳，香车曳，穿过了官槐翠。纱笼对，纱笼对，掩映着官花丽。

第十出　疑　谶

（外扮郭子仪将巾、佩剑上①）壮怀磊落有谁知，一剑防身且自随。整顿乾坤济时了②，那回方表是男儿。自家姓郭名子仪，本贯华州郑县人氏。学成韬略，腹满经纶。要思量做一个顶天立地的男儿，干一桩定国安邦的事业。今以武举出身，到京谒选，正值杨国忠窃弄威权，安禄山滥膺宠眷。把一个朝纲，看看弄得不成模样了。似俺郭子仪，未得一官半职，不知何时，才得替朝廷出力也呵！

【商调】【集贤宾】论男儿壮怀须自吐，肯空向杞天呼③？笑他每似堂间处燕④，有谁曾屋上瞻乌⑤！不提防柙虎樊熊⑥，任纵横社鼠城狐⑥。几回家听鸡鸣，起身独夜舞⑦。想古来多少乘除⑧，显得个勋名垂宇宙，不争便姓字老樵渔！

且到长安市上，买醉一回。（行科）

【逍遥乐】向天街徐步⑨，暂遣牢骚，聊宽逆旅。俺则见来往纷如，闹昏昏似醉汉难扶，那里有独醒行吟楚大夫⑩！俺郭子仪呵，待觅个同心伴侣，怅钓鱼人去⑪，射虎人遥⑫，屠狗人无⑬。

（下）（丑扮酒保上）我家酒铺十分高，罚誓无赊挂酒标。只要有钱凭你饮，无钱滴水也难消。小子是这长安市上，新丰馆大酒楼，一个小二哥的便是⑭。俺这酒楼，在东、西两市中间，往来十分热闹。凡是京城内外，王孙公子，官员市户，军民百姓，没一个不到俺楼上来吃三杯。也有吃寡酒的，吃案酒的，买酒去的，包酒来的，打发个不了。道犹未了，又一个吃酒的来也。

（外行上）

【上京马】遥望见绿杨斜靠画楼隅，滴溜溜一片青帘风外舞，怎得个燕市酒人来共沽？（唤科）酒家有么？（丑迎科）客官，请楼上坐。（外作上楼科）是好一座酒楼也。敞轩窗，日朗风疏。见四周遭粉壁上，都画着醉仙图。

（丑）客官自饮，还是待客？（外）独饮三杯，有好酒呵取来。

（丑）有好酒。（取酒上科）酒在此。（内叫科）小二哥，这里来。

（丑应忙下）（外饮酒科）

【梧叶儿】俺非是爱酒的闲陶令⑮，也不学使酒的莽灌夫⑯，一谜价痛饮兴豪粗。撑着这醒眼儿谁僦睬？问醉乡深可容得吾？听街市恁喧呼，偏冷落高阳酒徒⑰。

（作起看科）（老旦扮内监，副净、末、净扮官，各吉服，杂捧金币，牵羊担酒随行上，绕场下）（丑捧酒上）客官，热酒在此。（外）酒保，我问你咱，这楼前那些官员，是往何处去来？（丑）客官，你一面吃酒，我一面告诉你波。只为国舅杨丞相，并韩国、虢国、秦国三位夫人，万岁爷各赐造新第。在这宣阳里中，四家府门相连，俱照大内一般造法。这一家造来，要胜似那一家的；那一家造来，又要赛过这一家的。若见那家造得华丽，这家便拆毁了，重新再造。定要与那家一样，方才住手。一座厅堂，足费上千万贯钱钞。今日完工，因此合朝大小官员，都备了羊酒礼物，前往各家称贺。打从这里过去，（外惊科）哦，有这等事！（丑）待我再去看热酒来波。（下）（外叹科）呀，外戚宠盛，到这个地位，如何是了也！

【醋葫芦】怪私家恁僭窃⑱，竞豪奢，夸土木。一班儿公卿甘作折腰趋，争向权门如市附⑲。再没有一个人呵，把舆情向九重分诉。可知他**朱甍碧瓦，总是血膏涂**！

（起科）心中一时忿懑，不觉酒涌上来，且向四壁闲看一回。（作看科）这壁厢细字数行，有人题的诗句。我试觑波。（作看念科）燕市人皆去，函关马不归。若逢山下鬼，环上系罗衣。呀，这诗是好奇怪也！

【幺篇】我这里停睛一直看，从头儿逐句读。细端详诗意少祯符㉑。且看是什么人题的？（又看念科）李遐周题。（作想科）李遐周，这名字好生识熟！哦，是了，我闻得有个术士李遐周，能知过去未来，必定就是他。多则是就里难言藏谶语，猜诗谜杜家何处？早难道**醉来墙上信笔乱鸦涂**！

（内作喧闹科）（外唤科）酒保那里？（丑上）客官，做甚么？（外）楼下为何又这般喧闹？（丑）客官，你靠着这窗儿，往下看去就是。（外看科）（净王服、骑马，头踏职事前导引上，绕场行下科）（外）那是何人？（丑笑指科）客官，你不见他那个大肚皮么？这人姓安名禄山。万岁爷十分宠爱他，把御座的金鸡步障，都赐与他坐过，今日又封他做东平郡王。方才谢恩出朝，赐归东华门外新第，打从这里经过。（外惊怒科）呀，这、这就是安禄山么？有何功劳，遽封王爵？唉，我看这厮面有反相，乱天下者，必此人也！

【金菊香】见了这野心杂种牧羊的奴，料蜂目豺声定是狡徒。怎把个野狼引来屋里居？怕不将题壁诗符？更和那私门贵戚，一例逞妖狐。

（丑）客官，为甚事这般着恼来？（外）

【柳叶儿】哎，不由人冷飕飕冲冠发竖，热烘烘气夯胸脯，咭当当把腰间宝剑频频觑。（丑）客官，请息怒，再与我消一壶波。(外)呀，便教俺倾千盏，饮尽了百壶，怎把这重沉沉一个愁担儿消除！

（作起身科）不吃酒了，收了这酒钱去者。（丑作收科）别人来三杯和万事，这客官一气惹千愁。（下）（外作下楼、转行科）我且回到寓中去波。

【浪来里】见着那一桩桩伤心的时事迍，凑着那一句句感时的诗谶伏，怕天心人意两难摸，好教俺费沉吟，趷踏地将眉对蹙。看满地斜阳欲暮，到萧条客馆，兀自意踌蹰。

（作到寓进坐科）（副净扮家将上）（见科）禀爷：朝报到来。（外看科）"兵部一本：为除授官员事。奉圣旨，郭子仪授为天德军使。钦此。"原来旨意已下，索早收拾行李，即日上任去者。（副净应科）（外）俺郭子仪虽则官卑职小，便可从此报效朝廷也呵！

【高过随调煞】赤紧似尺水中展鬣鳞，枳棘中拂毛羽㉑。且喜龠云霄有分上天衢。直待的把乾坤重整顿，将百千秋第一等勋业图。纵有妖氛孽蛊㉒，少不得肩担日月，手把大唐扶。

> 马蹄空踏几年尘，　胡　宿
> 长是豪家据要津。司空图
> 卑散自应霄汉隔，王　建
> 不知忧国是何人？吕　温㉒

注释：

①将巾：又名"武生巾"，戏曲中武生所戴的盔顶，一般缎制，绣花，顶端缀有小火焰与绒球，两旁有穗。

②整顿乾坤济时了：唐代杜甫《洗兵马》："二三豪俊为时出，

整顿乾坤济时了。"

③杞天：即杞人忧天。指不必要的担心、忧愁。

④堂间处燕：即"燕雀处堂"，喻指居安而不知所处之危险。

⑤屋上瞻乌：关心民间疾苦。后因以"瞻乌"喻指流离失所的百姓。

⑥不提防柙（xiá）虎樊熊，任纵横社鼠城狐：柙虎樊熊，喻指安禄山。柙、樊，皆指笼子。社鼠城狐，喻指杨国忠等朝中奸臣。社，喻指朝廷。

84

⑦几回家听鸡鸣，起身独夜舞：东晋祖逖立志报国，半夜闻鸡鸣，便起身舞剑习武。见《晋书》本传。

⑧乘除：兴衰成败。

⑨天街：京城的街道。

⑩楚大夫：指战国时期楚国三闾大夫屈原。其《渔父》诗云："举世混浊而我独清，众人皆醉而我独醒。"

⑪钓鱼人：指西周开国功臣吕尚，曾于七十二岁时垂钓渭水之滨，遇到求贤若渴的周文王，被尊为太师。

⑫射虎人：指汉代名将李广，曾于出猎时误将草中石视为虎而射之，箭头没入石中。

⑬屠狗人：指汉初功臣樊哙，他曾以杀狗卖肉为业。

⑭小二哥：酒保自指。明代王骥德《曲律·论部色》："凡酒保皆曰店小二。"

⑮爱酒的闲陶令：指东晋陶渊明，他曾任彭泽县令，性嗜酒。

⑯使酒的莽灌夫：指汉代武将灌夫，曾经使酒骂座。

⑰高阳酒徒：指汉高祖刘邦时代的谋士郦其食，为了见到刘邦，他高呼"吾高阳酒徒也"。此事迹《史记》《汉书》均

有记载。

⑱僭（jiàn）窃：超越本分，作非分的享受。

⑲市附：赶集。

⑳少祯符：不吉祥。

㉑赤紧似尺水中展鬐鳞，枳棘中拂毛羽：意谓自己正如鱼游浅水、鸟入荆棘，处境艰难。鬐，此指鱼头部的鳍。

㉒孽蛊：祸害。

㉓"马蹄空踏几年尘"四句：本出下场诗首句出自胡宿《感旧》，第二句出自司空图《有感二首》之二，第三句出自王建《上张弘靖相公》，末句出自吕温《贞元十四年旱甚见权门移芍药花》。

点评：

　　离开了深宫内庭，走到了京城大街，迎面见一落魄英雄，不是别人，正是日后"挽狂澜于既倒，扶大厦之将倾"的郭子仪。如今子仪恨权奸当道，叹报国无门，心中好不懊恼。

　　戏中的郭子仪显得有些潦倒，其实据史料记载，天宝八载（749），郭子仪就当上了横塞军使，四年之后又任天德军使；"安史之乱"爆发，他被任命为卫尉卿、灵武郡太守，充朔方节度使，为朝廷立下了汗马功劳。而安禄山则是在天宝九载（750）封为东平郡王，权倾一时。作者在戏中故意将郭子仪的怀才不遇，和"杨国忠窃弄威权，安禄山滥膺宠眷"放在一起对照着写，颇有针砭时弊的味道。

　　子仪饮酒正酣，忽听得街上吵闹，忙问酒保缘由。只是不问则已，一问之下，直把他气得肺都要炸了。原来是皇亲国戚们在比赛造宅第，"这一家造来，要胜似那一家的；那一家造来，又要赛过这一家的。若见那家造得华丽，这家便拆毁了，重新再造。定要与那家一样，方才住手。一座厅堂，足费上千万贯钱钞。"外戚宠盛，朝臣依附。大唐的江山就在这豪门权贵"竞豪奢"、"附权门"的世风中摇晃起来。这虽是由郭子仪口中道来，但我们却能感受到作者那冷峻、锐利的目光。

郭子仪正在怒时，突然看见酒家的墙壁上有一首诗，不由得定睛观瞧，原来是李遐周的诗。李遐周是玄宗时期的一个术士、寓言家。唐代郑处诲《明皇杂录》记载："但于其所居壁上题诗数章，言禄山僭窃及幸蜀事，时人莫晓，后方验之。"此处将题诗示郭子仪，交待剧情的走向，等日后战乱平息还会提到，也算是前后呼应。上文我们就提到李渔有关作剧要"密针脚"的理论。具体来说就是"每编一折，必须前顾数折。顾前者欲其照应，顾后者便于埋伏"。这部戏里前后照应的地方还有很多，读时得要稍作留心。

子仪正在琢磨着诗句的意思，听得下面又是一阵喧闹，原来是安禄山打此处经过，气得子仪在酒楼上直跺脚。不过这些怨气在拯救大唐江山的时候，最终还是要出的。

作者在这出戏里塑造了一位失意英雄，空有一身才华，却报国无门。这跟洪昇本人的遭遇颇有些相似之处，也许，郭子仪身上就投射了洪昇自己的人生理想与抱负。

这又是一出"旁观戏"。如果说前此《傍讶》是宫女对李、杨爱情纠葛的旁观，那么这一出就是郭子仪对大唐政治的旁观。俗话说"旁观者清"，这一点在这出戏里表现得淋漓尽致。此时的大唐形势，不只有在温柔乡里不能自拔的皇帝、一人得道鸡犬升天的国戚、一心想取而代之也尝尝做皇帝滋味的安禄山之流，还有头脑清醒、冷眼旁观的郭子仪，而这正是大唐希望之所在。

　　一般来说，北剧舞台提示写作"科"，南戏则写作"介"，这一出全部写作"科"，是北剧的做法，与上下出都不同，这也是《长生殿》南北合剧的一个鲜明特征。当然，剧中舞台提示写作"科"的不光此一出，剧中也有一出里"介"、"科"混用的。明代徐渭在《南词叙录》里说："今之北曲，盖辽、金北鄙杀伐之音，壮伟很戾，武夫马上之歌。"此出全唱北曲，【商调】一套十曲，曲牌联套亦用北曲法，由外角一人主唱，丑扮小二以白口对应，相当于北杂剧中的"末本"，对于塑造郭子仪这一武将，自然比"流丽婉转"的南曲有利。

第十一出　闻　乐

【南吕引子】【步蟾宫】（老旦扮嫦娥，引仙女上）清光独把良宵占，经万古纤尘不染。散瑶空，风露洒银蟾①，一派仙音微飐。

药捣长生离劫尘，清妍面目本来真。云中细看天香落，仍倚苍苍桂一轮。吾乃嫦娥是也，本属太阴之主②，浪传后羿之妻。七宝团圞③，周三万六千年内；一轮皎洁，满一千二百里中。玉兔、金蟾，产结长明至宝；白榆、丹桂，种成万古奇葩。向有《霓裳羽衣》仙乐一部，久秘月宫，未传人世。今下界唐天子，知音好乐。他妃子杨玉环，前身原是蓬莱玉妃，曾经到此。不免召他梦魂，重听此曲。使其醒来记忆，谱入管弦。竟将天下仙音，留作人间佳话。却不是好！寒簧过来④。（贴）有。（老旦）你可到唐宫之内，引杨玉环梦魂到此听曲。曲终之后，仍旧送回。（贴）领旨。（老旦）好凭一枕游仙梦，暗授千秋《法曲》音⑤。（引丑下）

（贴）奉着娘娘之命，不免出了月宫，到唐宫中走一遭也。（行介）

【南吕过曲】【梁州序犯】【本调】明河斜映，繁星微闪。俯将尘世遥觇，只见空濛香雾。早离却玉府清严，一任佩摇风影，衣动霞光，小步红云垫。待将天上乐，授宫襜⑥，密召芳魂入彩蟾⑦。来此已是唐宫之内。【贺新郎】你看鱼钥闭⑧，龙帷掩，那杨妃呵，似海棠睡足增娇艳。【本序尾】轻唤起，拥冰簟⑨。

（唤介）杨娘娘起来。（旦扮梦中魂上）

【渔灯儿】恰才的追凉后⑩，雨困云淹；畅好是酣眠处，粉腻黄黏。(贴)娘娘有请。(旦)呀,深宫之内,檐下何人叫唤?悄没个宫娥报,轻来画檐。(贴)娘娘快请。(旦作倦态欠身介)我娇怯怯朦胧身欠,慢腾腾待自起开帘。

（作出见贴介）呀,原来是一个宫人。(贴)

【前腔】俺不是隶长门,寻奉曾嫌⑪;(旦)不是宫人,敢是别院的美人?(贴)俺不是列昭容⑫,御座曾瞻。(旦)这等你是何人?(贴)儿家月中侍儿,名唤寒簧,则俺的名在瑶宫月殿金。(旦惊介)原来是月中仙子,何因到此?(贴)恰才奉姮娥口敕亲传点,请娘娘到桂宫中花下消炎⑬。

（旦）哦,有这等事!(贴)娘娘不必迟疑。儿家引导,就请同行。

（引旦行介）（合）

【锦渔灯】指碧落,足下云生冉冉;步青霄,听耳中风弄纤纤。乍凝眸,星斗垂垂似可拈,早望见烂辉辉宫殿影在镜中潜⑭。

> （旦）呀,时当仲夏,为何这般寒冷?(贴)此即太阴月府,人间所传广寒宫者是也。就请进去。(旦喜介)想我浊质凡姿,今夕得到月府,好侥幸也。(作进看介)

【锦上花】清游胜,满意忺。(想介)这些景物都似曾见过来!环玉砌,绕碧檐,依稀风景漫猜嫌。那壁桂花开的恁早!(贴)此乃月中丹桂,四时常茂,花叶俱香。(旦看介)果然好花也!看不足,喜更添。金英缀⑮,翠叶兼。氤氲芳气透衣袿⑯,人在桂阴潜。

> （内作乐介）（旦）你看一群仙女,素衣红裳,从桂树下奏乐而来,好不美听。(贴)此乃《霓裳羽衣》之曲也。(杂扮仙女四人、六人或八人,白衣、红裙、锦云肩、璎珞、飘带,各奏乐,唱,

绕场行上介，旦、贴旁立看介）

【锦中拍】携天乐，花丛斗拈^⑰，拂霓裳露沾。迥隔断红尘荏苒，直写出瑶台清艳。纵吹弹舌尖、玉纤，韵添；惊不醒人间梦魇，停不驻天宫漏签^⑱。一枕游仙，曲终闻盐^⑲，付知音重翻检。

（同下）（旦）妙哉此乐！清高宛转，感我心魂，真非人间所有也！

【锦后拍】缥缈中，簇仙姿，宛曾觇。听彻清音意厌厌^⑳，数琳琅琬琰^㉑；数琳琅琬琰，一字字偷将凤鞋轻点，按宫商掐记指儿尖。晕羞脸，枉自许舞娇歌艳，比着这钧天雅奏多是歉。

请问仙子，愿求月主一见。（贴）要见月主还早。天色渐明，请娘娘回宫去罢。

【尾声】你攀蟾有路应相念，（旦）好记取新声无欠，（贴）只误了你把枕上君王半夜儿闪。

（旦下）（贴）杨妃已回唐宫，我索向月主娘娘复旨则个。

碧瓦桐轩月殿开，　曹　唐

还将明月送君回。　丁仙芝

钧天虽许人间听，　李商隐

却被人间更漏催。　黄　滔^㉒

注释：

①银蟾：月光，清辉。传说嫦娥奔月后化身为蟾蜍。

②太阴：月亮，与"太阳"对举。

③七宝：指月亮。唐代段成式《酉阳杂俎》卷一有"月乃七宝合成"之谓。

④寒簧：仙女名，传说中她是击敔（一种状如卧伏着的虎形乐器）能手。

⑤《法曲》：隋唐乐曲，又名《法部》，此指《霓裳羽衣》曲。

⑥宫禊：即宫闱，代指宫女，此指杨玉环。

⑦彩蟾：指月宫。

⑧鱼钥：鱼形的锁。

⑨冰箪（dān）：冰凉的竹席。

⑩追凉：乘凉。

⑪俺不是隶长门，帚奉曾嫌：长门，指汉武帝陈皇后失宠后所居的长门宫。帚奉曾嫌，指汉成帝时班婕妤失宠，自请往长信宫侍奉太后。帚奉，洒扫之事。

⑫昭容：女官名，地位略低于贵妃。

⑬消炎：避暑。

⑭镜：此处指月亮。

⑮金英：指金黄色的桂花。

⑯衣缣：细绢做的衣服。

⑰斗拈：竞相演奏。

⑱漏签：即漏箭，古代漏壶中标志时刻的部件。

⑲盐：即艳，乐曲开头的引子，此指《霓裳羽衣》曲结尾的长引。

⑳厌厌：和悦的样子。

㉑琬琰（wǎn yǎn）：美玉。

㉒"碧瓦桐轩月殿开"四句：本出下场诗首句见曹唐的《小游仙诗》，第二句见丁仙芝《余杭醉歌赠吴山人》，第三句见李商隐《寄令狐学士》，末句见黄滔《催妆》。

点评:

本出一开始，嫦娥仙子现身，将杨玉环身世道明，原来玉环乃是天界的蓬莱玉妃。今日嫦娥欲传玉环《霓裳羽衣》曲，留作人间一段佳话。小仙女寒簧领了嫦娥之令，动身启程，往寝宫而去。一声声将玉环叫醒后，就带着她去了天庭。

《霓裳羽衣》乃是唐代的一种舞曲，也是剧中联络李、杨感情的纽带。唐玄宗酷爱胡乐，西域各国经常有前来献舞献乐的。《霓裳羽衣》曲就是唐玄宗立足于传统的清商乐，融合《婆罗门曲》加工创作而成的。霓裳，指女性衣裙；羽衣，指用羽毛制成的衣服，有道教羽化登仙之意。

这里有两点需要指出，其一：原来的传说中游月宫、闻乐、回来制谱者，是唐明皇，此剧中却改为杨贵妃；其二，原先的传说中唐明皇游月宫"偷"取《霓裳羽衣》曲的日子是中秋，这一节日背景在剧中却被取消了。唐明皇游月宫的传说有许多版本。其中南宋王灼《碧鸡漫志》卷三引《鹿革事类》云："八月望夜，叶法善与明皇游月宫，聆月中天乐，问曲名，曰《紫云回》。默记其声，归传之，名曰《霓裳羽衣》。"这里明白指称明皇他们是八月十五，即中秋节之夜游的月宫。《长生殿》的这两点改动，大概一是为了突出杨贵妃"善歌舞，通音律"的聪明才智，其二，为了将中秋背景"让"给《重圆》，令团圆这个主题更加集中、更加突出。戏曲史上也有把唐明皇游月宫的传说题材搬上舞台的，金代院本《广寒宫》就是写唐明皇游月宫事，元代白朴也有《唐明皇游月宫》杂剧。而历史上的杨贵妃，则很可能是《霓裳羽衣舞》的编舞及表演者。

【锦渔灯】一曲写了月宫仙境。这"足下云"、"耳中风"、"星斗垂"的景致着实令人神往。而广寒宫内之冷，又不禁让人想到苏轼词中"唯恐琼楼玉宇，高处不胜寒"句，要是他望见这"烂辉辉宫殿影在镜中潜"，不知又会写出怎样的佳句。【锦上花】一曲写杨玉环的感觉：重游故地，似曾相识，着意点明杨玉环蓬莱仙子的身份。

【锦中拍】"纵吹弹"这几句大意是：纵然仙女们舌尖吹、纤手弹，风韵极美；可既不能将杨贵妃从迷梦中惊醒，也无法叫时间停住。其内在意蕴是劝杨贵妃不要贪恋富贵，及早回天上作神仙。可是现在的杨玉环只顾得记谱，"一字字偷将凤鞋轻点，按宫商掐记指儿尖"。只想着跟梅妃的《惊鸿》舞一争高下，彻底赢得皇上的欢心。由此可见，嫦娥仙子的一番苦心算是白费了。

这是一出"梦幻剧"。杨贵妃的扮演者虽然还是"旦"，但是和前后出的杨贵妃肯定不一样，旦上场时的舞台提示是："旦扮梦中魂上"，这时的旦角无论是装扮上还是身段动作、歌喉曲声，都与扮演常态的杨贵妃不一样。

我们知道，梦是人类睡眠时产生的、身心两方面的幻觉体验。梦有美梦、噩梦之分，这里杨贵妃所做，自然是美梦无疑。而搬上戏曲舞台的梦幻剧，可以说是人类生活的一种延伸，一种美化。中国很早就有演绎梦的文艺作品，"庄周梦蝶"的故事流传千古。汤显祖所创作的四部戏剧名曰"临川四梦"。中国元杂剧时代戏曲脚色行当初形成，即有"魂旦"一行，其表演潇潇洒洒，飘飘欲仙，两袖下垂，上身不动，步态轻移，音调微颤。"魂旦"塑造过多少令人难忘的女性形象！张倩女，杜丽娘，李慧娘，还有这里的杨贵妃。杨贵妃不只是当了"鬼"以后才由"魂旦"扮演，这出梦中的杨妃亦由魂旦担当。因为中国人的梦魂理论中认为，人做梦也是一种"离魂"——灵魂脱离肉体的现象。正是扎根于这样的心意民俗之上，戏曲舞台上以《牡丹亭》为首的梦幻剧，包括此一出《闻乐》，才能使读者观众接受、理解、产生共鸣，甚至为其神魂颠倒。从而也使梦幻剧具有了独特的审美价值。

携天乐，花丛斗拈，拂霓裳露沾。迥隔断红尘荏苒，直写出瑶台清艳。纵吹弹舌尖、玉纤，韵添；惊不醒人间梦魇，停不驻天宫漏签。一枕游仙，曲终闻盐，付知音重翻检。

第十二出　制　谱

【仙吕过曲】【醉罗歌】【醉扶归】（老旦上）西宫才奉传呼罢，安排水榭要清佳。慢卷晶帘散朝霞^①，玉钩却映初阳挂。奴家永新是也。与念奴妹子同在西宫，承应贵妃杨娘娘。我娘娘再入宫闱，万岁爷更加恩幸。真乃"三千宠爱在一身，六宫粉黛无颜色"^②。今早娘娘分付，收拾荷亭，要制曲谱。念奴妹子在那里伏侍晓妆，奴家先到此间，不免将文房四宝，摆设起来。【皂罗袍】你看笔床初拂，光分素札，砚池新注，香浮墨华，绿阴深处多幽雅。【排歌尾】竹风引，荷露洒，对波纹帘影弄参差。

　　呀，兰麝香飘，佩环风定，娘娘早则到也。（旦引贴上）

【正宫引子】【新荷叶】幽梦清宵度月华，听《霓裳羽衣》歌罢。醒来音节记无差，拟翻新谱消长夏。

　　斗画长眉翠淡浓，远山移入镜当中^③。晓窗日射胭脂颊，一朵红酥旋欲融^④。我杨玉环自从截发感君之后，荷宠弥深。只有梅妃《惊鸿》一舞，圣上时常夸奖。思欲另制一曲，掩出其上。正在推敲，昨夜忽然梦入月宫。见桂树之下，仙女数人，素衣红裳，奏乐甚美。醒来追忆，音节宛然。因此分付永新，收拾荷亭，只待细配宫商，谱成新曲。（老旦）启娘娘：纸、墨、笔、砚，已安排齐备了。（旦）你与念奴一同在此伺候。（老旦、贴应，作打扇、添香介）（旦作制谱介）

【正宫过曲】【刷子带芙蓉】【刷子序】荷气满窗纱，鸾笺慢伸，犀管轻拿，待谱他月里清音，细吐我心上灵芽。

这声调虽出月宫，其间转移过度，细微曲折之处，须索自加细审。**安插，一字字要调停如法，一段段须融和入化。**这几声尚欠调匀，拍衮怎下⑤？（内作莺啼，旦执笔听介）呀，妙呵！（作改介）【玉芙蓉】**听宫莺数声，恰好应红牙⑥。**

（搁笔介）谱已制完，永新，是什么时候了？（老旦）晌午了。（旦）万岁爷可曾退朝？（老旦）尚未。（旦）永新，且随我更衣去来。念奴在此伺候，万岁爷到时，即忙通报。（贴）领旨。（旦）好凭晚镜增蛾翠，漫试香纱换蝶衣。（引老旦随下）（生行上）

【渔灯映芙蓉】【山渔灯】**散千官，朝初罢。拟对玉人，长昼闲话。**寡人方才回宫，听说妃子在荷亭上，因此一径前来。**依流水待觅胡麻⑦，把银塘路踏。**（作到介）（贴见介）呀，万岁爷到了。（生）念奴，你娘娘在何处闲欢耍，怎堆香几，有笔砚交加？（贴）娘娘在此制谱，方才更衣去了。（生）妃子，妃子！美人韵事，被你都占尽也。但不知制甚曲谱，待寡人看来。（作坐翻看介）**消详，从头觑咱。**妙哉，只这**锦字荧荧银钩小，更度羽换宫没半米差。**好奇怪，这谱连寡人也不知道。**细按音节，不是人间所有，似从天下，果曲高和寡。**妃子，不要说你娉婷绝世，只这一点灵心，有谁及得你来？【玉芙蓉】**恁聪明，也堪压倒上阳花⑧。**

【普天赏芙蓉】【普天乐】（旦换妆，引老旦上）**换轻妆，多幽雅；试生绡，添潇洒。**（见生介）臣妾见驾。（生扶介）妃子坐了。（坐介）（生）妃子，看你晚妆新试，妩媚益增。**似迎风袅袅杨枝，宛凌波濯濯莲花。芳兰一朵斜把云鬟压，越显得庞儿风流煞。**（旦）陛下今日退朝，因何恁晚？（生）只为灵武太守员缺，地方紧要，与廷臣议了半日，难得其人。朕特擢郭子仪，补授此缺，因此退朝迟了。（旦）妾候陛下不至，独坐荷亭，爱风来一弄明纱，闲学谱新声奏雅。【玉芙蓉】怕输他舞《惊鸿》，曲终满座有光华。

（生）寡人适见此谱，真乃千古奇音，《惊鸿》何足道也！（旦）妾凭臆见，草草创成。其中错误，还望陛下更定。（生）再同妃子，细细点勘一番。（老旦、贴暗下）（生、旦并坐翻谱介）

【朱奴折芙蓉】【朱奴儿】倚长袖，香肩并亚；翻新谱，玉纤同把。（生）妃子，似你绝调佳人世真寡，要觅破绽并无毫发。再问妃子，此谱何名？（旦）妾于昨夜梦入月宫，见一群仙女奏乐，尽着霓裳羽衣。意欲取此四字，以名此曲。（生）好个"霓裳羽衣"！非虚假，果合伴天香桂花。【玉芙蓉】（作看旦介）觑仙姿，想前身原是月中娃。

此谱即当宣付梨园，但恐俗手伶工，未谙其妙。朕欲令永新、念奴，先抄图谱，妃子亲自指授。然后传与李龟年等，教习梨园子弟，却不是好。（旦）领旨。（生携旦起介）天已薄暮，进宫去来。

【尾声】晚风吹，新月挂，（旦）正一缕凉生凤榻。（生）妃子，你看这池上鸳鸯，早双眠并蒂花。

  （生）芙蓉不及美人妆，王昌龄

  （旦）杨柳风多水殿凉。刘长卿

  （老旦）花下偶然歌一曲，曹　唐

  （合）传呼法部按《霓裳》。王　建⑨

注释：

①慢卷：即"漫卷"。

②三千宠爱在一身，六宫粉黛无颜色：唐代白居易《长恨

歌》："回眸一笑百媚生，六宫粉黛无颜色。""后宫佳丽三千人，三千宠爱在一身。"

③远山：指画好的眉毛。

④晓窗日射胭脂颊，一朵红酥旋欲融：改用唐代元稹《离思诗五首》其一："须臾日射胭脂颊，一朵红酥旋欲融。"

⑤拍㐡（qí）：不合节拍。

⑥红牙：象牙制的红色拍板，唱曲时用以打节拍。

⑦依流水待觅胡麻：指东汉人刘晨、阮肇入天台山采药，见水上流来一杯胡麻饭，跟踪而去，得遇仙女。

⑧上阳花：唐代白居易《上阳白发人》诗序："天宝五载已后，杨贵妃专宠，后宫人无复近幸矣。六宫有美色者，辄置别所，上阳是其一也。"

⑨"芙蓉不及美人妆"四句：本出下场诗首句见王昌龄《西宫秋怨》，第二句见刘长卿《昭阳舞》，第三句见曹唐《小游仙九十八首》其六十九、末句见王建《霓裳词十首》其八。

点评：

昨夜梦中游月宫，听得仙乐《霓裳羽衣》曲。天一大早，杨玉环便起来将昨夜记住的曲谱，背诵记录下来。李、杨之间的感情，如果仅止于杨玉环的容貌，那是完全不可能维系的。正因为二人多才多艺，才能达到情意相通、情投意合的境界。京剧《大唐贵妃》的序幕，借杨玉环之口道出《霓裳羽衣》曲已谱成，在全剧第二出才演"钗盒情缘"。这就让人感觉李隆基对杨玉环的宠爱是基于贵妃本人的才华，是经过时间积淀深思熟虑的结果；《长生殿》把钗、盒定情写在最前面，线索虽醒豁，但让人觉得玄宗还是冲动大于情爱，这一出《制谱》就要对杨妃的才艺着重渲染一番。

杨玉环制好曲后，将曲谱放在桌案之上，前去更衣。李隆基听说杨玉环在荷亭之上，前来探望，翻阅曲谱，看罢不由啧啧称赞，对杨玉环的爱意又陡然增添了不少。

皇上看了曲谱，更加怜爱眼前的佳人。洪昇通过"才艺"的红线，将这一段帝妃之恋维系得更加坚固牢靠，确是高明之举。此处又在二人闲谈之中，提及郭子仪擢升为灵武太守，真可谓"闲笔不闲"，构思缜密。

杨玉环与李隆基一样，在音乐歌舞方面是有天赋的。可是洪昇在本剧中，屡屡强调玉环制谱、编舞出自与梅妃争胜，第十一出《闻乐》里这么提及，后面第十六出《舞盘》里这么强调，本出杨贵妃更是明确表示："只有梅妃《惊鸿》一舞，圣上时常夸奖。思欲另制一曲，掩出其上。"强调得过分了，令人不得不对洪昇的女性观重新批评打量。诚然，一般女性确有嫉妒之特性，争风吃醋亦在女性社会生活中十分普遍。但是若把玉环制曲、编舞上的艺术才能，都归结于嫉妒争胜，则实在是把杨玉环这个人物形象贬低了。从人类的创造性方面而言，嫉妒争胜的动力，如何能够与天才相比？中国传统韵文中有很大比例的作品是男性诗人为女性代言，作为剧诗的戏曲作品也在其内。男性作者为女性代言有两大毛病：一是隔膜，二是贬低，把天赋贬低为人事，洪昇亦不能免俗。这是需要特别指出的。

荷气满窗纱，鸾笺慢伸，犀管轻拿，待谱他月里清音，细吐我心上灵芽。

第十三出　权　哄

【双调引子】【秋蕊香】（副净引祗从上）狼子野心难料，看跋扈渐肆咆哮，挟势辜恩更堪恼，索假忠言入告。

下官杨国忠。外凭右相之尊，内恃贵妃之宠。满朝文武，谁不趋承！独有安禄山这厮，外面假作痴愚，肚里暗藏狡诈。不知圣上因甚爱他，加封王爵！他竟忘了下官救命之恩，每每遇事欺凌，出言挺撞。好生可恨！前日曾奏圣上，说他狼子野心，面有反相，恐防日后酿祸，怎奈未见听从。今日进朝，须索相机再奏，必要黜退了他，方快吾意。来此已是朝门，左右回避。（从下）（内喝道介）（副净）呀，那边呵殿之声，且看是谁？（净引祗从上）

【玉井莲后】宠固君心，暗中包皮藏计狡。

左右回避。（从下）（净见副净介）请了。（副净笑介）哦，原来是安禄山！（净）老杨，你叫我怎么？（副净）这是九重禁地，你怎敢在此大声呵殿？（净作势介）老杨，你看我：脱下御衣亲赐着，进来龙马每教骑。常承密旨趋朝数，独奏边机出殿迟①。我做郡王的，便呵殿这么一声，也不妨，比似你右相还早哩！（副净冷笑介）好，好个"不妨"！安禄山，我且问你，这般大模大样是几时起的？（净）下官从来如此。（副净）安禄山，你也还该自去想一想！（净）想甚？（副净）你只想当日来见我的时节，可是这个模样么？（净）彼一时，此一时，说他怎的。（副净）唉，安禄山。

【仙吕入双调过曲】【风入松】你本是刀头活鬼罪难逃，

那时节长跪阶前哀告。我封章入奏机关巧②，才把你身躯全保。（净）赦罪复官，出自圣恩。与你何涉？（副净）好，倒说得干净！只太把良心昧了。恩和义，付与水萍飘。

（净）唉，杨国忠，你可晓得。

【前腔】世间荣落偶相遭，休夸着势压群僚。你道我失机之罪，可也记得南诏的事么③？胡卢提掩败将功冒④，怪浮云蔽遮天表。（副净）圣明在上，谁敢朦蔽？这不是谤君么？（净）还说不朦蔽，你卖爵鬻官多少？贪财货，竭脂膏。（副净）住了，你道卖官鬻爵，只问你的富贵，是那里来的？（冷笑介）（净）也非止这一桩。若论你、恃戚里，施奸狡；误国罪，有千条。（副净）休得把诬蔑语，凭虚造。（扯净介）我与你同去面当朝！

（净）谁怕你来，同去，同去！（作同扭进朝俯伏介）（副净）臣杨国忠谨奏：

【前腔】【本调】禄山异志腹藏刀，外作痴愚容貌，奸同石勒倚东门啸⑤。他不拜储君⑥，公然桀傲，这无礼难容圣朝。望吾皇立赐罢斥，除凶恶，早绝祸根苗。

（净伏介）臣安禄山谨奏：

【前腔】念微臣谬荷主恩高，遂使嫌生权要，愚蒙触忤知难保。（泣介）陛下呵，怕孤立终落他圈套。微臣呵，寸心赤，只有吾皇鉴昭。容出镇，犬马效微劳。（内）圣旨道来：杨国忠、安禄山互相讦奏⑦，将相不和，难以同朝共理。特命安禄山为范阳节度使，克期赴镇。谢恩。（净、副净）万岁！（起介）（净向副净拱手介）老丞相，下官今日去了，你再休怪我大模大样。朝门内，一任你、张牙爪，我去开幕府⑧，自逍遥。（副净冷笑介）（净欲下，复转向副净介）还有一句话儿，今日下官出镇，想也仗回天力相提调。（举手介）请了，我且将冷眼，看伊曹⑦。

（下）（副净看净下介）呀，有这等事！

【前腔】【本调】一腔块垒怎生消⑩，我待把他威风抹倒；谁知反分节钺添荣耀⑪，这话靶教人嘲笑。咳，但愿禄山此去，做出事来⑫，方信我忠言最早！圣上，圣上，到此际可也悔今朝！

祸稔萧墙竟不知；储嗣宗

壮气未平空咄咄，徐　铉

甘言狡计奈娇痴！郑　嵎⑬

注释：

①"脱下御衣亲赐着"四句：唐代王建《赠王枢密》："脱下御衣亲赐着，进来龙马每教骑。长承密旨归家少，独奏边机出殿迟。"本剧略改用之。

②封章：指机密奏章。

③南诏的事：指天宝十载（751），剑南节度使鲜于仲通征讨南诏大败。杨国忠掩其败状，仍叙其功。见《资治通鉴》卷二一六。

④胡卢提：糊里糊涂。

⑤石勒倚东门啸：用五胡十六国后赵开国君王石勒未显时倚啸东门、被王衍识破野心之典。

⑥不拜储君：唐代姚汝能《安禄山事迹》卷上：天宝六载（747），"禄山见太子不拜"。

⑦讦（jié）：揭发别人的过错。

⑧开幕府：此指出任节度使。

⑨曹：犹辈。

⑩块垒：郁积在心中的不满。

⑪节钺（yuè）：符节与斧钺，天子授予大将的信物。

⑫做出事来：指反叛。

⑬"去邪当断勿狐疑"四句：本出下场诗首句见周昙《三代门又吟》；第二句见储嗣宗《长安怀古》，说唐明皇糊涂；第三句见徐铉《陈觉放还至泰州以诗见寄作此答之》，指杨国忠愤愤然之情态；末句见郑嵎《津阳门诗》，用以概括安禄山得宠诀窍。

点评：

　　话说还没等郭子仪想办法出手，安禄山、杨国忠就掐起架来了。这是另一对矛盾冲突的实际开端，非常重要，它关系着大唐帝国的命运，也关系着李、杨爱情的前途。只缘安禄山日渐得宠，位高权重，全然不把丞相杨国忠放在眼里。这杨国忠平日仗着贵妃权势，颐指气使，哪能忍得下这腌臢气，两人在上朝之际，免不了要打一番嘴仗。本出所展示的安、杨矛盾，基本符合历史真实。杨国忠一上场就唱："狼子野心难料"，后面又说安禄山"狼子野心，面有反相，恐防日后酿祸"。据唐代刘肃《大唐新语》卷一载，张九龄就曾上奏"禄山狼子野心，面有逆相"，建议治罪。加上下一出郭子仪的说白"这厮面有反相，乱天下者必此人也"，可见都是出自张九龄的上奏。

历史上安禄山的权势本来要大过杨国忠，两人开始根本谈不上有什么利害冲突，倒是曾联手对付过共同的政敌李林甫。唐代姚汝能《安禄山事迹》卷中有载："李林甫阴狭多智，见禄山必揣知其情伪，遂畏服之。"安禄山还是有点惧怕李林甫的。等杨国忠接替李林甫执政以后，杨、安二人才成为势均力敌的对手。同上有曰："杨国忠性躁，而禄山蔑之如也。"安禄山不怕性子急躁的杨国忠。《资治通鉴》卷二一六"天宝十二载"条也云："安禄山以李林甫狡猾逾己，故畏服之。及杨国忠为相，禄山视之蔑如也。"可见安禄山也是个欺软怕硬的主。至于杨国忠说安禄山"外面假作痴愚，肚里暗藏狡诈"的话，也是有史料依据的，明代顾锡畴《纲鉴正史约》："禄山体肥，腹垂过膝。外若痴直，内实狡黠。"他对唐明皇表白自己大肚皮里"唯有赤心"的故事家喻户晓。如今，戏剧为了激化矛盾冲突，将这二人间的龃龉直接呈现在观众面前，使戏剧的可看性陡然增强。

二人吵来吵去，吵上了金殿，论理论到了皇帝的面前。皇上倒会做人，两头不得罪，封了安禄山范阳节度使了事。钱穆先生在《中国历代政治得失》一书中曾提到唐代的兵役制度，是一种全兵皆农制，也就是府兵制。由于种种原因府兵制失败了，政府便用钱临时买外国人当兵，并将国防重任寄予他们。政府重用他们但不提防他们，等府兵一变成为藩镇，地方势力割据，就酿成了大麻烦。此时皇上封了安禄山范阳节度使，表面上看似拉开了安、杨，解决了问题，其实是埋下了更大的祸根，亲手培养出了自己的掘墓人。

本出最后杨国忠说："但愿禄山此去，做出事来，方信我忠言最早！"这是何等荒谬的逻辑！这简直是置国家、黎民而不顾，只为兑现自己小小的一个"忠言"。只是"忠言"兑现的时候，也就是他杨国忠人头落地之时。

第十四出　偷　曲

【仙吕过曲】【八声甘州】(老旦、贴携谱上)(老旦)《霓裳》谱定,(贴合)向绮窗深处,秘本翻誊。香喉玉口,亲将绝调教成。(老旦)奴家永新,(贴)奴家念奴。(老旦)自从娘娘制就《霓裳》新谱,我二人亲蒙教授。今驾幸华清宫,即日要奏此曲。命我二人,在朝元阁上①,传谱与李龟年,连夜教演梨园子弟。(贴)散序俱已传习②,今日该传拍序了③。(老旦)你看月明如水,正好演奏。我和你携了曲谱,先到阁中便了。(行介)(合)凉蟾正当高阁升,帘卷薰风映水晶。高清,恰称广寒宫仙乐声声。(下)

【道宫近词】【鱼儿赚】(末苍髯④,扮李龟年上)乐部旧闻名,班首新推独老成。早暮趋承,上直更番入内廷⑤。自家李龟年是也。向作伶官,蒙万岁爷点为梨园班首。今有贵妃娘娘《霓裳》新曲,奉旨令永新、念奴传谱出来,在朝元阁上教演,立等供奉。只得连夜趱习,不免唤齐众兄弟每同去。兄弟每那里?(副净扮马仙期上)仙期方响鬼神惊⑥,(外扮雷海青上)铁拨争推雷海青⑦。(净白须扮贺怀智上)贺老琵琶擅场屋⑧,(丑扮黄幡绰上)黄家幡绰板尤精。(同见末介)李师父拜揖。(末)请了。列位呵,君王命,《霓裳》催演不教停。那永新、念奴呵,两娉婷,把红牙小谱携端正,早向朝元待月明。(众)如此,我每就去便了。(末)请同行。(同行介)趁迟迟宫漏夜凉生,把新腔敲订,新腔敲订。(同下)

【仙吕过曲】【解三醒犯】(小生巾服扮李謩上)【解三醒】逞风魔少年逸兴,借曲中妙理陶情。传闻今夜蓬莱境,翻妙谱，奏新声。小生李暮是也，本贯江南，遨游京国。自小谙通音律，久以铁笛擅名。近闻宫中新制一曲，名曰《霓裳羽衣》。乐工李龟年等，每夜在朝元阁中演习。小生慕此新声，无从得其秘谱。打听的那阁子，恰好临着宫墙，声闻于外。不免袖了铁笛，来到骊山，趁此月明如昼，窃听一回。一路行来，果然好景致也。（行介）林收暮霭天气清，山入寒空月彩横。真佳景，【八声甘州】宛身从画里游行。

  （场上设红帷作墙，墙内搭一阁介）（小生）说话之间，早来到宫
  墙下了。

【道宫调近词】【应时明近】只见五云中，宫阙影，窈窕玲珑映月明。光辉看不定，光辉看不定。想潜通御气，处处仙楼，阑干畔有玉人闲凭。

  闻那朝元阁，在禁苑西首，我且绕着红墙，迤逦行去。（行介）

【前腔】花阴下，御路平，紧傍红墙款款行。（望介）只这垂杨影里，一座高楼露出墙头，想就是了。凝眸重细省，凝眸重细省，只见画帘缥缈，文窗掩映。（指介）兀的不是上有红灯！

  （老旦、贴在墙内上阁介）（末众在内云）今日该演拍序，大家先
  将散序，从头演习一番。（小生）你看上面灯光隐隐，似有人声，
  一定是这里了。我且潜听一回。（作潜立听介）

【双赤子】悄悄冥冥，墙阴窃听。（内作乐介）（小生作袖出笛介）不免取出笛来，倚声和之。就将音节，细细记明便了。听到月高初更后，果然弦索齐鸣。恰喜禁垣，夜深人静，玎珰齐应⑨。这数声恍然心领，那数声恍然心领。

  （内细十番⑩，小生吹笛和介）（乐止，老旦、贴在内阁上唱后

曲，小生吹笛合介）（老旦、贴）

【画眉儿】骊珠散迸⑪，入拍初惊。云翻袂影，飘然回雪舞风轻。飘然回雪舞风轻，约略烟蛾态不胜⑫。（小生接唱）这数声恍然心领，那数声恍然心领。

（内细十番如前，老旦、贴内唱，小生笛合介）（老旦、贴）

【前腔】珠辉翠映，凤翥鸾停。玉山蓬顶，上元挥袂引双成⑬。上元挥袂引双成，萼绿回肩招许琼⑭。（小生接唱）这数声恍然心领，那数声恍然心领。

（内又如前十番，老旦、贴内唱，小生笛合介）（老旦、贴）

【前腔】音繁调骋，丝竹纵横。翔云忽定，慢收舞袖弄轻盈。慢收舞袖弄轻盈，飞上瑶天歌一声。（小生接唱）这数声恍然心领，那数声恍然心领。

（内又十番一通，老旦、贴暗下）（小生）妙哉曲也。真个如敲秋竹，似戛春冰⑮，分明一派仙音，信非人世所有。被我都从笛中偷得，好侥幸也！

【鹅鸭满渡船】《霓裳》天上声，墙外行人听。音节明，宫商正，风内高低应。偷从笛里，写出无余剩。呀，阁上寂然无声，想是不奏了。人散曲终红楼静，半墙残月摇花影。

你看河斜月落，斗转参横，不免回去罢。（袖笛转行介）

【尾声】却回身，寻归径。只听得玉河流水韵幽清，犹似《霓裳》袅袅声。

倚天楼殿月分明，杜　牧

歌转高云夜更清，赵　嘏

偷得新翻数般曲，元　稹

酒楼吹笛有新声⑯。张　祜

注释：

①朝元阁：唐代道观名，在骊山上，原为祭祀老子的地方，后来成为李、杨娱乐欢会之处。

②散序：《霓裳羽衣》曲的一个部分，曲调无拍，不舞，故名之曰"散"。唐代白居易《霓裳羽衣歌》："散序六奏未动衣，阳台宿云慵不飞。"

③拍序：《霓裳羽衣》曲"散序"后的部分，又名"中序"。这一部分曲子始有拍，故名。

④苍鬐：戏曲老生鬐口之一种，苍白色。接着扮贺怀智的净角出场，提示"白须"，表明贺怀智年纪较李龟年大；第三十八出李龟年再度出场，提示亦标"白须"，表现光阴荏苒。

⑤上直更番：轮流值班。

⑥方响：古代打击乐器，由十六块铁片组成。

⑦铁拨：雷海青所弹的琵琶，用铁拨代替指甲。

⑧擅场屋：指技艺出众。场屋，演奏场所。

⑨琤瑽（cōng）：乐器声。

⑩细十番：即"十番鼓"，由十种乐器演奏。

⑪骊珠：神话传说骊龙颔下有宝珠，称骊珠。

⑫约略：淡淡的。烟蛾：指黑色的眉毛。

⑬上元：即传说中的女仙上元夫人。唐代李白《上元夫人》诗中有"闲与凤吹箫"句。双成：即董双成，西王母之侍女。白居易《长恨歌》有"金阙西厢叩玉扃，转教小玉报双成"

句。北宋徐铉《柳枝词》之九："新词欲咏知难咏，说与双成入管弦"，看来双成擅长音乐。

⑭萼绿：即"萼绿华"，中国古代传说中道教女仙名，简称萼绿。许琼：即"许飞琼"，亦为传说中西王母之侍女，善乐器，《汉武帝内传》："许飞琼鼓震灵之簧。"以上四位女仙都与音乐有缘，自有助于本出的音乐主题。

⑮戛（jiá）：敲。

⑯"倚天楼殿月分明"四句：本出下场诗首句出自杜牧《过华清宫》，第二句出自赵嘏《婺州宴上留别》，第三句出自元稹《连昌宫词》，末句出自张祜《李謩笛》。由于后两者都是直接描绘李謩偷曲故事的，故此与剧情特别吻合。

点评：

《偷曲》这一出戏，看似游离于整个情节之外。但是仔细审视，则不难发现，这出戏展示了一幅唐代梨园艺人的众生相：李龟年、马仙期、雷海清、贺怀智、黄旛绰等人一一登场亮相。李龟年是当时的著名歌星，颇受宠信，安史之乱后流落江南，其事迹见于唐代郑处诲《明皇杂录》等；马仙期为同时代音乐家，擅长打击与磬类似的打击乐器方响；雷海清，著名乐手，铁拨琵琶是其绝技；白髯公贺怀智琵琶弹得杰出，唐代元稹《连昌宫词》曾云："夜半月高弦索鸣，贺老琵琶擅场屋。"黄旛绰，一般写作"黄幡绰"，著名俳优，滑稽多智，敢于直言，亦懂得音乐，唐代段安节《乐府杂录》等笔记里亦记有他的事迹。

这里有两点需要说明，其一：据段安节《乐府杂录》

云，以铁拨弹琵琶者应该是贺怀智，这里却放在了雷海清身上，可能是为下文的"骂贼"考虑；其二：这几位音乐人出场皆以"自吹自擂"作为自报家门，似乎会给人一种过于高调的感觉，其实不然。戏曲艺人在其吟诵"上场诗"时，其实还尚未全然化身为剧中人，还是直接与观众对话互动，甚至可以理解成为观众的一种代言。所以，他们把民众对这些音乐人的赞许口碑标举出来，做了他们广告式的上场诗。

剧本在展示这些艺人个人才能的同时，也侧面赞颂了盛唐之世的风采。开元、天宝作为中国历史上著名的盛世，梨园弟子的艺术才华受到君王的赏识和器重，能够享受极高的生活待遇以及社会的尊重；等"安史之乱"过后，社会凋敝，唐朝开始走下坡路，这些梨园艺人的生活境遇也随之发生了极大的改变（关于这一点，在第三十八出《弹词》还将提及）。而李謩"偷曲"的故事情节，也只可能发生在一个和谐安定的理想盛世。

也许这出戏，正是对大唐光辉岁月的一次礼赞，同时也是对那抹辉煌的最后一瞥。

接着李謩上场了。李謩，又写作李谟、李牟，是唐代著名的笛师。元稹《连昌宫词》原注中，写到过李謩偷曲的故事："明皇尝于上阳宫夜后按新翻一曲，属明夕正月十五日，潜游灯下，忽闻酒楼上有笛奏前夕新曲，大骇之。明日，密遣捕笛者，诘验之。自云：某其夕窃于天津桥玩月，闻宫中度曲，遂于桥柱上插谱记之。臣即长安少年善笛者李謩也。明皇异而遣之。"唐代诗人张祜则有《李謩笛》一诗:"平时东幸洛阳城,宫中仙乐彻夜明,无奈李暮偷曲谱,酒楼吹笛是新声。"张祜写李暮偷曲谱虽不一定是事实,但他的用意却是赞扬李暮吹笛可比宫中仙乐,末句尤可见李暮笛声深入民间,流传甚广,此次趁夜偷曲也足见其好乐风雅的情致。这一出戏,估计正是从这些传说敷衍而来的。

宫墙内奏得热闹非凡,宫墙外,李暮听得兴致盎然:这一内、一外的"隔墙戏"也真是好看。如果说《疑谶》是一出"旁观戏",那么本出,就是一"旁听戏"。旁观格外清晰,旁听则特别美妙。

古代用文字描写音乐形象的诗篇众多,唐代白居易的《琵琶行》和李贺的《箜篌引》均是其中佳作。本出戏的唱词也毫不逊色,由【双赤子】到【前腔】,着实让我们享受了一场"视听盛宴":【双赤子】中的"弦索齐鸣"、"玎璁齐应",让人感觉到古曲之魅;【画眉儿】中的"骊珠散迸,入拍初惊","云翻袂影,飘然回雪舞风轻"等句又给人以广阔的想象空间:先是让人感觉仿佛舞者随韵而动,表情夸张;接着舞者身形逐渐加快,只见影儿、袖儿浑然一体,让人眼花缭乱;舞到慢处时,衣袖轻轻挥洒,好似漫天飞雪,纷纷扬扬;最后的定格"约略烟蛾态不胜"又让人感觉余韵悠悠……

李暮在墙外,左一句"这数声恍然心领",右一句"那数声恍然心领",欣喜之情溢于言表。如此偷曲,我们不妨称之为"雅偷"。

《霓裳》天上声，墙外行人听。音节明，宫商正，风内高低应。偷从笛里，写出无余剩。

第十五出　进　果

【过曲】【柳穿鱼】（末扮使臣持竿、挑荔枝蓝，作鞭马急上）一身万里跨征鞍，为进离支受艰难①。上命遣差不由己，算来名利怎如闲！巴得个、到长安，只图贵妃看一看。

> 自家西州道使臣，为因贵妃杨娘娘，爱吃鲜荔枝，奉敕涪州，年年进贡。天气又热，路途又远，只得不惮辛勤，飞马前去。（作鞭马重唱"巴得个"三句跑下）

【撼动山】（副净扮使臣持荔枝篮、鞭马急上）海南荔子味尤甘，杨娘娘偏喜啖。采时连叶包，缄封贮小竹篮。献来晓夜不停骖②，一路里怕耽，望一站也么奔一站！

> 自家海南道使臣。只为杨娘娘爱吃鲜荔枝，俺海南所产，胜似涪州，因此敕与涪州并进。但是俺海南的路儿更远，这荔枝过了七日，香味便减，只得飞驰赶去。（鞭马重唱"一路里"二句跑下）

【十棒鼓】（外扮老田夫上）田家耕种多辛苦，愁旱又愁雨。一年靠这几茎苗，收来半要偿官赋，可怜能得几粒到肚！每日盼成熟，求天拜神助。

> 老汉是金城县东乡一个庄家③。一家八口，单靠着这几亩薄田过活。早间听说进鲜荔枝的使臣，一路上捎着径道行走，不知踏坏了人家多少禾苗！因此，老汉特到田中看守。（望介）那边两个算命的来了。（小生扮算命瞎子手持竹板，净扮女瞎子弹弦子，同行上）

【蛾郎儿】住褒城④，走咸京，细看流年与五星⑤。生和死，断分明，一张铁口尽闻名。瞎先生，真灵圣，叫一声赛神仙，来算命。

（净）老的，我走了几程，今日脚疼，委实走不动。不是算命，倒在这里挣命了。（小生）妈妈，那边有人说话，待我问他。（叫介）借问前面客官，这里是什么地方了？（外）这是金城东乡，与渭城西乡交界。（小生斜揖介）多谢客官指引。（内铃响，外望介）呀，一队骑马的来了。（叫介）马上长官，往大路上走，不要踏了田苗！（小生一面对净语介）妈妈，且喜到京不远，我每叫向前去，雇个毛驴子与你骑。（重唱"瞎先生"三句走介）（末鞭马重唱前"巴得个"三句急上，冲倒小生、净下）（副净鞭马重唱前"一路里"二句急上，踏死小生下）（外跌脚向鬼门哭介⑥）天啊，你看一片田禾，都被那厮踏烂，眼见的没用了。休说一家性命难存，现今官粮紧急，将何办纳！好苦也！（净一面作爬介）哎呀，踏坏人了，老的啊，你在那里？（作摸着小生介）呀，这是老的。怎么不做声，敢是踏昏了？（又摸介）哎呀，头上湿漉漉的。（又摸闻手介）不好了，踏出脑浆来了！（哭叫介）我那天呵，地方救命⑦。（外转身作看介）原来一个算命先生，踏死在此。（净起斜福介）只求地方，叫那跑马的人来偿命。（外）哎，那跑马的呵，乃是进贡鲜荔枝与杨娘娘的。一路上来，不知踏坏了多少人，不敢要他偿命。何况你这一个瞎子！（净）如此怎了！（哭介）我那老的呵，我原算你的命，是要倒路死的。只这个尸首，如今怎么断送！（外）也罢，你那里去叫地方，就是老汉同你抬去埋了罢。（净）如此多谢，我就跟着你做一家儿，可不是好！（同抬小生）（哭，诨下）（丑扮驿卒上）

【小引】驿官逃，驿官逃，马死单单剩马膫⑧。驿子有一人⑨，钱粮没半分。拼受打和骂，将身去招架，将身去招架！

　　自家渭城驿中，一个驿子便是。只为杨娘娘爱吃鲜荔枝，六月初一是娘娘的生日，涪州、海南两处进贡使臣，俱要赶到。路由本驿经过，怎奈驿中钱粮没有分文，瘦马刚存一匹。本官怕打，不知逃往那里去了，区区就便权知此驿。只是使臣到来，如何应付？且自由他！（末飞马上）

【急急令】黄尘影内日衔山，赶赶赶，近长安。（下马介）驿子，快换马来。（丑接马，末放果篮、整衣介）（副净飞马上）一身汗雨四肢瘫，趱趱趱，换行鞍。

　　（下马介）驿子，快换马来。（丑接马，副净放果篮、与末见介）请了，长官也是进荔枝的？（末）正是。（副净）驿子，下程酒饭在那里？（丑）不曾备得。（末）也罢，我每不吃饭了，快带马来。（丑）两位爷在上，本驿只剩有一匹马，但凭那一位爷骑去就是。（副净）唗，偌大一个渭城驿，怎么只有一匹马！快唤你那狗官来，问他驿马那里去了？（丑）若说起驿马，连年都被进荔枝的爷每骑死了。驿官没法，如今走了。（副净）既是驿官走了，只问你要。（丑指介）这棚内不是一匹么？（末）驿子，我先到，且与我先骑了去。（副净）我海南的来路更远，还让我先骑。（末作向内介）

【恁麻郎】我只先换马，不和你斗口。（副净扯介）休恃强，惹着我动手。（末取荔枝在手介）你敢把我这荔枝乱丢！（副净取荔枝向末介）你敢把我这竹笼碎扭！（丑劝介）请罢休，免气吼，不如把这匹瘦马同骑一路走！（副净放荔枝打丑介）唗，胡说！

【前腔】我只打你这泼腌臜死囚！（末放荔枝打丑介）我也打

你这放刁顽贼头！（副净）兊官马，嘴儿太油。（末）误上用，胆儿似斗。（同打介）（合）鞭乱抽，拳痛殴，打得你难捱，那马自有！

【前腔】（丑叩头介）向地上连连叩头，望台下轻轻放手。（末、副净）若要饶你，快换马来。（丑）马一匹驿中现有，（末、副净）再要一匹。（丑）第二匹实难补凑。（末、副净）没有只是打！（丑）且慢纽，请听剖，我只得脱下衣裳与你权当酒！

（脱衣介）（末）谁要你这衣裳！（副净作看衣、披在身上介）也罢，赶路要紧。我原骑了那马，前站换去。（取果上马，重唱前"一路里"二句跑下）（末）快换马来我骑。（丑）马在此。（末取果上马，重唱前"巴得个"三句跑下）（丑吊场）咳，杨娘娘，杨娘娘，只为这几个荔枝呵！

铁关金锁彻明开，崔　液
黄纸初飞敕字回。元　稹
驿骑鞭声荈流电，李　郢
无人知是荔枝来。杜　牧⑩

注释：

①离支：即"荔枝"。

②骖（cān）：驾驭三匹马的车。

③金城县：即今陕西咸阳西的兴平，原名始平，是马嵬故城所在地。

④襃城：县名，在陕西南郑西北。

⑤细看流年与五星：言为人看相算命。星相家把人的脸面分九十九个部位，再与金、木、水、火、土五星配合，以算人

之流年运势。

⑥鬼门：指演员出入舞台的门。

⑦地方：此处指地保。

⑧马膫（liáo）：雄马的生殖器。

⑨驿子：驿站的差役。

⑩"铁关金锁彻明开"四句：本出下场诗首句见崔液《上元夜六首》其一；第二句见宝鞏《送元稹西归》，洪昇误作元稹所作；第三句见李郢《茶山贡焙歌》；末句见杜牧《过华清宫绝句三首》其一。

点评：

时光荏苒，岁月如梭，眼看杨玉环的生日就要到了。玉环最喜荔枝，为了表示对贵妃的恩宠，皇上派人不远万里进贡荔枝。如此遥远的距离，要吃上新鲜的荔枝，以当时的交通与贮存水平而论，简直是痴人说梦。读者大可不必较真，只要感受到那浓浓的爱意即可。晚唐杜牧有《过华清宫绝句》云："长安回望绣成堆，山顶千门次第开。一骑红尘妃子笑，无人知是荔枝来。"这荔枝一路运来，多少的辛苦，造了多少孽，《进果》一出，为您慢慢道来。

唐代李肇《唐国史补》卷上有记载："杨贵妃生于蜀，好食荔枝。"杨娘娘一张嘴，就能让人跑断腿。仅进贡荔枝这一件事，便可知道贵妃娘娘有多骄奢，更遑论其他了。

老田夫的出场，总让人感觉似曾相识。对了，他不正是唐代白居易笔下许许多多个"杜陵叟"之一吗？

使臣所到之处禾苗遭殃，马蹄蹬踏之处不死即伤。为了杨娘娘的这点口福，黎民生计被毁，家破人亡。北宋苏轼《荔枝叹》云："美人一破颜，警尘溅血流千载"。李、杨爱情的红布上面沾染的分明就是百姓的血和泪。

驿卒的无奈叹出了天下苍生几许苦恼啊。"民不聊生"加上"官贪吏虐"，再加上"苛捐杂税"等等，开元、天宝盛世早已经是个破灭的神话。这一出是正面揭露统治阶级穷奢极欲及对人民群众的残害，和后面第二十八出的《骂贼》是整部戏的"双璧"，是最能体现民间大众心声的两出戏。这出戏夹在第十四出《偷曲》与第十六出《舞盘》之间，对比极为强烈。

《进果》这一出戏明显是悲剧，可就在此间，亦不忘插一科诨：净扮瞎婆婆因为外扮老汉帮她收丈夫的尸体，她致谢后，竟要跟着老汉"做一家儿"，两人"同抬小生（丈夫）"，"哭，诨下"，这样的情景下也要插科打诨，可见中国剧坛"不插科不打诨，不谓之传奇"的思想有多么的根深蒂固。故王季思主编的《中国十大悲剧集》里对此的批评是："此处不能打诨，这是拿穷苦老百姓寻开心。"笔者甚有同感。

第十六出　舞　盘

【仙吕引子】【奉时春】（生引二内侍、丑随上）山静风微昼
漏长，映殿角火云千丈①。紫气东来，瑶池西望，翩翩
青鸟庭前降②。

朕同妃子避暑骊山。今当六月朔日，乃是妃子诞辰。特设宴在
长生殿中，与他称庆，并奏《霓裳》新曲。高力士传旨后宫，宣
娘娘上殿。（丑）领旨。（向内传介）（内应"领旨"介）（旦盛妆、
引老旦、贴上）

【唐多令】日影耀椒房，花枝弄绮窗，门悬小帨赭罗
黄③。绣得文鸾成一对，高傍着五云翔。

（见介）臣妾杨氏见驾。愿陛下万岁，万万岁！（生）与妃子同之。
（旦坐介）（生）紫云深处婺光明④，（旦）带露灵桃倚日荣。（老
旦、贴）岁岁花前人不老⑤，（丑合）长生殿里庆长生。（生）今
日妃子初度⑥，寡人特设长生之宴，同为竟日之欢。（旦）薄命生
辰，荷蒙天宠。愿为陛下进千秋万岁之觞。（丑）酒到。（旦拜，
献生酒，生答赐，旦跪饮，叩头呼"万岁"，坐介）（生）

【高平过曲】【八仙会蓬海】【八声甘州】风薰日朗，看一
叶阶莫，摇动炎光。华筵初启，南山遥映霞觞。【玩仙
灯】（合）果合欢，桃生千岁；花并蒂，莲开十丈。【月上
海棠】宜欢赏，恰好殿号长生，境齐蓬阆。

（小生扮内监，捧表上）手捧金花红榜子，齐来宝殿祝千秋。（见
介）启万岁爷、娘娘，国舅杨丞相，同韩、虢、秦三国夫人，献
上寿礼贺笺，在外朝贺。（丑取笺送生看介）（生）生受他每。丞

相免行礼，回朝办事。三国夫人，候朕同娘娘回宫筵宴。（小生）领旨。（下）（净扮内监捧荔枝、黄袱盖上）正逢瑶圃十秋宴，进到炎州十八娘⑦。（见介）启万岁爷，涪州、海南贡进鲜荔枝在此。（生）取上来。（丑接荔枝去袱、送上介）（生）妃子，朕因你爱食此果，特敕地方飞驰进贡。今日寿宴初开，佳果适至，当为妃子再进一觞。（旦）万岁！（生）宫娥每，进酒。（老、贴进酒介）（旦）

【杯底庆长生】【倾杯序】【换头】盈筐、佳果香，幸黄封远敕来川广⑧。爱他**浓染红绡，薄裹晶丸，入手清芬，沁齿甘凉**。【长生导引】（合）便火枣、交梨应让⑨，只合来万岁台前，千秋筵上，伴瑶池阿母进琼浆⑩。

高力士，传旨李龟年，押梨园子弟上殿承应。（丑）领旨。（向内传介）（末引外、净、副净、丑各锦衣、花帽，应"领旨"上）红牙待拍筝排柱，催着红罗上舞筵，换戴柘枝新帽子⑪，随班行到御阶前。（见介）乐工李龟年，押领梨园子弟，叩见万岁爷、娘娘。（生）李龟年，《霓裳》散序昨已奏过，《羽衣》第二叠可曾演熟？（末）演熟了。（生）用心去奏。（末）领旨。（起介）（暗下）（旦）妾启陛下：此曲散序六奏，止有歇拍而无流拍。中序六奏，有流拍而无促拍，其时未有舞态。

【八仙会蓬海】【换头】只是**悠扬，声情俊爽**。要停住彩云，飞绕虹梁。至羽衣三叠，名曰饰奏⑫。一声一字，都将舞态含藏。其间有慢声，有缠声，有衮声，应清圆，骊珠一串；有入破，有摊破，有出破，合**袅娜虺𧍒**千状⑬；还有花犯，有道和，有傍拍，有间拍，有催拍，有偷拍，多音响；皆与慢舞相生，缓歌交畅。

（生）妃子所言，曲尽歌舞之蕴。（旦）妾制有翠盘一面，请试舞其中，以博天颜一笑。（生）妃子妙舞，寡人从未得见。永新、念奴，可同郑观音、谢阿蛮伏侍娘娘⑭，上翠盘来者。（老、贴）领旨。（旦起福介）告退更衣。整顿衣裳重结束⑮，一身飞上翠盘中。（引老、贴下）（生）高力士，传旨李龟年，领梨园子弟按谱奏乐。朕亲以羯鼓节之⑯。（丑）领旨。（向内传介）（生起更衣，末、众在场内作乐介）（场上设翠盘，旦花冠、白绣袍、璎珞、锦云肩、翠袖、大红舞裙，老、贴同净、副净扮郑观音、谢阿蛮，各舞衣、白袍，执五彩霓旌、孔雀云扇，密遮旦簇上翠盘介）（乐止，旌扇徐开，旦立盘中舞，老、贴、净、副唱，丑跪捧鼓，生上坐击鼓，众在场内打细十番合介）

【羽衣第二叠】【画眉序】罗绮合花光，一朵红云自空漾。【皂罗袍】看霓旌四绕，乱落天香。【醉太平】安详，徐开扇影露明妆。【白练序】浑一似天仙，月中飞降。（合）轻扬，彩袖张，向翡翠盘中显伎长。【应时明近】飘然来又往，宛迎风菡萏⑰，【双赤子】翩翩叶上。举袂向空如欲去，乍回身侧度无方。（急舞介）【画眉儿】盘旋跌宕，花枝招飐柳枝扬，凤影高骞鸾影翔⑱。【拗芝麻】体态娇难状，天风吹起，众乐缤纷响。【小桃红】冰弦玉柱声嘹亮，鸾笙象管音飘荡，【花药栏】恰合着羯鼓低昂。按新腔，度新腔，【怕春归】褭金裙，齐作留仙想⑲。（生住鼓，丑携去介）【古轮台】舞住敛霓裳，（朝上拜介）重低额，山呼万岁拜君王。

　　（老、贴、净、副扶旦下盘介）（净、副暗下）（生起，前携旦介）妙哉，舞也！逸态横生，浓姿百出。宛若翩风回雪，恍如飞燕游龙，真独擅千秋矣。宫娥每，看酒来，待朕与妃子把杯。（老、

贴奉酒，生擎杯介）

【千秋舞霓裳】【千秋岁】把金觞，含笑微微向，请一点
点檀口轻尝。（付旦介）休得留残，休得留残，酬谢你舞
怯腰肢劳攘[20]。（旦接杯谢介）万岁！【舞霓裳】亲颁玉酝恩波
广，惟惭庸劣怎承当？（生看旦介）俺仔细看他模样，只这
持杯处，有万种风流殢人肠。

（生）朕有鸳鸯万金锦十匹，丽水紫磨金步摇一事，聊作缠头[21]。

（出香囊介）还有自佩瑞龙脑八宝锦香囊一枚，解来助卿舞佩。

（旦接香囊谢介）万岁。（生携旦行介）

【尾声】（生）《霓裳》妙舞千秋赏，合助千秋祝未央。
（旦）傥幸杀亲沐君恩透体香。

  （生）长生秘殿倚青苍，吴　融
  （旦）玉醴还分献寿觞。张　说
  （生）饮罢更怜双袖舞，韩　翃
  （旦）满身新带五云香。曹　唐[22]

注释：

①火云：夏季火热的赤云。

②"紫气东来"几句：唐代杜甫《秋兴八首》其五："西望瑶池
 降王母，东来紫气满函关。"清代吴山眉批："少陵诗语，用
 入寿曲，更雅切。"此出表现杨贵妃生日舞会，正可看做
 寿曲。

③小帨（shuì）：女子所用佩巾。古时女子出嫁，母亲手结帨
 赠送，以示诫勉励。

④婺（wù）：或作"婺女"，星辰名，又指美女。这句话说杨

贵妃光彩照人。

⑤岁岁花前人不老：唐代刘希夷《代悲白头翁》诗有"年年岁岁花相似，岁岁年年人不同"句，此句反其意而用之。

⑥初度：生日。

⑦正逢瑶圃千秋宴，进到炎州十八娘：瑶圃，仙境，此指宫殿。千秋宴，即寿宴。炎州，南方。十八娘，荔枝的一种。

⑧黄封：用黄绢包裹。上文有"净扮内监捧荔枝、黄袱盖上"之提示，可参照。

⑨火枣、交梨：道教中谓能够使人长生、升天的神仙果。

⑩瑶池阿母：西王母，此喻指杨贵妃。

⑪换戴柘枝新帽子：唐代王建《宫词百首》其九十有"未戴柘枝新帽子"句，这里改而用之。柘枝，一种桑树的枝条，舞者将其插在帽子上做装饰。唐代有"柘枝舞"，柘枝词。

⑫饰奏：即"伴奏"。

⑬氍毹（qú shū）：地毯。

⑭郑观音、谢阿蛮：相传为当时女艺人名。无名氏《大宋宣和遗事》亨集有"郑观音不抱着玉琵琶"句，唐代郑处诲《明皇杂录》补遗有"新丰市有女伶曰谢阿蛮，善舞《凌波曲》，常入宫中，贵妃遇之甚厚。"

⑮结束：此指穿戴。

⑯羯（jié）鼓：打击乐器，从羯族传入。唐明皇尤喜击羯鼓。

⑰菡萏（hàn dàn）：即荷花。

⑱高骞：高飞。

⑲留仙：指赵飞燕舞蹈时乘风欲飞去，被人拉住裙子才留住。

⑳劳攘：劳累。

㉑缠头：原指歌舞伎艺人缠在头上的锦帛饰物，借指在宴会上赏给艺人的锦缎或财物。

㉒"长生秘殿倚青苍"四句：本出下场诗首句见吴融《华清宫》，第二句见张说《舞马千秋万岁乐府词三首》其一，第三句见韩翃《赠王随》，末句见曹唐《小游仙九十八首》其三十。

点评：

　　黎民百姓惨遭涂炭，长生殿里却是一派欢乐的情形。玉环寿诞已至，宫里大排筵宴进行庆祝，极尽奢华之能事，李、杨之乐，离"乐极"的程度已经不远。

　　唐代郑处诲《明皇杂录·逸文》中有记载："六月一日，上幸华清宫，是贵妃生日，上命小部音乐，小部者，梨园法部所置，凡三百人，皆十五岁以下。于长生殿奏新曲，未名，会南海进荔枝，因名《荔枝香》。"吃荔枝还吃出了一段曲，这在文人看来也许还是一段佳话，他们又怎能会体会民生的疾苦呢？

　　吃完荔枝只是宴会的开始，接下来就该梨园弟子展现风采，奏起《霓裳羽衣》曲了。

　　【八仙会蓬海】这一支曲涉及了古代的一些音乐知识。《霓裳羽衣》曲共有十八徧，以六徧为一大段，一叠为一段。歇拍、流拍、促拍等是用来表明节拍速度的古代音乐术语。慢声、长声、入破、摊破、出破，花犯、道和、傍拍、间拍、催拍、偷拍等，也都属术语之类。且，每一类都有各种不同的要求。杨贵妃侃侃而谈，唐明皇频频点头，真所谓同声相应、同气相求。这才是李、杨爱情的更为根本性的基础。

美妙而恢弘的《霓裳羽衣》曲奏响，杨贵妃此时听得兴起，也要在皇上面前一展身手。据《旧唐书·音乐志》记载："汉世有橦木伎，又有盘舞。晋世加之以杯，谓之杯盘舞。乐府诗云，'妍秀陵七盘'，言舞用盘七枚也，梁谓之舞盘伎。"杨娘娘为讨皇上欢心，翩翩舞于一面翠玉之盘上，也算绞尽了脑汁，费尽了心机。

【羽衣第二叠】一曲描摹杨妃的舞态，可谓精彩绝伦，宛若天仙。京剧《大唐贵妃》中杨玉环的扮演者史敏就跳过那么一段，虽不是舞在盘上，但却也刚柔并济，别具异域气息。只是这出戏，恰在第十五出《进果》之后，总让人提不起胃口去欣赏、去叫好。剧作家此处运用对比法，以此欢乐的场面与前面一出的凄惨画面作对比，情节对比得愈强烈悬绝，戏剧效果就愈鲜明。

【千秋舞霓裳】曲，表现杨玉环舞罢，李隆基频频劝酒，这贵妃醉酒后的媚态，让皇上心中好不喜欢。这一帝一妃，推杯换盏，眉来眼去。只是如此缠绵的时日无多了。

本出上承《闻乐》《制谱》《偷曲》三出，是剧中表现乐歌舞这一小线索的一个小收煞。

浑一似天仙，月中飞降。轻扬，彩袖张，向翡翠盘中显伎长。

第十七出　合　围

（外、末、副净、小生扮四番将上）（外）三尺镔刀耀雪光①，
（末）腰间明月角弓张②。（副净）葡萄酒醉胭脂血，（小生）貂帽
花添锦绣装。（外）俺范阳镇东路将官何千年是也。（末）俺范阳
镇西路将官崔乾祐是也。（副净）俺范阳镇南路将官高秀岩是也。
（小生）俺范阳镇北路将官史思明是也。（各弯腰见科）请了，昨
奉王爷将令，传集我等，只得齐至帐前伺候。道犹未了，王爷升
帐也。（内鼓吹、掌号科）（净戎装引番姬、番卒上）

【越调】【紫花拨四】统貔貅雄镇边关③，双眸觑破番和
汉，掌儿中握定江山，先把这四周围爪牙迭办④。

我安禄山夙怀大志，久蓄异谋。只因一向在朝，受封东平王爵，
宠幸无双，富贵已极，咱的心愿倒也罢了。叵耐杨国忠那厮，与
咱不合，出镇范阳。且喜跳出樊笼，正好暗图大事。俺家所辖，
原有三十二路将官，番汉并用。性情各别，难以任为腹心。因此
奏请一概俱用番将。如今大小将领，皆咱部落。（笑科）任意所
为，都无所顾忌了。昨日传集他每俱赴帐前，这咱敢待齐也⑤。
（众进见科）三十二路将官参见。（净）诸将少礼。（众）请问王爷，
传集某等，不知有何钧令？（净）众将官，目今秋高马壮，正好
演习武艺。特召你等，同往沙地，大合围场，较猎一番。多少是
好！（众）谨遵将令。（净）就此跨马前去。（同众作上马科）（净）

【胡拨四犯】紫缰轻挽，（合）双手把紫缰轻挽，骗上马⑥，
将盔缨低按。（行科）闪旗影云殷，没揣的动龙蛇⑦，一直
的通霄汉。按奇门布下了九连环⑧，觑定了这小中原在眼，

消不得俺众路强蕃。(众四面立，净指科)这一员身材剽悍，那一员结束牢拴，这一员莽兀喇拳毛高鼻⑨，那一员恶支沙雕目胡颜，这一员会急进格邦的弓开月满，那一员会滴溜扑碌的锤落星寒，这一员会咭吒克擦的枪风闪烁，那一员会悉力飒剌的剑雨澎滩，端的是人如猛虎离山涧，显英雄天可汗⑩！(众行科)(合)振军威，扑通通鼓鸣，惊魂破胆；排阵势，韵悠悠角声，人疾马闲。抵多少雷轰电转，可正是海沸也那河翻。折末的铜作壁⑪，铁作垒，有甚么攻不破、攻不破也雄关！(净)这里地阔沙平，就此摆开围场，射猎一回者。(净同番姬立高处，众排围射猎下)(净)摆围场这间、这间，四下里来挤趱、挤趱。马蹄儿泼剌剌旋风赸⑫，不住的把弓来紧弯，弦来急攀。一回呵滚沙场兔、鹿儿无头赶，都难动弹，就地里跧跧⑬。(众射鸟兽上)(净)把鹰、犬放过去者。(众应，放鹰、犬科，跑下)(净)呀呀呀，疾忙里一壁厢把翅摩霄的玉爪腾空散⑭，一壁厢把足驾雾的金獒逐路拦⑮，霎时间兽积、兽积如山。(众上献猎物科)禀王爷：众将献杀⑯。(净)打的鸟兽，散给众军。就此高坡上，把人马歇息片时。大家炙肉暖酒，番姬每歌的歌，舞的舞，洒落一回者⑰。(众)得令。(同席地坐，番姬送净酒，众作拔刀割肉，提背壶斟酒，大饮唻科)(番姬弹琵琶、浑不是⑱，众打太平鼓板)(合)斟起这酪浆儿，满满的浮金盏，满满的浮金盏。更把那连毛带血肉生餐，笑拥着番姬双颊丹，把琵琶忔楞楞弹也么弹，唱新声《菩萨蛮》⑲。(净起科)吃了一会，酒醉肉饱。天色已晚，诸将各回汛地⑳。须要整顿兵器，练习军马，听候将令便了。(众应科)得令。(作同上马吹海螺，侧帽、摆手绕场疾行科）听罢了令，疾翻身跃登锦鞍，侧着帽、摆手轻儇㉑。各自里回还，镇守定疆藩。摆搠些旗竿，装折着轮辐㉒，听候传番，施逞凶顽。天降摧残，地起波澜，把渔阳凝盼，一飞羽箭，争赴兵坛，专等你个抱赤心的将军、将军来调拣。

（众下）（净）你看诸路番将，一个个人强马壮，眼见得的羽翼已成。（笑科）唐天子，唐天子，我怎当得也！

【煞尾】没照会，先去了那掣肘汉家官㉒；有机谋，暗添上这助臂番儿汉。等不的宴华清《霓裳》法曲终，早看俺闹鼓鼙渔阳骁将反。

> 六州番落从戎鞍，薛　逢
> 战马闲嘶汉地宽。刘禹锡
> 倏忽抟风生羽翼，骆宾王
> 山川龙战血漫漫。胡　曾㉔

注释：

①镔（bīn）刀：镔铁铸成之刀。镔铁出自河南南镔，一说出自波斯国。

②明月：喻月形之弓。

③貔貅（pí xiū）：古代两种猛兽之合称，此喻勇猛将领。

④迭办：安排。

⑤这咱：这会儿。

⑥骗上马：跃身上马。

⑦龙蛇：旗上的图案。

⑧按奇门布下了九连环：奇门，即奇门遁甲，古时的一种神秘

术数。九连环，即九宫连环八卦阵。

⑨拳毛：卷发。

⑩天可汗：唐代外族对中国皇帝的尊称。

⑪折末：亦作折莫，不管。

⑫趈（shàn）：此指跳跃。

⑬踡跧（quán）：弯曲。

⑭玉爪：猎鹰。

⑮金獒（áo）：猎犬。

⑯献杀：敬献猎物。

⑰洒落：休息，戏耍。

⑱浑不是：亦称浑不似、火不思，一种弹拨乐器。

⑲《菩萨蛮》：唐时教坊乐曲。

⑳汛地：军队驻防之地。

㉑轻儇（xuān）：轻快。

㉒轓（fān）：车两旁的障泥板。

㉓没照会，先去了那掣肘汉家官：意谓先除了汉族官员的牵制，自己的行动就不会被朝廷知道了。照会，知道。掣肘，牵制。

㉔"六州番落从戎鞍"四句：本出下场诗首句见薛逢《送灵州田尚书》，第二句见刘禹锡《令狐相公自太原累示新诗因以酬寄》，第三句见骆宾王《帝京篇》，末句见胡曾《题周瑜将军庙》。

点评：

李、杨帝妃之间情意浓浓。安禄山的部队却已经在进行军事演习了，大唐江山岌岌可危。沙场合围分明就是大规模军事演习。本出一开始上场的四个番将，分别是何千年、崔乾祐、高秀岩和史思明，都是安禄山的部下，唐代姚汝能《安禄山事迹》和北宋司马光等《资治通鉴》等史料里都有记载，特别是史思明，新、旧《唐书》里都有他的传，是安禄山的同乡，被安禄山授予平庐节度知兵马使，会用兵，擅打仗，一次战斗中安禄山军队几乎全军覆没，唯有史思明所部尚存，安禄山因之执其手嘀叹曰："吾得汝，复何忧！"后来安禄山被其儿子安庆绪杀，史思明杀安庆绪自立，后史思明又被其子史朝义所杀。史称"安史之乱"即标举安禄山、史思明两人名号。

此出《合围》是后面第二十三出《陷关》的先声。剧中安禄山的说白"俺家所辖，原有三十二路将官，番汉并用。性情各别，难以任为腹心。因此奏请一概俱用番将。如今大小将领，皆咱部落"云云，亦有所据。唐代刘肃《大唐新语》卷二中提到："安禄山，天宝末，请以番将三十人代汉将，玄宗宣付中书令，即日进呈。韦见素谓杨国忠曰：'安禄山有不臣之心，暴于天下，今又以番将代汉，其反明矣。'"剧中政治、军事斗争的情节，多基于历史史实，全剧的历史感，正深藏于这些细节中。

作者用了工笔画的手法，极尽描摹之能事，展现塞外苍茫之景：番兵、番将各个如狼似虎，争先恐后，号角声、马嘶声、兵刃敲击之声相混杂，猎物们四散奔逃。这不正是一幅惨烈的"乱军杀戮图"吗？只不过这里的猎物，日后则演换成了无辜的百姓！

这些将士在猎场上已是如此凶猛，到了战场上更是让人难以对付。难怪安禄山一副胜券在握的样子，得意洋洋道："唐天子，唐天子，我怎当得也！"他没料到，唐天子最终还是龙体吉祥，遭罪的还是天下苍生。

"渔阳鼙鼓动地来，惊破《霓裳羽衣》曲。"本出是一出过场戏，但在《陷关》《惊变》《埋玉》这条线索中，却是不可或缺的一个环节。

与第十出一样，舞台提示作"科"。本出【越调】曲套共只两首曲子，其组合类似北曲杂剧里的"楔子"，过场戏。吴梅《顾曲麈谈》第一章"原曲"取本出【越调】一套作为越调曲之例，可见洪昇在音乐上的造诣。

第十八出　夜　怨

【正宫引子】【破齐阵】【破阵子头】（旦上）宠极难拼轻舍，欢浓分外生怜。【齐天乐】比目游双，鸳鸯眠并，未许恩移情变。【破阵子尾】只恐行云随风引，争奈闲花竞日妍①，终朝心暗牵。

　　【清平乐】卷帘不语，谁识愁千缕？生怕韶光无定主，暗里乱催春去。　　心中刚自疑猜，那堪踪迹全乖。凤辇却归何处？凄凉日暮空阶。奴家杨玉环，久邀圣眷，爱结君心。叵耐梅精江采苹，意不相下②。恰好触忤圣上，将他迁置楼东。但恐采苹巧计回天，皇上旧情未断，因此常自堤防。唉，江采苹，江采苹，非是我容你不得，只怕我容了你，你就容不得我也！今早圣上出朝，日色已暮，不见回宫，连着永新、念奴打听去了。此时情绪，好难消遣也！

【仙吕入双调】【风云会四朝元】【四朝元头】烧残香串，深宫欲暮天。把文窗频启，翠箔高卷，眼儿几望穿。但常时此际，但常时此际，【会河阳】定早驾到西宫，执手齐肩。【四朝元】花映房栊，春生颜面，【驻云飞】百种耽欢恋。嗉，今夕问何缘，【一江风】芳草黄昏，不见承回辇？（内作鹦哥叫"圣驾来也"介）（旦作惊看介）呀，圣上来了！（作看介）呸，原来是鹦哥弄巧言，把愁人故相骗。【四朝元尾】只落得徘徊伫立，思思想想，画栏凭遍。

　　（老旦上）闻道君王前殿宿，内家各自撤红灯③。（见介）启娘娘：万岁爷已宿在翠华西阁了。（旦呆介）有这等事？（泣介）

【前腔】君情何浅，不知人望悬！正晚妆慵卸，暗烛羞剪，待君来同笑言。向琼筵启处，向琼筵启处，醉月觞飞，梦雨床连。共命无分，同心不舛，怎蓦把人疏远！（老旦）万岁爷今夜偶不进宫，料非有意疏远，娘娘请勿伤怀！（旦）嗏，若不是情迁，便宿离宫，阿监何妨遣。我想圣上呵，从来未独眠，鸳衾厌孤展，怎得今宵枕畔，清清冷冷，竟无人荐④！

（贴上）雪隐鹭鸶飞始见，柳藏鹦鹉语方知。（见介）娘娘，奴婢打听翠阁的事来了。（旦）怎么说？（贴）娘娘听启：奴婢方才呵，【月临江】悄向翠华西阁，守将时近黄昏，忽闻密旨遣黄门。（旦）遣他何处去呢？（贴）飞鞭乘戏马，灭烛召红裙⑤。（旦急问介）召那一个？（贴）贬置楼东怨女，梅亭旧日妃嫔。（旦惊介）呀，这是梅精了。他来也不曾？（贴）须臾簇拥那佳人，暗中归翠阁。（老旦问介）此话果真否？（贴）消息探来真。（旦）唉，天那！原来果是梅精复邀宠幸了。（做不语闷坐、掩泪介）（老旦、贴）娘娘请免愁烦。（旦）

【前腔】闻言惊颤，伤心痛怎言。（泪介）把从前密意，旧日恩眷，都付与泪花儿弹向天。记欢情始定，记欢情始定，愿似钗股成双，盒扇团圆。不道君心，霎时更变，总是奴当谴。嗏，也索把罪名宣，怎教冻蕊寒葩⑥，暗识东风面。可知道身虽在这边，心终系别院。一味虚情假意，瞒瞒昧昧，只欺奴善。

（贴）娘娘还不知道，奴婢听得小黄门说，昨日万岁爷在华萼楼上，私封珍珠一斛去赐他，他不肯受。回献一诗，有"长门自是无梳洗，何必珍珠慰寂寥"之句，所以致有今夜的事。（旦）哦，原来如此，我那里知道！

【前腔】他向楼东写怨，把珍珠暗里传。直恁的两情难割，不由我寸心如剪。也非咱心太褊，只笑君王见错；笑君王见错，把一个罪废残妆，认是金屋婵娟。可知我守拙鸾凰，斗不上争春莺燕。（老旦）万岁爷既不忘情于他，娘娘何不迎合上意，力劝召回。万岁爷必然欢喜，料他也不敢忘恩。（旦）唉，此语休提。他自会把红丝缠⑦。噤，何必我重牵。只怕没头兴的媒人⑧，反惹他憎贱。你二人随我到翠阁去来。（贴）娘娘去怎的？（旦）我到那里，看他如何逗媚妍，如何卖机变，取次把君情鼓动⑨，颠颠倒倒，暗中迷恋。

（贴）奴婢想今夜翠阁之事，原怕娘娘知道。此时夜将三鼓，万岁爷必已安寝。娘娘猝然走去，恐有未便。不如且请安眠，到明日再作理会。（旦作不语，掩泪叹介）唉，罢罢，只今夜教我如何得睡也！

【尾声】他欢娱只怕催银箭⑩，我这里寂寥深院，只索背着灯儿和衣将空被卷。

　　　紫禁迢迢宫漏鸣，戴叔伦
　　　碧天如水夜云生。温庭筠
　　　泪痕不与君恩断，刘　皋
　　　斜倚薰笼坐到明。白居易⑪

注释：

①闲花：喻婚外情人，亦指妓女。此处指梅妃。

②意不相下：互不服输退让。

③闻道君王前殿宿，内家各自撤红灯：意谓获悉皇帝已到某妃

子处歇息，其他人便统统撤去自家门前的红灯。内家，宫中嫔妃，她们大红灯笼高高挂，是为等待皇帝幸临。

④荐：荐枕席，同寝。

⑤飞鞭乘戏马，灭烛召红裙：宋代《梅妃传》："后上忆妃，夜遣小黄门灭烛，密以戏马召妃至翠华阁。"

⑥冻蕊寒葩：指梅花，此借指梅妃。

⑦红丝：喻指姻缘。

⑧没头兴：倒运。

⑨取次：随便地，轻易地。

⑩催银箭：形容时间过得快。银箭，银制的漏箭。

⑪"紫禁迢迢宫漏鸣"四句：本出下场诗首句选自戴叔伦的《宫词》，第二句选自温庭筠的《瑶瑟怨》，第三句选自刘阜的《长门怨》，末句选自白居易的《后宫词》。皆为宫怨题材的诗作。

点评：

　　等人是最让人焦急的，何况鹦鹉不住向人提。据史料记载，李、杨身边确实有一只伶俐可爱的鹦鹉名叫"雪衣女"，这只鹦鹉通体羽毛洁白，是岭南进贡的，在宫中养了多年，非常聪明，"洞晓言词"（见《太平广记》卷四六〇引《谭宾录》）。平时鹦鹉学舌叫两声"圣驾来也"，帝妃肯定开心；可这时，杨贵妃等三郎等得柔肠寸断，一听"圣驾来也"喜出望外，待明白这只是鹦鹉不合时宜的学舌，情绪瞬间跌至零度，怎不将这不晓事的畜生埋怨：连你也来弄巧舌欺骗奴家，真正是平日里白疼你了！

花无百日红。爱人间的斗争再起。只缘李隆基又犯了心猿意马、多情泛爱的老毛病，觉得自己冷落了梅妃，便又背着杨玉环，做起了偷偷摸摸的勾当。世上没有不透风的墙，风声传到杨玉环耳朵里，恨得她咬碎口中银牙。

爱情与政治是《长生殿》这部戏的两条主线。这两条线索始终交织在一起推动着剧情的发展，可以看出作者在情节编排上的功力确实深厚，把观众的胃口吊足。自明代以来，传奇剧本渐成文人案头之作，逐渐与戏剧本源分道扬镳。一出戏要证明其价值，演出的效果是至关重要的因素，文人往往于此多有忽略。而《长生殿》的不朽与其较强的戏剧性不无关联。

派永新、念奴去打探消息。原来这李隆基也真是个情场老手，先宣布宿在翠华西阁，再"神不知鬼不觉"地突召梅妃欢聚。要不是杨贵妃保持着高度的警惕性，今晚就给糊弄过去了。

至于唐明皇用"戏马"秘密接梅妃到翠华阁，除了《梅妃传》里有记叙（见本出注释⑤），小说《隋唐演义》里也有描写，说唐明皇向高力士布置："高力士，你可牵梨园中最快的戏马，密召梅妃至翠华西阁。"这句话，也是传奇剧《惊鸿记》第二十出里唐明皇的一句说白。唐明皇不愧是梨园戏神，连召情妇动用的都是"戏马"，真可谓人生如戏了。

爱情是排他的，而李、杨爱情最大的问题就是对爱本身的专一和执着与现实情境之间不可调和的矛盾。在那个君主专制的社会里，杨玉环已经做了一个女性所能做的事，来维护自己的爱情与尊严。当然，杨玉环不可能认识到是君权制度造成了这种畸形的婚恋关系。她把矛头指向另一个弱女子梅妃，从根本上说，二人没有本质的差别，但是杨玉环身上那股泼辣的劲儿却着实令人钦佩。"唉，江采苹，江采苹，非是我容你不得，只怕我容了你，你就容不得我也！"这是她的心声，也道出了一条真理：不仅仅情场如此，政治不也一样？

　　付出爱的人，未必能得到真心的回应，而想爱，有时又不能爱得彻底。戏中体现的这种两难境地，现代人读之，也会心有戚戚焉。

第十九出　絮　阁

（丑上）自闭昭阳春复秋，罗衣湿尽泪还流。一种蛾眉明月夜，南宫歌舞北宫愁①。咱家高力士，向年奉使闽粤，选得江妃进御，万岁爷十分宠幸。为他性爱梅花，赐号梅妃，宫中都称为梅娘娘。自从杨娘娘入侍之后，宠爱日夺，万岁爷竟将他迁置上阳宫东楼。昨夜忽然托疾，宿于翠华西阁，遣小黄门密召到来。戒饬宫人②，不得传与杨娘娘知道。命咱在阁前看守，不许闲人擅进。此时天色黎明，恐要送梅娘娘回去，只索在此伺候咱。（虚下）（旦行上）

【北黄钟】【醉花阴】一夜无眠乱愁搅，未拔白潜踪来到③。往常见红日影弄花梢，软咍咍春睡难消，犹自压绣衾倒。今日呵，可甚的凤枕急忙抛，单则为那筹儿撇不掉④。

（丑一面暗上望科）呀，远远来的，正是杨娘娘，莫非走漏了消息么？现今梅娘娘还在阁里，如何是好？（旦到科）（丑忙见科）奴婢高力士，叩见娘娘。（旦）万岁爷在那里？（丑）在阁中。（旦）还有何人在内？（丑）没有。（旦冷笑科）你开了阁门，待我进去看者。（丑慌科）娘娘且请暂坐。（旦坐科）（丑）奴婢启上娘娘：万岁爷昨日呵，

【南画眉序】只为政勤劳，偶尔违和厌烦扰。（旦）既是圣体违和，怎生在此驻宿？（丑）爱清幽西阁，暂息昏朝。（旦）在里面做甚么？（丑）偃龙床，静养神疲。（旦）你在此何事？（丑）守玉户不容人到。（旦怒科）高力士，你待不容我进去么？（丑慌叩头科）娘娘息怒，只因亲奉君王命，量奴婢敢行违拗！

【北喜迁莺】（旦怒科）哇，休得把虚脾来掉⑤，嘴喳喳弄鬼妆幺⑥。（丑）奴婢怎敢？（旦）焦也波焦，急的咱满心越恼。我晓得你今日呵，别有个人儿挂眼稍，倚着他宠势高，明欺我失恩人时衰运倒。（起科）也罢，我只得自把门敲。

　　（丑）娘娘请坐，待奴婢叫开门来。（做高叫科）杨娘娘来了，开了阁门者。（旦坐科）（生披衣引内侍上，听科）

【南画眉序】何事语声高，蓦忽将人梦惊觉。（丑又叫科）杨娘娘在此，快些开门。（内侍）启万岁爷：杨娘娘到了。（生作呆科）呀，这春光漏泄，怎地开交？（内侍）这门还是开也不开？（生）慢着。（背科）且教梅妃在夹幕中，暂躲片时罢。（急下）（内侍笑科）哎，万岁爷，万岁爷，笑黄金屋恁样藏娇，怕葡萄架霎时推倒⑦。（生上作伏桌科）内侍，我着床傍枕伴推睡，你索把兽环开了⑧。

　　（内侍）领旨。（作开门科）（旦直入，见生科）妾闻陛下圣体违和，特来问安。（生）寡人偶然不快，未及进宫。何劳妃子清晨到此。（旦）陛下致疾之由，妾倒猜着几分了。（生笑科）妃子猜着何事来？（旦）

【北出队子】多则是相思萦绕，为着个意中人把心病挑。（生笑科）寡人除了妃子，还有甚意中人？（旦）妾想陛下向来钟爱，无过梅精。何不宣召他来，以慰圣情牵挂。（生惊科）呀，此女久置楼东，岂有复召之理？（旦）只怕悄东君偷泄小梅梢，单只待望着梅来把渴消。（生）寡人那有此意。（旦）既不沙，怎得那一斛珍珠去慰寂寥！

　　（生）妃子休得多心。寡人昨夜呵，

【南滴溜子】偶只为微疴，暂思静悄。恁兰心蕙性，慢多度料，把人无端冥落。（作欠伸科）我神虚懒应酬，相逢话言少。请暂返香车，图个睡饱。

（旦作看科）呀，这御榻底下，不是一双凤舄⑨？（生急起，作欲掩科）在那里？（怀中掉出翠钿科）（旦拾看科）呀，又是一朵翠钿！此皆妇人之物，陛下既然独寝，怎得有此？（生作羞科）好奇怪！这是那里来的？连寡人也不解。（旦）陛下怎么不解？

（丑作急态，一面背对内侍低科）呀，不好了，见了这翠钿、凤舄，杨娘娘必不干休。你每快送梅娘娘，悄从阁后破壁而出，回到楼东去罢。（内侍）晓得。（从生背后虚下）（旦）

【北刮地风】只这御榻森严宫禁遥，早难道有神女飞度中宵。则问这两般信物何人掉？（作将舄、钿掷地，丑暗拾科）（旦）昨夜谁侍陛下寝来？可怎生般凤友鸾交，到日三竿犹不临朝？外人不知呵，都只说殢君王是我这庸姿劣貌。那知道恋欢娱，别有个雨窟云巢！请陛下早出视朝，妾在此候驾回宫者。（生）寡人今日有疾，不能视朝。（旦）虽则是蝶梦余，鸳浪中，春情颠倒，困迷离精神难打熬，怎负他凤墀前鹄立群僚！

（旦作向前背立科）（丑悄上与生耳语科）梅娘娘已去了，万岁爷请出朝罢。（生点头科）妃子劝寡人视朝，只索勉强出去。高力士，你在此送娘娘回宫者。（丑）领旨。（向内科）摆驾！（内应科）（生）风流惹下风流苦，不是风流总不知。（下）（旦坐科）高力士，你瞒着我做得好事！只问你这翠钿、凤舄，是那一个的？（丑）

【南滴滴金】告娘娘省可闲烦恼。奴婢看万岁爷与娘娘呵，百纵千随真是少。今日这翠钿、凤舄，莫说是梅亭旧日恩情好，就是六宫中新窈窕，娘娘呵，也只合佯装不晓，直恁破工夫多计较！不是奴婢擅敢多口，如今满朝臣宰，谁没有个大妻小妾，何况九重，容不得这宵！

【北四门子】（旦）呀，这非是衾裯不许他人抱，道的咱量似斗筲⑩！只怪他明来夜去装圈套，故将人瞒的牢。（丑）万岁爷瞒着娘娘，也不过怕娘娘着恼，非有他意。（旦）把似怕我焦，则休将彼邀。却怎的劣云头只思别岫飘⑪。将他假做抛，暗又招，转关儿心肠难料⑫。

  （作掩泪坐科）（老旦上）清早起来，不见了娘娘，一定在这翠阁中，不免进去咱。（作进见旦科）呀，娘娘呵！

【南鲍老催】为何泪抛，无言独坐神暗消？（问丑科）高公公，是谁触着他情性娇？（丑低科）不要说起。（作暗出钿、舄与老旦看科）只为见了这两件东西，故此发恼。（老旦笑，低问科）如今那人呢？（丑）早已去了。（老旦）万岁爷呢？（丑）出去御朝了。永新姐，你来得其好，可劝娘娘回宫去罢。（老旦）晓得了。（回向旦科）娘娘，你慢将眉黛颦，啼痕渗，芳心恼。晨餐未进过清早，怎自将千金玉体轻伤了？请回宫去，寻欢笑。

  （内）驾到。（旦起立科）（生上）媚处娇何限，情深妒亦真。且将个中意，慰取眼前人。寡人图得半夜欢娱，反受十分烦恼。欲待呵叱他一番，又恐他反道我偏爱梅妃，只索忍耐些罢。高力士，杨娘娘在那里？（丑）还在阁中。（老旦、丑暗下）（生作见旦，旦背立不语掩泣科）（生）呀，妃子，为何掩面不语？（旦不应科，生笑科）妃子休要烦恼，朕和你到华萼楼上看花去。（旦）

【北水仙子】问、问、问、问华萼娇，怕、怕、怕、怕不似楼东花更好。有、有、有、有梅枝儿曾占先春，又、又、又、又何用绿杨牵绕。（生）寡人一点真心，难道妃子还不晓得？（旦）

请、请、请、请真心向故交，免、免、免、免人怨为妾情薄
（跪科）妾有下情，望陛下俯听。（生扶科）妃子有话，可起来说。（旦
泣科）妾自知无状，谬窃宠恩。若不早自引退，诚恐谣诼日加，祸生
不测。有累君德鲜终^⑬，益增罪戾。今幸天眷犹存，望赐斥放。陛下
善视他人，勿以妾为念也。（泣拜科）拜、拜、拜、拜辞了往日君
恩天样高。（出钗、盒科）这钗、盒是陛下定情时所赐，今日将来
交还陛下。把、把、把、把深情密意从头缴。（生）这是怎么说？
（旦）省、省、省、省可自承旧赐，福难消。

（旦悲咽，生扶起科）妃子何出此言，朕和你两人呵！

【南双声子】情双好，情双好，纵百岁犹嫌少。怎说
到，怎说到，平白地分开了！总朕错，总朕错，请莫
恼，请莫恼。（笑觑旦科）见了你这颦眉泪眼，越样生娇。

妃子可将钗、盒依旧收好。既是不耐看花，朕和你到西宫闲话
去。（旦）陛下诚不弃妾，妾复何言。（袖钗、盒，福生科^⑭）

【北尾煞】领取钗、盒再收好，度芙蓉帐暖今宵，重把
那定情时心事表。

（生携旦并下）（丑复上）万岁爷同娘娘进宫去了。咱如今且把这
翠钿、凤舄，送还梅娘娘去。

柳色参差映翠楼，　司马札

君王玉辇正淹留。　钱　起

岂知妃后多娇妒，　段成式

恼乱东风卒未休。　罗　隐^⑮

注释：

①“自闭昭阳春复秋”四句：唐代裴交泰《长门怨》：“自闭长

门几经秋，罗衣湿尽泪空流。一种蛾眉明月夜，南宫歌管北宫愁。"这里改了几个字，都是应景而改，特别是最后一句改"歌管"为"歌舞"，符合贵妃与梅妃的特性。

②戒饬（chì）：告诫。

③拔白：发白，天亮。

④那筹儿：那件事，指唐明皇与梅妃之事。

⑤把虚脾来掉：玩花招，说假话，一般说成"掉虚脾"。

⑥弄鬼妆幺：装模作样之谓。这里的"幺"，是"幺蛾子"之简，幺蛾子，民间俗语，意谓耍花招、出鬼点子。

⑦葡萄架霎时推倒：当时民间俗语，与"吃醋"同义。

⑧兽环：宫门上的装饰性门环，此代指门。

⑨凤舄（xì）：凤头鞋。

⑩量似斗筲（shāo）：形容气量小。《论语·子路》："斗筲之人，何足算也。"

⑪岁云头只思别岫飘：在群山中飘忽不定的云，形容人心易变。

⑫转关儿心肠难料：心思弯弯绕绕难以料想。

⑬鲜终：无结果。

⑭福：即行女性万福礼。

⑮"柳色参差映翠楼"四句：本出下场诗首句见司马札《宫怨》，第二句见钱起《长信怨》，第三句见段成式《汉宫词二首》其二，末句见罗隐《柳》。后三句皆为情语，前一句虽为景语，实亦是情语。

点评：

从《禊游》到《复召》几出，写杨妃与姐姐争风，用的是侧面描写；作者把正面写"吃醋"，描写杨妃的嫉妒，放给了第十八、十九出的《夜怨》和《絮阁》。

唐明皇失约，杨贵妃苦苦等了一夜，等来的消息对于她如同晴天霹雳：陛下复宠梅妃。她首先想到那定情物金钗钿盒，"记欢情始定，记欢情始定，愿似钗股成双，盒扇团圆"。她怀疑那东西到底有没有用。她慨叹"不道君心，霎时更变"，失落和不安全感充满了她敏感的心。

这一夜非是好过。闹还是不闹？肯定想了一夜。

当年唐太宗规劝房玄龄夫人，说你如果同意你夫君把两个侍妾带回去，就不必喝面前的"酒"，如若不然，请把它喝了。房夫人二话没说就一饮而尽。抱着必死的心，也不愿意别的女人分享丈夫的爱，这才是真女人！当然结果是皆大欢喜：那杯中只是醋而已。据说"吃醋"一说就是这样来的。

杨玉环怎会不如这房氏夫人！也决心去吃它一回"醋"试试，一大早，就赶去翠华西阁了。高力士怎挡得住一个女人正发作的十足醋劲！看到御榻底下凤舄翠钿，贵妃娘娘更是醋性大发。宋代《梅妃传》载："太真大怒曰：'看核狼藉，御榻下有妇人遗舄，夜来何人侍陛下寝，欢醉，至于日出不观朝？陛下可出见群臣，妾止此阁以俟驾回。'"可与这段情节参照。在昆剧的正式演出中，有的还添加这样的情节：唐明皇装着一脸无辜，反过来问道："高力士，这东西是哪里来的？"简直就是耍无赖。记得上海昆剧团蔡正仁先生就是这样演的。每每演到此地，台下哄笑，喜剧效果非常强烈。

这一出南北合套，集南北曲的美妙于一出，是戏曲音乐的楷模。【北水仙子】一曲正衬分明，曲白相生，每一曲句前用叠字，"有、有、有、有梅枝儿曾占先春，又、又、又、又何用绿杨牵绕"，像是杨妃哽哽咽咽，边哭边数落，很好地凸现了本出名目"絮阁"的"絮"字的神韵。昔日李清照有善用叠字"寻寻觅觅"的《声声慢》，本【北水仙子】与其有异曲同工之妙。

玉环其实最怕遣回娘家了，这是上一次的教训。但她偏偏哪壶不开提哪壶，"望赐斥放"，她竟讨放逐。她是在那里"出哀兵"呢！抱着必"死"的心，有时反而能绝处逢生。玉环是勇敢的，一切真女人都勇敢。玉环又是聪明的，她向明皇表决绝，顺理成章地掏出钗盒，其实是拿定情物大做文章。她在帮唐明皇复习定情，要他再一次定情，弄得明皇只好赔笑认错，表示"重把那定情时心事表"。

人，最要紧的是不能丢掉初衷。

"絮阁"实为"闹阁"。这样的夫妻吵闹画面，在我们的生活中实在是随处可见。宫中夫妻亦寻常呵！

吃醋，民间俗语，嫉妒的意思，多用于男女关系方面。民间一些地方婚俗中有"打醋坛"一项，就是让女人在结婚后少吃"醋"，而爱吃醋的女人（也有少量男人）则被喻为"醋坛子"。在戏曲小说作品中有不少表现吃醋的，如《红楼梦》第八回后半"探宝钗黛玉半含酸"，就讲黛玉半真半假地吃宝钗醋的事；第三十一回晴雯听袭人一口一个"我们"，"自然是她和宝玉了，不觉又添了醋意"。昆曲折子戏里就有三折有名的"吃醋戏"。表现怕老婆故事的《狮吼记》（明代汪廷讷）里的"跪池"，那凶悍的老婆也吃醋，吃起醋来又打又骂还拽耳朵；其二是《金雀记》（明代传奇）里的"乔醋"，题目就出"醋"字，那里面的男主人公潘岳把夫人赠他的定情物给了第三者，夫人虽然心下也同意丈夫纳妾，却在表面上还要吃一把醋，自然她是吃假醋，故名"乔醋"。最后潘岳倒地，还要掩饰，书童点穿道："不是下阶错步，还是夫人吃醋。"点了题。其三，就是我们这里的《絮阁》。扮演过杨贵妃的上海昆剧团演员张静娴，管这一段戏叫"吃宫醋"。在皇帝身边也敢吃醋，敢把定情物钗盒掷还，请求回娘家，比起这夫妻俩第一次在三月三的闹别扭来，杨贵妃已经勇敢多了，也主动多了。结果，反而是皇帝赔罪低头，认错连连。

吃醋又常常作"捻酸吃醋"。明代阮大铖《燕子笺》第四十二出《诰圆》中就有"他二位只管捻酸吃醋，不成个模样"。吃醋还有个说法叫"推倒葡萄架"，滚落一地的生葡萄，也够酸的。关汉卿有一首散曲《朝天子·书所见》，写一位大户人家的陪嫁丫头，最后祖露自己的心态："若咱，得她，倒了蒲桃（葡萄）架。"很想"得她"，但又怕夫人"倒了葡萄架"，吃醋。《长生殿》里《絮阁》中有同样用法，那是内侍们的合唱："笑黄金屋怎样藏娇，怕葡萄架霎时推倒。"她们见得多了，料想得很准。

情爱学家斯丹达尔曾经指出："一个同自己的爱情搏斗的妇女所表现的坚定性，是世间最灿烂的事物。"杨贵妃的这番充满妒意又不失娇媚的"搏斗"，造就了一出灿烂的吃醋戏。

第二十出　侦　报

（外引末扮中军①，四杂执刀棍上）出守岩疆典巨城②，风闻边事
实堪惊。不知忧国心多少，白发新添四五茎。下官郭子仪，叨蒙
圣恩，擢拜灵武太守。前在长安，见安禄山面有反相，知其包
藏祸心。不想圣上命彼出镇范阳，分明纵虎归山。却又许易番
将，一发添其牙爪。下官自天德军升任以来，日夜担忧。此间灵
武，乃是股肱重地③，防守宜严。已遣精细哨卒，前往范阳采听
去了。且待他来，便知分晓。

【双调】【夜行船】（小生扮探子，执小红旗上）两脚似星驰和
电捷，把边情打听些些。急离燕山，早来灵武。（作进见
外，一足跪叩科）向黄堂爆雷般唱一声高喏④。

　　（外）探子，你回来了么？（小生）我肩挑令字小旗红，昼夜奔驰
　　疾似风。探得边关多少事，从头来报主人公。（外）分付掩门。
　　（众掩门科下）（外）探子，你探的安禄山军情怎地，兵势如何？
　　近前来，细细说与我听者。（小生）爷爷听启：小哨一到了范阳镇
　　上呵，

【乔木查】见枪刀似雪，密匝匝铁骑连营列。端的是号令
如山把神鬼慑。那知有朝中天子尊，单逞他将军令阃外吨
嗻⑤。

　　（外）那禄山在边关，近日作何勾当？（小生）

【庆宣和】他自请那番将更来，把那汉将撤，四下里牙爪排
设。每日价跃马弯弓斗驰猎，把兵威耀也、耀也！

　　（外）还有甚么举动波？（小生）

【落梅花】他贼行藏真难料^⑥，歹心肠忒肆邪。诱诸番密相勾结，更私招四方亡命者，巢窟内尽藏凶孽。

（外惊科）呀，有这等事！难道朝廷之上，竟无人奏告么？（小生）闻得一月前，京中有人告称禄山反状，万岁爷暗遣中使，去到范阳，瞰其动静。那禄山见了中使呵，

【风入松】十分的小心礼貌假妆呆，尽金钱遍布盖奸邪。把一个中官哄骗的满心悦，来回奏把逆迹全遮。因此万岁爷愈信不疑，反把告叛的人，送到禄山军前治罪。一任他横行傲桀，有谁人敢再弄唇舌！

（外叹介）如此怎生是了也！（小生）前日杨丞相又上一本，说禄山叛迹昭然，请皇上亟加诛戮。那禄山见了此本呵，

【拨不断】也不免脚儿跌，口儿嗟，意儿中志忐忑，心儿里怯。不想圣旨倒说禄山诚实，丞相不必生疑。他一闻此信，便就呵呵大笑，骂这谗臣奈我耶，咬牙根誓将君侧权奸灭，怒轰轰急待把此仇来雪。

（外）呀，他要诛君侧之奸，非反而何？且住，杨相这本怎不见邸抄^⑦？（小生）此是密本，原不发抄。只因杨丞相要激禄山速反，特着塘报抄送去的^⑧。（外怒科）唉，外有逆藩，内有奸相，好教人发指也！（小生）小哨还打听的禄山近有献马一事，更利害哩！

【离亭宴歇拍煞】他本待逞豺狼，魆地里思抄窃^⑨。巧借着献骅骝，乘势去行强劫。（外）怎么献马？可明白说来者。（小生）他遣何千年赍表，奏称献马三千匹，每马一匹，有甲士二人，又有二人御马，一人刍牧，共三五一万五千人，护送入京。一路里兵强马劣，闹汹汹怎提防！乱纷纷难镇压，急攘攘谁拦

截。生兵入帝畿，野马临城阙，怕不把长安来闹者！（外惊科）唉，罢了，此计若行，西京危矣⑩！（小生）这本方才进去，尚未取旨。只是禄山呵，他明把至尊欺，狡将奸计使，险备机关设。马蹄儿纵不行，狼性子终难帖，逗的鼙鼓向渔阳动也⑪，爷爷呵，莫待传白羽始安排⑫。小哨呵，准备闪红旗再报捷。

  （外）知道了。赏你一坛酒，一腔羊，五十两花银，免一月打差。去罢。（小生叩头科）谢爷。（外）叫左右：开门。（众应上，作开门科）（小生下）（外）中军官。（末应介）（外）传令众军士，明日教场操演，准备酒席犒赏。（末）领钧旨。（先下）

   （外）数骑渔阳探使回，杜　牧

    威雄八阵役风雷。刘禹锡

    胸中别有安边计，曹　唐

    军令分明数举杯。杜　甫⑬

注释：

①中军：清代督抚以下，凡有兵权者，其标下之首领统称"中军"。戏曲舞台上的中军，一般起代传军令等作用，以衬托主将军威。

②岩疆：形势险要的边疆。

③股肱重地：像人的大腿和胳膊一样重要的地方。股，大腿。肱，指胳膊肘到肩的部分。

④黄堂：古代太守堂每每涂有雌黄色以厌灾，故此处以"黄堂"代指太守。唱一声高喏：宋元以降，向人打躬作揖，口称颂词，叫"唱喏"。

⑤阃（kǔn）外：京城之外。古指将军统兵在外。哤嗻（chē zhē）：庙中守门鬼，东曰"哤"，西曰"嗻"，这里形容安禄山凶恶如鬼。

⑥行藏：此指行为。《论语·述而》："用之则行，舍之则藏。"

⑦邸抄：亦称"邸报"。唐代藩镇在京城设有留守处，时称邸，邸中传抄诏令、奏章等传送藩镇。

⑧塘报：紧急军情报告。

⑨魆地里思抄窃：暗地里想抄近路偷袭。

⑩西京：唐代以洛阳为东都，故称京师长安为西京。

⑪逗的：等到。

⑫白羽：即"羽檄"，紧急军事文书。

⑬"数骑渔阳探使回"四句：本出下场诗首句见杜牧《过华清宫绝句》，第二句见刘禹锡《江陵严司空见示与成都武相公唱和因命同作》，第三句见曹唐《羽林贾中丞》，末句见杜甫《诸将五首》其五。

点评：

　　皇帝贪图享受，其他大臣也大行歌功颂德之道。好歹，还有一人在关心着国家的局势安危，那就是忠心义胆的郭子仪。郭子仪对安禄山一直放心不下，听说这个奸人又被加封为范阳节度使，心中更是焦虑不安，于是派出探子侦察安禄山的动向。

　　皇上在深宫内院，为了妃子们的争风吃醋忙个不迭；安禄山却已在范阳镇拥兵自重，厉兵秣马，就等着唐朝天子签订城下之盟了。探子将当日合围的情形一一道出，真让郭子仪惊出了一身冷汗。子仪继续探问情况：难道朝中就没有人奏告？探子把安禄山装傻充愣、重金贿赂使者的事都说了。不过，朝中还真有一个人，就希望安禄山起兵造反，谁？当朝丞相杨国忠。

杨国忠给安禄山添火，盼着他早日反叛，兑现"忠言"。他干的一桩桩"好事"，苍天可见，罄竹难书。说到这，探子又将安禄山"献马"，准备里应外合混进长安的事禀告，惊得郭子仪又一身冷汗。

郭子仪传令"明日教场操演"，防患于未然，进入战备状态。大唐江山气数不尽，亏得此等忠臣。这一出，借探子之口，将安禄山种种恶劣行径禀明，写法上颇有变化，省去诸多赘语，也是方便了舞台搬演。

这里须要说明的是：本剧写郭子仪在安史之乱前任灵武太守，与史实不符。《旧唐书》卷一百二十《郭子仪传》有云："（天宝）十三载，移横塞军及安北都护府于永清栅北筑城，仍改横塞为天德军，子仪为之使，兼九原太守、朔方节度兵马使。十四载，安禄山反。十一月，以子仪为卫尉卿，兼灵武郡太守，充朔方节度使，诏子仪以本军东讨。"朝廷委任郭子仪为灵武太守，显然是出于安禄山反叛这一事变。剧本将这一时间节点前移，恐怕是为了集中表现郭子仪的军事行动。好在，艺术的真实并不等同于历史的真实。

密探所谓"万岁爷暗遣中使，去到范阳，瞰其动静"，这位中使却被安禄山行贿买通，在历史上确有其事。唐代姚汝能《安禄山事迹》卷中天宝十四载："上潜遣中使辅璆琳送甘子于范阳，私候其状。璆琳受赂而还，因称无他。"密探又说：万岁爷"反把告叛的人，送到禄山军前治罪"。同样可参看《安禄山事迹》卷中天宝十三载："自是，或言禄山反者，上皆缚送，由是人皆知其将反，无敢言者。"新、旧《唐书》及《资治通鉴》都有相似的记载。

至于"杨丞相要激禄山速反"一事，《安禄山事迹》卷中道："初，禄山握兵跋扈，逆乱未发，宜以法制之，国忠反激而怒之，利其疾动以取信于玄宗。"《资治通鉴》卷二一七天宝十四载四月条："国忠日夜求禄山反状，使京兆尹围其第，捕禄山客李超等，送御史台，潜杀之。禄山子庆宗尚宗女荣义郡主，供奉在京师，密报禄山，禄山愈惧。"又，十月条："会杨国忠与禄山不相悦，屡言禄山且反，上不听。国忠数以事激之，欲其速反，以取信于上。"看来也确实不是空穴来风。《安禄山事迹》卷中还载有安禄山献马的事："七月，禄山又请献马千匹，鞍辔百副，每匹牵马夫二人，令番将二十二人部送，载物长行，车三百乘，每乘夫三人。河南尹达奚珣奏：禄山所进鞍马不少，又自将兵来，复与甲杖库同行，臣所未会，伏望特敕，禄山所进马，官给人夫，不烦本军远劳，将健所进军马，令待至冬，即先后遥遥，计骡矣。"献马之请最后被达奚珣识破，没能成功，不然，真像郭子仪所言："西京危矣。"

《长生殿》政治斗争的这条线索情节，因为有大量的史料作为基础，故颇显历史剧的风格。《桃花扇》自诩"借离合之情，写兴亡之感"，与其并称的《长生殿》，又何尝不是如此！

第二十一出　窥　浴

【仙吕入双调】【字字双】（丑扮宫女上）自小生来貌天然，花面①；宫娥队里我为先，扫殿。忽逢小监在阶前，胡缠；伸手摸他裤儿边，不见。

> 我做宫娥第一，标致无人能及。腮边花粉糊涂，嘴上胭脂狼藉。秋波俏似铜铃②，弓眉弯得笔直。春纤十个擂槌，玉体浑身糙漆。柳腰松段十围，莲瓣滩船半只③。杨娘娘爱我伶俐，选做《霓裳》部色。只因喉咙太响，歌时嘴边起个霹雳。身子又太狼伉④，舞去冲翻了御筵桌席。皇帝见了发恼，打落子弟名籍。登时发到骊山，派到温泉殿中承值。昨日銮舆临幸，同杨娘娘在华清驻跸⑤。传旨要来共浴汤池⑥，只索打扫铺陈收拾。道犹未了，那边一个宫人来也。

【雁儿舞】（副净扮宫女上）担阁青春，后宫怨女，漫跌脚捶胸，有谁知苦。拼着一世没有丈夫，做一只孤飞雁儿舞。

> （见介）（丑）姐姐，你说什么《雁儿》舞！如今万岁爷，有了杨娘娘的《霓裳》舞，连梅娘娘的《惊鸿》舞，也都不爱了。（副净）便是。我原是梅娘娘的宫人。只为我娘娘，自翠阁中忍气回来，一病而亡，如今将我拨到这里。（丑）原来如此，杨娘娘十分妒忌，我每再休想有承幸之日。（副净）罢了。（丑）万岁爷将次到来⑦，我和你且到外厢伺候去。（虚下）（末、小生扮内侍，引生、旦、老旦、贴随行上）

【羽调近词】【四季花】别殿景幽奇：看雕梁畔，珠帘外，雨卷云飞。逶迤，朱阑几曲环画溪，修廊数层接翠微。绕红墙，通玉扉。（末、小生）启万岁爷：到温泉殿了。（生）内侍回避。（末、小生应下）（生）妃子，你看清渠屈注，洄澜皱漪，香泉柔滑宜素肌。朕同妃子试浴去来。（老、贴与生、旦脱去大衣介）（生）妃子，只见你款解云衣⑧，早现出珠辉玉丽⑨，不由我对你、爱你、扶你、觑你、怜你！

（生携旦同下）（老旦）念奴姐，你看万岁爷与娘娘恁般恩爱，真令人羡杀也。（贴）便是。（老旦）

【凤钗花络索】【金凤钗】花朝拥，月夜偎，尝尽温柔滋味。【胜如花】（贴合）镇相连似影追形，分不开如刀划水。【醉扶归】千般搂纵百般随⑩，两人合一副肠和胃。【梧叶儿】密意口难提，写不迭鸳鸯帐，绸缪无尽期。（老旦）姐姐，我与你伏侍娘娘多年，虽睹娇容，未窥玉体。今日试从绮疏隙处，偷觑一觑何如？（贴）恰好，（同作向内窥介）【水红花】（合）悄偷窥，亭亭玉体，宛似浮波菡萏，含露弄娇辉。【浣溪沙】轻盈臂腕消香腻，绰约腰身漾碧漪。【望吾乡】（老旦）明霞骨，沁雪迹。【大胜乐】（贴）一痕酥透双蓓蕾⑪，（老旦）半点春藏小麝脐⑫。【傍妆台】（贴）爱杀红巾罅⑬，私处露微微。永新姐，你看万岁爷呵，【解三酲】凝睛睇，【八声甘州】恁孜孜含笑，浑似呆痴。【一封书】（合）休说俺偷眼宫娥魂欲化，则他个见惯的君王也不自持。【皂罗袍】（老旦）恨不把春泉翻竭，（贴）恨不把玉山洗颓，（老旦）不住的香肩呜喝⑭，（贴）不住的纤腰抱围，【黄莺儿】（老旦）俺娘娘无言匿笑含情对。（贴）意怡怡，【月儿高】灵液春风，淡荡恍如醉⑮。【排歌】（老旦）波光暖，日影晖，一双龙戏出平池。【桂枝香】（合）

险把个襄王渴倒阳台下，恰便似神女携将暮雨归⑯。

> （丑、副净暗上笑介）两位姐姐，看得高兴啊，也等我每看看。（老旦、贴）姐姐，我每伺候娘娘洗浴，有甚高兴！（丑、副净笑介）只怕不是伺候娘娘，还在那里偷看万岁爷哩！（老旦、贴）啐！休得胡说！万岁爷同娘娘出来也。（丑、副净暗下）（生同旦上）

【二犯掉角儿】【掉角儿】出温泉新凉透体，睹玉容愈增光丽。最堪怜残妆乱头，翠痕干，晚云生腻⑰。（老旦、贴与生、旦穿衣介）（旦作娇软态，老旦、贴扶介）（生）妃子，看你似柳含风，花怯露。软难支，娇无力，倩人扶起⑱。（二内侍引杂推小车上）请万岁爷、娘娘上如意小车⑲，回华清宫去。（生）将车儿后面随着。（二内侍）领旨。（生携旦行介）妃子，【排歌】朕和你肩相并，手共携，不须花底小车催，【东瓯令】趁扑面好风归。

【尾声】（合）意中人，人中意，则那些无情花鸟也情痴，一般的解结双头学并栖。

> （生）花气浑如百和香，杜　甫
> （旦）避风新出浴盆汤；王　建
> （生）侍儿扶起娇无力，白居易
> （旦）笑倚东窗白玉床。李　白⑳

注释：

①花面：诨语。因此角色由丑角扮演，涂面，即下文"腮边花粉糊涂，嘴上胭脂狼藉"这般，故以"花面"自嘲。

②秋波俏似铜铃：双眼涂得像"铜铃"，却还冠以"俏"，可笑。秋波，喻女人的眼睛。以下"弓眉弯得笔直"、"春纤

十个擂槌"、"玉体浑身糙漆"、"柳腰松段十围"、"莲瓣滩船半只"诸句，皆为如此句式，以自相矛盾制造笑料。

③莲瓣：指女人穿的鞋。

④狼伉（kàng）：方言，谓身体重拙。

⑤驻跸（bì）：跸，原意是让人回避以清道，后来称天子出行的车驾为驻跸，这里指驻扎。

⑥汤池：即温泉。

⑦将次：将要，快要。

⑧云衣：唐代李白《清平乐》："云想衣裳花想容。"

⑨珠辉玉丽：形容肤色洁白有光泽。

⑩捼（ruó）纵：撒娇。

⑪一痕酥透双蓓蕾：形容乳房像尚未绽放的花苞。一痕，一般指缺月，此指低凹的乳沟。

⑫麝脐：形容贵妃的肚脐。麝香出自麝之腹部，故云。

⑬红巾鳎（xià）：红巾的间隙处。

⑭鸣嗻（zuō）：亲吻。

⑮灵液春风，淡荡恍如醉：唐代陈鸿《长恨歌传》："春风灵液，澹荡其间。"

⑯险把个襄王渴倒阳台下，恰便似神女携将暮雨归：用襄王与巫山神女典。战国时期楚国宋玉《神女赋序》："楚襄王与宋玉游于云梦之浦，使玉赋高唐之事，其夜王寝，果梦与神女遇，其状甚丽。"

⑰翠痕干，晚云生腻：形容杨贵妃浴后头发将干未干，乌黑发亮。古人每以"绿鬓"形容秀发，故用"翠"字。

⑱娇无力，倩人扶起：唐代白居易《长恨歌》："侍儿扶起娇无

力。"

⑲如意小车：以如意花纹装饰的小车。即下文的"花底小车"。

⑳"花气浑如百和香"四句：本出下场诗首句见杜甫《即事》，第二句见王建《宫词一百首》其八十八，第三句见白居易《长恨歌》，末句见李白《口号吴王美人半醉》。首句烘托环境，后三句皆是直接描写浴事的诗句。

点评：

帝妃之间感情不断升温，您瞧，这两人在华清池里泡起了温泉浴，好不优哉游哉！

梅妃在剧中始终隐而不现，只是从宫女口中道出梅妃因妒恨而死。如此安排，使得剧情结构更为洗练，省去了不少头绪。

李隆基、杨玉环来到华清池，二人共浴，羡煞在一旁暗暗偷窥的宫女。一番恩爱之后，二宫女扶贵妃娘娘出浴，但见杨玉环："春寒赐浴华清池，温泉水滑洗凝脂。侍儿扶起娇无力，始是新承恩泽时。"唐代白居易的《长恨歌》为我们描摹过一幅贵妃出浴图。只是这一番男欢女爱之后，明早皇上大概又得睡到日上三竿，这朝中大事，只好又权且搁在一边。

这番洗浴，本来应该在第二出《定情》或者第五出《禊游》里写的，因为"新承恩泽"在"赐浴"之后，因为沐浴被禊是三月三上巳节的习俗，由于第二出集中书写李三郎赠送金钗钿盒定情物，第五出更不得不写安禄山与杨国忠的矛盾、玉环姐妹的争风吃醋了，腾不出手来正面写沐浴本身，故直至这一出，在李、杨闹过两次别扭，刚刚重归于好的这一个时间节点，来专门描写沐浴这件事，晚则晚矣，可还来得及。

中国人是相当重视洗浴的。在国人社会生活中，洗浴不仅是清除污垢、洁净体魄、健康身体，而且早已升格为一种仪式、一种文化了。早在远古神话中，就有太阳女神羲和为儿子洗浴于汤谷的传说。新生儿出生三天，民间习俗须"洗三"，是项重要的出生礼；古人父母去世，竟须三年不洗澡。李隆基、杨玉环堪称中国文化"箭垛"式人物，许多文化现象会附会到他们身上，沐浴文化亦然。有资料说，神州大地广为流传至今不息的"洗三"民俗，始作俑者正是李隆基。据唐代李德裕《次柳氏旧闻》载，开元十四年（726）十二月十三日，当时的皇太子李亨喜得贵子，就是爷爷李隆基来亲自主持洗三的。在场的宫人怕皇太孙不足月体弱，抱了个身强体壮的婴儿来应付，被皇上看出破绽，换来真身，高兴地举行洗三礼，还表扬这个皇太孙有贵相，将来有望成为天子云。这位取名李豫的婴儿，后来果然成为了一代天子唐代宗。说"洗三"习俗始于唐明皇为唐代宗沐浴，我们就姑妄听之吧。

另一件与沐浴有关的轶事，就是杨玉环为安禄山"洗三"了。安禄山马屁功夫极好，说自己的大肚子里"唯有赤心一片"，说得唐玄宗龙颜大悦，收他做了自己的干儿子。皇上的干儿子当然就是皇贵妃的干儿子，虽然他比杨玉环大十几岁，却每每干娘干娘地叫得欢。天宝十载（751）正月初三，干爹干娘为他过生日，送给他许多礼物。三天后，杨贵妃又特地召他进宫，在特制的大澡盆里为他举行"洗三"仪礼，还用锦缎缝制了一件特大襁褓裹着他，抬他在后花园转悠，一路欢声笑语。明皇听说，不但不以为忤，反也来助兴，赏赐这位干娘"洗儿金银钱"，直至兴尽而散。当然，这样的丑闻，洪昇《长生殿》是不取的。可是从南宋袁枢《通鉴纪事本末·安史之乱》到元杂剧《梧桐雨》，直至现代作家梁实秋，都言之凿凿，梁实秋在散文《洗澡》中诙谐地说："被杨贵妃用锦衣大襁褓裹起来的安禄山，也许能体会到一点点洗三的滋味，不过我想当时禄儿必定别有心事在。"

让我们回到本出。本出剧情，还揉有"窥浴"的恶俗在里面。中国历史上有名的"窥浴"，一则是春秋时期曹国国君曹共公偷窥晋国公子重耳的史实，另一则是汉成帝窥视赵飞燕姐姐赵合德的传闻。前者是男的看男的，只是听说重耳肋骨长得紧密，好奇心大作，故做下了这等尤礼之事；后者则是男的看女的，看得兴起故始宠幸。本出则是另一种"窥浴"——是两个滑稽调笑的宫女窥探浴中帝妃，是"窥浴"与"窥私"的融合，是两个女子以艳羡的眼光窥探贵妃、以解馋的眼神偷看万岁爷。"一痕酥透双蓓蕾"，"半点春藏小麝脐"，"恨不把春泉翻竭"，"恨不把玉山洗颓"，写得多么露骨！"窥浴"的虽只有她们两个，由于她们以曲以白传达，一一比喻，尽情形容，无微不至，不仅身后的那两个太监，且整个剧场听戏的观众，统统像是身临其境也"窥"了一场"浴"一般。

这种在温汤池子或浴盆里男女共效鱼水之欢的场景，

在明清情色小说中多有描写，如《金瓶梅》第二十九回"兰汤午战"。也是明清春宫画里的题材，《花营锦阵》是一部有配图并有诗词题跋的春宫图册，其第十三图配词【浪淘沙】云："轻解薄罗裳，共试兰汤，双双戏水学鸳鸯。水底辘轳声不断，浪暖桃香。春兴太癫狂，不顾残妆，红莲双瓣映波光。最是销魂时候也，露湿花房。"本出的窥浴描写，与其相比真正是有过之而无不及。

这又是一出"旁观戏"，在中国戏曲中，若就描摹色情的露骨而言，堪与《西厢记》里红娘独唱的"佳期"比肩。

第二十二出　密　誓

【越调引子】【浪淘沙】（贴扮织女，引二仙女上）云护玉梭儿，巧织机丝。天宫原不着相思，报道今宵逢七夕，忽忆年时。

　　【鹊桥仙】①纤云弄巧，飞星传信，银汉秋光暗度。金风玉露一相逢，便胜却人间无数。　　柔肠似水，佳期如梦，遥指鹊桥前路。两情若是久长时，又岂在朝朝暮暮。吾乃织女是也。蒙上帝玉敕，与牛郎结为天上夫妇。年年七夕，渡河相见。今乃下界天宝十载，七月七夕。你看明河无浪，乌鹊将填，不免暂撤机丝，整妆而待。（内细乐扮乌鹊上，绕场飞介）（前场设一桥，乌鹊飞止桥两边介）（二仙女）鹊桥已驾，请娘娘渡河。（贴起行介）

【越调过曲】【山桃红】【下山虎头】俺这里乍抛锦字，暂驾香辎②。（合）趁碧落无云滓，新凉暮飔③，（作上桥介）端上这桥影参差，俯映着河光净泚④。【小桃红】更喜杀新月纤，华露滋，低绕着乌鹊双飞翅也，【下山虎尾】陡觉的银汉秋生别样姿。（做过桥介）（二仙女）启娘娘：已渡过河来了。（贴）星河之下，隐隐望见香烟一簇，摇扬腾空，却是何处？（仙女）是唐天子的贵妃杨玉环，在宫中乞巧哩。（贴）生受他一片诚心，不免同了牛郎，到彼一看。（合）天上留佳会，年年在斯，却笑他人世情缘顷刻时。（齐下）

【商调过曲】【二郎神】（二内侍挑灯，引生上）秋光静，碧沉沉轻烟送暝。雨过梧桐微做冷，银河宛转，纤云点缀双星。（内作笑声，生听介）顺着风儿还细听，欢笑隔花阴树影。内侍，是那里这般笑语？（内侍问介）万岁爷问，那里这般笑语？（内）是杨娘娘到长生殿去乞巧哩。（内侍回介）杨娘娘到长生殿去乞巧，故此笑语。（生）内侍每不要传报，待朕悄悄前去。撒红灯，待悄向龙墀觑个分明。（虚下）

【前腔】【换头】（旦引老旦、贴同二宫女各捧香盒、纨扇、瓶花、化生金盆上⑤）宫庭，金炉篆霭，烛光掩映。米大蜘蛛厮抱定⑥，金盘种豆⑦，花枝招飐银瓶。（老旦、贴）已到长生殿中，巧筵齐备，请娘娘拈香。（作将瓶花、化生盆设桌上，老旦捧香盒，旦拈香介）妾身杨玉环，虔爇心香⑧，拜告双星，伏祈鉴祐。愿钗盒情缘长久订，（拜介）莫使做秋风扇冷。（生潜上窥介）觑娉婷，只见他拜倒在瑶阶，暗祝声声。

　　（老旦、贴作见生介）呀，万岁爷到了。（旦急转，拜生介）（生扶起介）妃子在此，作何勾当？（旦）今乃七夕之期，陈设瓜果，特向天孙乞巧。（生笑介）妃子巧夺天工，何须更乞。（旦）惶愧。
　　（生、旦各坐介）（老旦、贴同二宫女暗下）（生）妃子，朕想牵牛、织女隔断银河，一年才会得一度，这相思真非容易也。

【集贤宾】秋空夜永碧汉清，甫灵驾逢迎⑨，奈天赐佳期刚半顷，耳边厢容易鸡鸣。云寒露冷，又趱上经年孤另⑩。（旦）陛下言及双星别恨，使妾凄然。只可惜人间不知天上的事。如打听，决为了相思成病（做泪介）
　　（生）呀，妃子为何掉下泪来？（旦）妾想牛郎织女，虽则一年一见，却是地久天长。只恐陛下与妾的恩情，不能够似他长远。
　　（生）妃子说那里话！

【黄莺儿】仙偶纵长生，论尘缘也不悭争⑪。百年好占风流胜，逢时对景，增欢助情，怪伊底事反悲哽？（移坐近旦低介）问双星，朝朝暮暮，争似我和卿！

（旦）臣妾受恩深重，今夜有句话儿，……（住介）（生）妃子有话，
但说不妨。（旦对生呜咽介）妾蒙陛下宠眷，六宫无比。只怕日久
恩疏，不免白头之叹^⑫！

【莺簇一金罗】【黄莺儿】提起便心疼，念寒微侍掖庭，
更衣傍辇多荣幸。【簇御林】瞬息间，怕花老春无剩，【一封
书】宠难凭。（牵生衣泣介）论恩情，【金凤钗】若得一个久长
时，死也应；若得一个到头时，死也瞑。【皂罗袍】抵多少
平阳歌舞，恩移爱更；长门孤寂，魂销泪零：断肠枉
泣红颜命！

（生举袖与旦拭泪介）妃子，休要伤感。朕与你的恩情，岂是等
闲可比。

【簇御林】休心虑，免泪零，怕移时，有变更。（执旦手
介）做酥儿拌蜜胶粘定，总不离须臾顷。（合）话绵藤，花
迷月暗，分不得影和形。

（旦）既蒙陛下如此情浓，趁此双星之下，乞赐盟约，以坚终始。

（生）朕和你焚香设誓去。（携旦行介）

【琥珀猫儿坠】（合）香肩斜靠，携手下阶行。一片明河
当殿横，（旦）罗衣陡觉夜凉生。（生）惟应和你悄语低言，
海誓山盟。

（生上香揖同旦福介）双星在上，我李隆基与杨玉环，（旦合）情
重恩深，愿世世生生，共为夫妇，永不相离。有渝此盟^⑬，双星
鉴之。（生又揖介）在天愿为比翼鸟，（旦拜介）在地愿为连理枝。
（合）天长地久有时尽，此誓绵绵无绝期。（旦拜谢生介）深感陛
下情重，今夕之盟，妾死生守之矣。（生携旦介）

【尾声】长生殿里盟私订。（旦）问今夜有谁折证⑭？（生指介）是这银汉桥边，双双牛、女星。（同下）

【越调过曲】【山桃红】（小生扮牵牛，云巾、仙衣⑮，同贴引仙女上）只见他誓盟密矢⑯，拜祷孜孜，两下情无二，口同一辞。（小生）天孙，你看唐天子与杨玉环，好不恩爱也！悄相偎，倚着香肩，没些缝儿。我与你既缔天上良缘，当作情场管领⑰。况他又向我等设盟，须索与他保护。见了他恋比翼，慕并枝，愿生生世世情真至也，合令他长作人间风月司⑱。（贴）只是他两人劫难将至，免不得生离死别。若果后来不背今盟，决当为之绾合⑲。（小生）天孙言之有理。你看夜色将阑，且回斗牛宫去。（携贴行介）（合）天上留佳会，年年在斯，却笑他人世情缘顷刻时！

何用人间岁月催， 罗　邺

星桥横过鹊飞回。 李商隐

莫言天上稀相见， 李　郢

没得心情送巧来。 罗　隐⑳

注释：

①【鹊桥仙】：引用北宋秦观《鹊桥仙》词，与原文略异。西晋周处《风土记》："织女七夕当渡河，使鹊为桥。"而传说正是这一词牌的来历。

②香辎（zī）：即香车。唐代李商隐《壬申七夕》诗云："已驾七香车，心心待晓霞。"

③暮飔（sī）：晚上的凉风。

④净泚（cǐ）：清净明亮。

⑤化生金盆：唐代风俗，七月初七，妇女用蜡做成婴儿浮在水中以求子。清代福申《俚俗集》卷四"弄化生"引《月令》："唐宫中，以蜡制小儿，浮银盘水面弄之，以为求子之兆，名弄化生，与七夕同。"又，清代吴山眉注曰："化生盆乃金盆中坐一粉孩儿。"另，唐代薛能《吴姬十首》其十："芙蓉殿上中元日，水拍银盘弄化生。"可见与七夕临近的中元节也有弄化生之俗。

⑥米大蜘蛛厮抱定：七月七日将蜘蛛放在小盒子里，次日早上若织网多，便认为乞来的巧多。

⑦金盘种豆：把豆浸在盆内，待芽长三、四寸时，用彩丝绕起来，称"种生"。元杂剧《梧桐雨》一折【醉中天】："小小金盆种五生，供养着崔（鹊）桥会丹青，把一个米来大蜘蛛厮抱定。"

⑧爇（ruò）：点燃。

⑨甫：刚才。

⑩趱（zǎn）：赶上。

⑪不恁争：差不了多少。

⑫白头之叹：汉代司马相如欲娶妾，卓文君写《白头吟》，相如见后，放弃了娶妾之念。

⑬渝：违背。

⑭折证：作证。

⑮云巾：戏曲服装，类似云肩，形尖，披于身后，为仙童所常用。

⑯矢：发誓。

⑰情场管领：掌管爱情的神仙。

⑱风月司：掌管爱情的机构。

⑲绾合：结合。

⑳"何用人间岁月催"四句：本出下场诗首句见罗邺《下第》，第二句见李商隐《七夕》，第三句见李郢《七夕》，末句见罗隐《七夕》。四句中倒有三句引自关于七夕的诗歌，令本出的七夕氛围更为浓郁。

点评：

　　《长生殿》剧以七夕节为背景的出目有二，上下部各一，上部在第二十二出《密誓》，下部在第四十四出《怂合》，"四十四"是"二十二"的倍数，看来是作者的有意为之。前者的时间是"天宝十载"即公元 751 年，后者的时间是上元二年即公元 761 年，即李隆基逝世的那一年，两者正好相差十年。

　　七夕，又名双七节、乞巧节等，是中华民族历史悠久的传统节日。七夕与三月三上巳关系密切，上巳为"春禊"，七夕为"秋禊"，两者的主要行事都是祓禊，都含有求生、求偶、求子的目的。只不过，七夕后来和牛郎织女的神话故事糅合在了一起，变得家喻户晓人人皆知，而上巳，却渐渐失落，乃至宋代以后就不大有人提起了。毕竟，上巳节"性的主题"过于裸露，难以为强调宋明理学的时代所接受；而七夕"爱的主题"，却是任何时代的永恒主题。

　　《密誓》是《长生殿》表现李、杨爱情的重头戏，无论是案头、是场上，不管是论文、是赏析，都不会忽视它。这是因为：剧的爱情主题与七夕的节日主题一致，相辅相成，非常吻合。天上牛、女团圆，人间李、杨宣誓，天上人间，天人合一，这是中华民族每个成员都非常希望看到的景象，也是人们在心底里非常认同的文化现象，这里有民族的认同感和民俗的"我们感"在起作用。

《密誓》情节的来历，主要来源是唐代白居易《长恨歌》："七月七日长生殿，夜半无人私语时。在天愿为比翼鸟，在地愿为连理枝。天长地久有时尽，此恨绵绵无绝期。"洪昇以此谱入剧中，在李、杨密誓时并引用原诗句，只改其中一字："此誓绵绵无绝期。"改得好！白居易是事后评论，洪昇笔下的却是当事人的当时表达，是他们誓词的组成部分，所以必须做如此改动。《密誓》另一个来源是唐代陈鸿的《长恨歌传》："昔天宝十载，侍辇避暑于骊山宫。秋七月，牵牛织女相见之夕，秦人风俗，是夜张锦绣，陈饮食，树瓜华，焚香于庭，号为乞巧。宫掖间尤尚之。时夜殆半，休侍卫于东西厢，独侍上。上凭肩而立，因仰天感牛女事，密相誓心，愿世世为夫妇。言毕，执手各呜咽。此独君王知之耳。"这段史料虽不无传说的成分，但从中可以获知：节日民俗全无宫廷、民间的界线，民间"尚之"，宫掖间"尤尚之"。

康保成先生经考证后认为：杨贵妃乞巧的根本目的在于"乞子"。曲词里面唱到的"化生金盆"、"蜘蛛"、"金盘种豆"，都是民间乞子的意象，或含有乞子的意味，很有道理。子嗣是爱的结晶。杨贵妃讨李三郎誓言，是为乞爱，同时向牛、女双星乞子，祈求爱的结晶。子嗣是爱的重要保证，杨贵妃很明白这一点。

　　国人在爱事上常有宣誓之举，如对天发誓、海誓山盟等，这与婚礼上"一拜天地"的习俗内涵是一致的。誓词里每有"天长地久"、"海枯石烂"之谓，是自然崇拜的反映。若是没有宣誓，或者不肯宣誓，那么这桩恋情是让人不放心的。宋代词人辛弃疾有一首《南乡子》，中有"别泪没些些，海誓山盟总是赊"，说她分别时不落泪，叫她发誓总是推"下回"，这样的恋人怎能够叫人相信！

　　爱的海誓山盟，又是一个不分阶级、不分贫富的全民的举动。有多少民间歌谣、乐府词曲，其本身就是社会底层男女的爱的誓词。"上邪！我欲与君相知，长命无绝衰。山无陵，江水为竭，冬雷震震，夏雨雪，天地合，乃敢与君绝！"（汉乐府《上邪》）"枕前发尽千般愿：要休且待青山烂。水面上秤锤浮，直待黄河彻底枯。"（敦煌曲《菩萨蛮》）在历史上著名的爱誓之辞中，有出自李、杨爱情的"在天愿为比翼鸟，在地愿为连理枝"誓辞，至今在社会各阶层男女恋人或夫妻中，用得非常普遍。不管她原本是帝妃说的，还是文人（白居易）作的，千百年下来，已经成为婚俗文化的一个组成部分。民俗学认定：文人创作在民间传承三代以上者，可以看作民俗。

　　这出戏告诉人们："密誓"不光你知我知，还有天知地知、神知仙知。所以，爱的誓言是神圣的，不可背叛的。如若背叛，得罪天地神仙，是不可能有好下场的。

　　需要我们特别指出的是：《长生殿》里的牛郎织女，已全然成为以爱神的面貌出现的神祇。这一出里，织女在鹊桥上看到杨贵妃在宫中乞巧的场景，就打算同牛郎一起去看个究竟。李、杨两人"密誓"完了，牛郎、织女再度出场，为李、杨的恩爱感动，表示"须索与他保护"，他们要保护的，自然是李、杨之间的浓情蜜爱。牛、女两口子还私语道："我与你既缔结天上良缘，当作情场管领"，一个"保护"，一个"管领"，把他们作为爱神的身份表露无遗。后两句正衬分明的唱词是："见了他恋比翼，慕并枝，愿生生世世情真至也，合令他长作人间风月司。"最后一句令人注目。风月司，即司管风月恋爱的人，"合令他"云云显然不是牛、女自指，而是指李、杨二人。牛、女一心要令李、杨二人来充当人间管风月情事者，而且还要"长"期的"作"，永远地作下去。牛、女"管领"了李、杨的"情场"，而人间的情场却委任李、杨二人去管，这就是民间百姓每每向李、杨祈求爱情、祈求婚姻，把他们神圣化，升格为与爱相关的"对偶神"的一个来历。在民间，李隆基除了梨园戏神之外还是媒神，并由此衍生出第三重身份——生育神。民俗文化真是环环相扣！

此出的牛郎、织女见证了李隆基和杨玉环的爱情盟约，还约略交待了下面的情节走向：日后二人再续钗盒情缘，还得靠这对天上仙侣牵线搭桥。

《长生殿》演至李、杨二人"密誓"，按吴舒凫原评的说法是："下半部全从此盟演出，宜其郑重。"这出戏是全剧的转折点。清代戏曲理论家李渔则如是说："上半部之末出，暂摄情形，略收锣鼓，名为'小收煞'，宜紧忌宽，宜热忌冷，宜作郑五歇后，令人揣摩下文，不知此事如何结果。"（《闲情偶寄·小收煞》）按照现在的说法就是留一个悬念。

香肩斜靠，携手下阶行。一片明河当殿横，罗衣陡觉夜凉生。惟应和你悄语低言，海誓山盟。

第二十三出　陷　关

【越调引子】【杏花天】（净领二番将，四军执旗上）狼贪虎视威风大，镇渔阳兵雄将多。待长驱直把嵶函破①，奏凯日齐声唱歌。

　　咱家安禄山，自出镇以来，结连塞上诸蕃，招纳天下亡命，精兵百万，大事可举。只因唐天子待我不薄，思量等他身后方才起兵。叵耐杨国忠那厮②，屡次说我反形大著，请皇上急加诛戮。天子虽然不听，只是咱在边关，他在朝内，若不早图，终恐遭其暗算。因此假造敕书，说奉密旨，召俺领兵入朝诛戮国忠。乘机打破西京，夺取唐室江山，可不遂了我平生大愿！今乃黄道吉日，蕃将每，就此起兵前去。（众）得令。（发号行介）（净）

【越调过曲】【豹子令】只为奸臣酿大祸，（众）酿大祸，（净）致令边镇起干戈，（众）起干戈。（合）逢城攻打逢人剁，尸横遍野血流河，烧家劫舍抢娇娥。（喊杀下）

【水底鱼】（丑白须扮哥舒老将引二卒上）年纪无多，刚刚八十过。渔阳兵至，认咱这老哥。自家老将哥舒翰是也，把守潼关。不料安禄山造反，杀奔前来，决意闭关死守。争奈监军内侍，立逼出战。势不由己，军士每，与我并力杀上前去。（卒）得令。（行介）（净领众杀上）（丑迎杀大战介）（净众擒丑绑介）（净）拿这老东西过来。我今饶你老命，快快献关降顺。（丑）事已至此，只得投降。（众推丑下）（净）且喜潼关已得，势如破竹，大小三军，就此杀奔西京便了。（众应，呐喊行介）跃马挥戈，精兵百万多。靴尖略动，踏残山与河，踏残山与河。

平旦交锋晚未休，王 遘

动天金鼓逼神州。韩 偓

潼关一败番儿喜，司空图

倒把金鞭上酒楼。薛 逢③

注释：

①崤（xiáo）函：即函谷关。其东端有崤山，故称为"崤函"。

②叵（pǒ）耐：也作"叵奈"，可恨、岂有此理的意思。

③"平旦交锋晚未休"四句：本出下场诗首句见王遘《战城南》，第二句见韩偓《代小玉家为番骑所虏后寄故集贤裴公相国》，第三句见司空图《剑器》，末句见薛逢《侠少年》。

点评：

安禄山叛乱酝酿有近十年之久，此时打着"清君侧"的幌子起兵，正是伺机而动，来了个突然袭击。只是这"禄山一呼，而四海震荡"，大唐江山危矣。这一事件发生在天宝十四载（755）十一月初九。

哥舒翰带兵拒敌，"守"字为上，在先期曾立下汗马功劳，把战事拖入了对峙阶段。"争奈监军内侍，立逼出战"，似乎是在为哥舒翰失利找托辞。其实潼关失守，皆因他本人轻敌所致，而其陷关后投降安禄山的行径，更是为世人所不齿。唐代杜甫在《潼关吏》中写道："哀哉桃林战，百万化为鱼。请嘱防关将，慎勿学哥舒。"

潼关一朝失守，长安十万火急，这帝妃欢爱，也就到了尽头。

这是一出过场戏。主要表现净与丑的对打，以丑角扮老将哥舒翰，出场就放噱头"年纪无多，刚刚八十过。"这一方面是对这位败将的嘲弄，也揭示了当时唐王朝的衰落与荒谬：八十岁的老将还放在前线打仗，真真是朝中无人了？

董每戡先生分析过这一段情节，他指出历史上的哥舒翰父亲是突厥人，母亲是胡人，跟安禄山的民族成分（父胡人、母突厥人）相似，在中国都属于少数民族，都被唐王朝委以军事重任，这是历史的真实。安禄山拥兵十八万余，马约两万六千匹，哥舒翰连他一半还不到，兵七万五千，马万余。而且，董先生还提到了唐代自唐太宗始的"府兵制"的危害，"有兵等于无兵"，唐明皇天宝年间已经开始废除府兵制改用募兵制，但已经来不及了，军队的战斗力极差，一战即溃。"潼关百万师，往者散何卒"（杜甫《北征》），连当年的杜甫都对这样的速败觉得意想不到。（《五大名剧论·长生殿》）

【越调过曲】【豹子令】一曲，"众"、"合"两标，说明众唱与合唱是两回事，众，是净角以外的众军士唱；合，是净与其他角色一起唱，甚至还有台下"后行子弟"伴奏人员的同唱。

跃马挥戈，精兵百万多。靴尖略动，踏残山与河，踏残山与河。

第二十四出　惊　变

（丑上）玉楼天半起笙歌，风送宫嫔笑语和。月殿影开闻夜漏，水晶帘卷近秋河①。咱家高力士，奉万岁爷之命，着咱在御花园中安排小宴。要与贵妃娘娘同来游赏，只得在此伺候。（生、旦乘辇，老旦、贴随后，二内侍引，行上）

【北中吕】【粉蝶儿】天淡云闲，列长空数行新雁。御园中秋色斓斑：柳添黄，蘋减绿，红莲脱瓣。一抹雕阑，喷清香桂花初绽②。

（到介）（丑）请万岁爷、娘娘下辇。（生、旦下辇介）（丑同内侍暗下）（生）妃子，朕与你散步一回者。（旦）陛下请。（生携旦手介）（旦）

【南泣颜回】携手向花间，暂把幽怀同散。凉生亭下，风荷映水翩翻。爱桐阴静悄，碧沉沉并绕回廊看。恋香巢秋燕依人，睡银塘鸳鸯蘸眼③。

（生）高力士，将酒过来，朕与娘娘小饮数杯。（丑）宴已排在亭上，请万岁爷、娘娘上宴。（旦作把盏，生止住介）妃子坐了。

【北石榴花】不劳你玉纤纤高捧礼仪烦，子待借小饮对眉山④。俺与你浅斟低唱互更番，三杯两盏，遣兴消闲。妃子，今日虽是小宴，倒也清雅。回避了御厨中，回避了御厨中烹龙炰凤堆盘案，咿咿哑哑乐声催趱。只几味脆生生，只几味脆生生蔬和果清肴馔，雅称你仙肌玉骨美人餐⑤。

妃子，朕与你清游小饮，那些梨园旧曲，都不耐烦听他。记得那年在沉香亭上赏牡丹，召翰林李白草《清平调》三章，令李龟年度成新谱，其词甚佳。不知妃子还记得么？（旦）妾还记得。（生）妃子可为朕歌之，朕当亲倚玉笛以和。（旦）领旨。（老旦进玉笛，生吹介）（旦按板介）

【南泣颜回】【换头】花繁，秾艳想容颜。云想衣裳光璨，新妆谁似，可怜飞燕娇懒。名花国色，笑微微常得君王看。向春风解释春愁，沉香亭同倚阑干⑥。

（生）妙哉，李白锦心⑦，妃子绣口⑦，真双绝矣！宫娥，取巨觥来，朕与妃子对饮。（老旦、贴送酒介）（生）

【北斗鹌鹑】畅好是喜孜孜驻拍停歌，喜孜孜驻拍停歌，笑吟吟传杯送盏。妃子干一杯，（作照干介）不须他絮烦烦射覆藏钩⑧，闹纷纷弹丝弄板。（又作照杯介）妃子，再干一杯。（旦）妾不能饮了。（生）宫娥每，跪劝。（老旦、贴）领旨。（跪旦介）娘娘，请上这一杯。（旦勉饮介）（老旦、贴作连劝介）（生）我这里无语持觥仔细看，早只见花一朵上腮间。（旦作醉介）妾真醉矣。（生）一会价软咍咍柳軃花敧，软咍咍柳軃花敧，困腾腾莺娇燕懒。

妃子醉了，宫娥每，扶娘娘上辇进宫去者。（老旦、贴）领旨。（作扶旦起介）（旦作醉态呼介）万岁！（老旦、贴扶旦行）（旦作醉态介）

【南扑灯蛾】态恹恹轻云软四肢，影蒙蒙空花乱双眼，娇怯怯柳腰扶难起，困沉沉强抬娇腕，软设设金莲倒褪，乱松松香肩軃云鬟，美甘甘思寻凤枕，步迟迟倩宫娥搀入绣帏间。

（老旦、贴扶旦下）（丑同内侍暗上）（内击鼓介）（生惊介）何处鼓声骤发？（副净急上）渔阳鼙鼓动地来，惊破《霓裳羽衣》曲⑨。（问丑介）万岁爷在那里？（丑）在御花园内。（副净）军情紧急，不免径入。（进见介）陛下，不好了！安禄山起兵造反，杀过潼关，不日就到长安了。（生大惊介）守关将士何在？（副净）哥舒翰兵败，已降贼了。（生）

【北上小楼】呀，你道失机的哥舒翰，称兵的安禄山，赤紧的离了渔阳，陷了东京，破了潼关。唬得人胆战心摇，唬得人胆战心摇，肠慌腹热，魂飞魄散，早惊破月明花粲。

卿有何策，可退贼兵？（副净）当日臣曾再三启奏，禄山必反，陛下不听，今日果应臣言。事起仓卒，怎生抵敌？不若权时幸蜀，以待天下勤王。（生）依卿所奏。快传旨，诸王百官，即时随驾幸蜀便了。（副净）领旨。（急下）（生）高力士，快些整备军马。传旨令右龙武将军陈元礼，统领羽林军士三千，扈驾前行。（丑）领旨。（下）（内侍）请万岁爷回宫。（生转行叹介）唉，正尔欢娱，不想忽有此变，怎生是了也！

【南扑灯蛾】稳稳的宫庭宴安，扰扰的边廷造反。冬冬的鼙鼓喧，腾腾的烽火䁦⑩。的溜扑碌臣民儿逃散⑪，黑漫漫乾坤覆翻，碜磕磕社稷摧残⑫，碜磕磕社稷摧残。当不得萧萧飒飒西风送晚，黯黯的一轮落日冷长安。

（向内问介）宫娥每，杨娘娘可曾安寝？（老旦、贴内应介）已睡熟了。（生）不要惊他，且待明早五鼓同行。（泣介）天那，寡人不幸，遭此播迁，累他玉貌花容，驱驰道路。好不痛心也！

【南尾声】在深宫兀自娇慵惯，怎样支吾蜀道难？（哭介）我那妃子啊，愁杀你玉软花柔，要将途路趱。

宫殿参差落照间，　卢　纶

渔阳烽火照函关。　吴　融

遏云声绝悲风起，　胡　曾

何处黄云是陇山。武元衡^⑬

注释：

① "玉楼天半起笙歌"四句：唐代马逢（一作顾况）《宫词二首》其二："玉楼天半起笙歌，风送宫人笑语和。月殿影开闻晓漏，水晶帘卷近秋河。"本出引用改"宫人"为"宫嫔"、"晓漏"为"夜漏"。

② "天淡云闲"几句：元杂剧《梧桐雨》二折【中吕粉蝶儿】曲："天淡云闲，列长空数行征雁。御园中夏景初残，柳添黄，蘋减绿，红莲脱瓣。一抹雕阑，喷清香玉簪花绽。"本出改用"新雁"、"秋色斓斑"、"桂花初绽"等描写秋景的语汇，以适合剧情时空。

③ 蘸眼：引人注目。

④ 子待借小饮对眉山：子待，即"只待"。眉山，即眉毛。这里暗用"举案齐眉"典故，表示夫妇感情深笃。

⑤ 雅：很，甚。

⑥ "花繁"几句：唐代李白的《清平调》三首："云想衣裳花想容，春风拂槛露华浓。若非群玉山头见，会向瑶台月下逢。　一枝红艳露凝香，云雨巫山枉断肠。借问汉宫谁得似？可怜飞燕倚新妆。　名花倾国两相欢，长得君王带笑看。解释春风无限恨，沉香亭北倚阑干。"本曲实为据此缩写。

⑦ 李白锦心，妃子绣口：成语"锦心绣口"本用以形容人的才思敏捷，词藻华丽，此处分而用之，强调李白创作之用心与杨玉环歌唱之用口。

⑧射覆藏钩：古代两种猜物游戏，猜测覆盖之物与藏在手中之物。

⑨渔阳鼙鼓动地来，惊破《霓裳羽衣》曲：出自唐代白居易《长恨歌》句。

⑩黰（yān）：黑色。

⑪的溜扑碌：拟声拟态词，形容连滚带爬、七零八落状。

⑫磣磕磕：凄惨的样子。《梧桐雨》第三折【殿前欢】："怎下的磣磕磕马蹄儿脸上踏。"磣，同"惨"。

⑬"宫殿参差落照间"四句：本出下场诗首句见卢纶《长安春望》，第二句见吴融《华清宫四首》其二，第三句见胡曾《咏史一百首》之"铜雀台"，末句见武元衡《摩诃池送李侍御之凤翔》。四句诗均充满着家国情怀与悲凉之感。

点评：

　　潼关失守，战事吃紧。可我们的皇上与贵妃娘娘确是浑然不知，依然在温柔乡里相伴。这皇帝携着爱妃的手，漫步在御花园中。早在第十二出《制谱》的结尾处，作者就有类似的唱词："【尾声】晚风吹，新月挂，（旦）正一缕凉生凤榻。（生）妃子，你看这池上鸳鸯，早双眠并蒂花。"如今在【南泣颜回】曲中又以鸳鸯类比帝妃，似乎缺少新意。不过，此时此刻祥和安宁的景象，倒越发能衬托出这出戏的题旨——"惊变"。

　　亭上酒宴安排已毕，李、杨落座，推杯换盏，饮将起来。"子待借小饮对眉山"，暗含着孟光、梁鸿"举案齐眉"的典故，着力体现出李、杨恩爱。这一曲恐怕是两位音乐大师的最后一次合作，同时也是他们的谢幕演出。如果说第四出《春睡》塑造了一个"睡美人"形象，第二十一出《窥浴》塑造的是水中的"鱼美人"形象，那么此地，展现在皇上面前、同时观众面前的，则是一位"醉美人"。"软哈哈柳弹花欹，困腾腾莺娇燕懒"，是客观美感，"态恹恹轻云软四肢，影蒙蒙空花乱双眼，娇怯怯柳腰扶难起，困沉沉强抬娇腕，软设设金莲倒褪，乱松松香肩弹云鬟，美甘甘思寻凤枕，步迟迟倩宫娥搀入绣帏间"，则是主观感受。一连串的三字头拟态词，阅读尚且令人美不胜收，展现在舞台上，更会让人悦耳悦目的。京剧《贵妃醉酒》敷演的其实并非这一出，然为同一个醉美人，由梅兰芳搬演后，遂成经典，从此，"贵妃"与"醉酒"成为固定搭配，要想在中国文化中拈出"醉美人"形象，首推杨贵妃。

我们看到，第十八出《夜怨》里并没有贵妃醉酒的情节，她只是一味的"怨"，唱的是怨曲、跳的是怨舞、动的是怨身段，而后世流行的《贵妃醉酒》，却是贵妃的醉、醉的贵妃，是以醉表现出的怨，是醉态的美，美的醉曲、美的醉舞、美的醉身段。《惊变》里的贵妃与明皇对饮，渐渐醉去，微醉时还唱了一首李白"醉写"的《清平调》，中醉时还连呼"万岁"，实在醉得不行了，才让宫女们扶了去，挪着醉步歌了一曲【南扑灯蛾】，来表现她的醉中的身心感觉。在实际演出中，观众们肯定是更喜欢这个醉妃子形象，故此让"夜怨"与"惊变"中的"小宴"部分叠合，让怨恨中的杨妃也醉它一醉，且怨且醉，好淋漓酣畅地宣泄心中的怨、心中的不平、心中的忧患。于是，醉态，就成了贵妃之"妒"之形态、之象征、之符号，后世京、昆舞台上表演的杨贵妃形象，除了《磨尘鉴·醉杨妃》外，还有新编剧《杨贵妃》《长生殿》《杨妃与李白》等，舞台上就不再有不醉的杨妃了。《贵妃醉酒》与《李白醉写》《醉打山门》《醉皂》等折子戏并列，成为中国戏曲酒戏醉剧的典型。

安禄山叛军将至，而作者却在此处不疾不徐地把"七夕盟誓"之后，帝、妃间的恩爱一一道来，把剧情的张力慢慢拉开，然后，等待最后释放的那一刻。这种编剧的方式堪称是可写入戏剧教科书的大手笔。

敌人征鼓声已是依稀可辨，咱们的皇上这才从"温柔乡"里爬了出来，好不狼狈。好梦终于做到头了！慌乱之际，君臣紧急决定暂时幸蜀避难，采取不抵抗政策，脚底抹油，一个字——逃！到这地步，李隆基不问黎民死活，唯独牵挂爱妃受苦，这夫妻情是够深了，可君王义却早失尽了。

稳稳的宫庭宴安，扰扰的边廷造反。冬冬的鼙鼓喧，腾腾的烽火黤。的溜扑碌臣民儿逃散，黑漫漫乾坤覆翻，磣磕磕社稷摧残，磣磕磕社稷摧残。当不得萧萧飒飒西风送晚，黯黯的一轮落日冷长安。

第二十五出　埋　玉

【南吕过曲】【金钱花】（末扮陈元礼引军士上）拥旌仗钺前驱①，前驱；羽林拥卫銮舆，銮舆。匆匆避贼就征途。人跋涉，路崎岖。知何日，到成都。

> 下官右龙武将军陈元礼是也。因禄山造反，破了潼关。圣上避兵幸蜀，命俺统领禁军扈驾。行了一程，早到马嵬驿了。（内鼓噪介）（末）众军为何呐喊？（内）禄山造反，圣驾播迁，都是杨国忠弄权，激成变乱。若不斩此贼臣，我等死不扈驾。（末）众军不必鼓噪，暂且安营。待我奏过圣上，自有定夺。（内应介）（末引军重唱"人跋涉"四句下）（生同旦骑马，引老旦、贴、丑行上）

【中吕过曲】【粉孩儿】匆匆的弃宫闱珠泪洒，叹清清冷冷半张銮驾②，望成都直在天一涯。渐行来渐远京华，五六搭剩水残山，两三间空舍崩瓦。

> （丑）来此已是马嵬驿了，请万岁爷暂住銮驾。（生、旦下马，作进坐介）（生）寡人不道，误宠逆臣，致此播迁，悔之无及。妃子，只是累你劳顿，如之奈何！（旦）臣妾自应随驾，焉敢辞劳。只愿早早破贼，大驾还都便好。（内又喊介）杨国忠专权误国，今又交通吐蕃，我等誓不与此贼俱生。要杀杨国忠的，快随我等前去！（杂扮四军提刀赶副净上，绕场奔介）（军作杀副净，呐喊下）（生惊介）高力士，外面为何喧嚷？快宣陈元礼进来。（丑）领旨。（宣介）（末上见介）臣陈元礼见驾。（生）众军为何呐喊？（末）臣启陛下：杨国忠专权召乱，又与吐蕃私通。激怒六军，竟将国忠杀死了。（生作惊介）呀，有这等事！（旦作背掩泪介）

（生沉吟介）这也罢了，传旨起驾。（末出传旨介）圣旨道来，赦汝等擅杀之罪。作速起行。（内又喊介）国忠虽诛，贵妃尚在。不杀贵妃，誓不扈驾！（末见生介）众军道，国忠虽诛，贵妃尚在，不肯起行。望陛下割恩正法。（生作大惊介）哎呀，这话如何说起！（旦慌牵生衣介）（生）将军，

【红芍药】国忠纵有罪当加，现如今已被劫杀。妃子在深宫自随驾③，有何干六军疑讶？（末）圣谕极明，只是军心已变，如之奈何！（生）卿家，作速晓谕他，恁狂言没些高下。（内又喊介）（末）陛下呵，听军中恁地喧哗，教微臣怎生弹压！（旦哭介）陛下啊，

【耍孩儿】事出非常堪惊诧。已痛兄遭戮，奈臣妾又受波查④。是前生事已定，薄命应折罚。望吾皇急切抛奴罢，只一句伤心话……

（生）妃子且自消停。（内又喊介）不杀贵妃，死不扈驾。（末）臣启陛下：贵妃虽则无罪，国忠实其亲兄，今在陛下左右，军心不安。若军心安，则陛下安矣。愿乞三思。（生沉吟介）

【会河阳】无语沉吟，意如乱麻。（旦牵生衣哭介）痛生生怎地舍官家⑤！（合）可怜一对鸳鸯，风吹浪打，直恁的遭强霸！（内又喊介）（旦哭介）众军逼得我心惊唬，（生作呆想，忽抱旦哭介）贵妃，好教我难禁架⑥！

（众军呐喊上，绕场围驿下）（丑）万岁爷，外厢军士已把驿亭围了。若再迟延，恐有他变，怎么处？（生）陈元礼，你快去安抚三军，朕自有道理！（末）领旨。（下）（生、旦抱哭介）（旦）

【缕缕金】魂飞颤，泪交加。（生）堂堂天子贵，不及莫愁家⑦。（合哭介）难道把恩和义，霎时抛下！（旦跪介）臣妾

受皇上深恩，杀身难报。今事势危急，望赐自尽，以定军心。陛下得安稳至蜀，妾虽死犹生也。算将来无计解军哗，残生愿甘罢，残生愿甘罢！

（哭倒生怀介）（生）妃子说那里话！你若捐生，朕虽有九重之尊、四海之富，要他则甚！宁可国破家亡，决不肯抛舍你也！

【摊破地锦花】任谯哗⑧，我一谜妆聋哑⑨，总是朕差。现放着一朵娇花，怎忍见风雨摧残，断送天涯。若是再禁加，拼代你陨黄沙。

（旦）陛下虽则恩深，但事已至此，无路求生。若再留恋，倘玉石俱焚，益增妾罪。望陛下舍妾之身，以保宗社⑩。（丑作掩泪，跪介）娘娘既慷慨捐生，望万岁爷以社稷为重，勉强割恩罢。（内又喊介）（生顿足哭介）罢罢，妃子既执意如此，朕也做不得主了。高力士，只得但、但凭娘娘罢！（作哽咽、掩面哭下）（旦朝上拜介）万岁！（作哭倒介）（丑向内介）众军听着，万岁爷已有旨，赐杨娘娘自尽了。（众内呼介）万岁，万岁，万万岁！（丑扶旦起介）娘娘，请到后边去。（扶旦行介）（旦哭介）

【哭相思】百年离别在须臾，一代红颜为君尽！

（转作到介）（丑）这里有座佛堂在此。（旦作进介）且住，待我礼拜佛爷。（拜介）佛爷，佛爷！念杨玉环呵，

【越恁好】罪孽深重，罪孽深重，望我佛度脱咱。（丑拜介）愿娘娘好处生天。（旦起哭介）（丑跪哭介）娘娘，有甚话儿，分付奴婢几句。（旦）高力士，圣上春秋已高，我死之后，只有你是旧人，能体圣意，须索小心奉侍。再为我转奏圣上，今后休要念我了。（丑哭应介）奴婢晓得。（旦）高力士，我还有一言。（作除钗、出盒介）这金钗一对，钿盒一枚，是圣上定情所赐。你可将来与我殉葬⑪，万万

不可遗忘。（丑接钗盒介）奴婢晓得。（旦哭介）**断肠痛杀，说不尽恨如麻。**（末领军拥上）杨妃既奉旨赐死，何得停留，稽迟圣驾。（军呐喊介）（丑向前拦介）众军士不得近前，杨娘娘即刻归天了。（旦）唉，陈元礼，陈元礼，你兵威不向逆寇加，逼奴自杀。（军又喊介）（丑）不好了，军士每拥进来了。（旦看介）唉，罢、罢，这一株梨树，是我杨玉环结果之处了。（作腰间解出白练，拜介）臣妾杨玉环，叩谢圣恩。从今再不得相见了。（丑泣介）（旦作哭缢介）我那圣上啊，**我一命儿便死在黄泉下，一灵儿只傍着黄旗下**⑫。

（做缢死下）（末）杨妃已死，众军速退。（众应同下）（丑哭介）我那娘娘啊！（下）（生上）**六军不发无奈何，宛转蛾眉马前死。**（丑持白练上，见生介）启万岁爷：杨娘娘归天了。（生作呆不应介）（丑又启介）杨娘娘归天了。自缢的白练在此。（生看大哭介）哎哟，妃子，妃子，兀的不痛杀寡人也！（倒介）（丑扶介）（生哭介）

【红绣鞋】当年貌比桃花，桃花；（丑）**今朝命绝梨花，梨花。**（出钗盒介）这金钗、钿盒，是娘娘分付殉葬的。（生看钗盒哭介）**这钗和盒，是祸根芽。长生殿，恁欢洽；马嵬驿，恁收煞！**

（丑）仓卒之间，怎生整备棺椁？（生）也罢，权将锦褥包裹。须要埋好记明，以待日后改葬。这钗盒就系娘娘衣上罢。（丑）领旨。（下）（生哭介）

【尾声】温香艳玉须臾化，今世今生怎见他！（末上跪介）请陛下起驾。（生顿足恨介）咳，我便不去西川也值甚么！（内呐喊、掌号，众军上）

【仙吕入双调过曲】【朝元令】（丑暗上，引生上马行介）

（合）长空雾粘，旌旆寒风颭。长征路淹，队仗黄尘染。谁料君臣，共尝危险。恨贼寇横兴逆焰，烽火相兼，何时得将豺虎歼。遥望蜀山尖，回将凤阙瞻，浮云数点，咫尺把长安遮掩，长安遮掩。

> 翠华西拂蜀云飞，章　碣
>
> 天地尘昏九鼎危。吴　融
>
> 蝉鬓不随銮驾起，高　骈
>
> 空惊鸳鹭忽相随。钱　起⑪

注释：

①拥旄（máo）仗钺（yuè）前驱：走在最前面的羽林军。拥旄仗钺，表现羽林军的威严。旄，旄牛，古代用其毛或尾装饰先头部队。钺，大斧，古代饰以黄金，常为禁军所用。

②叹清清冷冷半张銮驾：元代白朴《梧桐雨》第三折【双调新水令】："冷清清半张銮驾。"

③妃子在深宫自随驾：《资治通鉴》卷二一八"贵妃常居深宫，安知国忠反谋？"此处唱词正反映此意。

④波查：折磨，劫难。

⑤官家：皇帝。

⑥难禁架：受不了。

⑦莫愁：传说中的女子，擅歌舞。这里指快乐的平民生活。

⑧谨（huān）哗：喧哗。

⑨一谜：一味。

⑩宗社：宗庙和社稷，指国家。

⑪将来：拿来。

⑫黄旗下：指皇帝的行踪。

⑬"翠华西拂蜀云飞"四句：本出下场诗首句据康保成等考定，应该是崔橹《华清宫四首》其二里的诗句；第二句见吴融《敷水有丐者云是马侍中诸孙悯而有赠》；第三句见高骈《马嵬驿》；末句见钱起《同程九早入中书》。

点评：

"六军不发无奈何，宛转蛾眉马前死"（唐代白居易《长恨歌》），搬上舞台，便是《埋玉》。长安失守，军士们士气低落，走在艰险的蜀道上，更是天怒人怨。这一日到了马嵬坡，士兵们说什么也不走了，异口同声要拿杨国忠问罪。

连日来的饭食无着，将士疲乏，都化为对奸佞杨国忠的愤恨迸发出来。如此紧要关头，圣命可违，民意、军心不可违。而李隆基也只是沉吟道"这也罢了"，其实就是一种默许，承认了这一切的合法化。这暗示着李隆基已经看清了杨国忠的真面目，已经在为自己先前的忠奸不辨作出补偿。

杨国忠已死，众人又叫要杀贵妃，这就是裙带关系的副作用。皇上一听大吃一惊，杨玉环也是慌作一团，没了主意。明皇坚决表示：要美人不要江山，无奈军臣不允，时势不允，他手头尚握的大唐天下的前途不允。杨玉环毕竟女子，初闻言不禁"啊呀"连声："魂飞颤，泪交加。堂堂天子贵，不及莫愁家。难道把恩和义，霎时抛下！"哪里会有赴死的思想准备！趁着陈元礼安抚三军，两人最后倾诉衷肠，此时的杨玉环虽欲偷生而不得，主动求死："望吾皇急切抛奴罢，只这一句伤心话"，"痛生生怎地舍官家"，这一句句令人肝肠寸断的呼叫，不禁让人生出些许怜香惜玉之感。

唐代李商隐《马嵬》诗感叹道："如何四纪为天子，不及卢家有莫愁？"此时的李隆基看着心爱的玉环，虽贵为一朝天子，却欲保不能。"宁可国破家亡，决不肯抛舍你也"一语，多少显现了些男儿的血性和柔情。只是此话从君王口中道出，不免给人以穷途末路之感。

为皇上、为社稷，贵妃甘愿自尽。此时的杨贵妃给人以杀身成仁的感觉。目的在于衬托在生离死别背景下，李、杨爱情的坚贞。金钗、钿盒此处出现，是为日后的剧情作铺垫。小小的道具为全剧增色不少。真要去死，玉环又有百般不舍、万般不甘："断肠痛杀，说不尽恨如麻。""兵威不向逆寇加，逼奴自杀"。如此反复，屡次三番，这才毅然而去，一脸凛然，两袖携风：我不下地狱谁下地狱？"命儿便死在黄泉下，一灵儿只傍着黄旗下"，就是死了，也要跟随在爱人身边。

军队士兵把怒气撒在杨玉环身上，而杨玉环又把怨气泼在陈元礼头上，从现在的角度来看，彼此都恨错了人，直接责任人李隆基逃脱了干系。封建社会，君权至高无上，谁都不得质疑，杨玉环也只好"冯嫒当熊"，为皇上做回替死鬼，也算是为国捐躯。王昭君的牺牲精神表现在远嫁，蔡文姬的牺牲精神表现在归汉，杨贵妃的牺牲精神表现在自尽。一个不问政治的文艺女性，就这样做了她爱人的替罪羊。

关于杨玉环的死，至今说法众多：剧里的杨玉环佛堂前梨树下自缢是一种；另有"死于乱军"说和"吞金而死"说，皆有唐诗为证。还有一种说法认为，杨玉环最后逃亡到日本。当时马嵬驿被缢死的，只是个侍女。禁军将领陈元礼为贵妃美色所吸引，不忍杀之，与高力士一番谋划后，让侍女代死。陈元礼是参与兵变的主要策划者，目的是为了"清君侧"，重整大唐江山，背地里耍这种暗度陈仓伎俩，无论如何说不过去。因此，历史学家的观点则是：玉环必死无疑。把杨玉环比附为西王母、蓬莱仙子这些道教神祇，赋予其不死的神性，只能是民间美好的祝愿罢了。

高力士提到日后贵妃娘娘改葬的事，后文还有交代。"这钗和盒，是祸根芽"等三句，李隆基已经对他的过去开始反省了：没有当年的肆意行乐、荒淫无度，又哪会有今日的国势之颓、贵妃之死呢？当然这还是他一种并不太明晰的感受，等到下一出郭老汉"献饭"，才有如醍醐灌顶，惊醒了梦中人。

杨玉环死了。大唐得救了。代复一代，然舞台上的玉环却依然活着。"埋"了又"埋"，死去活来，埋没不了。这是人们对她的想念"绵绵无绝期"呵！

百年离别在须臾，一代红颜为君尽！

第二十六出　献　饭

【黄钟引子】【西地锦】（生引丑上）懊恨蛾眉轻丧，一宵千种悲伤。早来慵把金鞭扬，午余玉粒谁尝①！

寡人匆匆西幸，昨在马嵬驿中，六军不发。无计可施，只得把妃子赐死。（泪介）咳，空做一朝天子，竟成千古忍人。勉强行了一程，已到扶风地面②。驻跸凤仪宫内③，不免少息片时。（外扮老人持麦饭上）炙背可以见天子，献芹由来知野人④。老汉扶风野老郭从谨是也。闻知皇上西巡，暂驻凤仪宫内。老汉煮得一碗麦饭，特来进献，以表一点敬心。（见丑介）公公，烦乞转奏一声，说野人郭从谨特来进饭。（丑传介）（生）召他进来。（外进见介）草莽小臣郭从谨见驾⑤。（生）你是那里人？（外）念小臣呵，

【黄钟过曲】【降黄龙】生长扶风，白首躬耕，共庆时康。听蓦然变起，凤辇游巡，无限惊惶。聊将一盂麦饭，匍匐向旗门陈上⑥。愿吾君不嫌粗粝，野人供养。

（生）生受你了，高力士取上来。（丑接饭送生介）（生看介）寡人晏处深宫，从不曾尝着此味。

【前腔】【换头】寻常，进御大官，馔玉炊金，食前方丈⑦，珍羞百味，犹兀自嫌他调和无当。（泪介）不想今日，却将此物充饥。凄凉、带麸连麦，这饭儿如何入嗓？（略吃便放介）抵多少滹沱河畔，失路萧王⑧！

（外）陛下，今日之祸，可知为谁而起？（生）你道为着谁来？

（外）陛下若赦臣无罪，臣当冒死直言。（生）但说不妨。（外）只为那杨国忠呵，

【前腔】【换头】猖狂，倚恃国亲，纳贿招权，毒流天壤。他与安禄山，十年构衅，一旦里兵戈起自渔阳。（生）国忠构衅，禄山谋反，寡人那里知道。（外）那禄山呵，包藏祸心日久，四海都知逆状。去年有人上书，告禄山逆迹，陛下反赐诛戮。谁肯再甘心铁钺^⑨，来奏君王。

（生作恨介）此乃朕之不明，以致于此。

【前腔】【换头】斟量，明目达聪，原是为君的理当察访。朕记得姚崇、宋璟为相的时节，把直言数进，万里民情，如在同堂。不料姚、宋亡后，满朝臣宰，一味贪位取容^⑩。郭从谨呵，倒不如伊行，草野怀忠，直指出逆藩奸相。（外）若不是陛下巡幸到此，小臣那里得见天颜。（生泪介）空教我噬脐无及^⑪，恨塞饥肠。

（外）陛下暂息龙体，小臣告退。（叹介）从饶白发千茎雪，难把丹心一寸灰。（下）（副净扮使臣、二杂抬彩上）

【太平令】鸟道羊肠，春彩驮来驿路长^⑫。连山铃铎频摇响，看日近帝都旁。

自家成都道使臣，奉节度使之命，解送春彩十万匹到京。闻得驾幸扶风，不免就此进上。（向丑介）烦乞启奏一声，说成都使臣，贡春彩到此。（丑进奏介）（生）春彩照数收明，打发使臣回去。（二杂抬彩进介）（副净同二杂下）（生）高力士，可召集将士，朕有面谕。（丑）万岁爷宣召龙武军将士听旨。（众扮将士上）"晓起听金鼓，宵眠抱玉鞍。"龙武军将士叩见万岁爷！（生）将士每，听朕道来：

【前腔】变出非常，远避兵戈涉异方。劳伊仓卒随行仗，今日啊，别有个好商量。

（众）不知万岁爷有何谕旨？（生）

【黄龙衮】征人忆故乡，征人忆故乡，蜀道如天上。不忍累伊每，把妻儿父母轻撇漾。朕待独与子孙中官，慢慢的捱到蜀中。尔等今日，便可各自还家。省得跋涉程途，饥寒劳攘。高力士，可将使臣进来春彩，分给将士，以为盘费。没军资，分彩币，聊充饷。

（丑应分彩介）（众哭介）万岁爷圣谕及此，臣等寸心如割。自古养军千日，用在一朝。臣等呵，

198

【前腔】无能灭虎狼，无能灭虎狼，空愧熊罴将。生死愿从行，军声齐恃天威壮。这春彩，臣等断不敢受。请留待他时论功行赏，若有违心，皇天鉴，决不爽。

（生）尔等忠义虽深，朕心实有不忍，还是回去罢。（众）呀，万岁爷，莫不因贵妃娘娘之死，有些疑惑么？（生）非也，

【尾声】他长安父老多悬望，你每回去啊，烦说与翠华无恙。（众）万岁爷休出此言，臣等情愿随驾，誓无二心。（合）只待净扫妖氛，一同返帝乡。

（生）天色已晚，今夜就此权驻。明日早行便了。（众）领旨。

万里飞沙咽鼓鼙，钱 起
（丑）沉沉落日向山低。骆宾王
（生）如今悔恨将何益，韦 庄
（丑）更忍车轮独向西？周 昙[13]

注释：

①玉粒：饭粒。

②扶风：位于陕西八百里秦川腹地，今属陕西宝鸡。《资治通

鉴》卷二一八"肃宗至德元载六月"条载：己亥，上至岐山。或言贼前锋且至，上遽过，宿扶风郡。

③凤仪宫：唐明皇的行宫。据康保成等考证，唐明皇此番西去与后来的东还，下榻的都应该是望贤宫。

④炙背可以见天子，献芹由来知野人：谓礼轻情意重。炙背，即晒太阳，此指农民。三国魏嵇康《与山巨源绝交书》有云："野人有快炙背与美芹子者，欲献之至尊。"在百姓看来，晒太阳与吃芹菜是快意无限的事。

⑤草莽小臣：指没有功名在身的在野之人。《孟子·万章下》："在野曰草莽之臣。"

⑥匍匐：跪倒在地，手足并行。旗门：古代帝王出行，于居处前设旗帜。

⑦食前方丈：《孟子·尽心下》："食前方丈，侍妾数百人。"注："极五味之馔，食列于前方一丈。"

⑧抵多少滹（hū）沱河畔，失路萧王：东汉光武帝刘秀曾被刘玄封为萧王，更始二年（24）率部在滹沱河边遇困，部将冯异送豆粥给他充饥。

⑨甘心鈇钺（fǔ yuè）：甘受死刑。鈇钺，即斧钺，刑具。

⑩取容：讨好人。

⑪噬（shì）脐无及：自己咬不到自己的肚脐，喻指后悔莫及。

⑫春彩：唐代的一种贡赋。

⑬"万里飞沙咽鼓鼙"四句：本出下场诗首句见钱起《卢龙塞行送韦掌记》，第二句见骆宾王《艳情代郭氏答卢照邻》，第三句见韦庄《悔恨》，末句见周昙《春秋战国门楚怀王再吟》。

点评：

李隆基率众军一路奔波，人困马乏，这时扶风野老郭从谨特来献饭。李隆基吃着这粗茶淡饭，郭从谨从旁慢慢引出自己的话题纵论天下事。也许只有在帝王最狼狈不堪的时候，才能"零距离"地听到民间的声音。要知道，君王在国势兴盛的时候，百姓不过是为他劳役赋税、歌功颂德的工具而已，又哪里真正争取到一个"人"的地位！

"国忠构衅，禄山谋反"，"四海都知逆状"，反而你皇帝倒说不知情？郭从谨一番话代表了民间的声音，下情不能上达实在太久了，在这样一个不是机会的机会进言，实在是对皇帝莫大的讽刺。

据《资治通鉴》记载，当时的唐军已是人心涣散，"往往流言不逊"。此等危急关头，李隆基决定分赠川地贡品、解散龙武军将士，还能摆出这样的高姿态收买人心，足可见其绝非等闲之辈。这一招多少让大家见识了这位皇帝的当年风姿。

中国戏曲中颇有几则"皇帝逃难戏"。一则就是清初苏州派剧作家李玉所作的《千忠戮·惨睹》，其中逃难的建文帝唱的【倾杯玉芙蓉】曲："收拾起大地山河一担装，四大皆空相"，后来弄得这个曲子像流行歌曲一般，家喻户晓人人会唱，致使民间有"家家收拾起，户户不提防"之谓。与其并列的，正是本剧第三十八出《弹词》中的【南吕】【一枝花】"不堤防余年值乱离"，不赘。中国老百姓是同情弱者的，建文帝年纪轻轻，被叔父抢了天下，出逃时惶惶然如丧家之犬，居然还不忘"收拾起大地山河一担装"，实在可怜。民间有许多关于建文帝最后结局的传说，跟这首曲子的流传一样，其实反映了人心的一个尺度。

民间有传说：某皇帝一次在乡间吃到菠菜烧豆腐，觉得实在好吃，问名，农妇告诉他叫"金镶白玉板，红嘴绿鹦哥"。与本出的格调一样，这类传说也是同情之中带有些许揶揄。

清代李玉《千忠戮·惨睹》里的逃难皇帝，与本出逃难中的唐明皇一样，是值得人同情的；也有不值得人同情的逃难皇帝，如清代孔尚任《桃花扇·逃难》里的弘光皇帝。弘光帝好色、无能，又重用奸臣，致使南明王朝短命到只有一年。他在逃难途中，带着一支庞大的嫔妃队伍，最后被自己部下抢夺，夺不过的一方竟以"皇帝一枚相送"，真个是咎由自取、遗臭万年的一个丑类。有"南洪北孔"并称的两位剧作家的代表作，其中"逃难皇帝"形象的比较研究，应该是很有意思的一个题目。

第二十七出　冥　追

【商调过曲】【山坡五更】【山坡羊】(魂旦白练系颈上，服色照前《埋玉》折)恶嗽嗽一场喽罗①，乱匆匆一生结果。荡悠悠一缕断魂，痛察察一条白练香喉锁②。【五更转】风光尽，信誓捐，形骸涴。只有痴情一点、一点无摧挫，拼向黄泉，牢牢担荷。

　　我杨玉环随驾西行，刚到马嵬驿内，不料六军变乱，立逼投缳③。(泣介)唉，不知圣驾此时到那里了！我一灵渺渺，飞出驿中，不免望着尘头，追随前去。(行介)

【北双调】【新水令】望銮舆才离了马嵬坡，咫尺间不能飞过。俺悄魂轻似叶，他征骑疾如梭。刚打个磨陀④，翠旗尘又早被树烟锁。(虚下)

【南仙吕入双调】【步步娇】(生引丑、二内侍、四军拥行上)没揣倾城遭凶祸，去住浑无那⑤，行行唤奈何。马上回头，两泪交堕。(丑)启万岁爷，前面就是驻跸之处了。(生叹介)唉，我已厌一身多，伤心更说甚今宵卧。(齐下)

【北折桂令】(旦行上)一停停古道逶迤⑥，俺只索虚趁云行，弱倩风驮。(向内望科)呀，好了。望见大驾，就在前面了也。这不是羽盖飘扬⑦，鸾旌荡漾⑧，翠辇嵯峨⑨！不免疾忙赶上者。(急行科)愿一灵早依御座，便牢牵衮袖黄罗⑩。(内鸣锣作风起科)(旦作惊退科)呀，我望着銮舆，正待赶上，忽然黑风过处，遮断去路，影都不见了。好苦呵，暗蒙蒙烟障林阿⑪，杳沉沉雾塞山河，闪摇摇不住徘徊，悄冥冥怎样腾挪？

（贴在内叫苦介）（旦）你看那边愁云苦雾之中，有个鬼魂来了，
且闪过一边。（虚下）（贴扮虢国夫人魂上）

【南江儿水】艳冶风前谢，繁华梦里过。风流谁识当初
我？玉碎香残荒郊卧，云抛雨断重泉堕⑫。（二鬼卒上）哦，
那里去？（贴）奴家虢国夫人。（鬼卒笑介）原来就是你。你生前也忒
受用了，如今且随我到枉死城中去⑬。（贴哭介）哎哟，好苦呵，怨恨
如山堆垛。只问你多大幽城⑭，怕着不下这愁魂一个！

（杂拉贴叫苦下）（旦急上看科）呀，方才这个是我裴家姊姊，也
被乱兵所害了。兀的不痛杀人也！

【北雁儿落带得胜令】想当日天边夺笑歌，今日里地下同
零落。痛杀俺冤由一命招，更不想惨累全家祸。呀，空落得
提起着泪滂沱，何处把恨消磨！怪不得四下愁云裏，都是
俺千声怨声呵。（望科）那边又是一个鬼魂，满身鲜血，飞奔前来。
好怕人也！悲么，泣孤魂独自无回和。惊么，只落得伴冥途
野鬼多。（虚下）

【南侥侥令】（副净扮杨国忠鬼魂跑上）生前遭劫杀，死后见
阎罗。（牛头执纲叉，夜叉执铁锤、索上，拦介）（副净跑下）（牛
头、夜叉复赶上）杨国忠那里走！（副净）呀，我是当朝宰相，方才被
乱兵所害。你每做甚，又来拦我？（牛头）奸贼，俺奉阎王之命，特来
拿你。还不快走！（副净）那里去？（牛头、夜叉）向小小酆都城一
座⑮，教你去剑树与刀山寻快活。

（牛头拉副净，执叉叉背，夜叉锁副净下）（旦急上看科）呵呀，
那不是我的哥哥。好可怜人也！（作悲科）

【北收江南】呀，早则是五更短梦，瞥眼醒南柯。把荣华抛
却，只留得罪殃多。唉，想我哥哥如此，奴家岂能无罪？怕形消

骨化，忏不了旧情魔。且住，一望茫茫，前行无路，不如仍旧到马嵬驿中去罢。（转行科）待重转驿坡，心又早怯懦。听了这归林暮雀，犹错认乱军呵。

（虚下）（副净扮土地上）地下常添枉死鬼，人间难觅返魂香⑯。小神马嵬坡土地是也。奉东岳帝君之命，道贵妃杨玉环原系蓬莱仙子，今死在吾神界内。特命将他肉身保护，魂魄安顿，以候玉旨。不免寻他去来。（行介）

【南园林好】只他在翠红乡欢娱事过⑰，粉香丛冤孽债多，一霎做电光石火。将肉质护泉窝，教魂魄守坟窠。
（虚下）

【北沽美酒带太平令】（旦行上）度寒烟蔓草坡，行一步一延俄⑱。（看介）呀，这树上写的有字，待我看来。（作念科）贵妃杨娘娘葬此。（作悲科）原来把我就埋在此处了。唉，玉环，玉环！（泣科）只这冷土荒堆树半棵，便是娉婷袅娜，落来的好巢窝。我临死之时，曾分付高力士，将金钗、钿盒与我殉葬，不知曾埋下否？怕旧物向尘埃抛堕，则俺这真情肯为生死差讹？就是果然埋下呵，还只怕这残尸败蜕⑲，抱不牢同心并朵⑳。不免叫唤一声，（叫科）杨玉环，你的魂灵在此。我呵，悄临风叫他、唤他。（泣科）可知道伊原是我，呀，直恁地推眠妆卧！

（副净上唤科）兀那啼哭的，可是贵妃杨玉环鬼魂么？（旦）奴家正是。是何尊神？乞恕冒犯。（副净）吾神乃马嵬坡土地。（旦）望尊神与奴做主咱。（副净）贵妃听吾道来：你本是蓬莱仙子，因微过谪落凡尘。今虽是浮生限满，旧仙山隔断红云。（代旦解白练科）吾神奉岳帝敕旨，解冤结免汝沉沦。（旦福科）多谢尊神，只不知奴与皇上，还有相见之日么？（副净）此事非吾神所晓。（旦

作悲科)（副净）贵妃，且在马嵬驿暂住幽魂，吾神去也。（下）

（旦）苦呵，不免到驿中佛堂里，暂且栖托则个。（行科）

【南尾声】重来绝命庭中过，看树底泪痕犹浣。怎能够飞去蓬山寻旧果！

土埋冤骨草离离，储嗣宗

回首人间总祸机。薛　能

云雨马嵬分散后，韦　绚

何年何路得同归？韦　庄[20]

注释：

①恶嗷嗷（xǐn）一场喽罗：恶嗷嗷，犹恶狠狠。喽罗，原指兵卒，此指军士哗变。

②痛察察：即痛煞煞。

③投缳（huán）：自缢。

④打个磨陀：兜个圈子。

⑤去住浑无那：谓对于杨贵妃，去还是留，竟无可奈何。

⑥一停停：一程又一程，一站又一站。

⑦羽盖：古时帝王之车，车盖上有翠色羽毛覆盖。

⑧鸾旌：与下文"翠辇"对举，皆指帝王出行时的车队。

⑨嵯（cuó）峨：这里形容盛大。

⑩衮袖黄罗：指皇帝的衣袖。皇帝之服用黄罗制作，叫"衮"。

⑪林阿（ē）：有林木的山丘。

⑫重泉：九泉，黄泉。

⑬枉死城：迷信谓阴间枉死鬼居住处。

⑭幽城：阴间。

⑮酆（fēng）都城：迷信谓阎罗王所居处。

⑯返魂香：传说中能使幽魂回阳的线香。

⑰翠红乡：与下文"粉香丛"互文，皆指奢侈享乐的生活。

⑱延俄：迟疑，徘徊。

⑲败蜕：指遗体腐败、朽烂。

⑳同心并朵：此指两人的定情物金钗、钿盒。

㉑"土埋冤骨草离离"四句：本出下场诗首句见储嗣宗《长安怀古》，第二句见薛能《留题汾上旧居》，第三句见韦绚《杨太真》，末句见韦庄《寄舍弟》。

点评：

这一出，杨贵妃一出场就标明"魂旦"。其实，表演者还是原来那个"旦"，即昆曲里的正旦，可这里的旦扮演杨玉环的鬼魂，当具独特的歌喉、独特的舞步、独特的身段动作、独特的服饰打扮，故舞台提示直接写作"魂旦"。

"魂旦"是我国古代戏曲中一种独立的旦角行当。（这里顺便说一下，在统计戏曲角色行当时，应将"魂旦"作为旦角下的子行当，独立一项）。魂旦所工，大致一是鬼魂，如元杂剧《窦娥冤》里的窦娥；一是梦魂，如元杂剧《倩女离魂》里的倩女。自然，本剧这里的魂旦杨玉环，是属于前者，即鬼魂，而第十一出"旦扮梦中魂"跟着寒簧入月宫听曲的戏，则是后者，即梦魂。（《长生殿》真是集大成！）这是因为，在国人的概念里，梦魂与鬼魂在离开肉体四处活动这一点上，是一致的。古代戏曲里之所以会出现魂旦这一行当，再往前，可以追溯到远古的神灵祭祀活动。《楚辞·九歌》中已蕴含最初的戏剧因素。而《九歌·少司命》中也有巫与"神"的对唱,《九歌·东君》中有"灵"与巫的会舞。至东汉,东汉张衡《西京赋》中,有"总会仙倡","女娥坐而长歌,声清畅而委蛇"等更为具体的记载。据薛综注:"仙倡,伪作假形,谓如神也。"又据李善注:"女娥,娥皇女英也。""假"作"神"形,扮演传说中的人物,正是一种犹如"魂旦"的戏剧活动。当然,这样的活动还比较简单幼稚,还夹杂在歌舞中尚未独立出来。至唐宋,歌舞与其他艺术都突飞猛进,装神扮仙的表演也更趋进步。本剧表现的唐明皇时代法曲歌舞《霓裳羽衣舞》,其舞、乐和服饰都着力描绘飘然袅娜的仙女和虚无缥缈的仙境。宋大曲歌舞名目中有《郑生遇龙女薄媚》、"踏爨"中有《宴瑶池爨》等,也可大概看出其间扮演神仙的内容。北宋瓦舍中,已出现专事扮鬼神而出名的伎艺人,据北宋孟元老《东京梦华录》载,有名"孙三"者,即以扮"神鬼"擅长。南宋都城杭州,出现一大批"会社"组织,据耐得翁《都城纪胜》,在"西湖诗社"、"遏云社"(歌唱团体)、"清乐社"(音乐团体)等一系列社名中,竟已有了"神鬼社"的名称。可见南宋装神弄鬼的艺人再不像北宋孙三那样单枪匹马,而已有了组织。这种以装弄鬼神为娱乐的活动也十分盛行。每近除夕,市民们不仅"画门神桃符",而且"街市有贫丐者三五人为一队,装神鬼、判官、钟馗、小妹等形,敲锣击鼓,……亦驱傩之意也"(南宋吴自牧《梦粱录》卷六)。毫无疑问,这些歌舞娱乐,无论来自宫廷还是民间,无论是"阳春白雪"还是"下里巴人",对后世戏曲的神鬼表演都有很大影响。近世昆曲与许多地方戏皆有《钟馗嫁妹》一剧，造型独特，别具一种美感，深受国内外观众欢迎。它们的承继关系是不言而喻的。正因为其具有深厚的艺术基础，故而当戏曲成熟，为敷演故事、塑造性格、外化人物内心活动而"召唤"其前来配合时便脱颖而出，愉快地承担起了表观人物命运、性格、情感等使命。

魂旦的表演别是一番风貌。"悄悄冥冥。潇潇洒洒"（《倩女离魂》），"慢腾腾昏地里走，足律律旋风中来，则被这雾锁云埋，撺掇得鬼魂快"（《窦娥冤》），与本剧"荡悠悠一缕断魂"，"悄魂轻似叶"，"俺只索虚趁云行，弱倩风驮"等的曲词一样，都是配合着不同一般的身段和舞姿、"云""雾"弥漫、"日"昏"风"旋的舞台场景、音响效果而展示的。当然，魂旦们又是不尽相同的。袅袅婷婷，飘飘欲仙是她们的共性，但倩女魂更多一些悄无声息的翼翼小心、窦娥魂则可能是素服叨发，横眉怒目，以表示她有深仇大恨在心，而杨玉环，则更多的是哀怨，特别是她看到自己草草筑就的坟墓和墓碑，"（叫科）杨玉环，你的魂灵在此。我呵，悄临风叫他、唤他。（泣科）可知道伊原是我，呀，直恁地推眠妆卧！"虽然"伊原是我"，如今却魂飞魄散，永无身心合一的可能了。

本出戏的最后，出现了土地神形象。此为这一小神的初次亮相。他对于杨玉环及李、杨爱情的保护襄助，容笔者于下文集中介绍。

第二十八出　骂　贼

（外扮雷海青抱琵琶上）武将文官总旧僚，恨他反面事新朝。纲常留在梨园内，那惜伶工命一条。自家雷海青是也。蒙天宝皇帝隆恩，在梨园部内做一个供奉①。不料禄山作乱，破了长安，皇帝驾幸西川去了。那满朝文武，平日里高官厚禄，荫子封妻，享荣华，受富贵。那一件不是朝廷恩典！如今却一个个贪生怕死，背义忘恩，争去投降不迭。只图安乐一时，那顾骂名千古。唉，岂不可羞，岂不可恨！我雷海青虽是一个乐工，那些没廉耻的勾当，委实做不出来。今日禄山与这一班逆党，大宴凝碧池头，传集梨园奏乐。俺不免乘此，到那厮跟前，痛骂一场，出了这口愤气。便粉骨碎身，也说不得了。且抱着琵琶，去走一遭也呵！

【仙吕】【村里迓鼓】虽则俺乐工卑滥，硁硁愚暗②，也不曾读书献策，登科及第，向鹓班高站③。只这血性中，胸脯内，倒有些忠肝义胆。今日个睹了丧亡，遭了危难，值了变惨，不由人痛切齿，声吞恨衔。

【元和令】恨子恨泼腥膻莽将龙座淰④，癞虾蟆妄想天鹅啖，生克擦直逼的个官家下殿走天南⑤。你道恁胡行堪不堪？纵将他寝皮食肉也恨难劖⑥。谁想那一班儿没揣三⑦，歹心肠，贼狗男。

【上马娇】平日价张着口将忠孝谈，到临危翻着脸把富贵贪。早一齐儿摇尾受新衔，把一个君亲仇敌当作恩人感。咱，只问你蒙面可羞惭？

【胜葫芦】眼见的去做忠臣没个敢。雷海青呵，若不把一肩

担，可不枉了戴发含牙人是俺⑧。但得纲常无缺，须眉无愧⑨，便九死也心甘。（下）

【中吕引子】【绕红楼】（净引二军士上）抢占山河号大燕⑩，袍染赭，冠戴冲天。凝碧清秋，梨园小部，歌舞列琼筵。

孤家安禄山。自从范阳起兵，所向无敌。长驱西入，直抵长安。唐家皇帝，逃入蜀中去了，锦绣江山，归吾掌握。（笑介）好不快活！今日聚集百官，在凝碧池上做个太平筵宴，洒乐一回。内侍每，众官可曾齐到？（杂）都在外殿伺候。（净）宣过来。（军）领旨。（宣介）主上宣百官进见。（四伪官上）今日新天子，当时旧宰臣。同为识时者，不是负恩人。（见介）臣等朝见。愿主上万岁，万万岁！（净）众卿平身。孤家今日政务稍闲，特设宴在凝碧池上，与卿等共乐太平。（四伪官）万岁！（军）筵宴完备，请主上升宴。（内奏乐，四伪官跪送酒介）（净）

【中吕过曲】【尾犯序】龙戏碧池边，正五色云开，秋气澄鲜。紫殿逍遥，暂停吾玉鞭。开宴，走绯衣，鸾刀细割；揎锦袖，犀盘满献。（四伪官献酒再拜介）瑶池下，熊罴鹓鹭⑪，拜送酒如泉。

（净）内侍每，传旨唤梨园子弟奏乐。（军）领旨。（向内介）主上有旨，着梨园子弟奏乐。（内应奏乐介）（军送净酒介）（合）

【前腔】【换头】当筵，众乐奏钧天。旧日《霓裳》，重按歌遍。半入云中，半吹落风前。稀见，除却了清虚洞府，只有那沉香亭院。今日个仙音法曲⑫，不数大唐年。

（净）奏得好。（四伪官）臣想天宝皇帝，不知费了多少心力，教成此曲。今日却留与主上受用，真乃齐天之福也！（净笑介）众

卿言之有理，再上酒来。（军送酒介）（外在内泣唱介）

【前腔】【换头】幽州鼙鼓喧，万户蓬蒿，四野烽烟。叶堕空宫，忽惊闻歌弦奇变，真个是天翻地覆，真个是人愁鬼怨。（大哭介）我那天宝皇帝呵，金銮上百官拜舞，何日再朝天⑬？

（净）呀，什么人啼哭？好奇怪！（军）是乐工雷海青。（净）拿上来。（军拉外上见介）（净）雷海青，孤家在此饮太平筵宴，你敢擅自啼哭，好生可恶！（外骂介）唉，安禄山，你本是失机边将，罪应斩首。幸蒙圣恩不杀，拜将封王。你不思报效朝廷，反敢称兵作乱，秽污神京，逼迁圣驾。这罪恶贯盈，指日天兵到来诛戮，还说什么太平筵宴！（净大怒介）唉，有这等事。孤家入登大位，臣下无不顺从。量你这一个乐工，怎敢如此无礼！军士看刀伺候。（二军作应，拔刀介）（外一面指净骂介）

【扑灯蛾】怪伊忒负恩，兽心假人面，怒发上冲冠。我虽是伶工微贱也，不似他朝臣腼腆。安禄山，你窃神器⑭，上逆皇天，少不得顷刻间尸横血溅。（将琵琶掷净介）我掷琵琶，将贼臣碎首报开元。

（军夺琵琶介）（净）快把这厮拿去砍了！（军应，拿外砍下）

（净）好恼，好恼！（四伪官）主上息怒。无知乐工，何足介意。

（净）孤家心上不快，众卿且退。（四伪官）领旨。臣等恭送主上回宫。（跪送介）（净）酒逢知己千钟少，话不投机半句多。（怒下）（四伪官起介）杀得好，杀得好！一个乐工，思量做起忠臣来，难道我每吃太平宴的，倒差了不成！

【尾声】大家都是花花面⑮，一个忠臣值甚钱。（笑介）雷海青，雷海青，毕竟你未戴乌纱识见浅！

三秦流血已成川，罗　隐
为虏为王事偶然。李山甫
世上何人怜苦节，陆希声
直须行乐不言旋。薛　稷⑩

注释：

①供奉：以某种技艺侍奉帝王的人。

②硁硁（kēng）：固执的样子。

③鹓（yuān）班：上朝时官员的行列。

④泼腥膻莽将龙座㳠（yān）：腥膻，对北方少数民族的蔑称。
　此指安禄山。龙座，指皇帝的宝座。㳠，同"淹"。

⑤生克擦：活生生地。

⑥剗（chán）：铲除。

⑦没掂三：原指糊涂、缺乏思考，这里指缺乏气节、朝三
　暮四。

⑧戴发含牙：指人。《列子·黄帝》："戴发含齿，倚而趣者为
　之人。"这里特指堂堂正正、大写的人。

⑨须眉：指男子汉。

⑩号大燕：《资治通鉴》卷二一七"至德元载"条：春正月，乙
　卯朔，禄山自称大燕皇帝，改元圣武。

⑪熊黑（pí）鹓鹭：借指文臣武将。熊、黑，两种猛兽，常用
　来喻指武将。鹓、鹭，两种鸟，喻指文官。

⑫法曲：隋唐乐曲，此指《霓裳羽衣》曲。

⑬朝天：朝见天子。

⑭神器：指皇位。

⑮花花面：戏曲反面人物的装扮，涂面，即后世的"花脸"。

⑯"三秦流血已成川"四句：本出下场诗首句见罗隐《即事
　　中元甲子》，第二句见李山甫《项羽庙》，第三句见陆希声
　　《阳羡杂咏十九首》其一，末句见薛稷《奉和圣制春日幸望
　　春宫应制》。

点评：

　　"雷海青骂贼"这一出戏取材于唐代郑处诲的《明皇杂
录》。李隆基率群臣逃出长安，长安城成了杀戮之地。《明
皇杂录·补遗》记载："禄山尤致意乐工，求访颇切，与旬
日获梨园弟子数百人。"供自己附庸风雅、寻欢作乐之用。
这些梨园子弟为乱臣贼子武力所要挟，迫不得已，只能忍
辱偷生、强颜欢笑，甚至说违心的话，做违心的事。当然
这其中也有那光明磊落，赤胆忠心的。

　　这是一段"骂戏"，是明清传奇三大骂戏《骂曹》《骂
贼》《骂宴》之一。《骂曹》全名《狂鼓史渔阳三弄》，民间
习称"击鼓骂曹"。明代徐渭作，是他的短杂剧《四声猿》
中的一出。祢衡从曹操逼献帝迁都骂起，连篇累牍地骂到
了他谋杀伏后、害死怀孕的董妃，残杀袁绍兄弟，逼刘琮
献纳土地，最后还补骂了铜雀台和"分香卖履"。十八曲
一气骂去，淋漓尽致。后世昆曲、京剧都有《骂曹》剧目，
昆曲为"阴骂"，即表现祢衡在阴司骂曹，跟徐渭的更为接
近；京剧是"阳骂"，再现祢衡生前对曹操的詈骂，全剧皆
用"西皮"唱腔，悲剧气氛浓郁。

　　《长生殿》与孔尚任《桃花扇》堪称清初剧坛双璧，《骂

贼》与《骂宴》一者男骂，一者女骂，在艺术构思上，都受到"击鼓骂曹"的影响。首先，两位主角在登场时，都有一段只与观众共享的"心声"，俗称"打背躬"："（旦私语介）难得他们凑来一处，正好吐俺胸中之气。"（《骂筵》）这与雷海青抱琵琶上场说的"俺不免乘此，到那厮跟前，痛骂一场，出了这口愤气，便粉身碎骨，也说不得了"，何其相似乃尔。雷海青身为梨园供奉，练就一口精湛的"嘴皮子艺术"，说完这段开场白，连唱【仙吕】【村里迓鼓】【元和令】【上马娇】【胜葫芦】四支曲，既衬托他的大义凛然，也让观众折服于民间艺人的唱功伎艺。此二人深谙骂的智慧，不能一下子骂绝、骂尽，都要为接下来做铺垫。李香君骂阮大铖、马士英，最精彩的是【五供养】【玉交枝】中间夹杂着阮、马等人跳梁小丑般的言行，和她形成强烈对比；雷海青骂安禄山，最出挑的是【扑灯蛾】，配合怒摔琵琶的动作，义正辞严，让人为之动容。

　　骂戏之传统源远流长。中国歌曲有两项比较特殊的类别：歌哭和歌骂。歌骂的典型，可举《尚书·汤誓》为例："时日曷丧？予及汝皆亡！"夏朝第十七个王夏桀自比太阳，对百姓实施暴政，老百姓恨得咬牙切齿，指桑骂槐道：太阳你什么时候死，我们愿意和你同归于尽！另外，被认为是说唱远祖的《荀子·成相篇》，就是以五十多节的乐歌来责骂统治者的愚昧无耻。在中国家喻户晓的孟姜女，正是歌哭与歌骂集于一身的代表性人物形象，一个文化符号。唐代戏弄《踏谣娘》，虽无从知道歌词，但可以肯定前有"歌哭"，后有"歌骂"。宋杂剧《骂吕布》《骂江南》《秃丑生》《马屁勃》《丑奴儿》《呆木头》等剧目，也颇有些骂戏的影子。到关汉卿的元杂剧《窦娥冤》，其第三折哭天骂地，继承的正是《尚书·汤誓》的传统。除了文人精英编著的剧本，民间小戏里的歌骂戏也很丰富，《王婆骂鸡》即是其中的佼佼者，它原是串演于目连戏中的过场小戏，主要流传于南方地区，传世的剧本有湘剧本、阳腔本、绍兴本、川剧本、超轮本、皖南高腔本等。另外还有淮剧传统折子戏《骂灯》，其主人公王月英《谁说不敢把皇帝骂》一段唱，在当时非常流行。《骂灯》民国时期走红上海滩，培育了许多淮剧旦角的成长，王月英成为旦角戏"九莲十三英"之一。

　　雷海青骂贼义正辞严，最后用琵琶掷安禄山，堪与高渐离击筑时的豪气相比，为后人所敬仰。福建的戏曲艺人就把他当作本地的戏神，泉州、莆田、仙游、厦门等地都有供奉他的庙。当时为贼兵所拘的诗人王维闻之，赋诗一首："万户伤心生野烟，百官何日更朝天？秋槐叶落空宫里，凝碧池头奏管弦。"可以说，只要人世间还有丑类存在，骂戏就不会绝迹。

　　在国家、民族遭遇灾难的时候，挺身而出的不是身居高位的缙绅士大夫，却是如雷海清、苏昆生、柳敬亭（后二者是《桃花扇》中的艺人形象）这样的宫廷、民间艺人，或像李香君这样的风尘女子，这其间的对照何其鲜明！子曰："岁寒，然后知松柏之后凋也。"此言得之。

　　清代吴舒凫原评道："若此折使人可兴、可观，可以廉顽直懦，世有议是剧为劝淫者，正未识旁见侧出之意耳。"

联系洪昇所处的时代，吴评的原意简直要呼之欲出了，这些词句也确实给作者本人带来很大的麻烦。"可怜一曲《长生殿》，断送功名到白头"。

第二十九出　闻　铃

（丑内叫介）军士每趱行，前面伺候。（内鸣锣，应介）（丑）万岁
爷，请上马。（生骑马，丑随行上）

【双调近词】【武陵花】万里巡行，多少悲凉途路情。
看云山重叠处，似我乱愁交并。无边落木响秋声①，长
空孤雁添悲哽。寡人自离马嵬，饱尝辛苦。前日遣使臣赍奉玺
册，传位太子去了。行了一月，将近蜀中。且喜贼兵渐远，可以缓程
而进。只是对此鸟啼花落，水绿山青，无非助朕悲怀。如何是好！
（丑）万岁爷，途路风霜，十分劳顿。请自排遣，勿致过伤。（生）唉，
高力士，朕与妃子，坐则并几，行则随肩。今日仓卒西巡，断送他这
般结果，教寡人如何撇得下也！（泪介）提起伤心事，泪如倾。
回望马嵬坡卜，不觉恨填膺。（丑）前面就是栈道了，请万岁爷
挽定丝缰，缓缓前进。（生）袅袅旗旌，背残日，风摇影。匹
马崎岖怎暂停，怎暂停！只见阴云黯淡天昏暝，哀猿断
肠②，子规叫血③，好教人怕听。兀的不惨杀人也么哥，
兀的不苦杀人也么哥！萧条恁生④，峨眉山下少人经⑤，
冷雨斜风扑面迎。

　　（丑）雨来了，请万岁爷暂登剑阁避雨⑥。（生作下马、登阁坐介）
　　（丑作向内介）军士每，且暂驻扎，雨住再行。（内应介）（生）独
　　自登临意转伤，蜀山蜀水恨茫茫。不知何处风吹雨，点点声声进
　　断肠。（内作铃响介）（生）你听那壁厢，不住的声响，聒的人好
　　不耐烦。高力士，看是甚么东西。（丑）是树林中雨声，和着檐前
　　铃铎⑦，随风而响。（生）呀，这铃声好不做美也！

【前腔】淅淅零零，一片凄然心暗惊。遥听隔山隔树，战合风雨，高响低鸣。一点一滴又一声，一点一滴又一声，和愁人血泪交相迸。对这伤情处，转自忆荒茔⑧。白杨萧瑟雨纵横，此际孤魂凄冷。鬼火光寒，草间湿乱萤。只悔仓皇负了卿，负了卿！我独在人间，委实的不愿生。语娉婷⑨，相将早晚伴幽冥。一恸空山寂，铃声相应，阁道峻嶒⑩，似我回肠恨怎平！

（丑）万岁爷且免愁烦。雨止了，请下阁去罢。（生作下阁、上马介，丑向内介）军士每，前面起驾。（众内应介）（丑随生行介）（生）

【尾声】迢迢前路愁难罄⑪，招魂去国两关情。（合）望不尽雨后尖山万点青。

　　　　（生）剑阁连山千里色，　骆宾王
　　　　　　　离人到此倍堪伤。　罗　邺
　　　　　　　空劳翠辇冲泥雨，　秦韬玉
　　　　　　　一曲淋铃泪数行。　杜　牧⑫

注释：

①无边落木响秋声：出自唐代杜甫《登高》："无边落木萧萧下，不尽长江滚滚来。"

②哀猿断肠：形容极其悲伤，乃至像哀鸣的猿猴一样，柔肠寸断。典出南朝宋刘义庆《世说新语·黜免》："桓公入蜀，至三峡中，部伍中有得猿子者，其母缘岸哀号，行百余里不去。遂跳上船，至便即绝。破视其腹中，肠皆寸寸断。"

③子规叫血：用杜鹃啼血典故。子规，即杜鹃鸟。这个典故与

"哀猿断肠"皆出自四川，剧演唐明皇幸蜀，故用。

④恁生：这样。

⑤峨眉山下少人经：唐代白居易《长恨歌》："峨眉山下少人
行。"

⑥剑阁：栈道名，在今四川剑阁大剑山与小剑山之间。

⑦铃铎：即俗谓"铁马儿"者，挂在屋檐前，风吹发声。

⑧荒茔（líng yíng）：指马嵬坡杨贵妃暂葬处。

⑨娉婷：姿态美好貌，此指杨贵妃。

⑩峻嶒（céng）：险峻的样子。

⑪罄（qìng）：尽。

⑫"剑阁连山千里色"四句：本出下场诗首句见骆宾王《畴昔
篇》，第二句见罗邺《仆射陂晚望》，第三句见秦韬玉《吹
笙歌》，末句见杜牧《华清宫》。虽诗人多写一己之感受，
集在一起，倒颇能言中唐明皇"闻铃"时的此情此景。由此
可见，人类的感受，毕竟是相通的。

点评：

　　按下雷海清骂贼，彪炳史册，暂且不提。再说李隆基
等人一路往蜀中而行，此时皇上也颇识时务地将帝位传于
太子，自己只挂了个太上皇的头衔。由于与太子之间有隙，
日后，李隆基将陷入凄凉孤独的境地，他对杨玉环的思念
也就显得更加真实感人。

　　马声、铃声、风雨声，声声入耳。不由勾起了李隆基
对杨玉环无尽的思念。唐代郑处诲《明皇杂录·补遗》中
记载："明皇……于栈道雨中闻铃，音与山相应。上既悼念

贵妃，采其声为《雨霖铃》曲，以寄恨焉。"到成都后，李隆基将此曲授予张野狐。日后，每当张野狐用觱篥吹起此曲时，李隆基都会满眼凄凉、涕泗横流，旁人也不由感动落泪。这是艺术的魅力，更是情感的力量。至宋代，柳永即用《雨霖铃》词牌写过著名的词作"寒蝉凄切，对霜林晚，暮雨初歇"，以寄托他与心上人悲悲戚戚的离情别绪。

这是一段过场戏，短短的，上场演员少。这又是一段抒情戏，李隆基一人独唱，高力士只是在一旁陪着，并不与李对唱、轮唱、合唱，故此出戏颇有元杂剧的格调，像是一出"末本"。元杂剧是"一人主唱"剧。这里的"主"，不是主要次要的"主"，而是动词性质的"主"、"谁主沉浮"的"主"，一人主唱，就是只有一人唱，其他人都不唱。因为一人主唱，所以只有两类：一类是"旦本"——女声独唱剧，另一类是"末本"——男声独唱剧。过去读元剧，对此总不能十分理解——何以要这样规定？马致远《汉宫秋》因为是末本，汉元帝唱了，王昭君就没得唱，那么重要的人物形象，戏剧又是表现她的远嫁，却没让她唱哪怕是一句；《西厢记》第一本是末本，结果也是张生没完没了地唱个不停，崔莺莺只能对着他傻笑。传奇剧《长生殿》是南方戏种，完全可以不受"一人主唱"的束缚，何以也会有《闻铃》这样的场次呢？我们可以这样设想：这里扮演李隆基的演员拥有一副好嗓子，曲白相生、声情并茂地演唱两首【武陵花】，"淅淅零零，一片凄然心暗惊"，声音收敛，带着一点沙哑，带着那么一点磁性，不知会感动多少观众、听众呢！可见，这样"一人主唱"的戏剧形式，肯定还是受观众欢迎的，故作为古戏曲集大成的《长生殿》会信手拈来安置在李隆基的旅途中，让他不受干扰地独自抒发、表达对爱妃的深切思念。近年香港导演林奕华，创作了"舞台剧"《贾宝玉》，便只许扮演贾宝玉的何韵诗一个人唱。何韵诗歌手出身，嗓子好得不行，出道二十年，再开常规意义的"独唱音乐会"已经没什么意义了，借助《贾宝玉》，策划了一场新型的"独唱音乐会"。这是一种有剧情故事、有人物塑造的、另类的"独唱音乐会"。

剑阁连山千里色，离人到此倍堪伤。空劳翠辇冲泥雨，一曲淋铃泪数行。

第三十出　情　悔

【仙吕入双调】【普贤歌】（副净上）马嵬坡下太荒凉，土地公公也气不扬。祠庙倒了墙，没人烧炷香，福礼三牲谁祭享①！

> 小神马嵬坡土地是也，向来香火颇盛。只因安禄山造反，本境人民尽皆逃散。弄得庙宇荒凉，香烟断绝。目今野鬼甚多，恐怕出来生事，且往四下里巡看一回。正是：只因神倒运，常恐鬼胡行。（虚下）（魂旦上）

【双调引子】【捣练子】冤叠叠，恨层层，长眠泉下几时醒？魂断苍烟寒月里，随风窣窣度空庭②。

> 一曲《霓裳》逐晓风，天香国色总成空。可怜只有心难死，脉脉常留恨不穷。奴家杨玉环鬼魂是也。自从马嵬被难，荷蒙岳帝传救，得以栖魂驿舍，免堕冥司。（悲介）我想生前与皇上在西宫行乐，何等荣宠！今一旦红颜断送，白骨冤沉，冷驿荒垣，孤魂淹滞。你看月淡星寒，又早黄昏时分，好不凄惨也！

【过曲】【三仙桥】古驿无人夜静，趁微云，移月暝，潜潜趔趔③，暂时偷现影。魆地间心耿耿④，猛想起我旧丰标⑤，教我一想一泪零。想、想当日那态娉婷，想、想当日那妆艳靓，端得是赛丹青描成、画成。那晓得不留停，早则肌寒肉冷。（悲介）苦变做了鬼胡由⑥，谁认得是杨玉环的行径⑦！

> （泪介）（袖出钗盒介）这金钗、钿盒，乃皇上定情之物，已从墓中取得。不免向月下把玩一回。（副净潜上，指介）这是杨贵妃鬼

魂，且听他说些什么。（背立听介）（旦看钗盒介）

【前腔】看了这金钗儿双头比并，更钿盒同心相映。只指望两情坚如金似钿，又怎知翻做断绠^⑧！若早知为断绠，枉自去将他留下了这伤心把柄。记得盒底夜香清，钗边晓镜明，有多少欢承爱领。（悲介）但提起那恩情，怎教我重泉目瞑！（哭介）苦只为钗和盒，那夕的绸缪，翻成做杨玉环这些时的悲哽。

（副净背听，作点头介）（旦）咳，我杨玉环，生遭惨毒，死抱沉冤。或者能悔前愆，得有超拔之日^⑨，也未可知。且住，（悲介）只想我在生所为，那一桩不是罪案。况且弟兄姊妹，挟势弄权，罪恶滔天，总皆由我，如何忏悔得尽！不免趁此星月之下，对天哀祷一番。（对天拜介）

【前腔】对星月发心至诚，拜天地低头细剖皇天，皇天！念杨玉环呵，重重罪孽，折罚来遭祸横。今夜呵，忏愆尤^⑩，陈罪眚^⑪，望天天高鉴，宥我垂证明。只有一点那痴情，爱河沉未醒。说到此悔不来，惟天表证。纵冷骨不重生，拼向九泉待等。那土地说，我原是蓬莱仙子，谪谪人间。天呵，只是奴家恁般业重^⑫，敢仍望做蓬莱座的仙班，只愿还杨玉环旧日的匹聘^⑬。

（副净）贵妃，吾神在此。（旦）原来是土地尊神。（副净）

【越调过曲】【忆多娇】我趁月明，独夜行。见你拜祷深深，仔细听，这一悔能教万孽清。管感动天庭，感动天庭，有日重圆旧盟。

（旦）多蒙尊神鉴悯。只怕奴家呵，

【前腔】业障萦，夙慧轻^⑭。今夕徒然愧悔生，泉路茫茫隔上清⑮。（悲介）说起伤情，说起伤情，只落得千秋恨成。

（副净）贵妃不必悲伤，我今给发路引一纸⑯。千里之内，任你魂游便了。（作付路引介）听我道来：

【斗黑麻】你本是蓬莱籍中有名，为堕落皇宫，痴魔顿增。欢娱过，痛苦经，虽谢尘缘，难返仙庭。喜今宵梦醒，教你逍遥择路行。莫恋迷途，莫恋迷途，早归旧程。

【前腔】（旦接路引谢介）深谢尊神，与奴指明。怨鬼愁魂，敢望仙灵！（背介）今后呵，随风去，信路行⑰。荡荡悠悠，日隐宵征。依月傍星，重寻钗盒盟。还怕相逢，还怕相逢，两心痛增。

（副净）吾神去也。

（旦）晓风残月正潸然，韩　琮
（副净）对影闻声已可怜，李商隐
（旦）昔日繁华今日恨，司空图
（副净）只应寻访是因缘。方　干⑱

注释：

①三牲：祭祀用的牛、羊、猪。

②窣窣（sū）：风声，多用于形容清凉的阴风。

③潜潜趓趓（duǒ）：躲躲闪闪、忽隐忽现之状。趓，同"躲"。

④魆（xū）地间：暗地里。

⑤丰标：风采。

⑥鬼胡由：鬼魂。

⑦行径：这里指模样。

⑧断缗：断了汲水的绳子，比喻夫妻之间的红丝线断了，情缘断绝。

⑨超拔：超度升天。

⑩忏愆（qiān）尤：忏悔罪过。

⑪陈罪眚（shěng）：陈述过错。

⑫业：此指罪业、业障。

⑬匹聘：配偶，此指李隆基。

⑭夙慧：佛教用语，指前世所做的善事。

⑮上清：指天界。道家谓有三清境，即元始天尊所居之清微天玉清境，灵宝天尊所居之禹余天上清境，道德天尊所居之赤天太清境。

⑯路引：路条，通行证。

⑰信路行：信步而行。

⑱"晓风残月正潸然"四句：本出下场诗首句见韩琮《露》，第二句见李商隐《碧城三首》其二，第三句见司空图《南北史感遇十首》其九，末句见方干《题龟山穆上人院》。

点评：

　　夜深人静之际，玉环将前尘往事慢慢道来，同时也是在反思自己在阳间的罪孽。她的一番话，还有她月下把玩定情钗盒想念心上人的举动，感动了身旁的土地神。热心肠的土地神发给玉环一纸路引，给她指点了迷津，玉环省悟到贪恋红尘是一切灾难的渊薮，如今尘缘已了，今宵梦醒。能不能再回天国续当仙女她倒不是很在意，她看重的是：此番再续钗盒情缘有望了。

　　《长生殿》后半部神鬼戏颇多。其中的土地神，更是个富有情趣、颇有些故事的小神形象。戏中的土地公公，集中出现在后半部，主要活跃于第二十七出《冥追》、第三十出《情悔》、第三十三出《神诉》、第三十七出《尸解》等。第二十五出《埋玉》之后，扮演杨贵妃的角色已由正旦改为"魂旦"。魂旦是颈上系着白练的贵妃之魂，急急地追寻玄宗西去的脚踪。这时，"马嵬坡土地"上场了，他奉"东岳帝君之命"，说："杨玉环原系蓬莱仙子，今死在吾神界内。特命将他肉身保护，魂魄安顿，以候玉旨。"待他寻到杨玉环之后，第一件事就是亲手为她解下白练，宽慰杨氏说，可以"免汝沉沦"，但对于杨妃最为关切的问题"奴与皇上，还有相见之日么"，却爱莫能助。在这一出"情悔"中，土地神潜听杨玉环对自己爱情的回顾，以及难忘前情的肺腑之言、忏悔之词，不禁满怀同情之心。他劝告杨氏说，他们的爱情一定能"感动天庭，有日重圆旧盟"。玉环对此缺乏信心，并伤心于"泉路茫茫隔上清"，不得与爱人相见，这位善良的马嵬土地，竟特地发给她路引一纸，告诉她"千里之内，任你魂游便了"。在这几出戏中，马嵬土地对李、杨爱情深表同情，不但发给她路引，让杨贵妃远寻李郎，而且后来还在天孙娘娘面前为杨求情。当杨玉环之魂变为蓬莱仙子之后，土地神又表现出无比的恭敬。由此可见，这里的土地神是一个地方小官的形象。他既是一方的父母官、保护神，又因职微言轻而显得卑微。他尽心尽力地做着自己的本分工作，上情下达，下情上达，他也怕撤职，也行贿赂，这一切，都令人想起官场上的低级官吏。本剧中的土地神，为戏曲舞台又添了一个好神、善神形象。

第三十一出　剿　寇

【中吕引子】【菊花新】（外戎装，领四军上）谬承新命陟崇阶①，挂印催登上将台②。惭愧出群才，敢自许安危全赖。

> 建牙吹角不闻喧③，三十登坛众所尊。家散万金酬士死，身留一剑答君恩。下官郭子仪，叨蒙圣恩，特拜朔方节度使，领兵讨贼。现今上皇巡幸西川④，今上即位灵武⑤。当此国家多事之秋，正我臣子建功之日。誓当扫清群寇，收复两京，再造唐家社稷，重睹汉官威仪，方不负平生志愿也。众将官，今乃黄道吉日，就此起兵前去。（众应，呐喊、发号启行介）（合）

【中吕过曲】【驮环着】拥鸾旗羽盖，蹴起尘埃。马挂征鞍，将披重铠，画戟雕弓耀彩。军令分明，争看取奋鹰扬堂堂元帅⑥。端的是孙、吴无赛⑦，管净扫妖氛毒害。机谋运，阵势排，一战收京，万方宁泰。（齐下）

【前腔】（丑末扮番将、引军卒行上）倚兵强将勇，倚兵强将勇，一鼓前来。阵似推山，势如倒海，不断征云霭霭。鬼哭神号，到处里染腥风，杀人如芥。自家大燕皇帝麾下大将史思明、何千年是也。唐家立了新皇帝，遣郭子仪杀奔前来。奉令着我二人迎敌。（末）闻得郭子仪兵势颇盛，我等二人分作两队，待一人与他交战，一人横冲出来，必获大胜。（丑）言之有理。大小三军，就此分队杀上前去。（四杂应，做分行介）向两下分兵迎待，先一合拖刀佯败。磨旗惨，战鼓哀。奋勇先登，振威夺帅。

（末领众先下）（外领军上，与丑对战一合介）（丑）来将何名？（外）吾乃大唐朔方节度使郭。天兵到此，还不下马受缚，更待何时？（丑）不必多讲，放马过来。（战介，丑败介，走下）（末领卒上，截外战介）（外）来的贼将，快早投降！（末）郭子仪，你可赢得我么？（外）休得饶舌！（战介，丑复上混战介）（丑、末大败逃下）（外）且喜贼将大败而逃，此去长安不远，连夜杀奔前去便了。（众）得令。（行介）（合）

【添字红绣鞋】三军笑口齐开，齐开；旌旗满路争排，争排。拥大将，气雄哉，合图画上云台⑧。把军书忙裁，忙裁；捷奏报金阶，捷奏报金阶。

【尾声】两都早慰云霓待，九庙重瞻日月开，复立皇唐亿万载。

> 悲风杀气满山河，<small>白居易</small>
>
> 师克由来在协和。<small>胡　曾</small>
>
> 行望凤京旋凯捷，<small>贺　朝</small>
>
> 千山明月静干戈。<small>杜荀鹤⑨</small>

注释：

①陟（zhì）崇阶：升任高官。陟，登。崇阶，很高的官职。

②上将台：帝王任命大将时所用的高台。

③建牙：此指被任命为节度使。牙，牙旗，军前大旗。

④上皇：指唐明皇，肃宗即位后，唐明皇被尊为太上皇。

⑤今上：指唐肃宗。灵武：古称灵州，今属宁夏银川。《资治通鉴》卷二一八"至德元载"：秋七月……肃宗即位于灵武城南楼。

⑥鹰扬：形容威武。

⑦孙、吴：指春秋战国时著名军事家孙武和吴起。孙武和吴起，孙武为春秋时期军事家，有《孙子兵法》传世。吴起为战国时期军事家，有《吴子兵法》传世。

⑧图画上云台：东汉明帝时，曾画二十八位大将于南宫云台。

⑨"悲风杀气满山河"四句：本出下场诗首句见白居易《乱后过流沟寺》，第二句见胡曾《咏史·昆阳》，第三句见贺朝《从军行》，末句见杜荀鹤《献新安于尚书》。

点评：

安史之乱，造成生灵涂炭，百姓流离失所。当日那位酒楼上的有心人郭子仪，"侦报"后就做了准备，现在他"叨蒙圣恩，特拜朔方节度使，领兵讨贼"，奉命扫敌寇，收复两京。幸亏有这架海紫金梁、擎天白玉柱郭子仪，只见他一身戎装，精神抖擞，准备出征。

一上场，郭子仪就谦虚了一番，大致说的是由于皇上错爱，自己这才能身任要职，国家的安危又怎能不和自己息息相关。史书上明白无误地透着这样的信息，没有郭子仪屡立战功，大唐社稷危矣。要问历朝历代最需要的是什么——人才！

强将底下无弱兵。看大唐将士一个个摩拳擦掌，厉兵秣马的雄姿，让人好生赞叹。郭子仪与史思明等交战，大胜而回。这一战大挫了敌人的锐气，长了我方的士气，扭转了先前不利的战局。你看"三军胜后尽开颜。"这出是《长生殿》里难得的男儿戏！

　　四名演员（四军长）靠后面插几面三角旗，就代表了千军万马；奔驰几个圆场，即象征长途跋涉，中国戏曲恐怕是世界上最经济实惠的戏剧形式。

第三十二出　哭　像

（生上）蜀江水碧蜀山青，赢得朝朝暮暮情①。但恨佳人难再得，岂知倾国与倾城②。寡人自幸成都，传位太子，改称上皇。喜的郭子仪兵威大振，指日荡平。只念妃子为国捐躯，无可表白，特敕成都府建庙一座。又选高手匠人，将旃檀香雕成妃子生像。命高力士迎进宫来，待寡人亲自送入庙中供养。敢待到也。（叹科）咳，想起我妃子呵，

【正宫】【端正好】是寡人昧了他誓盟深，负了他恩情广，生拆开比翼鸾凰。说甚么生生世世无抛漾，早不道半路里遭魔障③。

【滚绣球】恨寇逼的慌，促驾起的忙。点三千羽林兵将，出延秋④，便沸沸扬扬。甫伤心第一程，到马嵬驿舍傍。猛地里爆雷般齐呐起一声的喊响，早子见铁桶似密围住四下里刀枪。恶噷噷单施逞着他领军元帅威能大，眼睁睁只逼拶的俺失势官家气不长⑤，落可便手脚慌张⑥。

恨只恨陈元礼呵，

【叨叨令】不催他车儿马儿，一谜家延延挨挨的望；硬执着言儿语儿，一会里喧喧腾腾的谤；更排些戈儿戟儿，一哄中重重叠叠的上；生逼个身儿命儿，一霎时惊惊惶惶的丧。（哭科）兀的不痛杀人也么哥⑦，兀的不痛杀人也么哥！闪的我形儿影儿⑧，这一个孤孤凄凄的样。

寡人如今好不悔恨也！

【脱布衫】羞杀咱掩面悲伤，救不得月貌花庞。是寡人

全无主张，不合呵将他轻放。

【小梁州】我当时若肯将身去抵搪①，未必他直犯君王；纵然犯了又何妨，泉台上，倒博得永成双。

【幺篇】如今独自虽无恙，问余生有甚风光！只落得泪万行，愁千伏！（哭科）我那妃子呵，人间天上，此恨怎能偿！

（丑同二宫女、二内监捧香炉、花幡，引杂抬杨妃像，鼓乐行上）

（丑见生科）启万岁爷：杨娘娘宝像迎到了。（生）快迎进来波。

（丑）领旨。（出科）奉旨：宣杨娘娘像进。（宫女）领旨。（做抬像进、对生，宫女跪，扶像略俯科）杨娘娘见驾。（丑）平身。（宫女起科）（生起立对像哭科）我那妃子呵，

【中吕】【上小楼】别离一向，忽看娇样。待与你叙我冤情，说我惊魂，话我愁肠……（近前叫科）妃子，妃子，怎不见你回笑庞，答应响，移身前傍。（细看像，大哭科）呀，原来是刻香檀做成的神像！

（丑）銮舆已备，请万岁爷上马，送娘娘入庙。（杂扮校尉，瓜、旗、伞、扇，銮驾队子上）（生）高力士传旨，马儿在左，车儿在右，朕与娘娘并行者。（丑）领旨。（生上马，校尉抬像，排队引行科）（生）

【幺篇】谷碌碌凤车呵紧贴着行，袅亭亭龙鞭呵相对着扬⑩。依旧的辇儿厮并，肩儿齐亚，影儿成双。情暗伤，心自想。想当时联镳游赏⑪，怎到头来刚做了恁般随倡⑫！

注释：

①蜀江水碧蜀山青，赢得朝朝暮暮情：唐代白居易《长恨歌》："蜀江水碧蜀山青，圣主朝朝暮暮情。"因此处出自李

隆基之口，故改"圣主"为"赢得"。

②但恨佳人难再得，岂知倾国与倾城：出自西汉李延年《李延年歌》："不知倾国与倾城，佳人难再得。"

③早不道：却不料。

④出延秋：《资治通鉴》卷二一八"至德元载六月"：乙未，黎明，上独与贵妃姊妹、皇子、妃、主、皇孙、杨国忠、韦见素、魏方进、陈玄礼及亲近宦官、宫人，出延秋门。延秋门，唐长安禁苑之西门。

⑤气不长：不争气的意思。

⑥落可便：曲中衬字，无实义。

⑦也么哥：北曲【叨叨令】定格，第五、六句末用此三字，无实义。

⑧闪的：落得。

⑨抵搪：即"抵挡"。

⑩谷碌碌凤车呵紧贴着行，袅亭亭龙鞭呵相对着扬：这句是回忆当时与贵妃同行的情景。谷碌碌，拟声词，车轮的声响。袅亭亭，美好貌。

⑪联镳（biāo）：并骑。镳，马衔，借指马。

⑫随倡：犹夫唱妇随。

（到科）（丑）到庙中了，请万岁爷下马。（生下马科）内侍每，送娘娘进庙去者。（銮驾队子下）（内侍抬像，同宫女、丑随生进，生做入庙看科）

【满庭芳】我向这庙里抬头觑望，问何如西宫南苑，金屋辉光？那里有鸳帏、绣幕、芙蓉帐，空则见颤巍巍神幔高张，泥塑的宫娥两两，帛装的阿监双双。剪簇簇幡旌扬，招不得香魂再转，却与我摇曳吊心肠。

（生前坐科）（丑）吉时已届，候旨请娘娘升座。（生）宫人每，伏侍娘娘升座者。（宫女应科）领旨。（内细乐①，宫女扶像对生，如前略俯科）杨娘娘谢恩。（丑）平身。（生起立，内鼓乐，众扶像上座科）（生）

【快活三】俺只见宫娥每簇拥将，把团扇护新妆。犹错认定情初，夜入兰房。（悲科）可怎生冷清清独坐在这彩画生绡帐！

（丑）启万岁爷，杨娘娘升座毕。（生）看香过来。（丑跪奉香，生拈香料）

【朝天子】蓺腾腾宝香，映荧荧烛光，猛逗着往事来心上。记当日长生殿里御炉傍，对牛女把深盟讲。又谁知信誓荒唐，存殁参商②！空忆前盟不暂忘。今日呵，我在这厢，你在那厢，把着这断头香在手添凄怆。

高力士看酒过来，朕与娘娘亲奠一杯者。（丑奉酒科）初赐爵③。

（生捧酒哭科）

【四边静】把杯来擎掌，怎能够檀口还从我手内尝。按不住凄惶，叫一声妃子也亲陈上。泪珠儿溶溶满觞④，怕添不下半滴葡萄酿。

（丑接杯献座科）（生）我那妃子呵，

【般涉调】【耍孩儿】一杯望汝遥来享，痛煞煞古驿身亡。乱军中抔土便埋藏⑤，并不曾灋半碗凉浆⑥。今日呵，恨不诛他肆逆三军众，祭汝含酸一国殇⑦。对着这云帏像⑧，空落得仪容如在，越痛你魂魄飞扬。

（丑又奉酒科）亚赐爵。（生捧酒哭科）

【五煞】碧盈盈酒再陈，黑漫漫恨未央，天昏地暗人痴望。今朝庙宇留西蜀，何日山陵改北邙^⑨？（丑又接杯献座科）（生哭科）寡人呵，与你同穴葬，做一株冢边连理，化一对墓顶鸳鸯^⑩。

（丑又奉酒科）终赐爵。（生捧酒科）

【四煞】奠灵筵礼已终，诉衷情话正长。你娇波不动，可见我愁模样？只为我金钗钿盒情辜负，致使你白练黄泉恨渺茫。（丑接杯献科）（生哭科）向此际捶胸想，好一似刀裁了肺腑，火烙了肝肠。

　　（丑、宫女、内侍俱哭科）（生看像惊科）呀，高力士，你看娘娘的脸上，兀的不流出泪来了。（丑同宫女看科）呀，神像之上，果然满面泪痕。奇怪，奇怪！（生哭科）哎呀，我那妃子呵！

【三煞】只见他垂垂的湿满颐，汪汪的含在眶，纷纷的点滴神台上。分明是牵衣请死愁容貌，回顾吞声惨面庞。这伤心真无两，休说是泥人堕泪，便教那铁汉也肠荒！

　　（丑）万岁爷请免悲伤，待奴婢每叩见娘娘。（同宫女、内侍哭拜科）（生）

【二煞】只见老常侍双膝跪^⑪，旧宫娥伏地伤。叫不出娘娘千岁，一个个含悲向。（哭科）妃子呵，只为你当日在昭阳殿里施恩遍，今日个锦水祠中遗爱长。悲风荡，肠断杀数声杜宇，半壁斜阳。

　　（丑）请万岁爷与娘娘焚帛。（生）再看酒来。（丑奉酒焚帛，生醑酒科^⑫）

【一煞】叠金银山百座，化幽冥帛万张。纸铜钱怎买得天

237

仙降？空着我衣沾残泪，鹃留怨。不能勾魂逐飞灰蝶化双⑬，蓦地里增悲怆。甚时见鸾骖碧汉⑭，鹤返辽阳⑮。

（丑）天色已晚，请万岁爷回宫。（生）宫娥，可将娘娘神帐放下者。（宫娥）领旨。（做下神幔，内暗抬像下科）（生）起驾。（丑应科）（生作上马，銮驾队子复上，引行科）（生）

【煞尾】出新祠泪未收，转行宫痛怎忘？对残霞落日空凝望！寡人今夜呵，把哭不尽的衷情，和你梦儿里再细讲。

数点香烟出庙门，曹　邺

巫山云雨洛川神。权德舆

翠蛾仿佛平生貌，白居易

日暮偏伤去住人。封彦冲⑯

注释：

①细乐：不用打击乐、只有管弦乐演奏的音乐。

②参（shēn）商：参星与商星。参宿在西，商宿在东，二者在星空中此出彼没，彼出此没，两不相遇，这里形容人的两不相见。唐代杜甫《赠卫八处士》："人生不相见，动如参与商。"

③初赐爵：献的第一杯酒。爵，古代酒具。

④觞（shāng）：古代酒器。如晋代王羲之与众文人上巳节雅集有"曲水流觞"。

⑤抔土：一捧土。常用以形容坟冢。

⑥滥（jiǎn）半碗凉浆：滥，倒酒于地上，即下文的"酹酒"。凉浆，此指酒。

⑦国殇（shāng）：为国捐躯者谓之"国殇"。屈原有以此为题

的楚辞。

⑧云帏像：由帷帐环绕的杨贵妃像。云帏，即神帐，下文有生
的说白"可将娘娘神帐放下者"，可参考。

⑨北邙：山名，在今河南洛阳北，历代王公贵族多葬于此地。

⑩做一株冢边连理，化一对墓顶鸳鸯：用南朝民歌《孔雀东南
飞》焦仲卿、刘兰芝典故。二人死后葬在一处，化为连理枝
和鸳鸯鸟。

⑪常侍：太监。

⑫酹（lèi）酒：倒酒于地，表示祭奠。

⑬魂逐飞灰蝶化双：用祝英台誓死要嫁梁山伯，最后双双化蝶
的典故。

⑭鸾骖碧汉：用西王母见汉武帝典故。北宋晁载之《续谈助》
三引东汉班固《汉武故事》："七月七日，上于承华殿斋……
有顷，王母至……有二青鸟如鸾，夹侍王母旁。"

⑮鹤返辽阳：《搜神后记》："丁令威，本辽东人，学道于灵虚
山，后化鹤归辽。"

⑯"数点香烟出庙门"四句：本出下场诗首句见曹邺《题女郎
庙》，第二句见权德舆《杂兴五首》其五，第三句见白居易
《李夫人》，末句应为封彦卿《和李尚书命妓钱崔侍御》。

点评：

　　本出《哭像》，应当说没有什么剧情故事，整出戏就是
唐明皇一个人在哭，哽哽咽咽地哭，絮絮叨叨地哭，却一
直是著名段子，百演不衰的折子戏。这里面，体现出中华
民族的民俗文化，那就是丧俗加上歌哭的传统。此出用北

曲一套，全用北曲规矩，舞台提示写作"科"。

　　唐明皇出场，还没有面对杨贵妃的像，一个人在回忆马嵬坡上的惊心动魄。李隆基当上了太上皇之后，已经全然没有了往昔的声势。回想自己励精图治，开创下开元、天宝盛事的不朽基业；回想自己身边群臣左拥右呼、山呼万岁；回想爱妃与自己七夕结盟，夫妻恩爱羡煞旁人。如今，落花流水，如一场幻境而已。正应了洪昇《自序》中的尾句："双星作合，升忉利天，情缘总归虚幻。清夜闻钟，夫亦可以遽然梦觉矣。"正跟作者自己的遭际心境不无关系。

　　"不催他车儿马儿，一谜家延延挨挨的望……"这首【叨叨令】与王实甫《西厢记》"长亭"折【叨叨令】"见安排着车儿马儿，不由人熬熬煎煎的气"并驾齐驱，是戏曲史上写得最好的两首曲。

　　这一出，唐明皇在哭：哭大唐基业成于几代，却几乎毁于一旦；哭自己孤苦无依，无人相伴；哭爱妃为自己而死，自己却束手无策。李隆基今天要哭个痛快。

　　李隆基垂垂老矣，晚景堪称凄凉。他有子女五十九人，在长安西北角建立了"十王宅"、"百孙院"。现如今，身边只有一个高力士作陪，唯有对着杨玉环的雕像寄托无尽的哀思，支撑他活下去的也许只有对往昔的美好回忆了。斯人永逝，心痛难已。天底下再没比将一对恋人生生拆开、阴阳悬隔更残酷的了。死者长已，倒还好说，最为痛苦的是生者。

　　这时，杨娘娘的木刻雕像也送来了。唐皇起身迎接，神情恍惚中以为见了真人，细细一看才知原来是檀木雕像，于是一哭、二哭，三哭，【中吕】【上小楼】表现起立对像哭（雕像逼真），进前叫妃子（神情恍惚），细看像痛哭（是像而非真人）。这一连串动作的组接，把李隆基对杨玉环的思念展现得一览无遗。

将爱妃的雕像送去寺庙，唐明皇与雕像并行，"依旧的辇儿厮并，肩儿齐亚，影儿成双"，可怜！以往出游都是和爱妃亲密相伴，成双作对；现如今物是人非，身旁的杨妃只是"刻香檀做成的神像"。前后相照应，怎不令读者一掬同情之泪。足可见，洪昇是个能够充分调动观众心情和戏剧气氛的高手。杨妃像入庙后，李隆基亲自把酒祭奠爱妃。【四边静】"把杯来擎掌"这几句，吴舒凫原评写道："暗与舞盘折把杯照映。"此处的点评不可或缺。这也是对读者的一种提示。手捧杯儿叙别情，洒入愁肠愁更愁。这三杯酒化作了对杨妃绵绵不尽的深情。李隆基边哭边唱，这与古老的"歌哭"习俗有着极深的渊源，读者看时不可不察。

"歌哭"是我们国人十分独特、源远流长的一项习俗。上古典籍《孟子·告子下》载："华周、杞梁之妻善哭而变国俗。"这就是"孟姜女哭倒长城"传说的来历。古人认为，嚎啕歌哭之声会达于天庭，传到神灵和祖先那里，使他们了解下情，怜悯民间苦况，从而垂怜保佑。这一"国俗"一流传就是几千年，至今依旧保存在广大的乡间，现代电影如《菊豆》里也有完整的表现。这样的"国俗"产物可分两类：哭嫁歌和哭丧歌。它们是婚俗、丧俗、心意民俗和民间歌谣的研究对象。从音乐歌唱的角度看，这些民俗歌哭还被写进戏曲，标上曲牌，成为戏曲乐歌的一个来源。曲牌【哭歧婆】【哭皇天】等便是明证。

元杂剧第一人关汉卿就写过多部"哭戏"：《哭存孝》《唐明皇哭香囊》《哭魏徵》《汉元帝哭昭君》《曹太后死哭刘夫人》等。从关汉卿剧到《长生殿》《桃花扇》，到后来昆曲、京剧、越剧、折子戏，中国的"哭戏"堪称源远流长，其中常常演出的有：《哭钗》《哭夫》《哭主》《哭秦廷》《哭祖庙》《宝玉哭林》等等。

唐明皇为死去的爱妃上香祭酒，哀啼连连，哭得周围的宫女内侍乃至雕像都落下泪来。雕像垂泪，感天动地，此等超现实主义的笔法，倒要令当下的作家汗颜。

俺只见宫娥每簇拥将，把团扇护新妆。犹错认定情初，夜入兰房。可怎生冷清清独坐在这彩画生绡帐！

第三十三出　神　诉

【南仙吕入双调】【柳摇金】（贴引二仙女、二仙官队子行上）工成玉杼，机丝巧殊，呈锦过天除①。摇佩还星渚②，云中引凤舆。却望着银河一缕，碧落映空虚。俯视尘寰，山川米聚③。吾乃天孙织女是也。织成天锦，进呈上帝。行路中间，只见一道怨气，直冲霄汉。不知下界是何地方。（叫介）仙官，（官应介）（贴）你看这非烟非雾，怨气模糊，试问下方何处？

　　（官应，作看介）启娘娘：下界是马嵬坡地方。（贴）分付暂驻云车，即宣马嵬坡土地来者。（官应，众拥贴高处坐介）（官向内唤介）马嵬坡土地何在？（副净应上）来也。

【北越调】【斗鹌鹑】则俺在庙里安身，忽听得空中唤取则他那天上宣差，有俺甚地头事务。（官唤科）土地快来。（副）他不住的唱叫扬疾④，唬的我慌忙急遽。只索把急张拘诸的袍袖来拂⑤，乞留屈碌的腰带来束⑥。整顿了这破丢不答的平顶头巾⑦，扶定了那滴羞扑速的齐眉拐挂⑧。

　　（见官科）仙官呼唤，有何使令？（官）织女娘娘呼唤你哩！（副净）

【紫花儿序】听说道唤俺的是天孙织女，我又不曾在河边去掌渡司桥，可因甚到坡前来觅路寻途？（背科）哦，是了波，敢只为云中驾过，道俺这里接待全疏，（哭科）待将咱这卑职来勾除。（回向官科）仙官可怜见波，小神官卑地苦，接待不周，特带得一陌黄钱在此，送上仙官，望在娘娘前方便咱。则看俺庙宇荒凉鬼判无，常只是尘蒙了神案，土塞在台基，草长在香炉。

（官笑科）谁要你的黄钱。娘娘有话问你哩，快去，快去！（引副净见介）（副净）马嵬坡土地叩见。愿娘娘圣寿无疆。（仙女）平身。（副净起科）（贴）土地，我在此经过，见你界上有怨气一道，直冲霄汉。是何缘故？（副净）娘娘听启，

【天净沙】这的是艳晶晶《霓裳》曲里娇姝，袅亭亭翠盘掌上轻躯。（贴）是那一个？（副净）是唐天子的贵妃杨玉环，碜磕磕黄土坡前怨屈，因此上痛咽咽幽魂不去，霭腾腾黑风在空际吹嘘。

（贴）原来就是杨玉环。记得天宝十载渡河之夕，见他与唐天子在长生殿上，誓愿世为夫妇。如今已成怨鬼，甚是可怜。土地，你将死时光景说与我听者。（副净）

【调笑令】只为着往蜀、侍銮舆，鼎沸般军声四下里呼。痛红颜不敢将恩负，哭哀哀拜辞了君主。一霎时如花命悬三尺组⑩，生擦擦为国捐躯。

（贴）怎生为国捐躯，你再细细说来。（副净）

【小桃红】当日个闹镀铎⑪，激变羽林徒，把驿庭四面来围住，若不是慷慨佳人将难轻赴，怎能够保无虞，扈君王直向西川路，使普天下人心悦服。今日里中兴重睹，兀的不是再造了这皇图。

（贴）虽如此说，只是以天下为主，不能庇一妇人，长生殿中之誓安在？李三郎畅好薄情也！（副净）娘娘，那杨妃呵，

【秃厮儿】并不怨九重上情违义忤，单则揑九泉中恨债冤逋。痛只痛情缘两断不再续，常则是悲此日，忆当初，欷歔！

（贴）他可说些甚来？（副净）

【圣药王】他道是恩已虚，爱已虚，则那长生殿里的誓非虚。就是情可辜，意可辜，则那金钗、钿盒的信难辜。拼抱恨守冥途。

（贴）他原是蓬莱仙子，只因夙孽，迷失本真⑪。今到此地位，还记得长生殿中之誓。有此真情，殊堪鉴悯。（副净）再启娘娘：杨妃近来，更自痛悔前愆。（贴）怎见得？（副净）

【麻郎儿】他夜夜向星前扪心泣诉，对月明叩首悲吁。切自悔愆尤积聚，要祈求罪业消除。

【幺篇】因此上怨呼，恨吐，意苦。虽不能贯白虹上达天都⑫，早则是结紫字冲开地府⑬。不提防透青霄横当仙路。

（贴）原来如此。既悔前非，诸愆可释。吾当保奏天庭，令他复归仙位便了。（副净）娘娘呵，

【络丝娘】虽则保奏他仙班再居，他却还有痴情几许。只恐到仙宫，但孤处，愿永证前盟夫妇。

（贴）是儿好情痴也！你且回本境，吾自有道理。（副净）领法旨。

【尾声】代将情事分明诉，幸娘娘与他做主。早则看马嵬坡少一个苦游魂，稳情取蓬莱山添一员旧仙侣⑭。

（下）（贴）分付起驾，回璇玑宫去⑮。（众应引行介）

【南仙吕入双调过曲】【金字段】【金字令】红颜薄命，听说真冤苦。黄泉长恨，听说多酸楚。更抱贞心，初盟不负。【三段字】悔深顿令真元露⑯，情坚炼出金丹固，只合登仙，把人天恨补。

往来朝谒蕊珠宫，赵　嘏

乌鹊桥成上界通。刘　威

纵目下看浮世事，方　干

君恩已断尽成空。卢　弼⑰

注释：

①"工成玉杼"几句：说织成美丽的锦缎向天帝进献。工成、巧殊，皆言织锦技术高妙。天除，天宫前的台阶。

②摇佩还星渚（zhǔ）：言织女星回到天河上去。摇佩，谓星光移位如闪亮的玉佩在摇动。

③山川米聚：谓从天上看下去，山川像米粒一样聚集在一起。

④唱叫扬疾：大声吵闹。

⑤急张拘诸：慌张的样子。

⑥乞留屈碌：弯曲的样子。

⑦破丢不答：破烂的样子。

⑧滴羞扑速：物体落地声。

⑨命悬三尺组：指自缢。组，白练。

⑩闹镬（huò）铎：喧闹，吵嚷。

⑪本真：本性。

⑫贯白虹上达天都：相传战国时荆轲为燕太子丹去刺秦王时，有白虹贯日。见《史记·邹阳传》。

⑬紫孛（bèi）：即紫气。此指怨气。孛，彗星。

⑭稳情取：定能够。

⑮璇玑宫：此指织女居住的天宫。

⑯真元：元气，本性。

⑰"往来朝谒蕊珠宫"四句：本出下场诗首句见赵嘏《赠道者》，第二句见刘威《七夕》，第三句见方干《登龙瑞观北岩》，末句见卢弼《薄命妾》。

点评：

织女献锦途中经过马嵬坡，只见路中一股怨气，于是下来询问土地老儿，但见土地老儿是一副惊慌失措的尊容。此处将土地穷酸、迂腐的狼狈样写得颇为传神，稍稍驱走些先前弥漫在空气中的感伤。织女细问缘由，土地神一一告知，又将李、杨前情诉说一遍，同时对杨玉环大为褒奖了一番。织女闻听，连连斥责李隆基无情无义。土地爷也真是忠厚，又为李隆基打起了圆场。君子好成人之美，土地神又把杨玉环如何忏悔的事添油加醋地说了一番，感动得织女决定予以从宽处理，并要成其好事，撮合一对仙侣。看来洗脱道德上的罪孽，寻求心灵的救赎，才是杨玉环唯一的登仙之路。

我们上文曾说，《长生殿》中的土地神是富情趣、多故事的小神。在此出《神诉》中，这位好心的土地神充当了主角。织女除了引子【南仙吕入双调】【柳摇金】和尾声【南仙吕入双调过曲】【金字段】外，中间都没唱，故这出戏可以看作副净的"一人主唱"剧。且这出戏，颇有些喜剧色彩。当织女这位天孙娘娘下界来宣"马嵬坡土地"之时，着实把土地神吓了一跳，他赶紧拂袍袖、整头巾、扶拐杖，来不及为自己的破衣烂衫羞愧，先想到由于自己疏于接待，可能会被撤职，故带了"一陌黄钱"，一见面就想贿赂天孙。后来听说天孙娘娘是为此地有一股直冲云霄的"怨气"特地前来视察的，土地神这才放下心来，于是，凭着他三寸不烂之舌，向织女详告了杨玉环之身世；李、杨爱情的经过；代玉环求情，好重回仙境，重新做她的仙女。而当织女答应让杨氏复归仙位之后，土地神又为玉环的日后孤独而担忧，正是个善解人意的老神仙！这一出戏原是过场戏，现以土地神在神前美言求情出之，演出了一段庄谐杂出的好戏。

土地神帮着李、杨二人夫妻重圆，这时在他的身上，明显有着"月下老人"的影子。也许因为都是"老人"的缘故，土地神顺带着做了一些本该月下老人做的事。土地神信仰与月亮崇拜有一定的渊源有关。而月神又被民众看作是姻缘之神、团圆之神，这些特性，自然会印染到土地神身上。《神诉》中土地神为杨玉环在织女神面前美言，这又分明像个"上天说好话，下凡保平安"的"灶神"了。灶神自然与土地神有关，只要看看"灶"字的构成就能明白。另外，在民间祭祀活动中，两者又同属"五祀"（另外三祀为门神、井神、厕神）。上述这些与土地神混合的神祇，虽属不同宗教，但有一点是可以肯定的：他们都是在民间十分流行、深得人心的神灵形象。

土地神在许多场合，又是以滑稽挑逗的丑角形象出现的。《长生殿》中的土地神由"副净"扮演，副净在角色行当中是个惯于插科打诨的，在这一出土地神见织女的戏里，他的滑稽本色就充分展露出来了。

第三十四出　刺　逆

（丑扮李猪儿太监帽、毡笠、箭衣上①）小小身材短短衣，高檐能走壁能飞。怀中匕首无人见，一皱眉头起杀机。自家李猪儿便是，从小在安禄山帐下。见俺人材俊俏，性格聪明，就与儿子一般看待。一日禄山醉后，忽然现出猪首龙身，自道是个猪龙，必有天子之分。因此把俺名字，就顺口唤做猪儿。不想他如今果然做了皇帝，却宠爱着段夫人，要立他儿子庆恩为太子。眼见这顶平天冠，不要说俺李猪儿没福戴他，就是他长子大将军庆绪，也轮不到头上了。因此大将军心怀忿恨，与俺商量，要俺今夜入宫行刺。唉，安禄山，安禄山，你受了唐天子那样大恩，尚且兴兵反叛，休怪俺李猪儿今日反面无情也。（内打二更介）你听，谯楼已打二鼓②，不免乘此夜静，沿着宫墙前去走一遭也呵。（行介）

【双调】【二犯江儿水】阴森夹道，行不尽阴森夹道，更深人静悄。（内作鸟声介）怕惊飞宿鸟，（内作犬吠介）犬吠哗哗，祸机儿包贮好。（内打更介）那边巡军来了，俺且闪在大树边，躲避一回。（躲介）（小生、末、中净、老旦扮四军，巡更上）百万军中人四个，九重门外月三更。（末）大哥每，你看那御河桥树枝，为何这般乱动？（老）莫不有甚奸细在此。（中净）这所在那得有奸细，想是柳树成精了。（小生）吥，你每不听得风起么？（众）不要管，一路巡去就是了。（绕场走下）（丑出行介）好唬人也。只见刁斗暗中敲③，巡军过御桥。星影云飘，月影花摇，险些儿漏风声难自保。一路行来，此处已近后殿，不免跳过墙去。苑墙恁高，那怕他苑墙恁高，翻身一跳，（作跳过介）已被俺翻身一跳。（内作乐介）你听，恁般时候，还有笙歌之声。喜得宫中都是熟路，且自慢慢而去。**等待他醉模糊把锦席抛④。**

（虚下）（净作醉态，老旦、中净、二宫女扶侍，二杂扮内侍，提灯上）（净）孤家醉了，到便殿中安息去罢。（杂引净到介）（净坐介）（二杂先下）（净）宫娥，段夫人可曾回宫？（老旦、中净）回宫去了。（净）看茶来吃。（老旦、中净应下）（净作醒叹介）唉，孤家原不曾醉。只为打破长安之后，便想席卷中原。不料各路诸将，连被郭子仪杀得大败，心中好生着急。又因爱恋段夫人，酒色过度，不但弄得孤家身子疲软，连双目都不见了。因此今夜假装酒醉，令他回宫，孤家自在便殿安寝，暂且将息一宵。（老旦、中净捧茶上）皇爷，茶在此。（净作饮介）（内打三更介）（中净）夜已三更，请皇爷安寝罢。（净）宫娥每，把殿门紧闭了。（老旦、中净应作闭门介）（净睡介）（老旦、中净坐地盹介）（净作惊介）为何今晚睡卧不宁，只管肉飞眼跳⑤？（叫介）宫娥，宫娥！（中净惊醒介）想是皇爷独眠不惯，在那里唤人哩。姐姐你去。（老旦）姐姐，还是你去。（推，诨介）（净又叫介）宫娥，是什么人惊醒孤家？（老旦、副净）没有人。（净）传令外面军士，小心巡逻。（老旦、副净）领旨。（作开门出，向内传介）（内应介）（老旦、副净进，忘闭门，复坐地盹介）（净做睡不着介）又记起一事来，段夫人要孤家立他的儿子庆恩为太子，这事明日也要定了。（做睡着介）（丑潜上）俺李猪儿在黑影里，等了多时。才听得笙歌散后，段夫人回宫，说禄山醉了在便殿安息。是好机会也呵！（行介）

【前腔】潜身行到，悄不觉潜身行到。（内喊小心巡逻介）巡更的空闹吵，怎知俺宫闱暗绕，苑路斜抄，凑昏君沉醉倒。这里已是便殿了。且喜门儿半开在此，不免捱身而入。（进介）莫把兽环摇[⑥]，（作听介）听鼾声殿角高。你看守宿的宫女，都是睡着。（作剔灯介）咱剔醒兰膏[⑦]，（揭帐介）揭起鲛绡[⑧]，（出刀介）管教他泼残生登时了[⑨]。（净作梦语，丑惊，伏地，徐起细听介）梦中絮叨，原来是梦中絮叨。（内打四更介）残更频报，趁着这残更频报，赤紧的向心窝一刀[⑩]。

（刺净急下）（净作大叫一声跌地，连跳作死介）（老旦、中净惊醒介）那里这般响动？（看介）阿呀，不好了！（向外叫介）外厢值宿军士快来！（四杂军上）为何大惊小怪？（老旦、中净）皇爷忽然梦中大叫，急起看时，只见鲜血满身，倒在地下。（四杂）有这等事！（作进看介）呀，原来被人刺中心窝而死。好奇怪，我每紧守外厢，还有许多巡军拦路，这贼从那里进来？毕竟是你每做出来的。（老旦、副净）好胡说，你每在外厢护卫，放了贼进来。明日大将军查问，少不得一个个都是死。（军）难道你每就推得干净？（诨介）（杂扮将官上）凶音来紫殿[⑪]，令旨出青宫[⑫]。大将军有令：主上被唐朝郭子仪遣人刺死，即着军士抬往段夫人宫中收殓，候大将军即位发丧。（四杂）得令。（抬净尸，随杂下）（老旦、副净向内介）

> 鱼文匕首犯车茵，刘禹锡
> 当值巡更近五云。王　建
> 胸陷锋芒脑涂地，陆龟蒙
> 已无踪迹在人群。赵　嘏[⑬]

注释：

①太监帽：是戏曲中扮演太监者的专用服饰。形似荷叶盔，

圆顶，缀绒球，后沿高出帽顶，黑色，饰金龙，两旁垂大
丝穗。

②谯（qiáo）楼：城楼。

③刁斗：古时行军的用具，白天用以做饭，晚上击打以报时、
警戒。

④把锦席抛：离开宴席。

⑤肉飞眼跳：民间俗信，有灾难来前，会有眼皮跳、肉跳等先兆。

⑥兽环：兽形铜环。

⑦兰膏：泽兰炼成的油，可点灯。

⑧鲛绡：一种名贵的薄纱。此处是"鲛绡帐"的省称。

⑨泼残生：詈语，犹言该死的。

⑩赤紧的：赶紧的。

⑪紫殿：皇帝的寝宫。

⑫青宫：太子的宫殿。

⑬"鱼文匕首犯车茵"四句：本出下场诗首句见刘禹锡《代靖
安佳人怨二首》其一，第二句见王建《赠郭将军》，第三句
见陆龟蒙《庆封宅古井行》，末句见赵嘏《赠天卿寺神亮上
人》。

点评：

　　且来看安禄山的叛军，情况又发生了变化。安禄山由
于在立储的事情上没有考虑长子安庆绪，让安庆绪怀恨在
心，派安禄山身边最得宠的太监李猪儿前去行刺。《刺逆》
一出的故事取材于唐代姚汝能《安禄山事迹》卷下："猪儿，
契丹之降口也，年十岁余，事禄山颇谨。宫刑之时，流血

数斗殆死，数日方苏。幼时，禄山最信之。禄山腹大，每着衣服，令三四人擎腹，猪儿头戴之，始得系衣带。玄宗赐禄山华清宫浴，猪儿得入宫与禄山解衣着裳。然禄山性残暴，鞭挞猪儿最多，遂有割腹之祸。"李猪儿是安禄山最为宠幸的小太监，也是被安禄山暴打次数最多的一个亲信。安禄山的最大特征是大腹便便，其软肋亦在腹部，李猪儿正是给他穿衣着裳的亲信，动手行刺最方便，又有怨恨在心，具有行刺动力。

至于"一日禄山醉后，忽然现出猪首龙身，自道是个猪龙，必有天子之分"云云，亦是一种传说。姚汝能《安禄山事迹》卷上："（玄宗）尝夜宴禄山，禄山醉卧，化一黑猪而龙首。"盖安禄山体胖，曾经说自己的腹部有三百斤重，故被附会成为猪；又一度夺得天下，做了大燕皇帝，则分明又是龙了。所以会有"猪龙"这样的复合型象征出现。本剧第四十五出表现唐明皇梦见猪龙惊醒的情节，亦据这一传说敷演。

月黑风高杀人夜，此处为李猪儿行刺做好了气氛上的铺垫。清代吴舒凫原评："故作惊疑逼人，四军四下转语，无不入妙。"

安禄山反叛之后，小人得志，紧接着就遭到了报应：先是郭子仪大败贼寇，部队士气低落；接着又是宠幸段夫人，酒色过度，导致双目失明；猪儿这次奉安庆绪的密令来刺杀他，安禄山也可真谓众叛亲离，自食其果。

戏曲舞台上有不少名"刺"的折子为人称道，本出就是其一。另外在舞台上常演常新的还有明代王济《连环计》里的"刺卓"、清代李玉《一捧雪》里的"刺汤",清代朱佐朝《渔家乐》里的"刺梁"等等。这些折子有的原来并不名"刺",如"刺卓"原名"诛卓",敷演王允假传圣旨,令中郎将李肃诛杀董卓;"刺汤"原名"诛奸",敷演雪艳娘为救戚继光,假意应允汤勤逼婚,却在洞房花烛夜拔出钢刀将汤勤刺死。"刺梁"一任原名,写邬飞霞混入歌舞队中用神针刺死梁冀。这些刺杀戏多是"刺"字后面着一姓字或名字,令人一目了然,比"诛奸"一类名目明确得多,故易于在观众中流传。从这个意义上说,本出应该名之曰"刺安"。当然,本出刺杀戏并不有名,远不能与"刺汤"、"刺梁"媲美。戏曲舞台上真正有名的刺杀戏,每每是"女刺"戏。这是因为,女性本来就力弱,要去刺杀比自己强大的仇人,以弱胜强,便更加有戏剧性。故由此而产生了旦行下面的一个了行当:刺杀旦。雪艳娘与邬飞霞都由刺杀旦应工。而本出则有擅长轻功的丑角应工,"小小身材短短衣,高檐能走壁能飞",演出来也是很富有观赏性的。

第三十四出 刺逆

255

第三十五出　收　京

【仙吕过曲】【甘州歌】【八声甘州】（外金盔、袍服①，生、小生、净、末扮四将，各骑马，二卒执旗行上）宣威进讨，喜日明帝里②，风静皇郊。欃枪涤尽③，看把乾坤重造。扬鞭漫将金镫敲，整顿中兴事正饶④。（外）下官郭子仪，奉命统兵讨贼。且喜禄山授首，庆绪奔逃，大小三军就此振旅进城去⑤。（众应，行介）【排歌】收驰辔，近吊桥，只见长安父老拜前旄。欢声动，笑语高，卖将珠串奉香醪⑥。

　　（到介）（众）启元帅，已进京城。请在龙虎卫衙门，权时驻扎。（外、众下马，作进，外正坐，四将傍坐介）（外）忆昔长安全盛时，（生、小生）今朝重到不胜悲。（净、末）漫挥满目河山泪，（外）始悟新丰壁上诗。（四将）请问元帅，什么新丰壁上诗？（外）诸将不知，本镇当年初到西京，偶见酒楼壁上，有术士李遐周题诗一首。（四将）题的是何诗句？（外）那诗上说："燕市人皆去，函关马不归。若逢山下鬼，环上系罗衣。"（四将）这却怎么解？（外）当时也详解不出。如今看来，却句句验了。（将）请道其详。（外）禄山统燕、蓟军马，入犯两京，可不是"燕市人皆去"么？后来哥舒兵败潼关，正是"函关马不归"了。（四将）是，果然不差。后面两句，却又何解？（外）"山下鬼"者，"嵬"字也。"环"乃贵妃之名，恰应马嵬赐死之事。（四将）原来如此，可见事皆前定。今仗元帅洪威，重收宫阙，真乃不世之勋也⑦。（外叹介）唉，西京虽复，只是天子暂居灵武，上皇远狩成都⑧；千官尚窜草莱，百姓未归田里。必先肃清宫禁，洒扫园陵。务使钟虡不移⑨，庙貌如故。上皇西返，大驾东回，才完得我郭子仪身上的事也。（四将打恭介）全仗元帅。只手重扶唐社稷，一肩独荷李乾坤。（外）说便这般说，这中兴事，大费安排。诸公何以教我？（四将）不敢。（外）

【商调过曲】【高阳台】九庙灰飞，诸陵尘暗，腥膻满目狼藉。久阙宫悬⑩，伤心血泪时滴。（合）今日、妖氛幸喜消尽也，索早自扫除修葺。（外）左营将官过来。（生）有。（外）你将这令箭一枝，前去星夜雇募人夫扫除陵寝，修葺宗庙，候圣驾回来致祭。（合）待春园，樱桃熟绽，荐陈时食⑪。

（外付令箭，生收介）领钧旨。（末）元帅在上，帝京初复，十室九空。为今要务，先当招集流移，使安故业。（外）言之然也。

【前腔】【换头】堪惜，征调千家，流离百室。哀鸿满路悲戚⑫，须早招徕。闾阎重见盈实。（合）安辑⑬，春深四野农事早，恰趁取甲兵初释。（外）右营将官过来。（小生）有。（外）你将这令箭一枝，前去出榜安民，复归旧业。（合）遍郊圻⑭，安宁妇子⑮，勉修耕织。

（外付令箭，小生接介）领钧旨。（净）元帅在上，国家新造，纲纪宜张，还须招致旧臣，共图更始⑯。（外）此言正合我意。

【前腔】【换头】虽则、暂总纲维，独肩弘巨⑰，同心早晚协力。百尔臣工，安危须仗奇策。（合）欣得、南阳已自佳气满⑱，好共把旧章重饬。（外）后营将官过来。（末）有。（外）你将这令箭一枝，榜示百官，限三日内，齐赴军前，共襄国事⑲。（合）佐中兴升平泰运，景从云集⑳。

（外付令箭，末接介）领钧旨。（生、小生）元帅在上，长安久无天日，士民渴仰圣颜。庶政以渐举行，銮舆必先反正㉑。（外）二位所言，乃中兴大本也。本镇早已修下迎驾表文在此。

【前腔】【换头】目极，云蔽行宫，尘蒙西蜀，臣心夙夜难释。反正銮舆，群情方自归一。(众共泣介)(合)凄恻，无君久切人痛愤，愿早把圣颜重识。(外)前营将官过来。(净)有。(外)你将这令箭一枝，带领龙虎军士五千，备齐法驾[22]，赍我表文，前往灵武，奉迎今上皇帝告庙[23]。并候圣旨，遣官前往城都，迎请上皇回銮。(净接令箭介)领钧旨。(外)左右看香案过来，就此拜发表文。(杂应、设香案，丑扮礼生上[24]，赞礼)(外同四将拜表介)(合)就军前瞻天仰圣，共尊明辟[25]。

(丑下)(净捧表文介)(四将)小将等就此前去。

削平妖孽在斯须，　方　干

(外)依旧山河捧帝居。　皮日休

(合)听取满城歌舞曲，　杜　牧

风云长为护储胥。李商隐[26]

注释：

①金盔：戏曲服饰，此处是帅盔，形似覆钟，顶缀戟头与红缨穗，前后缀珠子与绒球，后有小披风，分金、银两色。袍服：戏曲服饰，圆领，大襟，水袖，后有两摆，上绣龙凤、云瑞、花卉等。

②帝里：帝王居住的京城。

③欃(chán)枪涤尽：喻指肃清叛乱。欃枪，彗星，迷信谓主兵灾。

④饶：多。

⑤振旅：整队凯旋。

⑥卖将珠串奉香醪：将珠宝卖掉买美酒进献。

⑦不世：非常。

⑧狩：古时天子出征曰"狩"，这里是对唐明皇避蜀的委婉说法。

⑨钟虡（jù）不移：把钟、虡置回原来的地方。钟，古代祭祀宗庙用的乐器。虡，挂钟的木架。

⑩久阙宫悬：朝廷的礼乐制度很长一段时间被破坏。宫悬，古代按身份挂钟磬等乐器，天子悬挂四面，称宫悬。

⑪荐陈时食：以时新食品祭祀供奉祖宗。

⑫哀鸿：喻流离失所的人民。

⑬安辑：即安集。

⑭郊圻（yín）：京城郊外。

⑮妇子：妇女、男子。

⑯更始：再造，复兴。

⑰弘巨：重大。

⑱南阳：指汉光武帝。他是南阳人，打败了王莽，再造了汉王朝。这里喻指唐肃宗。

⑲襄：辅助。

⑳景从云集：如影子般、云一样跟从、汇集。景，同"影"。

㉑反正：此指帝王复位。

㉒法驾：天子的车驾、仪仗。

㉓告庙：古代天子或诸侯出行、回朝，必须告于宗庙。《资治通鉴》卷二二〇"至德二载九月"：甲辰，捷书至凤翔，百僚入贺。上涕泗交颐……告郊庙及宣慰百姓。

㉔礼生：司仪，司礼者。

㉕明辟：明君。辟，国君，天子。

㉖"削平妖孽在斯须"四句：本出下场诗首句见方干《狂寇后上刘尚书》，第二句见皮日休《南阳》，第三句见杜牧《今皇帝陛下一诏征兵不日功集河湟诸郡次第归降臣获睹圣功辄献歌咏》，末句见李商隐《筹笔驿》。首句由"四将"齐吟，第二句由外角一人独诵，后两句由五人合诵。

点评：

安禄山一死，军心溃散。郭子仪率众收复京城。戏曲里平定叛乱也就几出戏的工夫，而且日后史思明叛乱也由于篇幅关系，并未提及。其实直到公元763年，历经了玄宗、肃宗、代宗三朝，共七年的时间，"安史之乱"才由于叛军内乱而彻底平定。这场叛乱带来的灾难是巨大的，是唐朝由盛转衰的一段分水岭。

郭子仪如今再提这"燕市人皆去"四句诗，和先前的剧情相照应，算是把这个"包袱"给解了。人事由天定，天意不可违。"流离百室"，"哀鸿满路"，是当时战乱后京城的真实写照。百姓饱受离乱之苦，确实该好好休养生息了。这郭子仪领军打仗显武略，重整京城见文韬，真是不可多得的人才啊。

郭子仪接着又招致旧臣力图中兴，并准备迎接太上皇李隆基回銮。

本剧中郭子仪的戏份不算多。总体来看，戏曲中正面表现这位功臣英雄的剧目也不多。可能是因为人物形象太正气了吧，难以入戏，即便是入了戏演出来也不太好看。昆曲后崛起的乱弹戏里倒有部专门表现郭子仪的戏叫《满床笏》，敷演汾阳王郭子仪做寿，皇帝给予他厚赏，文武百官往贺，朝笏满床。幼子郭暧身为驸马，妻子升平公主自以为是金枝玉叶，不肯前来，郭暧心怀不满，怒打公主，公主进宫向父皇告状，反被批评无礼，皇帝将郭暧带进皇宫好言规劝，使得小夫妻重归于好。这个戏许多剧种都有演，京剧、越剧、晋剧、川剧、湘剧等，几乎都不叫拗口的《满床笏》，大多改名《打金枝》，而故事的后半段，儿子郭暧的风头，大大超过老子郭子仪。

目极，云蔽行宫，尘蒙西蜀，臣心夙夜难释。反正銮舆，群情方自归一。凄恻，无君久切人痛愤，愿早把圣颜重识。

第三十六出　看　袜

【商调过曲】【吴小四】（老旦扮酒家妪上）驿坡头，门巷幽，拾得娘娘锦袜收。开着店儿重卖酒，往来客人尽见投。聊度日，不用愁。

老身王嬷嬷，一向在这马嵬坡下，开个冷酒铺儿度日。自从安禄山作乱，人户奔逃。那时老身躲入驿内佛堂，只见梨树之下有锦袜一只，是杨娘娘遗下的。老身收藏到今，谁想是件至宝。如今郭元帅破贼收京，太平重见，老身仍旧开张酒铺在此。但是远近人家，闻得有锦袜的，都来铺中饮酒，兼求看袜。酒钱之外，另有看钱，生意十分热闹。（笑介）也算是老身交运了。今早铺设下店儿，想必有人来也。（虚下）（小生巾、服行上）

【中吕过曲】【驻马听】翠辇西临，古驿千秋遗恨深。叹红颜断送，一似青冢荒凉①，紫玉销沉②。小生李謩，向因兵戈阻路，不能出京。如今渐喜太平，闻得马嵬坡下王嬷嬷酒店中，藏有贵妃锦袜一只，因此前往借观。呀，那边一个道姑来了。（丑扮道姑上）满目沧桑都换泪，空留锦袜与人看。（见介）（小生）姑姑何来？（丑）贫道乃金陵女贞观主，来京请《藏》③，兵阻未归。今闻王嬷嬷店中，有杨娘娘锦袜，特来求看。（小生）原来也是看袜的，就请同行。（同行介）（合）玉人一去杳难寻，伤心野店留残锦。且买酒徐斟，暂时把玩端详审。

（小生）此间已是，不免径入。（同作进介）（老旦迎上）里面请坐。（小生、丑作坐介）（外上）老汉郭从谨，喜得兵戈宁息，要往华山进香。经过这马嵬坡下，走的乏了。有座酒店在此，且吃三杯前去。（进介）店主人取酒来。（老旦）有酒。（外与小生、丑见介）请了。（小生向老旦介）王嬷嬷，我等到此，一则饮酒，二则闻有太真娘娘的锦袜，要借一观。（老旦笑介）锦袜果有一只。只是老身呵，

【前腔】宝护深深，什袭收藏直至今④。要使他香痕不减，粉泽常留，尘涴无侵。果然堪爱又堪钦，行人欲见争投饮。客官，只要不惜囊金，愿与君把玩端详审。

（小生）这个自然。我每酒钱之外，另有青蚨便了⑤。（老旦）如此待老身去取来。（虚下）（持袜上）玉趾罢穿还带腻，罗巾深裹便闻香。客官，锦袜在此。请看。（小生作接，展开同丑看介）呀，你看锦文缜致，制度精工。光艳犹存，异香未散。真非人间之物也。（丑）果然好香！（外作饮酒不顾介）（小生作持袜起，看介）

【驻云飞】你看薄衬香绵，似一朵仙云轻又软。昔在黄金殿，小步无人见。怜今日酒垆边，等闲携展。只见线迹针痕，都砌就伤心怨。可惜了绝代佳人绝代冤，空留得千古芳踪千古传。

（外作恼介）唉，官人，看他则甚！我想天宝皇帝，只为宠爱了贵妃娘娘，朝欢暮乐，弄坏朝纲。致使干戈四起，生民涂炭。老汉残年向尽，遭此乱离。今日见了这锦袜，好不痛恨也。

【前腔】想当日一捻新裁⑥，紧贴红莲着地开⑦，六幅湘裙盖，行动君先爱。唉，乐极惹非灾⑧，万民遭害。今日里事去人亡，一物空留在。我蓦睹香袜重痛哀⑨，回想颠危还泪揩。

（老旦）呀，这客官见了锦袜，为何着恼？敢是不肯出看钱么？

（外）什么看钱？（老旦）原来是个村老儿，看钱也不晓得。（小

生）些须小事，不必斗口。（向丑介）姑姑也请细观。（向老旦介）待小生一并送钱便了。（递袜介）（丑接起看介）唉，我想太真娘娘，绝代红颜，风流顿歇。今日此袜虽存，佳人难再。真可叹也。

【前腔】你看琐翠钩红，叶子花儿犹自工。不见双跌莹⑩，一只留孤凤。空流落，恨何穷。马嵬残梦，倾国倾城，幻影成何用！莫对残丝忆旧踪，须信繁华逐晓风。

（递袜与老旦介）嬷嬷，我想太真娘娘，原是神仙转世。欲求喜舍此袜，带到金陵女贞观中，供养仙真。未知许否？（老旦笑介）老身无儿无女，下半世的过活都在这袜儿上。实难从命。（小生）小生愿出重价买去。如何？（外）这样遗臭之物，要他何用！（老旦）老身也不卖的。（外作交钱介）拿酒钱去。（小生作交钱介）我每看袜的钱，一总在此。（老旦收介）多谢了。

      一醉风光莫厌频，鲍　溶

  （丑）几多珠翠落香尘。卢　纶

  （小生）惟留坡畔弯环月，李　益

  （外）郊外喧喧引看人。宋之问⑪

注释：

①青冢：王昭君墓，在今内蒙古呼和浩特南。传说墓上青草覆盖，故名。

②紫玉：用吴王夫差女儿紫玉少时早夭的典故。

③请《藏》：购买《道藏》。请，含有尊敬意。

④什袭：重重包裹，意谓珍藏。什，同"十"。

⑤青蚨（fú）：原是一种似蝉而长的水虫，子母不相离，用母

血涂钱币，可召子至钱，反之亦然，故有"青蚨还钱"之
说。后以"青蚨"称钱。

⑥一捻新裁：一捻，形容小巧，轻薄。新裁，新裁制的锦袜。

⑦红莲：指女子小巧的脚。此用东昏侯宠幸潘妃，斫地为金莲
花令其上行的典故。

⑧非灾：飞来横祸。

⑨袎（yào）：袜颈。

⑩双趺（fū）：双脚。趺，脚背。

⑪"一醉风光莫厌频"四句：本出下场诗首句见鲍溶《范真传
侍御累有寄因奉酬十首》其二，第二句见卢纶《王评事驸马
花烛诗》，第三句见李益《过马嵬二首》其二，末句见宋之
问《龙门应制》。

点评：

　　长安城渐起复兴之势，读者先前看到的一些老朋友，
如李謩、李龟年、郭从谨等人又将回归，跟大家见面。现
在说的是李謩与郭从谨，这两个截然不同的人物相遇在马
嵬坡下，而他们会面的焦点竟然是一只袜子，杨玉环上吊
时落下的袜子，这真是太让人诧异了！

　　《看袜》这出戏的主要情节取自唐代李肇《唐国史补》
卷上："玄宗幸蜀，至马嵬驿，命高力士缢贵妃于佛堂前梨
树下。马嵬店媪收得锦靿一只，相传过客每一借玩，必须
百钱，前后获利极多，媪因至富。"唐代刘禹锡的《马嵬
行》一诗也有所提及："不见岩畔人，空见凌波袜……传看
千万眼，缕绝香不歇。"可见这出戏的情节亦非完全虚构。

中国向来是不缺看客的，凡是名人的东西更是在"看"之列。这王嬷嬷拾得杨玉环的锦袜，并收取看钱，算是充分利用了杨贵妃的名人效应和这双袜子的文化资源。看来三百六十行之外还得加上她这一行，这样世界才显得热闹。

李暮与郭从谨依次登台，在酒家喝酒。李暮提出看袜，郭从谨非常反感。普通人看的是热闹，曾经"偷曲"的李暮却从这锦袜中读出了"伤心怨"、"绝代冤"，这纤细如发的细腻感受岂是常人能比！当然这也与他"偷曲"的经历有关；而曾经给皇帝送饭的郭老汉，却全然不管什么"怜香惜玉"，只认为这是祸国殃民之物。可见士子文人与黎民百姓对杨玉环截然不同的评价。名流士子用锦袜来凭吊红颜，山野老汉用"遗臭"来诅咒锦袜，最实惠的就是王嬷嬷靠锦袜来度过余生。三种不同的态度，折射出林林总总的世相人生，由此也让人觉得历史离我们并不遥远。

作为公共空间的酒店，也是出现在戏曲舞台上十分多见的社会生活背景。本剧第十出《疑谶》就以酒楼为背景，在后来昆曲的实际演出中即名《酒楼》。昆曲折子戏名"酒楼"的并非绝无仅有，写水浒英雄的《翠屏山》里有《酒楼》，写北宋党争的《党人碑》里也有《酒楼》，这说明酒店、酒楼是民间传递信息、议论国事、交流观点、表现不同价值观的公共场所，如同老舍的话剧《茶馆》一样。从这个意义上看，这一空间堪称"文化空间"。

玉人一去杳难寻，伤心野店留残锦。且买酒徐斟，暂时把玩端详审。

第三十七出　尸　解

【正宫引子】【梁州令】（魂旦上）风前荡漾影难留，叹前路谁投。死生离别两悠悠，人不见，情未了，恨无休。

　　【如梦令】绝代风流已尽，薄命不须重恨。情字怎消磨？一点嵌牢方寸。闲趁，闲趁，残月晓风谁问。我杨玉环鬼魂，自蒙土地给与路引，任我随风来往。且喜天不收，地不管，无拘无系，煞甚逍遥。只是再寻不到皇上跟前，重逢一面。（悲介）好不悲伤！

　　今日且顺着风儿，看到那一处也。（行介）

【正宫过曲】【雁鱼锦】【雁过声全】悄魂灵御风似梦游，路沉沉不辨昏和昼。经野树片时权栖宿，猛听冷烟中鸟啾啾，唬得咱早难自停留。青磷荒草浮，倩他照着我向前冥冥走。是何处？殿角几重云影覆。（看介）呀，原来就是西宫门首了。不免进去一看。（作欲进，二门神黑白面、金甲，执鞭、简上）（立高处介）生前英勇安天下，死后威灵护殿门。（举鞭、简拦旦介）何方女鬼，不得擅入。（旦出路引介）奴家杨玉环，有路引在此。（门神）原来是杨娘娘。目今禄山被刺，庆绪奔逃，郭元帅扫清宫禁，只太上皇远在蜀中，新天子尚留灵武。因此大内寂无一人，宫门尽扃锁钥。娘娘请自进去，吾神回避。（下）（旦作进介）你看，宫花都是断肠枝，帘幕无人宰地垂。行到画屏回合处，分明钗盒奉恩时。（泪介）（场上先设宫中旧床帷、器物介）

【二犯渔家傲】【雁过声换头】踌躇，往日风流。【普天乐】（作坐床介）记盒钗初赐，种下这恩深厚。痴情共守，（起介）又谁知惨祸分离骤！唉，你看沉香亭、华萼楼这般荒凉冷落也。(作登楼介)并没有人登画楼,并没有花开并头,【雁过声】并没有奏新讴——端的有、荒凉满目生愁!凄然,不由人泪流!呀,这里是长生殿了。我想起来,(泪介)(场上先设长生殿乞巧香案介)这壁厢是咱那日陈瓜果、夜香来乞巧,那壁厢是他恁时向牛女凭肩私拜求。(哭介)我那皇上呵,怎能够霎时一见也!方才门神说,上皇犹在蜀中。不免闪出宫门,到渭桥之上,一望西川则个。(行介)

【二犯倾杯序】【雁过声换头】凝眸,一片清秋,(登桥介)【渔家傲】望不见寒云远树峨眉秀。【倾杯序】苦忆蒙尘,影孤体倦。病马严霜,万里桥头,知他健否!纵然无恙,料也为咱消瘦。待我飞将过去。(作飞,被风吹转介)(哭介)哎哟,天呵!【雁过声】我只道轻魂弱魄飞能去,又谁知千水万山途转修。(作看介)呀,你看佛堂虚掩,梨树欹斜。怎么被风一吹,仍在马嵬驿内了!(场上先设佛堂梨树介)

【喜渔灯犯】【喜渔灯】驿垣夜冷,一灯微漏。佛堂外,阴风四起。看月暗空厩,【朱奴儿】猛伤心泪垂。【玉芙蓉】对着这一株靠檐梨树幽,(坐地泣介)【渔家傲】这是我断香零玉沉埋处。好结果一场厮耨,空落得薄命名留。【雁过声】当日个红颜艳冶千金笑,今日里白骨抛残土半丘。我想生受深恩,死亦何悔。只是一段情缘,未能终始。此心耿耿,万劫难忘耳。

【锦缠道犯】【锦缠道】谩回首,梦中缘,花飞水流,只一点故情留。似春蚕到死,尚把丝抽。剑门关离宫自愁,马嵬坡夜台空守①,想一样恨悠悠。【雁过声】几时得金钗钿盒完前好,七夕盟香续断头!

（副净上）天边传敕使，泉下报幽魂。（见介）贵妃，有天孙娘娘赏捧玉旨到来，须索准备迎接。吾神先去也。（旦）多谢尊神。（分下）（杂扮四仙女，执水盂、幡节，引贴捧敕上）

【南吕引子】【生查子】玉敕降天庭，鸾鹤飞前后。只为有情真，召取还蓬岫。

（副净上，跪接介）马嵬坡土地迎接娘娘。（贴）土地，杨妃魂灵何在？速召前来，听宣玉敕。（副）领法旨。（下）（引旦去魂帕上[②]，跪介）（贴宣敕介）玉旨已到，跪听宣读。玉帝敕曰：咨尔玉环杨氏，原系太真玉妃，偶因微过，暂谪人间。不合迷恋尘缘，致遭劫难。今据天孙奏尔吁天悔过，夙业已消，真情可悯。准授太阴炼形之术，复籍仙班，仍居蓬莱仙院。钦哉谢恩。（旦叩头介）圣寿无疆。（见贴介）天孙娘娘叩首。（贴）太真请起。前天宝十载七夕，我正渡河之际，见你与唐天子在长生殿上，密誓情深。昨又闻马嵬土地诉你悔过真诚，因而奏闻上帝，有此玉音。（旦）多谢娘娘提拔。（贴取水盂，付副净介）此乃玉液金浆。你可将去，同玉妃到坟前，沃彼原身，即得炼形度地[③]，尸解上升了[④]。炼毕之时，即备音乐、幡幢，送归蓬莱仙院。我先缴玉敕去也。（副净）领法旨。（贴）驾回双凤阙，云拥七襄衣[⑤]。（引仙女下）（副净）玉妃恭喜，就请回到冢上去。（副净捧水盂，引旦行介）

【南吕过曲】【香柳娘】往郊西道北，往郊西道北，只见一拳培塿[⑥]，（副净）到了。（旦作悲介）这便是我前生宿艳藏香薮[⑦]。（副净）小神向奉西岳帝君敕旨，将仙体保护在此。待我去扶将出来。（作向古门扶杂[⑧]，照旦妆饰，扮旦尸锦褥包裹上）（副净解去锦褥，扶尸立介）（旦见作惊介）看原身宛然，看原身宛然，紧紧合双眸，无言闭檀口。（副净将水沃尸介）把金浆点透，把金浆点透，神光面浮，（尸作开眼介）（旦）秋波忽溜。

　　（尸作手足动，立起向旦走一二步介）（旦惊介）呀，

【前腔】果霎时再活，果霎时再活，向前移走，觑形模与我无妍丑。（作迟疑介）且住，这个杨玉环已活，我这杨玉环却归何处去？（尸作忽走向旦，旦作呆状，与尸对立介）（副净拍手高叫介）玉妃休迷，他就是你，你就是他。（指尸向旦介）这躯壳是伊，（指旦向尸介）这魂魄是伊，真性假骸骼，当前自分剖。（尸逐旦绕场急奔一转，旦扑尸身作跌倒，尸隐下）（副净）看元神入彀⑨，看元神入彀，似灵胎再投，双环合凑。

【前腔】（旦作起，立定徐唱介）乍沉沉梦醒，乍沉沉梦醒，故吾失久⑩，形神忽地重圆就。猛回思惘然，猛回思惘然，现在自庄周，蝴蝶复何有。我杨玉环，不意今日冷骨重生，离魂再合。真谢天也！似亡家客游，似亡家客游，归来故丘，室庐依旧⑪。

　　土地请上，待吾拜谢。（副净）小神不敢。（旦拜，副净答拜介）
　　（旦）

【前腔】谢经年护持，谢经年护持，保全枯朽，更断魂落魄蒙姘覆⑫。（副净）音乐、幡幢已备，候送玉妃归院。（旦欲行又止介）且住，我如今尸解去了，日后皇上回銮，毕竟要来改葬。须留下一物在此，做个记验才好。土地，你可将我裹身的锦褥，依旧埋在冢中，不可损坏。（副净）领仙旨。（作取褥，褥作飞下介）（副净看介）呀，奇哉，奇哉！那锦褥化作一片彩云，竟自腾空飞去了。（旦看介）哦，是了。方才炼形之时，那锦褥也沾着金浆，故此得了仙气。化飞空彩云，化飞空彩云，也似学仙游，将何更留

后？我想金钗、钿盒，是要随身紧守的，此外并无他物……（想介）哦，也罢，我胸前有锦香囊一个，乃翠盘试舞之时，皇上所赐，不免解来留下便了。（作解香囊看介）解香囊在手，解香囊在手，（悲介）他日君王见收，索强似人难重觏⑬。

    （将香囊付副净介）土地，你可将此香囊，放在冢内。（副净接介）领仙旨。（虚下，即上）启娘娘：香囊已放下了。（杂扮四仙女，音乐、幡幢上）（见旦介）蓬莱山太真院中仙姬叩见。请娘娘更衣归院。（内作乐，旦作更仙衣介）（副净）小神候送。（旦）请回。

    （副下，仙女、旦行介）

【单调风云会】【一江风】指瀛洲，云气空蒙覆，金碧开群岫。【驻云飞】嗏，仙家岁月悠，与情同久。情到真时，万劫还难朽。牢把金钗钿盒收，直到蓬山顶上头。（从高处行下）

        销耗胸前结旧香，张　祐
        多情多感自难忘。陆龟蒙
        蓬山此去无多路，李商隐
        天上人间两渺茫。曹　唐⑭

注释：

①夜台：指墓穴。

②魂帕：演员戴在头上的巾帕，表示所扮为鬼魂，去掉巾帕即表示还魂或成仙。

③炼形度地：道家的两种法术。炼形，指修炼隐身术。度地，指离尘飞升术。

④尸解：道家指离开躯体而成仙。

⑤七襄（xiāng）衣：即锦衣。七襄，指色彩艳丽。

⑥一拳：一堆。培娄（lǒu）：小土坡。

⑦薮：泽地。

⑧古门：即鬼门道，演员上下场的门。

⑨元神入彀（gòu）：指灵魂进入躯壳。

⑩故吾：原来的我。

⑪室庐：喻指躯壳。

⑫帡（píng）覆：庇护。

⑬重觏（gòu）：重新遇见。觏，遇见。

⑭"销耗胸前结旧香"四句：本出下场诗首句见张祜《太真香囊子》，第二句见陆龟蒙《自遣诗三十首》其三，第三句见李商隐《无题》，末句见曹唐《玉女杜香兰下嫁于张硕》。

点评：

　　杨玉环自拿了土地神给她的一纸路引，魂儿便飘飘荡荡向西宫而来。遇到两位门神阻挡，一位黑面，执鞭，一位白面，执简，皆披挂金甲。他俩"立高处介"，自报家门曰："生前英勇安天下，死后威灵护殿门。"看见玉环就拦，吼斥"何方女鬼"，直到玉环拿出土地神发给的路引，因土地神与门神同属"五祀"，门神认这位小哥，于是放行。这里的门神戏不多，但地位不低，武士形象鲜明，且是由演员直接上场扮演的，作为民间小神形象，叨陪《长生殿》神鬼戏之末座。

　　门神是人间的一种世俗信仰，是一种与广大人民群众的社会生活关系最为密切的信仰形式。历来有将门神归入自然神的，也有归入社会神的，更有把它看作行业神的。土地神以"地域保护神"面貌行世，门神则以"家族保护神"形象面世。历代门神有过许多附会人物，如神荼、郁垒，关羽、钟馗，秦琼、尉迟恭等，但民间一般只画武士于门，并不附有姓名，就像本剧一样。中国人的门神信仰与房屋建制中的门户有关。门是人类防范心理的产物，门神信仰则是人类这种心理的叠加物和延伸物。最早的南戏剧本《张协状元》中有之，元杂剧代表作《窦娥冤》中亦有之，明代甚至有以门神为主角的《闹门神》杂剧。

玉环之魂飘飘荡荡，也许是机缘巧合，又来到了马嵬坡。"几时得金钗钿盒完前好，七夕盟香续断头"。唱到此时，玉环嘴中始终不离"重续前缘"的主题。也许通过前番的忏悔，她已悟出：富贵如烟云，人间唯有情永恒了吧。【喜渔灯犯】一曲的最后两句，在这出戏中起到了承前启后的作用。这时马嵬坡土地神带来了好消息，说织女娘娘已经奏请玉皇大帝同意，"准授太阴炼形之术，复籍仙班"，玉环获得"尸解"后可以重新回天庭做蓬莱仙子。

这"尸解"二字乃是道家用语，指魂魄离开形体而成仙，尸形解化。道教称人的灵魂是"元神"，故后面有"元神入彀"之词。在这出戏里，作者发挥大胆的想象，让杨玉环的魂魄羽化登仙。下面的四首【香柳娘】则具体展现了尸解的情形。吴舒凫在这里旦唱的【前腔】后原有评语道："前土地二喻尚是形似，此喻更自亲切。人昼则魂附于形，夜则魂自能变物，所以成梦。死则形败，而魂有灵，是鬼也。魂复于形则重生。形化于魂为尸解。理本平常，而从来无演及此者。遂觉排场新幻，使人警动。"这一段吴批颇能反映国人的梦魂观。在《长生殿》之前的戏曲舞台上，演绎"魂复于形"的尚有一些剧例，如元杂剧《倩女离魂》之魂女回家与病体合一，明代传奇《牡丹亭》里柳梦梅帮助杜丽娘复活的场次，而对于"形化于魂"即"尸解"的演绎，确是《长生殿》的首创。

在具体演出中，玉环之魂依旧由"魂旦"扮演，玉环之尸则由"杂"角扮演，两者穿着一样的服饰，尸只在外面多披一条"锦褥"而已，以示玉环下葬时的铺盖，待等副末（马嵬坡土地神）为她解去锦褥，扶她起立之后，舞台上就出现两个一模一样的玉环了，她们一个目睹另一个开眼、动手足、开步走，两者对视、呆立、追逐、合扑，终于合二为一，"形化于魂"即"尸解"了，从今以后，杨玉环的坟墓里，就没有了尸体。

"现在自庄周，蝴蝶复何有"两句，说的就是庄周那个著名的"蝴蝶梦"。放在这里的意思就是人生如梦，如今梦醒了，原先的杨玉环已不复存在，我又成为了原来的我（蓬莱仙子）。作者的道家思想在这里又露出了马脚。

杨玉环坟墓里不能空空如也，哪怕有个"衣冠冢"也行。原打算放锦褥的，可锦褥刚才沾了"金浆"化作彩云飞走了；玉环舍不得把定情物钗盒放冢里，她要带在身边；最后只得从胸前解下李三郎亲赠的香囊放在冢内。人虽逝，香永存，这香囊留得意味深长。她能料定"日后皇上回銮，毕竟要来改葬"，也可看出李、杨二人日久情深，心有灵犀。关于"改葬"一事，再多说两句：李隆基返回兴庆宫后，思念玉环不已，便向儿子肃宗提出要派中使到马嵬坡祭奠，但却遭到了满朝文武的反对。不得已，李隆基只能秘密地派宦官到马嵬驿，改葬杨贵妃。此时包裹着的尸体已经腐坏，而香囊仍在。

这出戏里，我们又见到土地神的身影。而此时土地老儿几乎是替代了阳间的高力士，无微不至地关怀着杨贵妃。

第三十八出　弹　词

（末白须，旧衣帽抱琵琶上）一从鼙鼓起渔阳，宫禁俄看蔓草荒。留得白头遗老在，谱将残恨说兴亡。老汉李龟年，昔为内苑伶工，供奉梨园。蒙万岁爷十分恩宠。自从朝元阁教演《霓裳》，曲成奏上，龙颜大悦。与贵妃娘娘，各赐缠头，不下数万。谁想禄山造反，破了长安。圣驾西巡，万民逃窜。俺每梨园部中，也都七零八落，各自奔逃。老汉来到江南地方，盘缠都使尽了。只得抱着这面琵琶，唱个曲儿糊口。今日乃青溪鹫峰寺大会。游人甚多，不免至彼卖唱。（叹科）哎，想起当日天上清歌，今日沿门鼓板，好不颓气人也。（行科）

【南吕】【一枝花】不堤防余年值乱离，逼拶得岐路遭穷败。受奔波风尘颜面黑，叹衰残霜雪鬓须白。今日个流落天涯，只留得琵琶在。揣羞脸上长街①，又过短街。那里是高渐离击筑悲歌②，倒做了伍子胥吹箫也那乞丐③。

【梁州第七】想当日奏清歌趋承金殿，度新声供应瑶阶。说不尽九重天上恩如海：幸温泉骊山雪霁，泛仙舟兴庆莲开④，玩婵娟华清宫殿⑤，赏芳菲花萼楼台。正担承雨露深泽，蓦遭逢天地奇灾：剑门关尘蒙了凤辇鸾舆，马嵬坡血污了天姿国色。江南路哭杀了瘦骨穷骸，可哀落魄，只得把《霓裳》御谱沿门卖，有谁人喝声采！空对着六代园陵草树埋⑥，满目兴衰。

（虚下）（小生巾服上）花动游人眼，春伤故国心。《霓裳》人去后，无复有知音。小生李蕃，向在西京留滞，乱后方回。自从宫墙之外，偷按《霓裳》数叠，未能得其全谱。昨闻有一老者，抱着琵琶卖唱。人人都说手法不同，像个梨园旧人。今日鹙峰寺大会，想他必在那里，不免前去寻访一番。一路行来，你看游人好不盛也！（外巾服，副净衣帽，净长帽、帕子包首，扮山西客⑦，携丑扮妓上）（外）闲步寻芳惜好春，（副净）且看胜会逐游人。（净）大姐，咱和你"及时行乐休空过"。（丑）客官，"好听琵琶一曲新"。（小生向副净科）老兄请了。动问这位大姐，说甚么"琵琶一曲新？"（副净）老兄不知，这里新到一个老者，弹得一手好琵琶。今日在鹙峰寺赶会，因此大家同去一听。（小生）小生正要去寻他，同行何如？（众）如此极好。（同行科）行行去去，去去行行，已到鹙峰寺了。就此进去。（同进科）（副净）那边一个圈子，四围板凳，想必是波。我每一齐捱进去，坐下听者。（众作坐科）（末上见科）列位请了，想都是听曲的。请坐了，待在下唱来请教波。（众）正要领教。（末弹琵琶唱科）

【转调】【货郎儿】唱不尽兴亡梦幻，弹不尽悲伤感叹，大古里凄凉满眼对江山。我只待拨繁弦传幽怨，翻别调写愁烦，慢慢的把天宝当年遗事弹。

（外）"天宝遗事"，好题目波。（净）大姐，他唱的是甚么曲儿，可就是咱家的西调么？（丑）也差不多儿。（小生）老丈，天宝年间遗事，一时那里唱得尽者。请先把杨贵妃娘娘，当时怎生进宫，唱来听波。（末弹唱科）

【二转】想当初庆皇唐太平天下，访丽色把蛾眉选刷。有佳人生长在弘农杨氏家，深闺内端的玉无瑕。那君王一见了欢无那，把钿盒金钗亲纳，评跋做昭阳第一花。

（丑）那贵妃娘娘，怎生模样波？（净）可有咱家大姐这样标致

么？（副净）且听唱出来者。（末弹唱科）

【三转】那娘娘生得来仙姿佚貌，说不尽幽闲窈窕。真个是花输双颊柳输腰，比昭君增妍丽，较西子倍风标，似观音飞来海峤，恍嫦娥偷离碧霄。更春情韵饶，春酣态娇，春眠梦悄。总有好丹青，那百样娉婷难画描。

（副净笑科）听这老翁说的杨娘娘标致，恁般活现，倒像是亲眼见的，敢则谎也。（净）只要唱得好听，管他谎不谎。那时皇帝怎么样看待他来，快唱下去者。（末弹唱科）

【四转】那君王看承得似明珠没两，镇日里高擎在掌。赛过那汉宫飞燕倚新妆，可正是玉楼中巢翡翠，金殿上锁着鸳鸯，宵偎昼傍。直弄得个伶俐的官家颠不剌、懵不剌，撇不下心儿上。弛了朝纲，占了情场，百支支写不了风流帐。行厮并，坐厮当。双，赤紧的倚了御床，博得个月夜花朝同受享。

（净倒科）哎呀，好快活，听的咱似雪狮子向火哩。（丑扶科）怎么说？（净）化了。（众笑科）（小生）当日宫中有《霓裳羽衣》一曲，闻说出自御制，又说是贵妃娘娘所作，老丈可知其详？请唱与小生听咱。（末弹唱科）

【五转】当日呵，那娘娘在荷庭把宫商细按，谱新声将《霓裳》调翻。昼长时亲自教双鬟。舒素手，拍香檀，一字字都吐自朱唇皓齿间。恰便似一串骊珠声和韵闲，恰便似莺与燕弄关关，恰便似鸣泉花底流溪涧，恰便似明月下泠泠清梵，恰便似缑岭上鹤唳高寒，恰便似步虚仙珮夜珊珊。传集了梨园部、教坊班，向翠盘中高簇拥着个娘娘，引得那君王带笑看。

（小生）一派仙音，宛然在耳，好形容波！（外叹科）哎，只可惜当日天子宠爱了贵妃，朝欢暮乐，致使渔阳兵起。说起来令人痛心也！（小生）老丈，休只埋怨贵妃娘娘。当日只为误任边将，委政权奸，以致庙谟颠倒，四海动遥。若使姚、宋犹存，那见得有此。（外）这也说的是波。（末）嗐，若说起渔阳兵起一事，真是天翻地覆，惨目伤心。列位不嫌絮烦，待老汉再慢慢弹唱出来者。（众）愿闻。（末弹唱科）

【六转】恰正好呕呕哑哑《霓裳》歌舞，不提防扑扑突突渔阳战鼓。划地里出出律律纷纷攘攘奏边书，急得个上上下下都无措。早则是喧喧嗾嗾、惊惊遽遽、仓仓卒卒、挨挨拶拶出延秋西路，銮舆后携着个娇娇滴滴贵妃同去。又只见密密匝匝的兵，恶恶狠狠的语，闹闹炒炒、轰轰剨剨四下喧呼，生逼散恩恩爱爱、疼疼热热帝王夫妇。霎时间画就了这一幅惨惨凄凄绝代佳人绝命图。

（外、副净同叹科）（小生泪科）哎，天生丽质，遭此惨毒。真可怜也！（净笑科）这是说唱，老兄怎么认真掉下泪来！（丑）那贵妃娘娘死后，葬在何处？（末弹唱科）

【七转】破不剌马嵬驿舍，冷清清佛堂倒斜。一代红颜为君绝，千秋遗恨滴罗巾血。半棵树是薄命碑碣，一抔土是断肠墓穴。再无人过荒凉野，莽天涯谁吊梨花谢！可怜那抱幽怨的孤魂，只伴着呜咽咽的望帝悲声啼夜月⑧。

（外）长安兵火之后，不知光景如何？（末）哎呀，列位，好端端一座锦绣长安，自被禄山破陷，光景十分不堪了。听我再弹波。

（弹唱科）

【八转】自銮舆西巡蜀道，长安内兵戈肆扰。千官无复

281

第三十八出　弹词

紫宸朝，把繁华顿消，顿消。六宫中朱户挂蟏蛸⑨，御
榻傍白日狐狸啸。叫鸱鸮也么哥，长蓬蒿也么哥。野
鹿儿乱跑，苑柳宫花一半儿凋。有谁人去扫，去扫！玳
瑁空梁燕泥儿抛，只留得缺月黄昏照。叹萧条也么哥，
染腥臊也么哥！染腥臊，玉砌空堆马粪高。

（净）吓！听了半日，饿得慌了。大姐，咱和你喝烧刀子⑩，吃蒜
包儿去。（做腰边解钱与末，同丑诨下）（外）天色将晚，我每也
去罢。（送银科）酒资在此。（末）多谢了。（外）无端唱出兴亡恨，
（副净）引得傍人也泪流。（同外下）（小生）老丈，我听你这琵
琶，非同凡手。得自何人传授？乞道其详。（末）

【九转】这琵琶曾供奉开元皇帝，重提起心伤泪滴。（小
生）这等说起来，定是梨园部内人了。（末）我也曾在梨园
籍上姓名题，亲向那沉香亭花里去承值，华清宫宴上去追随。
（小生）莫不是贺老？（末）俺不是贺家的怀智。（小生）敢是黄幡
绰？（末）黄幡绰同咱皆老辈。（小生）这等想必是雷海青？（末）
我虽是弄琵琶，却不姓雷。他呵，骂逆贼，久已身死名
垂。（小生）这等，想必是马仙期了。（末）我也不是擅场方响马仙
期，那些旧相识都休话起。（小生）因何来到这里？（末）我只为
家亡国破兵戈沸，因此上孤身流落在江南地。（小生）毕竟
老丈是谁波？（末）您官人絮叨叨苦问俺为谁，则俺老伶工名唤
做龟年身姓李。

（小生揖科）呀，原来却是李教师。失瞻了。（末）官人尊姓大名，
为何知道老汉？（小生）小生姓李，名謩。（末）莫不是吹铁笛的
李官人么？（小生）然也。（末）幸会，幸会。（揖科）（小生）请问
老丈，那《霓裳》全谱可还记得波？（末）也还记得，官人为何

问他？（小生）不瞒老大说，小生性好音律，向客西京。老丈在朝元阁演习《霓裳》之时，小生曾傍着宫墙，细细窃听。已将铁笛偷写数段。只是未得全谱，各处访求，无有知者。今日幸遇老丈，不识肯赐教否？（末）既遇知音，何惜末技。（小生）如此多感，请问尊寓何处？（末）穷途流落，尚乏居停。（小生）屈到舍下暂住，细细请教何如？（末）如此甚好。

【煞尾】俺一似惊乌绕树向空枝外，谁承望做旧燕寻巢入画栋来。今日个知音喜遇知音在，这相逢，异哉！怎相投，快哉！李官人呵，待我慢慢的传与你这一曲《霓裳》播千载。

   （末）桃蹊柳陌好经过， 张 籍
   （小生）聊复回车访薜萝。 白居易
   （末）今日知音一留听， 刘禹锡
   （小生）江南无处不闻歌。 顾 况⑪

注释：

①揣：此指遮、藏。

②高渐离击筑悲歌：高渐离，战国时燕人，荆轲入秦去刺秦王，高渐离击筑为其送行，荆轲和而悲歌："风萧萧兮易水寒，壮士一去兮不复还！"见《史记·刺客列传》。

③伍子胥吹箫：春秋时楚国伍子胥因父兄被楚平王杀害，逃奔到吴国，曾在吴市吹箫求乞。见《史记·范雎蔡泽列传》。

④兴庆：即兴庆宫。

⑤玩婵娟：赏月。婵娟，指月亮。

⑥六代：指先后建都于建康（今江苏南京）的六个王朝，即孙吴、东晋和南朝的宋、齐、梁、陈。

⑦帕子包首，扮山西客：山陕、河北一带民众，习以白布包头。山西客，山西商人。

⑧望帝：古蜀帝杜宇，号望帝，死后化为杜鹃鸟。

⑨蟏蛸（xiāo shāo）：蜘蛛的一种。

⑩烧刀子：即烧酒。

⑪"桃蹊柳陌好经过"四句：本出下场诗首句见张籍《无题》，第二句见白居易《偶题邓公》，第三句见刘禹锡《答杨八敬之绝句》，末句见顾况《奉和韩晋公晦日呈诸判官》。

点评：

战乱之后，梨园弟子命运也是各异，前面交待了雷海青骂贼而亡，如今是李龟年登场了。唐代郑处诲《明皇杂录》卷下记载，当初的李龟年兄弟三人深受李隆基的赏识，"于东都大起第宅，僭侈之制，逾越公侯"。要不怎么说，国力强盛了，艺术家的日子也好过。如今李龟年风光不再，只能靠唱曲勉强糊口，也算得上国势衰颓的一个缩影吧。

这【南吕】【一枝花】头一句便是"不堤防余年值离乱"。这句唱词和清代李玉《千忠戮·惨睹》中的"收拾起大地山河一担装"，在京城可谓脍炙人口。乃至有"家家'收拾起'，户户'不堤防'"的美誉。

吴叔岛对这出戏的原评是："白头宫女，先说遗事，不如伶工犹能弦而歌之，感人益深也。"这一段由李龟年口中唱来，与其地位（曾是皇上的红人，知晓宫内事）、职业（著名乐工）、才华（有能力生动地叙述这一段事，能打动人心）相符，称得上不二人选，足可见作者的匠心独运。

这时笛师李謩也恰巧到鹫峰寺，闻听有一位老者弹得一手好琵琶，便寻踪而来，并请李龟年回溯往事。李龟年听罢，好生感叹，便将那前尘往事细细诉说，一直唱到马嵬坡，杨玉环香消玉殒。以李龟年之口描摹叛军作乱后的惨景，这是全剧中唯一的一个全景式的描写，用天怒人怨来形容绝不过分。只是如此的悲凉丝毫感动不了那些看热闹听曲的闲人们，该听的他们都听了，这些材料足以成为他们茶余饭后闲谈的谈资了。

外行看热闹，内行看门道。李謩乃是通晓音律之人，似李龟年这等好脚色，岂容错过，于是上前探问老丈身世，李龟年亦不讳言。李謩得知眼前这位老者便是赫赫有名的李龟年，不由大喜过望，"二李"相逢，引出一段佳话。在这一片乱世之中，音乐是连接人们情感的一根永恒的纽带。真正的音乐家们不会贫穷，不会孤独，因为，至少他们还有音乐。

最后看一下【转调货郎儿】曲。【转调货郎儿】，又名【九转货郎儿】，曲牌名。原是生活中卖货郎的叫卖声，经长期歌唱，不断加工，到元代已发展成说唱艺人的专用曲牌之一，后为北杂剧吸收入套曲中。元无名氏杂剧《风雨像生货郎旦》引用入剧，已衍成为【九转货郎儿】，剧中张三姑通过卖唱【货郎儿】，叙述李彦和一家被害得家破人亡的经过。因故事曲折，随情节发展，除第一段为【货郎儿】本调外，另外八曲均穿插其他不同曲牌组合成套，构成北曲中少见的转调集曲的结构形式，规模宏大，曲调丰富，成为演绎曲折复杂剧情的音乐载体。清代焦循《剧说》卷四有云："洪昉思袭元人《货郎旦》之【九转货郎儿】。其末云'名唤春郎身姓李'，洪云'名唤龟年身姓李'。"台湾学者曾永义先生《中国古典戏剧选注》在《货郎旦》剧末的说明中，引郑骞的话说："【九转货郎儿】首见于元无名氏《货郎旦》杂剧，再见于明初周宪王朱有燉《义勇辞金》，但二者作法不同。……仿作《货郎旦》体的，最初有清洪昇的《长生殿》传奇《弹词》折。《长生殿》是一本风靡一时的名剧，从他开始以后，仿作【九转货郎儿】的人就多起来。"他特地指出《清溪笑》《哀思曲》《游春记》写得好，当然写得最好的还数《长生殿·弹词》，"脍炙人口，至今不衰。"郑骞的评语颇中肯綮。笔者认为，虽则是"袭"、是"仿"，但袭和仿的只是乐谱，内容却全然是原创的，且写得回肠荡气，大气磅礴。正因此，今天的中学语文课本上，也收有这篇朗朗上口、令人九曲回肠的《弹词》。

唱不尽兴亡梦幻，弹不尽悲伤感叹，大古里凄凉满眼对江山。我只待拨繁弦传幽怨，翻别调写愁烦，慢慢的把天宝当年遗事弹。

第三十九出　私　祭

【南吕引子】【小女冠子】（老旦、贴道扮同上）（老旦）旧时云髻抛宫样，（贴）依古观共焚香。（合）叹夜来风雨催花葬，洗心好细翻经藏。

　　（老旦）寂寂云房掩竹扃①，（贴）春泉漱玉响泠泠。（老旦）舞衣施尽余香在，（贴）日向花前学诵经②。（老旦）吾乃天宝旧宫人永新是也。与念奴妹子，逃难出宫。直至金陵，在女贞观中做了女道士。且喜十分幽静，尽可修持。此间观主，昨自西京，购请《道藏》回来。今日天气晴和，着我二人检晒经函。且索细细翻阅则个。（场上先设经桌，老旦、贴同作翻介）

【双调过曲】【孝南枝】【孝顺歌】金函启③，玉案张，临风细翻春昼长。只见尘影弄晴光，灵花满空降。（老旦）想当日在宫中，听娘娘教白鹦哥念诵《心经》。若是早能学道，倒也免了马嵬之难。（贴）那热闹之时，那个肯想到此。（老旦）便是昨日听得观主说，马嵬坡酒家拾得娘娘锦袜一只，还有游人出钱求看哩，何况生前！（合）枉了雪衣提唱④。是色非空，谁观法相⑤？【锁南枝】赢得锦袜香残，犹动行人想。（杂扮道姑捧茶上）玉经日下晒，香茗雨前烹。二位仙姑，检经困乏了，观主教我送茶在此。（老旦、贴）劳动了。（作饮茶介）（杂）呵呀，一片黑云起来，要下雨哩。（老旦、贴）快把经函收拾罢。（作收拾介）（杂）你看莺乱飞，草正芳，恰好应清明，雨漂荡。

　　（下）（场上收经桌介）（老旦）不是小道姑说起，倒忘了今日是清明佳节哩。此时家家扫墓，户户烧钱。妹子，我与你向受娘娘之恩，无从报答。就把一陌纸钱，一杯清茗，遥望长安哭奠一番。多少是好。（贴）姐姐，这是当得的，待我写个牌位儿供养。（作写位供介）（同拜哭介）娘娘呵，

【前腔】想着你恩难罄，恨怎忘，风流陡然没下场。那里是西子送吴亡⑥，错冤做宗周为褒丧⑦。（贴）呀，庭下牡丹，雨中开了一朵。此花最是娘娘所爱，不免折来供在位前。（合）名花无恙，倾国佳人先归黄壤。纵有麦饭香醪，浇不到孤坟上。（哭叫介）我那娘娘嘎，只落得望断眸，叫断肠，泪如泉，哭声放！（暗下）

【锁南枝】（末行上）江南路，偶踏芳，花间雨过沾客裳。老汉李龟年，幸遇李謩主人，相留在家。今日清明佳节，出门闲步一回。却好撞着风雨。懊恨故国云迷，白首低难望。且喜一所道院在此，不免进去避雨片时。（作进介）松影闲，鹤唳长，且自暂徘徊石坛上。

你看座列群真，经藏万卷，好不庄严也。（作看牌念介）皇唐贵妃杨娘娘灵位。（哭介）哎哟，杨娘娘，不想这里颠倒有人供养⑧！（拜介）

【前腔】【换头】一朝把身丧，千秋抱恨长。（老旦、贴一面上）那个啼哭？（作看惊介）这人好似李师父的模样，怎生到此？（末）恨杀六军跋扈，生逼得君后分离，奇变惊天壤。可怜小人李龟年，（老旦、贴）原来果是李师父，（末）不能够逢令节，奠一觞，没揣的过仙宫⑨，拜灵爽⑩。

（老旦、贴出见介）李师父，弟子每稽首。（末）姑姑是谁？（作惊认介）呀，莫非永、念二娘子么？（老旦、贴）正是。（各泪介）（末）你两个几时到此？（老旦、贴）师父请坐。我每去年逃难南

来，出家在此。师父因何也到这里？（末）我也因逃难，流落江
南。前在鹫峰寺中，遇着李謩官人，承他款留到家，不想又遇
你二人。（老旦、贴）那个李謩官人？（末）说起也奇。当日我与
你每，在朝元阁上演习《霓裳》。不想这李官人，就在宫墙外面
窃听。把铁笛来偷记新声数段。如今要我传授全谱，故此相留。
（老旦、贴悲介）唉，《霓裳》一曲倒得流传，不想制谱之人已归
地下，连我每演曲的也都流落他乡。好伤感人也！（各悲介）（老
旦、贴）

【供玉枝】【五供养】言之痛伤，记侍坐华清，同演《霓
裳》。玉纤抄秘谱，檀口教新腔。【玉交枝】他今日青青墓
头新草长，我飘飘陌路杨花荡。【五供养】（合）蓦地相逢
处各沾裳，【月上海棠】白首红颜，对话兴亡。

  （末）且喜天色晴霁，我告辞了。（老旦、贴）且自消停。请问师
  父，梨园旧人，都怎么样了？（末）贺老与我同行，途中病故；
  黄旛绰随驾去了；马仙期陷在城中，不知下落；只有雷海青骂贼
  而死。

【前腔】追思上皇，泽遍梨园，若个能偿①！（泣介）那雷
老呵，他忠魂昭白日，羞杀我遗老泣斜阳。（老旦、贴）师父，
可晓得秦、虢二夫人都被乱兵杀死了？（末）便是朱门丽人都可
伤，长安曲水谁游赏？（合）蓦地相逢处，各沾裳。白
首红颜，对话兴亡。

  （老旦、贴）不知万岁爷，何日回銮？（末）李官人向在西京，近
  因郭元帅复了长安，兵戈宁息，方始得归。想上皇不日也就回銮
  了。（老旦、贴）如此，谢天地。（末）日晚途遥，就此去了。（老
  旦、贴）待与娘娘焚了纸钱，素斋少叙。

（末）南来今只一身存，韩　愈

（老、贴）新换霓裳月色裙。王　建

（末）人世几回伤往事，刘禹锡

（老、贴）落花时节又逢君。杜　甫⑫

注释：

①云房：僧道或隐士居住的房舍。

②舞衣施尽余香在，日向花前学诵经：出自唐代杨巨源《观妓人入道二首》其二："舞衣施尽余香在，今日花前学诵经。"

③金函：金色的经卷函匣。

④雪衣：杨贵妃宫里白鹦鹉的名字。《太平广记》卷四六〇引《谈实录》："天宝中，岭南献白鹦鹉，养之宫中，岁久，颇甚聪明，洞晓言词。上及贵妃，皆呼为雪衣女。……上令贵妃授以《多心经》，自后授记精熟。"上文"想当日在宫中，听娘娘教白鹦哥念诵《心经》"云，即指此事。

⑤是色非空，谁观法相：世上的是非色空，谁能够看透。法相，佛教语，指宇宙间一切事物形象。

⑥西子送吴亡：春秋时吴王夫差沉溺于西施之美色，吴国终为越国所灭。

⑦宗周为褒丧：周幽王宠爱妃子褒姒，因而亡国。

⑧颠倒：反而，反倒。

⑨没揣的：不意地。

⑩灵爽：又谓"精爽"，此指杨玉环之灵位。

⑪若个：谁个，哪个。

⑫"南来今只一身存"四句：本出下场诗首句见韩愈《过始

兴江口感怀》，第二句见王建《霓裳词》，第三句见刘禹锡《西塞山怀古》，末句见杜甫《江南逢李龟年》。四句都是名家名句，虽各有来历，聚合在一起却如同一首诗一般，合作得天衣无缝。

点评：

光阴似箭，转眼又是一年的清明时节。杨玉环身旁的两个侍女永新、念奴，从兵燹中逃离出来，在女贞观当了道士。今天是个特殊的日子，不由勾起了她们对杨玉环的思念之情。

在中国的传统节日里，清明节前两天的寒食节历史更为悠久。唐代之前，祭奠祖先、追悼亡者的节日是寒食，清明作为节日，在唐代"不显"，还不及扫墓，唐代著名的《清明》诗，无论是杜甫的"著处繁华矜是日，长沙千人万人出。渡头翠柳艳明媚，争道朱蹄骄啮膝"，还是杜牧的"清明时节雨纷纷"，都还看不到祭扫追悼先人的含义来。宋代以后才慢慢由清明来承担祭扫，北宋张择端的《清明上河图》就表明了这一点。所以本出旧宫女祭祀杨贵妃，是根据明清习俗而敷演的。

这一出名《私祭》，表演已在南京出家的永新和念奴，清明日念及死在马嵬坡的杨贵妃娘娘，心痛不已，遂决定立块牌位，"遥望长安哭奠一番"，恰好老梨园子弟李龟年路过，也一起来哭祭了一番。因为此三人都是无甚地位可言的艺人，他们的祭奠自然是私人行为，故曰"私祭"。杨贵妃作为"有罪之人"赐死，身上还背有"女人祸水"的罪名，自然不可能有"国祭"祭祀她。但禁不住民间有人纪念她、追悼她、为她抱不平。永新、念奴两人唱的"那里是西子送吴亡，错冤做宗周为褒妄"，直是对她的翻案之词，有一种姐妹间的惺惺相惜之感在里面。

由《私祭》一出，我们能够看到祭奠的习俗：有坟墓的扫墓，坟墓不在跟前的立牌位，烧纸钱，供"清茗"（清茶），然后歌哭。

本出戏里永新、念奴二人的【前腔】一曲、李龟年的【前腔】【换头】一曲，是为歌哭。永新、念奴二人把娘娘生前最喜欢的牡丹花供在牌位前，虽然是"名花无恙"，"倾国佳人"却"先归黄壤"，想到此，怎不叫两人"望断眸，叫断肠，泪如泉，哭声放"。李龟年安史之乱后流落江南，偶然经过此地，不料邂逅杨娘娘牌位，便放声大哭起来："一朝把身丧，千秋抱恨长。"他敢于直言："恨杀六军跋扈，生逼得君后分离，奇变惊天壤。"这里的歌哭，对于塑造永新、念奴、李龟年三艺人，表现他们正直的人格和丰富的人情，是不可或缺的一笔。

据董每戡先生考证，作者原本是在上一出或者这一出结束全剧的，"应庄亲王世子之请"才加写了后十一回。这样一来，就添出了一个"大团圆"的尾巴，入了俗套。董先生认为，"这个结尾比《桃花扇》的差远了"，他批评后十一回"拖泥带水"，"尾大不掉"（《五大名剧论·长生殿》）。笔者大致同意董先生的看法。如果本剧也像《桃花扇》一样结束在艺人弹唱声中，以"不了了之"结局，则无疑悲剧意味就会浓烈得多。

第四十出　仙　忆

【南吕引子】【挂真儿】（旦扮仙、老旦扮仙女随上）驾鹤骖鸾去不返，空回首天上人间①。端正楼头②，长生殿里，往事关情无限。

　　【浣溪沙】缥缈云深锁玉房，初归仙籍意茫茫。回头未免费思量。忽见瑶阶琪树里③，彩鸾栖处影双双。几番抛却又牵肠。我杨玉环，幸蒙玉旨，复位仙班，仍居蓬莱山太真院中。只是定情之物，身不暂离；七夕之盟，心难相负。提起来好不话长也！

【高平过曲】【九回肠】【解三酲】没奈何一时分散，那其间多少相关。死和生割不断情肠绊，空堆积恨如山。他那里思牵旧缘愁不了，俺这里泪滴残魂血未干，空嗟叹。

【三学士】不成比目先遭难，拆鸳鸯说甚仙班。（出钗盒看介）看了这金钗钿盒情犹在，早难道地久天长盟竟寒。【急三枪】何时得青鸾便，把缘重续，人重会，两下诉愁烦！

　　（贴上）试上蓬莱山顶望，海波清浅鹤飞来。自家寒簧，奉月主娘娘之命，与太真玉妃索取《霓裳》新谱。来此已是，不免径入。（进见介）玉妃，稽首。（旦）仙子何来？（贴笑介）玉妃还认得我寒簧么？（旦想介）哦，莫非是月中仙子？（贴）然也。（旦）请坐了。（贴坐介）（旦）梦中一别，不觉数年。今日远临，乞道来意。（贴）玉妃听启：

【清商七犯】【簇御林】只为《霓裳》乐在广寒，羡灵心，将谱细翻。特奉月主娘娘之命，【莺啼序】访知音远叩蓬山，借当年图谱亲看。（旦）原来为此。当日幸从梦里获听仙音，虽然摹入管弦，尚愧依稀错误。【高阳台】何烦，蟾宫谬把遗调拣，我寻思起转自潸潸。（泪介）（贴）呀，玉妃为何掉下泪来？（旦）【降黄龙】痛我历劫遭磨，宫冷商残，【二郎神】朱弦已断，羞将此调重弹。烦仙子转奏月主，说我尘凡旧谱，不堪应命。伏乞矜宥。（贴）玉妃休得固拒，我月主娘娘啊，慕你聪明绝世罕，【集贤宾】度新声，占断人间。求观恨晚，休辜负云中青盼④。（旦）既蒙月主下访，前到仙山，偶然追忆，写出一本在此。（贴）如此甚好。（旦）侍儿，可去取来。（老应下，取上）谱在此。（旦接介）仙子，谱虽取到，只是还须誊写才好。（贴）为何？（旦）你看呵，【黄莺儿】字阑珊⑤，模糊断续，都染就泪痕斑。

（贴）这却不妨。（旦付谱介）如此，即烦呈上月主，说梦中窃记，音节多讹，还求改正。（贴）领命，就此告别。（贴持谱下）（旦）侍儿闭上洞门，随我进来。（老应随下）

    （贴）从初直到曲成时，王　建
    （旦）争得姮娥子细知。唐彦谦
    （贴）莫怪殷勤悲此曲，刘禹锡
    （旦）月中流艳与谁期。李商隐⑥

注释：

①空回首天上人间：出自唐代白居易《长恨歌》："回头下望人寰处……天上人间会相见。"

②端正楼头：北宋乐史《杨太真外传》卷下："华清宫有端正楼，即贵妃梳洗之所。"

③琪树：神话中的玉树。又，形容树木之美好。

④青盼：青眼相盼，比喻关心和喜爱。

⑤阑珊：此处作"模糊不清"解。

⑥"从初直到曲成时"四句：首句见王建《霓裳词十首》其五，第二句见唐彦谦《中秋夜玩月》，第三句见刘禹锡《闻道士弹思归引》，末句见李商隐《曲池》。

点评：

上回咱们说到杨玉环尸解之后，位归仙班。只是与李隆基前缘未了，依旧是闷闷不乐。《长生殿》的下半段，杨玉环出场必离不开一个"情"字，一个"悔"字。有时着力太多，也未见讨巧。至少从杨玉环这个人物的塑造上，给人以脱榫之感。看来作者为玉环"转型"之心甚切。

杨玉环正在思君之时，月中仙子寒簧奉月主娘娘之命，向其索取《霓裳》新谱。由月宫仙子引出《霓裳羽衣》从而勾起玉环无尽愁怨。作者写人物的感情波澜都会先巧设一段铺垫，然后使感情喷薄而发，让读者和观众无太多牵强之感。再看这曲谱"染就泪痕斑"，这个细节描写对刻画杨玉环的痴情颇为出彩。

这一出出现的寒簧这个人物形象在《长生殿》中已经是第二次出现了。寒簧，仙女名，据载偶因笑下罚人间。明代叶绍袁《午梦堂集续窈闻记》："寒簧偶以书生狂言不觉心动失笑，实则既示现后即已深悔，断不愿谪人间行鄙亵事。然上界已切责其七笑，故来；因复自悔，故来而不兴合也。"洪昇在《长生殿》中把她塑造成为月中仙，第十一出《闻乐》里奉月主娘娘嫦娥之命，陪同杨贵妃观赏月中歌舞，后贵妃根据记忆谱成《霓裳羽衣》曲。这一出她向太真索取《霓裳羽衣》新谱，正是由此曲谱绾结二人的。《红楼梦》第七十八回贾宝玉为晴雯所写的《芙蓉女儿诔》里，有"弄玉吹笙、寒簧击敔"的话，敔（音"语"），古代的一种打击乐器，状如一只伏着的老虎的形状。可见寒簧与音乐关系密切。

第四十一出　见　月①

【仙吕入双调过曲】【双玉供】【玉胞肚】（杂扮四将、二内侍，引生骑马、丑随行上）（合）重华迎待②，促归程，把回銮仗排。离南京不听鹃啼，怕西京尚有鸿哀。【五供养】喜山河未改，复睹这皇图风采。（众百姓上，跪接介）扶风百姓迎接老万岁爷。（生）生受你每，回去罢。（百姓叩头呼"万岁"下）（生众行介）【玉胞肚】纷纷父老竞拦街，叩首齐呼"万岁"来③。

　　（丑）启万岁爷：天色已晚，请銮舆就在凤仪宫驻跸。（生下马介）众军士：外厢伺候。（军）领旨。（下）（生进介）高力士，此去马嵬，还有多少路？（丑）只有一百多里了。（生）前已传旨，令该地方官建造妃子新坟，你可星夜前往，催督工程，候朕到时改葬。（丑）领旨。暂辞凤仪去，先向马嵬行。（下）（内侍暗下）（生）西川出狩乍东归，驻跸离宫对夕晖。记得去年尝麦饭，一回追想一沾衣④。寡人自幸蜀中，不觉一载有余。幸喜西京恢复，回到此间。你看离宫寥寂，暮景苍凉。好伤感人也！

【摊破金字令】黄昏近也，庭院凝微霭；清宵静也，钟漏沉虚籁。一个愁人有谁偢睬⑤，已自难消难受，那堪墙外，又推将这轮明月来。寂寂照空阶，凄凄浸碧苔。独步增哀，双泪频揩，千思万量没布摆。

　　寡人对着这轮明月，想起妃子冷骨荒坟，愈觉伤心也！

【夜雨打梧桐】霜般白，雪样皑，照不到冷坟台。好伤怀，独向婵娟陪待。蓦地回思当日，与你偶尔离开⑥，一时半刻也难捱，何况是今朝永隔幽冥界。（泣介）我那妃子呵，当初与你钗、盒定情，岂料遂为殉葬之物。欢娱不再，只这盒钗，怎不向人间守，翻教地下埋？

（叹介）咳，妃子，妃子，想你生前音容如昨，教我怎生忘记也！

【摊破金字令】【换头】休说他娇鬟妍笑，风流不复偕，就是赪颜微怒，泪眼慵抬，便千金何处买。纵别有佳人，一般姿态，怎似伊情投意解，恰可人怀。思量到此呆打孩⑦。我想妃子既殁，朕此一身虽生犹死，倘得死后重逢，可不强如独活。孤独愧形骸，余生死亦该。惟只愿速离尘埃，早赴泉台，和伊地中将连理栽。

记得当年七夕，与妃子同祝女牛，共成密誓。岂知今宵月下，单留朕一人在此也！

【夜雨打梧桐】长生殿，曾下阶，细语倚香腮。两情谐，愿结生生恩爱。谁想那夜双星同照，此夕孤月重来。时移境易人事改。月儿，月儿，我想密誓之时，你也一同听见的！记鹊桥河畔，也有你姮娥在，如何厮赖⑧！索应该撺掇他牛和女⑨，完成咱盒共钗。

（内侍上）夜色已深，请万岁爷进宫安息。

   （生）银河漾漾月辉辉，崔　橹

     万乘凄凉蜀路归。崔道融

     香散艳消如一梦，王　道

     离魂渐逐杜鹃飞。韦　庄⑩

注释：

①见月：唐代白居易《长恨歌》："行宫见月伤心色，夜雨闻铃

肠断声。"

②重华迎待：重华，虞舜名。虞舜受禅于尧，肃宗受禅于明皇，故以重华喻肃宗。

③纷纷父老竞拦街，叩首齐呼"万岁"来：唐代崔道融《銮驾东回》："两川花捧御衣香，万岁山呼辇路长。天子还出马嵬过，别无惆怅似明皇。"

④不觉一载有余：唐明皇天宝十五载（即至德元载，756）六月避乱西川，至德二载（757）十二月东回长安，历时一年半左右。故上文说"记得去年尝麦饭"，六月正是新麦收获之季节。

⑤偢（chǒu）睬：理睬。

⑥偶尔离开：指两人闹别扭、玉环回娘家事。清代吴舒凫原评："暗照虢国一事。"

⑦呆打孩：发呆，发痴。

⑧厮赖：抵赖。

⑨撺掇（cuān duo）：怂恿。

⑩"银河漾漾月辉辉"四句：本出下场诗首句见崔橹《闻笛》，第二句见崔道融《马嵬》，第三句见王道《金谷》，末句见韦庄《春日》。

点评：

　　杨玉环思念李隆基，李隆基又何尝不是呢？蜀中一番折腾，今日御驾回銮，更平添了几分凄凉之感。此处提及为杨贵妃建造新坟，并让人"候其改葬"，正和前文玉环的预感相符。

月亮曾是李、杨爱情的见证，可如今两人已天各一方。一轮冷月，一方孤坟，此情此景怎不叫上皇落泪。此处再提"钗盒情缘"，和第二出《定情》相照应，不知此时的李隆基对往事到底是恋还是悔。"月儿，月儿，我想密誓之时，你也一同听见的！记鹊桥河畔，也有你姮娥在，如何厮赖"几句，倒写得颇为生动，令人仿佛看见一位老小孩正向月亮撒娇。如果让时间倒转，一切是否会从此改变呢？吴舒凫原评云："已命力士营葬，徘徊月下，自应先从荒坟入想，又因殉葬转到钗盒，更有情致。"

　　世界上几乎所有的民族都给予月亮种种美好的想象。许多民族把它看成是司植物生命和生长之神；有的民族把月亮看成"土地神"；由于月亮有圆有缺，圆月十分难得又非常美丽，故很多民族又把它想象为"团圆之神"；进一步，又由这"团圆之神"派生出"姻缘之神"来——人们把夫妻家人团聚的希望每每寄托在圆月身上，盼望它能给人类的美好姻缘以某种启示、象征和保证；再进一步，它在一些民族的眼里就成了"青春之神"了，女子们往往向着月亮祈求让自己青春常驻；由于"丰收"、"团圆"、"青春"以及美好的姻缘都是好事，都是人们所向往的吉祥如意之事，所以月亮又被认为是"吉祥之神"，人们每每在有月之夜活动行事、思念亲人，正是鉴于这样的一种认识。所以才有"月亮代表我的心"之说！

　　注意：这一出又是一段男声独唱音乐会。

长生殿，曾下阶，细语倚香腮。两情谐，愿结生生恩爱。谁想那夜双星同照，此夕孤月重来。时移境易人事改。

第四十二出　驿　备

【越调过曲】【梨花儿】（副净扮驿丞上）我做驿丞没偏偏^①，缺供应付常吃打。今朝驾到不是耍，嗦，若有差迟便拿去杀。

自家马嵬驿丞，从小衙门办役。考了杂职行头^②，挖选马嵬大驿。虽然陆路冲繁^③，却喜津贴饶溢。送分例^④，落下些折头^⑤；造销算^⑥，开除些马匹^⑦。日支正项俸薪，还要月扣衙门工食^⑧。怕的是公吏承差，吓的是徒犯驿卒。求买免^⑨，设定常规；比月钱^⑩，百般威逼。及至摆站缺人，常把屁都急出。今更有大事临头，太上皇来此驻跸。连忙唤各色匠人，将驿舍周围收拾。又因改葬贵妃娘娘，重把坟茔建立。恐土工窥见玉体，要另选女工四百。报道高公公已到，催办工程紧急。若还误了些儿，（弹纱帽介）怕此头要短一尺^⑪。（末扮驿卒上）（见介）老爹，我已将各匠催齐，你放心，不须忧戚。（副净）还有女工呢？（末）现有四百女工，都在驿门齐集。（副净）快唤进来。（末唤介）女工每走动。（贴、净、杂扮村妇，丑短须女扮，各携锹锄上）本是村庄妇，来充埋筑人。（见介）女工每叩头。（末）起来点名。（副净点介）周二妈。（净应）（副净）吴姥姥。（贴应）（副净）郑胖姑。（杂应）（副净）尤大姐。（丑掩口作娇声应介）（副净作细看介）咦，怎么这个女工掩着了嘴答应，一定有些蹊跷。驿子与我看来。（末应扯丑手开看介）老爹，是个胡子。（副净）是男，是女？（丑）是女。（副净）女人的胡子，那里有生在嘴上的，我不信。驿子，再把他裤裆里搜一搜。（末应作搜丑，诨介）老爹，这胡子是假充女工的。（副净）哎呀，了不得，这是上用钦工，非同小可。亏得我老爹精细，若待皇帝看见，险些把我这颗头，断送在你胡子嘴上了。好打，好打！（丑）只因老爹这里催得紧，本村凑得三百九十九名，单单少了一名，故此权来充数。明日另换便了。（副净）也罢，快打出去！（末应，打丑下）（副净看众笑介）如今我老爹疑心起来，只怕连你每也不是女人哩。（众笑介）我每都是女人。（副净）口说无凭，我老爹只要用手来大家摸一摸，才信哩。（作捞摸，众作躲避走笑介）（净）笑你老爹好长手，（杂）刚刚摸着个鬃剔帚^⑫。（副净）弄了一手白鬃香^⑬，（贴）拿去房中好下酒。（诨介）（老旦一面上）欲将锦袜献天子，权把铧锹充女工。老身王嬷嬷，自从抬得杨娘娘锦袜，过客争求一看，赚了许多钱钞。目今闻说老万岁爷回来，一则收藏禁物，恐有祸端；二则将此锦袜献上，或有重赏，也未可知。恰好驿中金报女工，要去撺上一名^⑭。葬完就好进献，来此已是驿前了。（末上见介）你这老婆子，那里来的？（老旦）来投充女工的。（末）住着^⑮。（进介）老爹，有一个投充女工的老婆子在外。（副净）唤进来。（末出，唤老旦进见介）（副净）你是投充女工的么？（老旦）正是。（副净）我看你年纪老了些，怕做不得工。只是现少一名，急切里没有人，就把你顶上罢。你叫甚名字？（老旦）叫做王嬷嬷。（副净）好，好！恰好周、吴、郑、王四人。你四人就做个工头，每一人管领女工九十九人。住在驿中操演，伺候驾到便了（众）晓得。（做各见诨介）（副净）你每各拿了锹锄，待我老爹亲自教演一番。（众应各拿锹锄，副净作教演势，众学介）（副净）

【亭前柳】锹镢手中拿，挖掘要如法。莫教侵玉体，仔细拨黄沙。（合）大家、演习须熟滑，此奉钦遵，切休得有争差。

（众）老爷，我每呵，

【前腔】田舍业桑麻，惯见弄泥沙。小心齐用力，怎敢
告消乏⑯。（合）大家、演习须熟滑，此奉钦遵，切休得
有争差。

（副净）且到里边连夜操演去。（众应介）

> 玉颜虚掩马嵬尘，　高　骈
>
> 云雨虽亡日月新。　郑　畋
>
> 晓向平原陈祭礼，　方　干
>
> 共瞻銮驾重来巡。　僧广宣⑰

注释：

①没偈傝（tà sā）：没出息。清代钱大昕《恒言录·偈傝》：
　　"今吴人以不谨为没偈傝。"

②行头：犹"班头"。

③冲繁：要冲、繁华之地。

④分例：下属照例送给上司的钱。

⑤落下：私留。

⑥造销算：向上呈报销算清册。

⑦开除：此处是虚报的意思。

⑧月扣衙门工食：按月克扣衙门的工钱、饭钱。

⑨求买免：交钱免除差役。

⑩比：追征。

⑪怕此头要短一尺：杀头的意思，与上文"若有差迟便拿去
　　杀"、下文"险些把我这颗头，断送在你胡子嘴上了"云云，

都是一个意思。

⑫鬃刷帚：鬃毛制作的刷帚。刷帚，元明清市井隐语，喻指男性生殖器，代指浪子、嫖客等不正经的男子。

⑬白鮝（xiǎng）香：白鮝，黄鱼（石首鱼）干，其硬如石。喻指男性生殖器。香，反语，实为臭。

⑭攒（cuān）：充。

⑮住着：站住。

⑯告消乏：叫苦叫累。

⑰"玉颜虚掩马嵬尘"四句：本出下场诗首句见高骈《马嵬驿》，第二句见郑畋《马嵬坡》，第三句见方干《哭秘书姚少监》，末句见僧广宣《安国寺随驾幸兴唐观应制》。

点评：

　　本出全然是一段"科诨戏"。在中国，插科打诨几乎与戏剧的发生同步，与戏曲的历史一样悠久。王国维曾说：中国戏剧，实源自巫与优，其后者，提供的就是一种滑稽戏。西汉司马迁在《史记》里，记录了优孟、优旃两位优人的事迹，篇名即曰《滑稽列传》。由此，后世甚至将"优孟衣冠"看作中国戏剧表演发展史的起点。待到戏曲逐步成熟的时代，科诨艺术愈发得到重视、受到欢迎。作为舞台演出脚本的明代成化本《白兔记》，甚至公然宣称"不插科不打诨，不谓之传奇"，把科诨看作戏曲艺术的首要标志。

　　科诨戏的第一大特点，便是上场角色的自暴劣迹。本出戏的主角，正是副净扮演的"驿丞"，出名所谓"驿备"，就是表现他对唐明皇即将到来所做的种种准备工作。"我做驿丞没傝倴，缺供应付常吃打。今朝驾到不是耍，噷，若有差迟便拿去杀。"上场曲就让人发笑：驿丞好歹也算官员，却不是被打就是被杀，当然是"没傝倴"没有出息了。接着的自报家门，更是暴露自己贪图小便宜、到处克扣、弄虚作假等等的手段。这些劣迹，在社会生活中隐瞒还来不及呢，怎会放在嘴上到处宣扬？可正是这样的满嘴劣迹斑斑，最能引来观众的哄堂大笑并揭发出官场的种种黑暗现象。

由"自暴劣迹"引发笑乐，这是发端于"参军戏"的科诨传统。《太平御览》卷五六九"优倡"类引《赵书》曰："石勒参军周延，为馆陶令，断官绢数百匹，下狱，以八议宥之。后每大会，使俳优着介帻，黄绢单衣。优问：'汝为何官，在我辈中？'曰：'我本馆陶令。'抖擞单衣曰：'政坐取是，故入汝辈中。'以为笑。"这个官至参军的周延，因为贪污官绢，上级决定让优人在大会上戏弄他，也算是警戒他人不要重蹈覆辙。表演时，优人问他：你是什么官，怎么混迹于我辈队伍？他自报家门说"我本馆陶令"，然后抖动身上的衣服说：因为它，所以跟你们在一起了。全场哄笑，寓教育于娱乐中。本出戏中的驿丞，则更加直接地把自己的劣迹抖搂在观众面前了。元杂剧中贪官污吏、庸医酸文人，都是这样的。"行医有斟酌，下药依《本草》。死的医不活，活的医死了"，"县官清如水，令史白如面。水面打一和，糊涂成一片"，这样的上场诗可做任何庸医或者贪官的自我介绍。《驿备》若是置于这一科诨戏系列中考察之，亦是毫不逊色甚至出挑的。

从曲唱与科白的比重看，本出戏除了引子【梨花儿】以及剧末【亭前柳】曲牌的重复两次外，中间部分全是科白诨语，这也是参军戏、宋杂剧"科白戏"风格的传承。

第四十三出　改　葬

【商调引子】【忆秦娥】（生引二内侍上）伤心处，天旋日转回龙驭；回龙驭，踟蹰到此，不能归去。

> 寡人自蜀回銮，痛伤妃子仓卒捐生，未成礼葬。特传旨另备珠襦玉匣，改建坟茔，待朕亲临迁葬，因此驻跸马嵬驿中。（泪介）对着这佛堂梨树，好凄惨人也！

【商调过曲】【山坡羊】恨悠悠江山如故，痛生生游魂血污①。冷清清佛堂半间，绿阴阴一本梨花树。空自呼，怕夜台人更苦。那里有佩环夜月归朱户，也慢想颜面春风识画图。（丑暗上）（见介）奴婢奉旨，筑造贵妃娘娘新坟，俱已齐备。请万岁爷亲临启墓。（生）传旨起驾。（丑）领旨。（传介）军士每，排驾。（杂扮军士上，引行介）马嵬坡下泥土中，不见玉容空死处②。（到介）（丑）启万岁爷：这白杨树下，就是娘娘埋葬之处了。（生）你看蔓草春深，悲风日薄。妃子，妃子！兀的不痛杀寡人也！（哭介）号呼，叫声声魂在无？歔欷，哭哀哀泪渐枯。

> （老旦、杂、贴、净四女工带锄上）（老旦）老万岁爷来了。我每快些前去，伺候开坟。（丑）你每都是女工么？（众应介）（丑启生介）女工每到齐了。（生）传旨，军士回避。高力士，你去监督女工，小心开掘。（丑应传介）
>
> （军士下）（众女工作掘介）（众）

【水红花】向高冈一谜下锹锄，认当初，白杨一树。怕香销翠冷伴蚍蜉③，粉肌枯，玉容难睹。（众惊介）掘下三尺，只有一个空穴，并不见娘娘玉体！早难道为云为雨，飞去影都无，但只有芳香四散袭人裾也啰④。

（净）呀，是一个香囊。（丑）取来看。（净递囊，丑接看哭介）我那娘娘呵，你每且到那厢伺候去。（众应下）（丑启生介）启万岁爷：墓已启开，却是空穴。连裹身的锦褥和殉葬的金钗、钿盒都不见了。只有一个香囊在此。（生）有这等事！（接囊看，大哭介）呀，这香囊乃当日妃子生辰，在长生殿上试舞《霓裳》，赐与他的。我那妃子呵，你如今却在何处也！

【山坡羊】惨凄凄一匡空墓，杳冥冥玉人何去？便做虚飘飘锦褥儿化尘，怎那硬撑撑钿盒也无寻处。空剩取，香囊犹在土，寻思不解缘何故，恨不得唤起山神责问渠。（想介）高力士，你敢记差了么？（丑）奴婢当日，曾削杨树半边，题字为记。如何得差？（生）敢是被人发掘了？（丑）若经发掘，怎得留下香囊？（生呆想不语介）（丑）奴婢想来，自古神仙多有尸解之事。或者娘娘尸解仙去，也未可知。即如桥山陵寝⑤，止葬黄帝衣冠。这香囊原是娘娘临终所佩，将来葬入新坟之内，也是一般了。（生）说的有理。高力士，就将这香囊裹以珠襦，盛以玉匣，依礼安葬便了。（丑）领旨。（生哭介）号呼，叫声声魂在无？欷歔，哭哀哀泪渐枯。

（丑持囊出介）（作盛囊入匣介）香囊盛放停当，女工每那里？（众上）（丑）你每把这玉匣，放在墓中，快些封起坟来。（众作筑坟介）

【水红花】当时花貌与香躯，化虚无，一抔空墓；今朝玉匣与珠襦，费工夫，重泉深锢。更立新碑一统，细把泪痕书。从今流恨满山隅也啰。

（丑）坟已封完，每人赏钱一贯。去罢。（众谢赏，叩头介）（净、贴、杂先下）（丑问老旦介）你这婆子，为何不去？（老旦）禀上公公：老妇人旧年在马嵬坡下，拾得杨娘娘锦袜一只，带来献上老万岁爷。（丑）待我与你启奏。（见生介）启万岁爷：有个女工，说拾得杨娘娘锦袜一只，带来献上。（生）快宣过来。（丑唤老旦进见介）婢子叩见老万岁爷。（献袜介）（生）取上来。（丑取送生介）（老旦起立介）（生看，哭介）呀，果然是妃子的锦袜，你看芳香未散，莲印犹存。我那妃子呵，（哭介）

【山坡羊】俊弯弯一钩重睹，暗蒙蒙余香犹度。袅亭亭记当年翠盘，瘦尖尖稳逐红鸳舞。还忆取、深宵残醉余，梦酣春透勾人觑。今日里空伴香囊留恨俱。（哭介）号呼，叫声声魂在无？欷歔，哭哀哀泪渐枯。

高力士，赐他金钱五千贯，就着在此看守贵妃坟墓。（老旦叩头介）多谢老万岁爷！（起出看锄介）无心再学持锄女，有钞甘为守墓人。（下）（外引四军上）见辟乾坤新定位，看题日月更高悬⑥。（见介）臣朔方节度使郭子仪，钦奉上命，带领卤簿，恭迎太上皇圣驾。（生）卿荡平逆寇，收复神京，宗庙重新，乾坤再造，真不世之功也。（外）臣忝为大帅，破贼已迟。负罪不遑，何功之有！（生）卿说那里话来！高力士，分付起行。（丑）领旨。

（传介）（生更吉服介）（众引生行介）

【水红花】五云芝盖簇銮舆⑦，返皇都，旌旗溢路。黄童白叟共相扶，尽欢呼，天颜重睹。从此新丰行乐，少帝奉兴居⑧。千秋万载巩皇图也啰。

肠断将军改葬归，　徐　夤

下山回马尚迟迟。　杜　牧

经过此地千年恨，　刘　沧

空有香囊和泪滋。　郑　嵎⑨

注释：

① 痛生生游魂血污：唐代杜甫《哀江头》："血污游魂归不得。"

② 马嵬坡下泥土中，不见玉容空死处：出自唐代白居易《长恨歌》原句。

③ 虸蚄：一种黑色的大蚂蚁。

④ 也啰：语尾助词。

⑤ 桥山陵寝：桥山，在陕西黄陵县西北，山呈桥形，故名。相传黄帝葬于此，故又称桥陵。

⑥ 见辟乾坤新定位，看题日月更高悬：出自唐代沈佺期《再入道场纪事应制》原句。

⑦ 五云芝盖：形容为五色瑞云簇拥的灵芝形车盖。

⑧ 从此新丰行乐，少帝奉兴居：当年汉高祖定都长安，其父思念家乡丰邑，故汉高祖依样造了一座"新丰"，把丰邑的百姓也迁过来。此处说李隆基今后可以像汉初的太上皇一样"新丰行乐"了，而这样的享乐生活也是"少帝"肃宗奉献的。

⑨ "肠断将军改葬归"四句：本出下场诗首句见徐夤《再幸华清宫》，第二句见杜牧《送薛邦二首》其一，第三句见刘沧《题吴宫苑》，末句见郑嵎《津阳门诗》。

点评：

李隆基思念杨玉环心切，急于为爱妃改葬。其真情日月可鉴。只是如此一来，又肥了官吏，苦了百姓。这项改葬工程着实浩大，李隆基亲临现场，主持迁葬仪式。

杨玉环"尸解"，如今已位列仙班了，这肉眼凡胎的李隆基又如何知晓。高力士如此神机妙算，猜得了"尸解"，也可以称得上"高半仙"了。

王嬷嬷来献香袜，李隆基睹袜思人，泪如泉涌。太上皇下旨赐她金钱五千贯，还让她成为贵妃坟墓的守墓人。王嬷嬷既得了赏钱，又有了"国营单位"的"铁饭碗"，她立即甩掉铁锹，也不用沽酒当垆攒辛苦钱了。

正谈话间，郭子仪率众接太上皇回京。李隆基暂时转忧为喜，在黄罗伞盖簇拥下，直奔京城而去。

这出戏，除了开头的引子外，整部戏里只有李隆基唱的【山坡羊】和众人唱的【水红花】两曲牌，生角独唱，众人合唱，两曲交替，各唱三遍，这就是它的音乐结构。生角独唱的是抒情曲，是李隆基对杨玉环的声声歌哭；众唱的【水红花】是民歌体，是对众人掘坟、筑坟和行路的伴唱，是由劳动号子生发而来的民谣，最后的语助词"也啰"也是具有劳动号子意味的咏叹。

第四十四出　怂　合

【南吕引子】【阮郎归】(小生上) 碧梧天上叶初飞，秋风又报期。云中遥望鹊桥齐，隔河影半迷。

岂是仙家好别离，故教迢递作佳期。只缘碧落银河畔，好在金风玉露时①。吾乃牵牛是也。今当下界上元二年七月七夕②，天孙将次渡河，因此先在河边伺候。记得天宝十载，吾与天孙相会之时，见唐天子与贵妃杨玉环，在长生殿上拜祷设誓，愿世世为夫妇。岂料转眼之间，把玉环生生断送，好不可怜人也！

【南吕过曲】【香遍满】佳人绝世，千秋第一冤祸奇。把无限绸缪轻抛弃，可怜非得已。死生无见期。空留万种悲，枉罚下多情誓。

【朝天懒】【朝天子】(贴引杂扮二仙女上) 好会年年天上期，不似尘缘浅，有变移。【水红花】见仙郎河畔独徘徊，把驾频催。(杂报介) 天孙到。(小生迎介) 天孙来了。(同织女对拜介)

(合)【懒画眉】相逢一笑深深拜，隔岁离情各自知。

(小生) 天孙，请同到斗牛宫去。(携贴行介) 携手步云中，(贴) 仙裙扬好风。(合) 河明乌鹊渚，星聚斗牛宫。(到介) (杂暗下)

(小生) 天孙请坐。(坐介)

【二犯梧桐树】【金梧桐】琼花绕绣帷，霞锦摇珠佩。(贴合) 斗府星宫，岁岁今宵会。【梧桐树】银河碧落神仙配，地久天长，岂但朝朝暮暮期③。【五更转】愿教他人世上夫妻辈，都似我和伊，永远成双作对。

(小生) 天孙，

【浣溪沙】你且慢提，人间世、有一处怎偏忘记。（贴）忘了何处？（小生）可记得长生殿里人一对，曾向我焚香密誓齐。（贴）此李三郎与杨玉环之事也，我怎不记得！（小生）天孙既然记得，须念彼、堕万古伤心地，他愿世世生生，忍教中路分离。

（贴）提记玉环之事，委实可伤。我前因马嵬土地之奏，

【刘泼帽】念他独抱情无际，死和生守定不移，含冤流落幽冥地。因此呵，为他奏玉墀，令再证蓬莱位。

（小生笑介）天孙虽则如此，只是他呵，

【秋夜月】做玉妃、不过群仙队，寡鹄孤鸾白云内，何如并翼鸳鸯美。念盟言在彼，与圆成仗你。

（贴）仙郎，我岂不欲为他重续断缘。只是李三郎呵，

【东瓯令】他情轻断，誓先隳，那玉环呵，一个钟情枉自痴。从来薄幸男儿辈，多负了佳人意。伯劳东去燕西飞④，怎使做双栖！

（小生）天孙所言，李三郎自应知罪。但是当日马嵬之变呵，

【金莲子】国事危，君王有令也反抗逼，怎救的、佳人命摧。想今日也不知怎生般悔恨与伤悲。

（贴）仙郎恁般说，李三郎罪有可原。他若果有悔心，再为证完前誓便了。（二杂上）启娘娘：天鸡将唱⑤，请娘娘渡河。（贴）就此告辞。（小生）河边相送。（携手行介）

【尾声】没来由将他人情事闲评议，把这度良宵虚废。唉，李三郎、杨玉环，可知俺破一夜工夫都为着你！

　　　　云阶月地一相过，杜　牧

　　　　争奈闲思往事何。白居易

一自仙娥归碧落，刘　沧
千秋休恨马嵬坡。徐　夤⑥

注释：

①"岂是仙家好别离"四句：出自唐代李商隐《辛未七夕》：
"恐是仙家好别离，故教迢递作佳期。由来碧落银河畔，可
要金风玉露时。"

②今当下界上元二年七月七夕：指675年。据史料，唐明皇于
"上元二年四月甲寅"驾崩。

③地久天长，岂但朝朝暮暮期：北宋秦观《鹊桥仙》："两情若
是久长时，又岂在朝朝暮暮。"

④伯劳东去燕西飞：南朝梁陈徐陵《玉台新咏》卷九《东飞伯
劳歌》："东飞伯劳西飞燕，黄姑（牛郎）织女时相见。"

⑤天鸡：传说中天上的神鸡。唐代李白《梦游天姥吟留别》：
"半壁见海日，空中闻天鸡。"

⑥"云阶月地一相过"四句：本出下场诗首句见杜牧《七夕》，
第二句见白居易《强酒》，第三句见刘沧《经麻姑山》，末
句见徐夤《开元即事》。

点评：

　　在本出《怂合》中，时值七月七，牛郎织女商量怎么
使李、杨重圆的事。织女上场唱了一支【朝天懒】，对天上
人间的情事作了一番比较："好会年年天上期，不似尘缘浅，
有变移。"尘世男女间的移情别恋，实在是一件无可奈何
的事。所以李、杨二人，也必须到了天上，才能有望重圆，

爱情永恒。织女本不愿意为李隆基撮合，因为"他情轻断，誓先隳，那玉环呵，一个钟情枉自痴。从来薄幸男儿辈，多负了佳人意。"她对一般男人的本性看得很透彻，对男人的点评很是到位。当然，最终她还是接受牛郎的意见，表示"他若果有悔心，再为证完前誓便了。"织女有一句唱词很能概括本出戏的主题："愿教他人世上夫妻辈，都似我和伊，永远成双作对。"颇有些《西厢记》剧终"愿天下有情的都做了眷属"的意味。是啊！惟抱有这样理念的，才能充当"情场管领"！

　　这一出，是第二次牛郎、织女两人一同出现的场次。牛郎织女的神话故事是中国四大传说之一。两者初为天上星宿，自汉代《古诗十九首》起，已经有人物形象隐现于其中，"泣涕零如雨"，"脉脉不得语"之谓是也。民间传说的牛郎织女故事，大致定型于南北朝时期。版本异文很多，故事情节大致是：天上的织女与人间的牛郎相爱而婚，此事触怒了王母娘娘，于是王母娘娘拔头上金簪划了条天河，牛、女只能隔河相望，一年只能相会一次，那就是七月七日鹊桥会。织女的形象，一般是天上仙女、人间劳动妇女的叠合。有的传说说她婚后"废织纫"变成了懒妇，正因此令王母恼怒。由此看来，织女也只是个有缺点的女子，像一般的民间女子一样。而这一些缺点又是可以原谅的，所以王母娘娘对她也是网开一面，每年让她见一次丈夫。当然，本出的织女，颇有些现代妇女干部的模样：分析矛盾头头是道，解决矛盾一言九鼎。

　　这出戏主要为牛郎而设。若是没有这出戏，牛郎的形象在本剧就十分单薄，吴舒凫也看出了这一点，他批语道："乞巧、前盟双星作合，若无此折，便漏却牛郎矣。写牛郎为明皇怂恿，亦情理所必至者。"在他看来，为牛郎增加戏份是理所当然的。

民间对于牛郎织女一年一次久别重逢特有好奇心：他们会说些什么？怎么渡过这极为珍贵的一宿？《长生殿》中《怂合》这一出就展示了其无数相会中的一次。在这里，牛女也有争执。牛郎毕竟是厚道之人，极力说服织女让李、杨二人团聚。织女本也是说说气话，心中亦有成人之美的心意，再加上牛郎的一番劝说，也就顺水推舟，答应了下来。"没来由将他人情事闲评议，把这度良宵虚废"，一年一度的七夕佳会，就这样画上了并不圆满的句号。"唉，李三郎、杨玉环，可知俺破一夜工夫都为着你！"看来成全别人的乐趣，可以大于自身的满足，但是牢骚，还是要发一发的。吴舒凫对于【尾声】的批语则说："非悔未惬欢情，亦非欲杨、李知感有心人玉成人事。往往故作反语，莫与痴人错解。"故作反语，因而这位牛郎身上还颇有些许幽默感呢。

第四十五出　雨　梦

【越调引子】【霜天晓角】（生上）愁深梦杳，白发添多少①。最苦佳人逝早，伤独夜，恨闲宵。

> 不堪闲夜雨声频，一念重泉一怆神。挑尽灯花眠不得②，凄凉南内更何人③。朕自幸蜀还京，退居南内，每日只是思想妃子。前在马嵬改葬，指望一睹遗容，不想变为空穴，只剩香囊一个。不知果然尸解，还是玉化香消？徒然展转寻思，怎得见他一面？今夜对着这一庭苦雨、半壁愁灯，好不凄凉人也！

【越调过曲】【小桃红】冷风掠雨战长宵，听点点都向那梧桐哨也。萧萧飒飒，一齐暗把乱愁敲，才住了又还飘。那堪是凤帏空，串烟销，人独坐，厮凑着孤灯照也，恨同听没个娇娆。（泪介）猛想着旧欢娱，止不住泪痕交。

> （内打初更介）（小生内唱，生作听介）呀，何处歌声，凄凄入耳，得非梨园旧人乎④？不免到帘前，凭阑一听。（作起立凭阑介）此张野狐之声也，且听他唱的是甚曲儿？（作一面听、一面欷歔掩泪介）（小生在场内立高处唱介）

【下山虎】万山蜀道，古栈岩嶢⑤。急雨催林杪，铎铃乱敲。似怨如愁，碎聒不了，响应空山魂暗消。一声儿忽慢袅，一声儿忽紧摇。无限伤心事，被他逗挑，写入清商传恨遥。

> （内二鼓介）（生悲介）呀，原来是朕所制《雨淋铃》之曲。记昔朕在栈道，雨中闻铃声相应，痛念妃子，因采其声，制成此曲。

今夜闻之，想起蜀道悲凄，愈加肠断也。

【五韵美】听淋铃，伤怀抱。凄凉万种新旧绕，把愁人禁虐得十分恼⑥。天荒地老，这种恨谁人知道。你听窗外雨声越发大了。疏还密，低复高，才合眼，又几阵窗前把人梦搅。

（丑上）西宫南内多秋草，夜雨梧桐落叶时⑦。（见介）夜已深了，请万岁爷安寝罢。（内三鼓介）（生）呀，漏鼓三交，且自隐几而卧⑧。哎，今夜呵，知甚梦儿得到俺眼里来也！（仰哭介）

【哭相思】悠悠生死别经年，魂魄不曾来入梦⑨。

（睡介）（丑）万岁爷睡了，咱家也去歇息儿咱。（虚下）（小生、副净扮二内侍带剑上）幽情消未得，入梦感君王。（向上跪介）万岁爷请醒来。（生作醒看介）你二人是那里来的？（小生、副净）奴婢奉杨娘娘之命，来请万岁爷。

【五般宜】只为当日个乱军中祸殃惨遭，悄地向人丛里换妆隐逃，因此上流落久蓬飘。（生惊喜介）呀，原来杨娘娘不曾死，如今却在那里？（小生、副净）为陛下朝想暮想，恨萦愁绕，因此把驿庭静扫，（叩头介）望銮舆幸早。说要把牛女会深盟，和君王续未了⑩。

（生泪介）朕为妃子百般思想，那晓得却在驿中。你二人快随朕前去，连夜迎回便了。（小生、副净）领旨。（引生行介）

【山麻稭】【换头】喜听说如花貌，犹兀自现在人间，当面堪邀。忙教、潜出了御苑内夹城复道⑪，顾不得夜深人静，露凉风冷，月黑途遥。

（末上拦介）陛下久已安居南内，因何深夜微行，到那里去？（生惊介）

【蛮牌令】何处泼官僚，拦驾语哓哓？（末）臣乃陈元礼，陛下快请回宫。（生怒介）咄，陈元礼，你当日在马嵬驿中，暗激军士逼死贵妃，罪不容诛！今日又待来犯驾么？君臣全不顾，辄敢肆狂骁。（末）陛下若不回宫，只怕六军又将生变。（生）咄，陈元礼，你欺朕无权柄，闲居退朝。只逞你有威风，卒悍兵骄。法难恕，罪怎饶！叫内侍，快把这乱臣贼子首级悬枭⑫。

　　（小生、副净）领旨。（作拿末杀下，转介）启万岁爷：已到驿前了。请万岁爷进去。（暗下）（生进介）

【黑麻令】只见没多半空寮、废寮⑬，冷清清临着这荒郊、远郊。内侍，娘娘在那里？（回顾介）呀，怎一个也不见了。单则听飒剌剌风摇树摇，啾唧唧四壁寒蛩，絮一片愁苗、怨苗。（哭介）哎哟，我那妃子呵，叫不出花娇、月娇，料多应形消、影消。（内鸣锣，生惊介）呀，好奇怪，一霎时连驿亭也都不见，倒来到曲江池上了。好一片大水也。不堤防断砌、颓垣，翻做了惊涛、沸涛。

　　（望介）你看大水中间，又涌出一个怪物。猪首龙身⑭，舞爪张牙，奔突而来。好怕人也！（内鸣锣，扮猪龙、项带铁索、跳上扑生；生惊奔，赶至原处睡介）（二金甲神执锤上，击猪龙喝介）咄，孽畜，好无礼！怎又逃出，到此惊犯圣驾，还不快去！（作牵猪龙、打下）（生作惊叫介）哎哟，唬杀我也！（丑急上、扶介）万岁爷，为何梦中大叫？（生作呆坐、定神介）高力士，外边什么响？（丑）是梧桐上的雨声。（内打四更介）（生）

【江神子】【别体】我只道谁惊残梦飘，原来是乱雨萧萧，恨杀他枕边不肯相饶，声声点点到寒梢，只待把泼梧桐锯倒。

　　高力士，朕方才梦见两个内侍，说杨娘娘在马嵬驿中来请朕去。

多应芳魂未散。朕想昔时汉武帝思念李夫人，有李少君为之召魂相见，今日岂无其人！你待天明，可即传旨，遍觅方士来与杨娘娘召魂。（丑）领旨。（内五鼓介）（生）

【尾声】纷纷泪点如珠掉，梧桐上雨声厮闹。只隔着一个窗儿直滴到晓⑮。

> 半壁残灯闪闪明，吴　融
> 雨中因想雨淋铃。罗　隐
> 伤心一觉兴亡梦，方壶居士
> 直欲裁书问杳冥。魏　朴⑯

注释：

①白发添多少：元代白朴《梧桐雨》第四折【端正好】："这半年来白发添多少。"

②挑尽灯花眠不得：唐代白居易《长恨歌》："孤灯挑尽未成眠。"

③凄凉南内更何人：唐代张祜《雨霖铃》："明月南内更无人。"南内，又叫"南苑"或"南宫"，因在大内以南，故名，即兴庆宫，唐玄宗居住的宫邸。

④得非梨园旧人乎：北宋乐史《杨太真外传》卷下："（明皇）闻里中隐隐如有歌声者，顾力士曰：'得非梨园旧人乎？迟明，为我访来。'"

⑤岧峣（tiáo yáo）：山高貌。此指栈道高危。

⑥禁虐：搅扰。

⑦西宫南内多秋草，夜雨梧桐落叶时：白居易《长恨歌》："春风桃李花开夜，秋雨梧桐落叶时。西宫南苑多秋草，宫叶满

阶红不扫。"

⑧隐几：凭靠着小桌。

⑨悠悠生死别经年，魂魄不曾来入梦：用白居易《长恨歌》
　原句。

⑩续未了：指接续未了的姻缘。

⑪夹城：两边筑有高墙的通道。复道：楼阁间有上下两层通道
　而架空者。

⑫悬枭：斩首后将头悬挂在木杆上示众。

⑬寮：小屋。

⑭猪首龙身：暗指安禄山。参见第三十四出《刺逆》。

⑮"纷纷泪点如珠掉"几句：这几句与白朴《梧桐雨》第四折
　【黄钟煞】意境相似："雨和人紧厮熬……共隔着一树梧桐直
　滴到晓。"清代吴舒凫原批："一篇中唐诗、宋词、元曲奔起
　腕下，都为我用，技至此神矣。"

⑯"半壁残灯闪闪明"四句：本出下场诗首句见吴融《中夜闻
　啼禽》，第二句见罗隐《上亭驿》，第三句见方壶居士《隋
　堤词》，末句见魏朴《和皮日休悼鹤》。

点评：

　　秋风秋雨愁煞人，对于晚景凄凉的李隆基更是如此。
忽然间，一阵悲歌飘入，仔细听来，原来是张野狐正唱着
自己谱的【雨淋铃】曲。梧桐更兼细雨，这次第，怎一个
愁字了得。李隆基哭得累了，隐隐睡去，朦胧间，见两内
侍入宫，说是奉杨娘娘之命，来请万岁。李隆基闻听大喜，
急忙跟着二人前去，却见前面一人挡道，正是陈元礼。在

李隆基的内心深处，陈元礼就是杀害杨妃的刽子手，第三十二出《哭像》已有提及。故此，杀陈元礼是李隆基内心早有的念头，可在现实中又不可亲为，便借梦境宣泄心头之愤。梦是人类潜意识的反映，此话不假。只是在历史上，陈元礼和高力士却是始终陪伴在玄宗左右，不离不弃，忠肝义胆。戏曲与史实有出入，还请明辨。

　　本出戏剧情的来源，首先自然是唐代白居易《长恨歌》里的"秋雨梧桐叶落时"，"魂魄不曾来入梦"，及唐代陈鸿《长恨歌传》中的这一段记载："自南宫迁于西内，时移事去，乐极哀来。每至春之日，冬之夜，池莲夏开，宫槐秋落，梨园弟子，玉琯发音，闻《霓裳羽衣》一声，则天颜不怡，左右唏嘘。三载一意，其念不衰。求之梦魂，杳不能得。"其次，元杂剧白朴《梧桐雨》第四折对本出戏的剧情安排、歌词曲意的影响更大。特别是唐明皇梦乍醒时唱的那首【江神子】【别体】，"我只道谁惊残梦飘，原来是乱雨萧萧，恨杀他枕边不肯相饶，声声点点到寒梢，只待把泼梧桐锯倒。"几乎都是化用《梧桐雨》里的曲意而成，如【蛮姑儿】："是兀那窗儿外梧桐上雨萧萧。一声声洒残叶，一点点滴寒梢"，【黄钟煞】："雨湿寒梢，泪染龙袍，不肯相饶"，【倘秀才】"只好把泼枝叶做柴烧，锯倒。"恶狠狠地咒骂梧桐树，扬言要把它锯倒，很好地表现了此时唐明皇"老小孩"的意态。

　　这是一出"梦剧"，一段白朴写过、洪昇浓墨重彩又写了一遍的梦剧。我们知道，梦是人类在睡眠时产生的身心两方面的幻觉体验。弗洛伊德在他《梦的解析》中说："梦的内容在于愿望的达成，其动机在于某种愿望。"正是我们国人常说的"日有所思夜有所梦"的意思。搬上戏曲舞台的梦情幻境，可以说是人类一些想实现的欲望的艺术达成，是人类生活的一种延伸、一种美化，一种心理安抚或宣泄。中国戏曲舞台上产生过许多"梦剧"，汤显祖一个人就写作过"临川四梦"，成为一位以擅长写梦剧而驰名世界的伟大剧作家。被称为"一部闹热的《牡丹亭》"的《长生殿》，也有两出"梦剧"镶嵌其中，如果说第十一出《闻乐》是"女梦"，那么这出《雨梦》就是"男梦"，表现李隆基眼看就要见到爱妃，却被陈元礼阻拦，便与陈及其他阻力搏斗的梦境，表达了他想杀了陈元礼和安禄山等仇人、达成与爱妃重聚的愿望。

　　为明皇增设一段梦中的戏，从接受美学的角度看，也是能够为广大观众接受的，因为在民间传说中，李隆基一直是位"多梦"之人。民间传说中李隆基因向往神仙，曾游月宫、闻仙乐；另外还有段更流行的，是他梦见自杀身亡的钟馗幽魂、得知钟馗已成打鬼英雄的传说，说国人过年、过端午家家门上遍贴钟馗像，也是唐明皇号召的。如果把《梧桐雨》《长生殿》里的梦剧比作"花"，那么这些民间传说与习俗，则是培育这朵花卉的"土壤"。

　　李隆基觅方士为杨妃招魂，这有"招"才有"得"，剧情又峰回路转了。同样写雨夜深宫里的玄宗，元代白朴的《梧桐雨》着重于大段的抒情，在"凄凄惨惨"、"点点滴滴"中拉上了帷幕；而洪昇却以叙事安排见长，两相对照，各具其妙！

第四十六出　觅　魂

（净扮道士，小生、贴扮道童，执幡引上）临邛道士鸿都客，能
以精诚致魂魄。为感君王展转思，便教遍处殷勤觅①。贫道杨通
幽是也。籍隶丹台②，名登紫箓③。呼风掣电，御气天门。摄鬼
招魂，游神地府。只为太上皇帝思念杨妃，遍访异人召魂相见，
俺因此应诏而来。太上皇十分欢喜，诏于东华门内，依科行法。
已曾结就法坛，今晚登坛宣召。童儿，随我到坛上去来。（童捧
剑、水同行科）（净）

【仙吕】【点绛唇】俺为他一点情缘④，死生衔怨。思重
见，凭着咱道力无边，特地把神通显。

（场上建高坛科）（小生、贴）已到坛了。（净）是好一座法坛也！

【混江龙】这坛本在虚空辟建，象涵太极法先天。无中有
阴阳攒聚，有中无水火陶甄。（童）基址从何而立？（净）基址
呵，遣五丁，差六甲，运戊己中央当下立。（童）用何工夫而成？
（净）用工夫，养婴儿，调姹女，配乙庚金木刹那全。（童）坛上
可有户牖？（净）户牖呵，对金鸡，朝玉兔，坎离卯酉。（童）方向
呢？（净）方向呵，镇黄庭，通紫极，子午坤乾。（童）这坛可有
多少大？（净）虽只是倚方隅，占基阶，坛场咫尺，却可也纳须
弥，藏世界，道里由延。（童）原来包罗恁宽！（净）上包着一周天
三百六十躔度，内星辰日月。（童）想那分统处量也不小（净）中
分统四大洲，亿万百千阎浮界，岳渎山川。（童）坛上谁听号令？
（净）听号令，则那些无稽滞，司风、司火，司雷、司电。
（童）谁供驱遣？（净）供驱遣，无非这有职掌，值时、值日，值

月、值年。（童）绕坛有何景象？（净）半空中绕噰噰鸾吟凤啸，两壁厢列森森虎伏龙眠。端的是一尘不染，众妄都蠲。（童）若非吾师无边道力，安能建此无上法坛？（净）这全托赖着大唐朝君王分福，敢夸俺小鸿都道力精虔。（童）请吾师上坛去者。（内细乐，二童引净上坛科）（净）趁天风，随仙乐，双引着鸾旌高步斗。（内钟鼓科）（净）响金钟，鸣法鼓，恭擎象简迥朝元。（童献香科）请吾师拈香。（净拈香科）这香呵，不数他西天竺旃檀林青狮窟，根蟠鸷鸶，东洋海波斯国瑞龙脑形似蚕蝉。结祥云，腾宝雾，直冲霄汉；透清微，萦碧落，普供真玄。第一炷，祝当今皇帝享无疆圣寿，保洪图社稷，巩国祚延绵。第二炷，愿疆场静，烽燧销，普天下各道、各州、各境里，民安盗息无征战；禾黍登，蚕桑茂，百姓每若老、若幼、若壮者，家封户给乐田园。第三炷，单只为死生分，情不灭，待凭这香头一点，温热了夜台魂；幽明隔，情难了，思情此香烟百转，吹现出春风面。（童献花介）散花。（净散花科）这花呵，不学他老瞿昙对迦叶糊涂笑撚，谩劳他诸天女访维摩撒漫飞旋。俺特地采蘅芜，踏穿阆苑，几度价寻怀梦摘遍琼田。显神奇，要将他残英再接相思树，施伎俩，管教他落花重放并头莲。（童献灯科）献灯。（净捧灯科）这灯呵，烂辉辉灵光常向千秋照，灿荧荧心灯只为一情传。抵多少衡遥石怀中秘授，还形烛帐里高燃。他则要续痴情，接上这残灯焰，俺可待点神灯，照彻那旧冤愆。（童献法盏科）请吾师咒水。（净捧水科）这水呵，曾游比目，曾泛双鸳。你漫道当日个如鱼也那得水，可知道到头来，水、米也没有半点交缠。数不尽情河爱海波终竭，似那等幻泡浮沤浪易掀。他只道曾经沧海难为水，怎如俺这一滴杨枝彻九

泉。（童）供养已毕，请问吾师如何行法召魂咱？（净）你与我把招魂
衣摄，遗照图悬，龙墀净扫，凤幄高褰。等到那二更以
后，三鼓之前，眠猧不吠⑤，宿鸟无喧，叶宁树杪，虫
息阶沿，露明星黯，月漏风穿，潜潜隐隐，冉冉翩翩，
看步珊珊是耶非一个佳人现，才折证人间幽恨，地下残缘。

（内奏法音科）（丑捧青词上⑥）九天青鸟使⑦，一幅紫鸾书⑧。（进
跪科）高力士奉太上皇之命，谨送青词到此。（童接词进上科）
（净向丑拱科）中官，且请坛外少候片时。（丑应下）（净）

【油葫芦】俺子见御笔青词写凤笺，漫从头仔细展。单子为
死离生别那婵娟，牢守定真情一点无更变。待想他芳魂
两下重相见，俺索召李夫人来帐中⑨，煞强如西王母临殿
前，稳情取汉刘郎遂却心头愿⑩，向今宵同款款话因缘。

（动法器科）（净作法、焚符念科）此道符章，鹤翥鸾翔，功曹符
使⑪，速莅坛场（杂扮符官骑马舞下，见科）仙师，有何法旨？
（净付符科）有烦使者，将此符命，速召贵妃杨氏阴魂到坛者。
（杂接符科）领法旨。（做上马绕场下）（净）

【天下乐】俺只见力士黄巾去召宣⑫，扬也波鞭不暂延。管
教他闪阴风一灵儿勾向前，俺这里静悄悄坛上躬身等，他那
里急煎煎宫中望眼穿，呀，怎多半日云头不见转？

为何此时还不到来，好疑惑也！

【那吒令】阔迢迢山前水前，望香魂渺然。黯沉沉星前月
前，盼芳容杳然。冷清清阶前砌前，听灵踪悄然。不免
再烧一道催符去者。（焚符科）蠢朱符不住烧⑬，歹剑诀空掐
遍⑭，枉念杀波没准的真言⑮。

（杂上见科）覆仙师：小圣人间遍觅杨氏阴魂，无从召取。（净）

符使且退。（杂）领法旨。（舞下）（净下坛科）童儿，请高公公相见者。（童向内请科）高公公有请。（丑上）"玉漏听长短，芳魂问有无。"（见科）仙师，杨娘娘可曾召到么？（净）方才符使到来，说娘娘无从召取。（丑）呀，如此怎生是好？（净）公公且去复旨，待贫道就在坛中，飞出元神⑯，不论上天入地，好歹寻着娘娘。不出三日，定有消息回报。（丑）太上皇思念甚切，仙师是必用意者。且传方士语，去慰上皇情。（下）（内细乐，净更鹤氅科）童儿在坛小心祗候，俺自打坐出神去也。（童）领法旨。（内鸣钟、鼓各二十四声，净上坛端坐，叩齿作闭目出神科⑰）（童）你看我师出神去了。不免放下云帏，坛下伺候则个。（作放坛上帐幔，净暗下）（童）坛上钟声静，天边云影闲。（同下）

注释：

①"临邛（qióng）道士鸿都客"四句：唐代白居易《长恨歌》："临邛道士鸿都客，能以精诚致魂魄。为感君王展转思，遂教方士殷勤觅。"临邛，今四川邛崃。鸿都，即鸿都门，东汉洛阳北宫寓门，此指宫殿。

②丹台：道教的炼丹处，一谓神仙之居处。

③紫箓（lù）：道教记录神仙、灵官姓名的秘籍。

④仔：只。

⑤猧（wō）：犬，狗。

⑥青词：道教活动中写作的祭神文，用朱笔写在青藤纸上，故名。

⑦九天青鸟使：原指西王母的使者，这里是高力士自喻。

⑧紫鸾书：这里指唐玄宗亲自写的青词，即祭文。

⑨索召李夫人来帐中：用汉武帝为李夫人招魂的典故。

⑩煞强如西王母临殿前，稳情取汉刘郎遂却心头愿：此用西王母与汉武帝相见的典故。

⑪功曹：古代官名，此指星名，指十月日与月相会于寅宫，因"万物登成"而谓之"功曹"。符使：信使。

⑫力士黄巾：道教神使。早期道教头戴黄巾，后世服饰尚黄。

⑬蠢：谦词。朱符：朱笔所画符文。

⑭剑诀：道家持剑作法时所念的咒语。

⑮没准的真言：不灵验的咒语。

⑯飞出元神：即下文所谓的"打坐出神"，是道教丹功的最高境界。元神，即所谓先天之神，俗谓之灵魂。道教认为，打坐可以导致灵魂出窍。这里是本出戏的转折处，以上道士杨通幽由净扮，以下则由末扮演杨通幽之元神。

⑰叩齿：上下两排牙齿相叩，道教建醮之仪式中的动作。

　　（末扮道士元神从坛后转行上）

【鹊踏枝】瞑子里出真元，抵多少梦游仙。俺则待踏破虚空，去访婵娟。贫道杨通幽，为许上皇寻觅杨妃魂魄，特出元神，到处遍求。如今先到那里去者。（思科），嗄，有了，且慢自叫阊阖①，轻干玉殿，索先去赴幽冥，大索黄泉。

　　　来此已是酆都城了。（向内科）森罗殿上判官何在？（判跳上，小鬼随上）善恶细分铁算子②，古今不出大轮回。仙师何事降临？（末）贫道特来寻觅大唐贵妃杨玉环鬼魂。（判）凡是宫嫔妃后，地府另有文册。仙师请坐，且待呈簿查看。（末坐科，鬼送册，判递册科）（末看科）

【寄生草】这是一本宫嫔册，历朝妃后编。有一个羸弧箕服把周宗殄③，有一个牝鸡野雉把刘宗煽④，有一个蛾眉狐媚把唐宗变⑤。好奇怪，看古今来椒房金屋尽标题，怎没有杨太真名字其中现？

　　地府既无，贫道去了。不免向天上寻觅一遭也。（虚下）（判跳舞上，鬼随下）（二仙女旌幢，引贴朝服、执拂上）高引霓旌朝绛阙⑥，缓移凤舄踏红云。吾乃天孙织女，因向玉宸朝见⑦，来到天门。前面一个道士来了，看是谁也？（末上）

【么篇】拔足才离地，飞神直上天。（见贴科）原来是织女娘娘，小道杨通幽叩首。（贴）通幽免礼，到此何事？（末）小道奉大唐太上皇之命，寻访玉环杨氏之魂。适从地府求之不得，特来天上找寻。谁知天上亦无。因此一径出来，若不是伴嫦娥共把蟾宫恋，多敢是趁双成同向瑶池现⑧。（贴）通幽，那玉环之魂，原不在地下，不在天上也。（末）呀，早难道逐梁清又受天曹谴⑨，要寻那《霓裳》善舞的俊杨妃，到做了留仙不住的乔飞燕⑩。

　　（贴）通幽，杨妃既无觅处，你索自去复旨便了。（末）娘娘，复旨不难。不争小道呵⑪，

【后庭花滚】没来由向金銮出大言，运元神排空如电转。一口气许了他上下里寻花貌，莽担承向虚无中觅丽娟。（贴）谁教你弄嘴来？（末）非是俺没干缠、自寻驱遣⑫，单则为老君王钟情生死坚，旧盟不弃捐。（贴）马嵬坡下既已碎玉揉香，还讨甚情来？（末）娘娘，休屈了人也。想当日乱纷纷乘舆值播迁，翻滚滚羽林生闹喧，恶狠狠兵骄将又专，焰腾腾威行虐肆煽，闹炒炒不由天子宣，昏惨惨结成妃后冤。扑剌剌生分开交颈鸯，格支支轻拆撒并蒂莲，致使得娇怯怯游魂逐杜

鹃。空落得哭哀哀悲啼咽楚猿，恨茫茫高和太华连⑬，泪漫漫平将沧海填。（贴）如今死生久隔，岁月频更，只怕此情也渐淡了。（末）那上皇呵，精诚积岁年，说不尽相思累万千。镇日家把娇容心坎镌，每日里将芳名口上编。听残铃剑阁悬，感衰梧秋雨传。暗伤心肺腑煎，漫销魂形影怜。对香囊呵惹恨绵，抱锦袜呵空泪涟，弄玉笛呵怀旧怨，拨琵琶呵忆断弦。坐凄凉，思乱缠，睡迷离，梦倒颠。一心儿痴不变，十分家病怎痊！痛娇花不再鲜，盼芳魂重至前。

（贴）前夜牛郎曾为李三郎辨白，今听他说来，果如此情真。煞亦可怜人也！（末）小道呵，生怜他意中人缘未全，打动俺闲中客情慢牵。因此上不辞他往返蹎，甘将这辛苦肩。猛可把泉台踏的穿，早又将穹苍磨的圆。谁知他做长风吹断鸢，似晴曦散晓烟。莽桃源寻不出花一片，冷巫山找不着云半边。好教俺向空中难将袖手展，伫云头惟有睁目延。百忙里幻不出春风图画面，捏不就名花倾国妍⑭。若不得红颜重出现，怎教俺黄冠独自还⑮！娘娘呵，则问他那精灵何处也天？

（贴）通幽，你若必要见他，待我指一个所在，与你去寻访者。
（末稽首科）请问娘娘，玉环见在何处？

【青哥儿】谢娘娘与咱、与咱方便，把玉人消息、消息亲传，得多少花有根芽水有源。则他落在谁边，望赐明言。我便疾到跟前，不敢留连。（贴）通幽，你不闻世界之外，别有世界，山川之内，另有山川么？（末）听说道世外山川，另有周旋，只不知洞府何天，问渡何缘？（贴）那东极巨海之外，有一仙山，名曰蓬莱。你到那里，便有杨妃消息了。（末）多谢娘娘指引。枉了上下俄延，都做了北辙南辕。元来只隔着弱水三千，溟渤风烟，在那麟凤洲偏⑯，蓬阆山巅。那里有蕙圃芝田，白鹿玄猿。琪树翩翩，瑶草芊芊。碧瓦雕楹⑰，月馆云轩。楼阁蜿蜒，门闼勾连。隔断尘喧，合住神仙。（贴）虽这般说，只怕那里绝天涯，跨海角，途路遥远，你去不得。（末）哎，娘娘，他那里情深无底更绵绵，谅着这蓬山路何为远。

（贴）既如此，你自前去咱。又闻人世无穷恨，待绾机丝补断缘。

（引仙女下）（末）不免御着天风，到海外仙山，找寻一遭去也。

（作御风行科）

【煞尾】稳踏着白云轻，巧趁取罡风便，把碗大沧溟跨展。回望齐州何处显，淡蒙蒙九点飞烟。说话之间，早来到海东边，万仞峰巅。这的是三岛十洲别洞天，俺只索绕清虚阆苑，到玲珑宫殿。是必破工夫找着那玉天仙。

与招魂魄上苍苍，黄　滔

谁识蓬山不死乡？赵　嘏

此去人寰知远近，秦　系

五云遥指海中央。韦　庄⑱

注释：

①阊阖（chāng hé）：天宫之门。

②铁算子：相传冥府里使用的铁制算盘，用以勘定俗世善恶。

③檿（yǎn）弧箕服：相传周宣王时有民谣曰："檿弧箕服，实亡周国。"周宣王下令捕杀贩卖檿弧、箕服的夫妇，未遂。这对夫妇的养女即后来的褒姒，褒姒迷惑周幽王而亡周。檿弧，山桑弓。箕服，箭袋。

④牝（pìn）鸡：本指母鸡，这里指掌权的女人即"牝鸡司晨"之谓。野雉：野鸡，又，吕后名雉，此处一语双关。

⑤蛾眉狐媚：指武则天。唐太宗曾赐号武则天为"武媚"，正与善于迷惑人的"狐媚"一词谐音。

⑥绛阙：天宫的绛红色门阙。

⑦玉宸：天帝居处。

⑧双成：即董双成，参见第十四出《偷曲》注释。

⑨遏梁清：本指杨贵妃余音绕梁的歌声，此借指杨贵妃。

⑩留仙不住的乔飞燕：传说汉成帝曾于太液池上作千人舟，赵飞燕歌舞于其上，忽然起风，飞燕扬袖欲升天，帝急令持其裙，风忽止，裙为之皱，人谓"留仙裙"。此处以赵飞燕喻杨贵妃。乔，神奇古怪的意思。

⑪不争：奈何，只为。

⑫没干缠：没事找事，自寻麻烦。

⑬太华：即西岳华山。

⑭名花倾国妍：唐代李白《清平调》词："名花倾国两相欢。"

⑮黄冠：道士的黄色帽冠，此指道士。

⑯麟凤洲：即凤麟洲，传说中的仙山。

⑰楣（mián）：屋檐板。

⑱"与招魂魄上苍苍"四句：本出下场诗首句见黄滔《伤蒋校书德山》，第二句见赵嘏《经王先生故居》，第三句见秦系《题茅山李尊师山居》，末句见韦庄《王道者》。

点评：

上一出写到李隆基想找方士为杨玉环招魂，这才引出了临邛道士杨通幽。《太平广记》上记载："杨通幽，本名什伍，广汉什邡人。幼遇道士，教以檄召之术，受三皇天文，役命鬼神，无不立应。驱毒疠，剪氛邪，禳水旱，致风雨，是皆能之，而木讷疏傲，不拘于俗。"看了这张光辉的履历表，我们不由对杨通幽的法术充满信心。可杨通幽哪里知道杨玉环乃是天上蓬莱玉妃，登上法坛一番作法之后，竟然全无动静，不由心中困惑。

心急之下，杨通幽元神出窍亲自来觅。先到地府，再上天庭，"上穷碧落下黄泉，两处茫茫皆不见"。猛抬头，看见了织女。织女不肯告诉他实情，要打发杨通幽离开，这杨通幽岂肯就范，苦口婆心一番告白之后，织女终于松了口，告诉他杨玉环在蓬莱仙岛。蓬山此去无多路，通幽殷勤为探看。

这一出表演颇有特色，杨通幽先由净扮，人间作法无效后，为敷演其元神出窍，改由末扮演。一般只见一个行当"改扮"两个人物的，这里是两个行当分演一个人物，与《尸解》里魂旦与杂角分扮杨玉环肉体及其灵魂一样。戏曲表演里只有"魂旦"，却没有"魂生"，所以只能由末行来扮演杨通幽元神。

这出戏，展示了地府酆都城的情景。酆都城的主管当然是阎王，可具体事务则由阎王爷手下的判官处理，故杨通幽元神一到那儿就高喊"判官"。判官原指唐宋时辅助地方长官处理公事的人员，民间借指阎王手下掌管生死簿的官吏。判官的表演特色是"跳"、是"舞"，故宋代瓦舍之技艺有"舞判"或谓"跳判"。判官总是与小鬼在一起演对

手戏，宋元南戏《张协状元》里如此，这出戏里亦复如此，
几处舞台提示明标"判跳上，小鬼随上"，"判跳舞上，鬼
随上"。这里的判官、小鬼戏份虽不多，然也丰富了本剧鬼
神系列里的形象。

与招魂魄上苍苍，谁识蓬山不死乡？此去人寰知远近，五云遥指海中央。

第四十七出　补　恨

【正宫引子】【燕归梁】（贴扮织女上）怜取君王情意切，魂遍觅，费周折。好和蓬岛那人说①，邀云佩，赴星阙。

前夕渡河之时，牛郎说起杨玉环与李三郎长生殿中之誓，要我与彼重续前缘。今适在天门外，遇见人间道士杨通幽，说上皇思念贵妃一意不衰，令他遍觅幽魂。此情实为可悯。已指引通幽到蓬山去了，又令侍儿召取太真到此，说与他知。再细探其衷曲②，敢待来也。（仙女引旦上）

【锦堂春】闻说璇宫有命，云中忙驾香车。强驱愁绪来天上，怕眉黛恨难遮。

（仙女报，旦进见介）娘娘在上，杨玉环叩见。（贴）太真免礼，请坐了。（旦坐介）适蒙娘娘呼唤，不知有何法旨？（贴）一向不曾问你，可把生前与唐天子两下恩情，细说一遍与我知道。（旦）娘娘听启：

【正宫过曲】【普天乐】叹生前，冤和业。（悲介）才提起，声先咽。单则为一点情根，种出那欢苗爱叶。他怜我慕，两下无分别。誓世世生生休抛撇，不提防惨凄凄月坠花折，悄冥冥云收雨歇，恨茫茫只落得死断生绝。

【雁过声】【换头】（贴）听说、旧情那些。似荷丝劈开未绝③，生前死后无休歇。万重深，万重结。你共他两边既恁疼热，况盟言曾共设。怎生他陡地心如铁，马嵬坡便忍将伊负也？

【倾杯序】【换头】（旦泪介）伤嗟，岂是他顿薄劣！想那日遭磨劫，兵刃纵横，社稷阽危④，蒙难君王怎护臣妾？妾甘就死，死而无怨，与君何涉！（哭介）怎忘得定情钗盒那根节！

（出钗盒与贴看介）这金钗、钿盒，就是君王定情日所赐。妾被难之时，带在身边。携入蓬莱，朝夕佩玩，思量再续前缘。只不知可能够也？（贴）

【玉芙蓉】你初心誓不赊⑤，旧物怀难撇。太真，我想你马嵬一事，是千秋惨痛，此恨独绝。谁道你不将殒骨留微憾，只思断头香再爇。蓬莱阙，化愁城万叠。（还旦钗盒介）只是你如今已证仙班，情缘宜断。若一念牵缠呵，怕无端又令从此堕尘劫⑥。

（旦）念玉环呵，

【小桃红】位纵在神仙列，梦不离唐宫阙。千回万转情难灭。（起介）娘娘在上，倘得情丝再续，情愿谪下仙班。双飞若注鸳鸯牒，三生旧好缘重结。（跪介）又何惜人间再受罚折！

（贴扶介）太真，坐了。我久思为你重续前缘。只因马嵬之事，恨唐帝情薄负盟，难为作合。方才见道士杨通幽，说你遭难之后，唐帝痛念不衰。特令通幽升天入地，各处寻觅芳魂。我念他如此钟情，已指引通幽到蓬莱山了。还怕你不无遗憾，故此召问。今知两下真情，合是一对。我当上奏天庭，使你两人世居忉利天中⑦，永远成双，以补从前离别之恨。

【催拍】那壁厢人间痛绝，这壁厢仙家念热：两下痴情恁奢⑧，痴情恁奢。我把彼此精诚，上请天阙。补恨填愁，万古无缺。（旦背泪介）还只怕孽障周遮缘尚蹇⑨，会犹赊。

（转向贴介）多蒙娘娘怜念，只求与上皇一见，于愿足矣。（贴）也罢。闻得中秋之夕，月中奏你新谱《霓裳》，必然邀你。恰好此夕正是唐帝飞升之候。你可回去，令通幽届期径引上皇，到月宫一见。何如？（旦）只恐月宫之内，不便私会。（贴）不妨。待我先与姮娥说明。你等相见之时，我就奏请玉音到来，使你情缘永证便了。（旦）多谢娘娘，就此告辞。（贴）

【尾声】团圆等待中秋节，管教你情偿意惬。（旦）只我这万种伤心，见他时怎地说！

    （旦）身前身后事茫茫，天竺牧童

        却厌仙家日月长。曹 唐

    （贴）今日与君除万恨，薛 逢

        月宫琼树是仙乡。薛 能⑩

注释：

①蓬岛那人：住在蓬莱仙岛的那个人，指杨玉环。

②衷曲：内心的诚意。曲，心曲，心灵深处。

③荷丝劈开未绝：藕断丝连的意思。藕为荷之果实，荷丝即藕丝。

④阽（diàn）：临近。

⑤赊：疏远。

⑥一念牵缠呵，怕无端又令从此堕尘劫：唐代陈鸿《长恨歌传》：“（贵妃）因悲曰：‘由此一念，又不得居此，复堕下界，且结后缘。”

⑦忉（dāo）利天：佛家谓欲界六重天中的第二重天，即三十三天，在须弥山顶。

⑧奢：多。

⑨周遮：周，同"稠"。遮，浓密。蹇（jiǎn）：蹇滞，不顺利。

⑩"身前身后事茫茫"四句：本出下场诗首句见天竺牧童《别李源》，第二句见曹唐《小游仙诗》，第三句见薛能《柳枝四首》其三，末句见薛能《鄜州进白野鹊》。

点评：

织女见通幽走后，便又召玉环，细问二人尘世之情，杨玉环遵命，说来说去，又说到马嵬坡的事情。整出戏里作者对马嵬坡事件的解释都是杨玉环为国捐躯，且死而无怨。这些都是从维护杨玉环形象，以及彰显李、杨爱情的用意着力点染。读者不必去对史实斤斤计较，要尊重作者的艺术加工。

织女在【玉芙蓉】曲中的一番话语重心长：一方面，担心杨玉环堕入红尘，迷恋富贵，重蹈覆辙；另一方面，是试探李、杨二人感情到底有多深，然后见机行事。"双飞若注鸳鸯牒，三生旧好缘重结。又何惜人间再受罚折！"杨玉环的表态感动了织女：她只要与情郎重圆，"情愿谪下仙班"，哪怕当不成仙女、回到人间受罚。织女终于下定决心为二人撮合，为两人团圆，时间、地点都打算好了：中秋夜、月宫里，还要与姮娥（嫦娥）打好招呼。织女在这里的表现，极像人世间的"妇女干部"，关心人们的家长里短，热心男女的爱恨情仇。有唐一代，就是存在类似"妇联"的社会组织的。织女这一形象，本来就投射有太多民间热心能干女人的面影。

这是一段类似女声二重唱的戏曲。扮演织女的贴旦和扮演杨玉环的旦，分唱【正宫引子】【燕归梁】和【锦堂春】作为上场引子外，以下便是一人一曲，交替演唱，用作对话，表现当事人杨玉环与"知心姐姐"织女促膝谈心、说体己话。一个是循循善诱，一个是态度坚定，谈到最后，倒还是织女更有信心，她把自己面面俱到的安排向玉环一交待，玉环才放下心来。在演唱中，贴旦的歌喉与技巧当与旦的有所不同，前者亮堂，后者悲切，这才能够酿造出浓郁的姐妹情来。

第四十八出 寄 情

【南吕过曲】【懒画眉】（末扮道士元神上）海外曾闻有仙山，山在虚无缥缈间①。贫道杨通幽，适见织女娘娘，说杨妃在蓬莱山上。即便飞过海上诸山，一径到此。见参差宫殿彩云寒。前面洞门深闭，不免上前看来。（看介）试将银榜端详觑，（念介）"玉妃太真之院"。呀，是这里了。（做抽簪叩门介）不免抽取琼簪轻叩关。

【前腔】（贴扮仙女上）云海沉沉洞天寒，深锁云房鹤径闲。（末又叩介）（贴）谁来花下叩铜环？（开门介）是那个？（末见介）贫道杨通幽稽首。（贴）到此何事？（末）大唐太上皇帝，特遣贫道问候玉妃。（贴）娘娘到璇玑宫去了，请仙师少待。（末）原来如此，我且从容伫立瑶阶上。（贴）远远望见娘娘来了。（末）遥听仙风吹佩环。

【前腔】（旦引仙女上）归自云中步珊珊，闻有青鸾信远颁。（见末介）呀，果然仙客候重关。（贴迎介）（旦）道士何来？（贴）正要禀知娘娘，他是唐家天子人间使，衔命迢遥来此山。

（旦进介）既是上皇使者，快请相见。（仙女请末进介）（末见科）贫道杨通幽稽首。（旦）仙师请坐。（末坐介）（旦）请问仙师何来？（末）贫道奉上皇之命，特来问候娘娘。（旦）上皇安否？（末）上皇朝夕思念娘娘，因而成疾。

【宜春令】自回銮后，日夜思，镇昏朝潸潸泪滋。春风秋雨，无非即景伤心事。映芙蓉，人面俱非；对杨柳，新眉谁试②。特地将他一点旧情，倩咱传示。

【前腔】（旦泪介）肠千断，泪万丝。谢君王钟情似兹。音容一别，仙山隔断违亲侍③。蓬莱院月悴花憔，昭阳殿人非物是④。漫自将咱一点旧情，倩伊回示。

（末）贫道领命。只求娘娘再将一物，寄去为信。（旦）也罢。当年承宠之时，上皇赐有金钗、钿盒，如今就分钗一股，劈盒一扇，烦仙师代奏上皇。只要两意能坚，自可前盟不负。（作分钗盒，泪介）侍儿，将这钗盒送与仙师。（贴递钗盒与末介）（旦）仙师请上，待妾拜烦。（末）不敢。（拜介）

【三学士】旧物亲传全仗尔，深情略表孜孜。半边钿盒伤孤另，一股金钗寄远思。幸达上皇，只愿此心坚似始，终还有相见时⑤。

（末）贫道还有一说，钗盒乃人间所有之物，献与上皇，恐未深信。须得当年一事，他人不知者，传去取验，才见贫道所言不谬。（旦）这也说得有理。（旦低头沉吟介）

【前腔】临别殷勤重寄词，词中无限情思。哦，有了。记得天宝十载，七月七夕长生殿，夜半无人私语时⑥。那时上皇与妾并肩而立，因感牛女之事，密相誓心：愿世世生生，永为夫妇。（泣介）谁知道比翼分飞连理死，绵绵恨无尽止⑦。

（末）有此一事，贫道可复上皇了。就此告辞。（旦）且住，还有一言。今年八月十五日夜，月中大会，奏演《霓裳》，恰好此夕，正是上皇飞升之候。我在那里专等一会，敢烦仙师届期，指引上皇到彼。失此机会，便永无再见之期了。（末）贫道领命。

（旦）仙师，说我

含情凝睇谢君王，白居易

尘梦何如鹤梦长。曹　唐

（末）密奏君王知入月，王　建

　　众仙同日听《霓裳》。李商隐⑧

注释：

①海外曾闻有仙山，山在虚无缥缈间：唐代白居易《长恨
　歌》："忽闻海外有仙山，山在虚无缥缈间。"

②"映芙蓉"几句：白居易《长恨歌》："芙蓉如面柳如眉，对
　此如何不泪垂。"

③音容一别，仙山隔断违亲侍：白居易《长恨歌》："一别音容
　两渺茫。"

④蓬莱院月悴花憔，昭阳殿人非物是：白居易《长恨歌》："昭
　阳殿里恩爱绝，蓬莱院中日月长。"

⑤"旧物亲传全仗尔"几句：化用白居易《长恨歌》："惟将旧
　物表深情，钿盒金钗寄将去。钗留一股合一扇，钗擘黄金盒
　分钿。但教心似金钿坚，天上人间会相见。"

⑥七月七夕长生殿，夜半无人私语时：白居易《长恨歌》："七
　月七日长生殿，夜半无人私语时。"

⑦比翼分飞连理死，绵绵恨无尽止：白居易《长恨歌》："在天
　愿作比翼鸟，在地愿为连理枝。天长地久有时尽，此恨绵绵
　无绝期。"

⑧"含情凝睇谢君王"四句：本出下场诗首句见白居易《长
　恨歌》，第二句见曹唐《仙子洞有怀刘阮》，第三句见王建
　《宫词一百首》其四十六，末句见李商隐《留赠畏之》。

点评：

杨通幽在织女的指引下，来到了蓬莱仙境。此时，杨玉环已知道杨通幽来蓬莱的事情，急忙前来迎接，两人谈话之时，杨通幽就把李隆基如何思念杨玉环的事说了。小小的金钗、钿盒，它们承载的却是李、杨之间沉甸甸的情爱的分量，是生命中不堪承受的重量！临别之时，杨玉环又把七夕盟誓的事告诉给通幽，通幽告辞回复皇上。

清代吴舒凫于本出的评语非常强调金钗、钿盒在剧中的重要，把它与七夕盟誓等量齐观："剧中钗盒定情、长生盟誓是两大关节。钗盒自殉葬一结，又携归仙院，分劈寄情，月宫复合。盟誓则是证仙张本，尤为吃紧。以此二者传信已足，收束全剧，下二折特申衍其义耳。"虽然全剧尚未结束，吴氏已经是在总结了，至少是在总结李、杨曲折爱情这一条线索。这是关照读者、观众注目金钗、钿盒的出现，不要将其等闲视之。

本出敷演杨通幽与杨玉环相见交谈，在剧中只是个短短的、分量不重的戏，可是在日本能乐《杨贵妃》中，却是剧情的全部。能乐《杨贵妃》情节十分简单，引用、化用唐代白居易《长恨歌》诗句却非常多。一般的能乐都分上下两场，《杨贵妃》却只有一场。笔者1989年留日期间曾经在东京的国立能乐堂观摩过一回。能乐舞台没有幕布，正式演出前但见舞台中央置有一方形的大道具，遮有幔帷，名为"九华之帐"，以对应"九华帐里梦魂惊"句。能乐《杨贵妃》里的杨贵妃，一出场就是已经升天的仙人，居住在"常世国蓬莱宫"。这时，由配角扮演的方士上场，自报家门，说来自"唐土",奉玄宗皇帝之命寻找贵妃魂魄,"上穷碧落下黄泉"而"两处茫茫皆不见",接着,方士以歌吟与身段动作,表现乘风破浪,登上岛山,长跪在九华帐外,询问里面可有贵妃娘娘,"女形(旦角)"在帐内相答,闻说方士来自唐土,九华之帐立即下落,露出端坐的、戴着美女假面的杨贵妃形象。杨贵妃回忆起往事种种,第一次披露"七月七日长生殿"上的密誓:"在天愿为比翼鸟,在地愿为连理枝",挥泪跳起了《霓裳羽衣》舞,以示"天长地久有时尽,此恨绵绵无绝期"。贵妃又回忆了自己由天界仙女,假托人形降生杨家,奉召入宫与三郎完却一段旷世之恋。最后,贵妃把金钗交给方士,叹息着人生无常,再度回到九华帐里端坐,全剧结束。

我们知道,日本能乐是一种祭祀戏剧,剧中的人物形象全部都是亡魂、幽灵,其功能全然不是表现社会生活故事、塑造人物形象等,而是祭奠追悼。如果说传奇剧《长生殿》表现的是李、杨二人的"生死恋",那么,能乐《杨贵妃》只是将"死恋"展示给人看,虽然《杨贵妃》中甚至没有出现爱恋的另一方李隆基,但其主题是明确的:歌颂忠贞不渝、超越生死的爱情。在中国戏曲里,杨贵妃一直是美女加荡妇的形象,即便是立志抹去她所有"秽事"的《长生殿》里,杨玉环也不能全然干净,倒是能乐《杨贵妃》,解决了中国李、杨系列作品里主题分裂的问题。能乐《杨贵妃》的作者金春禅竹(1405—1470),早于洪昇三百年,可以说能乐《杨贵妃》是至今尚能出演于舞台的最古老的李、杨爱情剧。

　　日本古籍《仙道拾遗》《晓风书》里还记有关于杨玉环出生的轶事。说中国唐代玄宗皇帝，本抱有侵略日本之心，这一点给热田神宫的祭神知道后，就派手下的内天神投胎为美女杨玉环，出生到中国，长大后来到玄宗皇帝身边让他刻骨铭心地爱，"从此君王不早朝"，便忘了侵略日本。后来死在马嵬坡的不是玉环，而是一个容貌相似的侍女，玉环则一路由陈元礼的心腹保驾逃到上海附近的小渔村，隐蔽了九年后才东渡日本，在山口县大津郡油谷町久津这个地方，一直生活到全寿而终。如此说来，中国千古流传的这则帝妃之恋，竟是日本的"美人计"，杨玉环竟然是日本的女英雄"忍者"了。中国也有人相信这样的鬼话，前些年北京一出京剧《贵妃东渡》，就是按照这一思路演的。

肠千断，泪万丝。谢君王钟情似兹。音容一别，仙山隔断违亲侍。蓬莱院月悴花憔，昭阳殿人非物是。漫自将咱一点旧情，倩伊回示。

第四十九出　得　信

【仙吕引子】【醉落魄】（生病装，宫女扶上）相思透骨沉疴久，越添消瘦。蘅芜烧尽魂来否①？望断仙音，一片晚云秋。

黯黯愁难释，绵绵病转成。哀蝉将落叶，一种为伤情。寡人梦想妃子，染成一病。因令方士杨通幽摄召芳魂，谁料无从寻觅。通幽又为我出神访求去了。唉，不知是方士妄言，还不知果能寻着？寡人转展萦怀，病体越重。已遣高力士到坛打听，还不见来。对着这一庭秋景，好生悬望人也！

【仙吕过曲】【二犯桂枝香】【桂枝香】叶枯红藕，条疏青柳。渐刺刺满处西风②，都送与愁人消受。【四时花】悠悠、欲眠不眠欹枕头。非耶是耶睁望眸③。问巫阳④，浑未剖。【皂罗袍】活时难救，死时怎求？他生未就，此生顿休⑤。【桂枝香】可怜他渺渺魂无觅，量我这恹恹病怎瘳。

【不是路】（丑持钗盒上）鹤转瀛洲，信物携将远寄投。忙回奏，（见生叩介）仙坛传语慰离忧。（生）高力士，你来了么？问音由，佳人果有佳音否？莫为我淹煎把浪语诌。（丑）万岁爷听启，那仙师呵，追寻久，遍黄泉、碧落俱无有⑥。（生惊哭介）呀，这等说来，妃子永无再见之期了。兀的不痛杀寡人也！（丑）万岁爷，请休僝僽⑦。那仙师呵，

【前腔】御气遨游，遇织女传知在海上洲。（生）可曾得见？（丑）蓬莱岫，见太真仙院榜高头。（生）元来妃子果然成仙了。可有甚么说话？（丑）说来由，含情只谢君恩厚，下望尘寰

两泪流⑧。（生）果然有这等事？（丑）非虚谬，有当年钗盒亲分授，寄来呈奏。

（进钗盒介）这钿盒、金钗，就是娘娘临终时，付奴婢殉葬的。
不想娘娘携到仙山去了。（生执钗盒大哭介）我那妃子嗄！

【长拍】钿盒分开，钿盒分开，金钗拆对，都似玉人别
后。单形只影，两载寡侣，一般儿做成离愁。还忆付
伊收，助晓妆云鬓，晚香罗袖。此际轻分远寄与，无
限恨，个中留。见了怎生释手！枉自想同心再合，双股
重俦。

且住，这钗盒乃人间之物，怎到得天上？前日墓中不见，朕正疑
心，今日如何却在他手内？（丑）万岁爷休疑，那仙师早已虑及，
向娘娘问得当年一件密事在此。（生）是那一事，你可说来。（丑）
娘娘呵，

【短拍】把天宝年间，天宝年间，长生殿里，恨茫茫说
起从头。七夕对牵牛，正夜半凭肩私咒⑨。（生）此事果然
有之。谁料钗分盒剖！（泣介）只今日呵，翻做了孤雁汉宫
秋⑩。

（丑）万岁爷，且省愁烦。娘娘还有话说。（生）还说甚么？（丑）
娘娘说，今年中秋之夕，月宫奏演《霓裳》，娘娘也在那里。教
仙师引着万岁爷，到月宫里相会。（生喜介）既有此话，你何不早
说！如今是几时了？（丑）如今七月将尽，中秋之期只有半月了。
请万岁爷将息龙体。（生）妃子既许重逢，我病体一些也没有了。

【尾声】广寒宫，容相就，十分愁病一时休。倒捱不过
人间半月秋！

　　　海外传书怪鹤迟，　卢　纶

词中有誓两心知。白居易
更期十五团圆夜，徐　黉
纵有清光知对谁。戴叔伦⑪

注释：

①蘅芜：一种菊科草本植物。汉武帝曾令方士燃烧蘅芜以招李
　夫人之魂。清初大词人纳兰性德也写有《沁园春·梦冷蘅
　芜》的词作为其亡妻招魂："梦冷蘅芜，却望姗姗，是耶非
　耶。怅兰膏渍粉，尚留犀合；金泥蹙绣，空掩蝉纱。影弱难
　持，缘深暂隔，只当离愁滞海涯。归来也，趁星前月底，魂
　在梨花。"此处用蘅芜招魂之典故，用以表达李隆基对杨贵
　妃魂兮归来的等待。

②淅剌剌满处西风：出自元代白朴《梧桐雨》第四折【笑和
　尚】："疏剌剌落叶被西风扫。"

③非耶是耶睁望眸：《汉书》卷九十七《李夫人传》："是邪，非
　邪，立而望之，偏何姗姗其来迟。"上注①之纳兰词亦可做
　旁证。

④巫阳：古筮师名，善于占卜。

⑤他生未就，此生顿休：唐代李商隐《马嵬二首》其二："他生
　未卜此生休。"

⑥遍黄泉、碧落俱无有：唐代白居易《长恨歌》："上穷碧落下
　黄泉，两处茫茫皆不见。"

⑦偢倸（chán zhòu）：烦恼，忧愁。

⑧含情只谢君恩厚，下望尘寰两泪流：白居易《长恨歌》有
　"含情凝睇谢君王"，"回头下望人寰处"诗句。

⑨七夕对牵牛，正夜半凭肩私咒：白居易《长恨歌》："七月七日长生殿，夜半无人私语时。"

⑩孤雁汉宫秋：指王昭君出塞，汉元帝闻孤雁鸣叫伤感的故事。元杂剧有马致远的《破幽梦孤雁汉宫秋》传世。

⑪"海外传书怪鹤迟"几句：本出下场诗首句见卢纶《酬畅当寻嵩岳麻道士见寄》，第二句见白居易《长恨歌》，第三句见徐夤《新月》，末句见戴叔伦《对月答袁明府》。

点评：

  "刻木牵丝作老翁，鸡皮鹤发与真通。须臾弄罢寂无时，还似人生一梦中。"李白《傀儡诗》中的木偶老翁，就是晚年被幽禁的李隆基的真实写照。如今的李隆基已经快八十了，与其说他是"染成一病"，不如说他是积郁成疾。正当李隆基感伤之时，高力士捧着金钗、钿盒上来了。李隆基看见当年的定情信物，悲由心生。高力士将杨通幽对他所言之事，一一上呈，其中还包括七夕密誓的事，李隆基听罢大喜。杨玉环还约李三郎于中秋之夜在月宫相见。人逢喜事精神爽，想到能与妃子重逢，"十分愁病一时休"。

第五十出　重　圆

【双调引子】【谒金门】（净扮道士上）情一片，幻出人天姻眷。但使有情终不变，定能偿夙愿。

　　贫道杨通幽，前出元神在于蓬莱。蒙玉妃面嘱，中秋之夕引上皇到月宫相会。上皇原是孔升真人①，今夜八月十五数合飞升。此时黄昏以后，你看碧天如水，银汉无尘，正好引上皇前去。道犹未了，上皇出宫来也。（生上）

【仙吕入双调】【忒忒令】碧澄澄云开远天，光皎皎月明瑶殿。（净见介）上皇，贫道稽首。（生）仙师少礼。今夜呵，只因你传信约蟾宫相见，急得我盼黄昏眼儿穿。这青霄际，全托赖引步展。

　　（净）夜色已深，就请同行。（行介）（净）明月在何许？挥手上青天。（生）不知天上宫阙，今夕是何年？（净）我欲乘风归去，只恐琼楼玉宇，高处不胜寒。（合）起舞弄清影，何似在人间②。（生）仙师，天路迢遥，怎生飞渡？（净）上皇，不必忧心。待贫道将手中拂子，掷作仙桥③，引到月宫便了。（掷拂子化桥下）（生）你看，一道仙桥从空现出。仙师忽然不见，只得独自上桥而行。

【嘉庆子】看彩虹一道随步显，直与银河霄汉连，香雾蒙蒙不辨。（内作乐介）听何处奏钧天，想近着桂丛边。

　　（虚上）（老旦引仙女，执扇随上）

【沉醉东风】助秋光玉轮正圆，奏《霓裳》约开清宴。吾乃月主嫦娥是也。月中向有《霓裳》天乐一部，昔为唐皇贵妃杨太真于梦中闻得，遂谱出人间。其音反胜天上。近贵妃已证仙班。吾向蓬山觅取其谱，补入钧天。拟于今夕奏演。不想天孙怜彼情深，欲为重续良缘。要借我月府，与二人相会。太真已令道士杨通幽引唐皇今夜到此，真千秋一段佳话也！只为他情儿久，意儿坚，合天人重见。因此上感天孙为他方便。仙女每，候着太真到时，教他在桂阴下少待。等上皇到来见过，然后与我相会。（仙女）领旨。（合）桂华正妍，露华正鲜。撮成好会，在清虚府洞天。

（老旦下）（场上设月宫，仙女立宫门候介）（旦引仙女行上）

【尹令】离却玉山仙院，行到彩蟾月殿，盼着紫宸人面④。三生愿偿，今夕相逢胜昔年。

（到介）（仙女）玉妃请进。（旦进介）月主娘娘在那里？（仙女）娘娘分付，请玉妃少待。等上皇来见过，然后相会。请少坐。（旦坐介）（仙女立月宫傍候介）（生行上）

【品令】行行度桥，桥尽漫俄延。身如梦里，飘飘御风旋。清辉正显，入来翻不见。只见楼台隐隐，暗送天香扑面。（看介）"广寒清虚之府"⑤，呀，这不是月府么？早约定此地佳期，怎不见蓬莱别院仙！

（仙女迎介）来的莫非上皇么？（生）正是。（仙女）玉妃到此久矣，请进相见。（生）妃子那里？（旦）上皇那里？（生见旦哭介）我那妃子呵！（旦）我那上皇呵！（对抱哭介）（生）

【豆叶黄】乍相逢执手，痛咽难言。想当日玉折香摧，都只为时衰力软，累伊冤惨，尽咱罪愆。到今日满心惭愧，到今日满心惭愧，诉不出相思万万千千。

（旦）陛下，说那里话来！

【姐姐带五马】【好姐姐】是妾孽深命蹇，遭磨障，累君

第五十出　重圆

355

几不免。梨花玉殒，断魂随杜鹃。【五马江儿水】只为前盟未了，苦忆残缘，惟将旧盟痴抱坚。荷君王不弃，念切思专，碧落黄泉，为奴寻遍。

（生）寡人回驾马嵬，将妃子改葬。谁知玉骨全无，只剩香囊一个。后来朝夕思想，特令方士遍觅芳魂。

【玉交枝】才到仙山寻见，与卿卿把衷肠代传。（出钗盒介）钗分一股盒一扇，又提起乞巧盟言。（旦出钗、盒介）妾的钗盒也带在此。（合）同心钿盒今再联，双飞重对钗头燕。漫回思不胜黯然，再相看不禁泪涟。

（旦）幸荷天孙鉴怜，许令断缘重续。今夕之会，诚非偶然也。

【五供养】仙家美眷，比翼连枝，好合依然。天将离恨补，海把怨愁填。（生合）谢苍苍可怜，泼情肠翻新重建。添注个鸳鸯牒，紫霄边，千秋万古证奇缘。

（仙女）月主娘娘来也。（老旦上）白榆历历月中影[①]，丹桂飘飘云外香。（生见介）月姐拜揖。（老旦）上皇稽首。（旦见介）娘娘稽首。（老旦）玉妃少礼，请坐了。（各坐介）（老旦）上皇，玉妃，恭喜仙果重成，情缘永证，往事休提了。

【江儿水】只怕无情种，何愁有断缘。你两人呵，把别离生死同磨炼，打破情关开真面，前因后果随缘现。觉会合寻常犹浅，偏您相逢，在这团圆宫殿。

（仙女）玉旨降。（贴捧玉旨上）织成天上千丝巧，绾就人间百世缘。（生、旦跪介）（贴）"玉帝敕谕唐皇李隆基、贵妃杨玉环：咨尔二人，本系元始孔升真人、蓬莱仙子。偶因小谴，暂住人间。今谪限已满，准天孙所奏，鉴尔情深，命居忉利天宫，永为夫妇。如敕奉行。"（生、旦拜介）愿上帝圣寿无疆。（起介）（贴相见，坐介）（贴）上皇，太真，你两下心坚，情缘双证。如今已成天上夫妻，不比人世了。

【三月海棠】忉利天，看红尘碧海须臾变。永成双作对，总没牵缠。游衍，抹月批风随过遣，痴云腻雨无留恋。收拾钗和盒旧情缘，生生世世消前愿。

（老旦）群真既集，桂宴宜张。聊奉一觞，为上皇、玉妃称贺。看酒过来。（仙女捧酒上）酒到。（老旦送酒介）

【川拨棹】清虚殿，集群真，列绮筵。桂花中一对神仙，桂花中一对神仙，占风流千秋万年。（合）会良宵，人并圆；照良宵，月也圆。

【前腔】【换头】（贴向旦介）羡你死抱痴情犹太坚，（向生介）笑你生守前盟几变迁。总空花幻影当前，总空花幻影当前，扫凡尘一齐上天。（合）会良宵，人并圆；照良宵，月也圆。

【前腔】【换头】（生、旦）敬谢嫦娥，把衷曲怜；敬谢天孙，把长恨填。历愁城苦海无边，历愁城苦海无边，猛回头痴情笑捐。（合）会良宵，人并圆；照良宵，月也圆。

【尾声】死生仙鬼都经遍，直作天宫并蒂莲，才证却长生殿里盟言。

（贴）今夕之会，原为玉妃新谱《霓裳》。天女每那里？（众天女各执乐器上）夜月歌残鸣凤曲，天风吹落步虚声。天女每稽首。

（贴）把《霓裳羽衣》之曲，歌舞一番。（众舞介）

【高平调】【羽衣第三叠】【锦缠道】桂轮芳，按新声，分排舞行。仙佩互趋跄，趁天风，惟闻遥送叮当。【玉芙蓉】宛如龙起游千状，翩若鸾回色五章。霞裙荡，对琼丝袖张。【四块玉】撒团团翠云，堆一溜秋光。【锦渔灯】袅亭亭，现缑岭笙边鹤氅；艳晶晶，会瑶池筵畔虹幢；香馥馥，蕊殿群姝散玉芳。【锦上花】呈独立，鹄步昂；偷低度，凤影藏。敛衣调扇恰相当，【一撮棹】一字一回翔。【普天乐】伴洛妃，凌波样；动巫娥，行云想。音和态，宛转悠扬。【舞霓裳】珊珊步蹑高霞唱，更泠泠节奏应宫商。【千秋岁】映红蕊，含风放；逐银汉，流云漾。不似人间赏，要铺莲慢踏，比燕轻扬。【麻婆子】步虚、步虚瑶台上，飞琼引兴狂⑦。弄玉、弄玉秦台上，吹箫也自忙⑧。凡情、仙意两参详。【滚绣球】把钧天换腔，巧翻成余弄儿盘旋未央。【红绣鞋】银蟾亮，玉漏长，千秋一曲舞《霓裳》。

（贴）妙哉，此曲！真个擅绝千秋也。就借此乐，送孔升真人同玉妃，到忉利天宫去。（老旦）天女每，奏乐引导。（天女鼓乐引生、旦介）

【黄钟过曲】【永团圆】神仙本是多情种，蓬山远，有情通。情根历劫无生死，看到底终相共。尘缘倥偬⑨，忉利有天情更永。不比凡间梦，悲欢和哄，恩与爱总成空。跳出痴迷洞，割断相思鞚⑩；金枷脱，玉锁松。笑骑双飞凤，潇洒到天宫。

【尾声】旧《霓裳》，新翻弄。唱与知音心自懂，要使情留万古无穷。

　　　　谁令醉舞拂宾筵，　张　说

　　　　上界群仙待谪仙。　方　干

　　　　一曲《霓裳》听不尽，　吴　融

香风引到大罗天。韦　绚

看修水殿号长生，王　建

天路悠悠接上清。曹　唐

从此玉皇须破例，司空图

神仙有分不关情。李商隐⑪

注释：

①上皇原是孔升真人：唐代郑处诲《明皇杂录·逸文》："明皇自为上皇，尝玩一紫玉笛。一日吹笛，有双鹤下，顾左右曰：'上帝召我为孔升真人。'未几果崩。"

②"明月在何许"几句：北宋苏轼《水调歌头》词："明月几时有，把酒问青天。不知天上宫阙，今夕是何年。我欲乘风归去，又恐琼楼玉宇，高处不胜寒。起舞弄清影，何似在人间。"此地引用略改几字。

③将手中拂子，掷作仙桥：北宋乐史《杨太真外传》卷上引《逸史》："罗公……曰：'陛下能从臣月中游乎？'乃取一枝桂，向空掷之，化为一桥，其色如银。请上同登。"

④紫宸人面：指唐明皇。紫宸，皇宫。

⑤广寒清虚之府：指月宫，又名"广寒宫"。《龙城录》："顷见一大宫府，榜曰：'广寒清虚洞府。'"

⑥白榆历历月中影：古乐府《陇西行》："天上何所有，历历种白榆。"

⑦步虚、步虚瑶台上，飞琼引兴狂：用许浑遇仙许飞琼下凡典故。步虚，原指道教音乐，这里表现众仙女飘渺轻举之美态。

尘缘倥偬，忉利有天情更永。不比凡间梦，悲欢和哄，恩与爱总成空。跳出痴迷洞，割断相思鞿；金枷脱，玉锁松。笑骑双飞凤，潇洒到天宫。

⑧弄玉、弄玉秦台上，吹箫也自忙：用萧史、弄玉因音乐结缘的典故，这里指李、杨自凡而仙、由仙而凡的意思。

⑨倥偬（kǒng zǒng）：困苦。

⑩鞚（kòng）：本指马勒，此借指束缚。

⑪"谁令醉舞拂宾筵"几句：本出下场诗首句见张说《三月三日诏宴定昆池宫庄赋得筵字》，第二句见方干《送杭州李员外》，第三句见吴融《华清宫四首》其二，第四句见韦绚《牛僧孺》，第五句见王建《晓望华清宫》，第六句见曹唐《送刘尊师祗诏阙庭三首》其一，第七句见司空图《戏题试衫》，末句见李商隐《华岳下题西王母庙》。最后一出独特，下场诗八句，多出一倍来。

点评：

中秋佳节团圆日。杨通幽在中秋之夕，引上皇与玉妃月宫相会。但见两人吟着中秋词，直向清霄飞升。诸位看官也许觉得奇怪，怎么唐朝的李隆基竟吟起宋朝苏东坡的词来了？明代万历年间戏曲家理论家王骥德在他的《曲律》一书中，就讲道："元人作剧，曲中用事，每不拘时代先后。"（《曲律·杂论第三十九上》）看来，这也不失为戏曲文学创作的一个传统了。

李、杨重聚，哭作一团。缕缕情丝化作了串串泪珠，如倾盆雨下。这其中几许"惭愧"，几多"痴情"，甚至还有几分"作秀"，又有谁能道清？嫦娥这时也来道贺。通过嫦娥的话语，我们才弄明白李、杨的真实身份，以及他们"暂住人间"的原因是"偶因小谴"，而如今"谪限已满"，

"永为夫妇"。这二人今夕情缘永续，而天下苍生是否均能如愿，可就不得而知了。仙女们捧上美酒，嫦娥又向二人送出祝福，二人一一道谢。

《重圆》出是最能体现中秋团圆主题的场次。净扮道士上场引子曲唱道："情一片，幻出人天姻眷。但使有情终不变，定能偿夙愿。"这一宏观总评式的曲词，是洪昇借助道士之口说出的自己的心声，与作者在本剧第一出《传概》里表达的意思非常一致："今古情场，问谁个真心到底？但果有精诚不散，终成连理。"这是两段情的宣言，一头一尾，两相呼应。洪昇就是这样明白无误地把"情"字大写在戏剧的旗帜上。

李隆基是于上元二年（675）去世的，但不是死于中秋夜。剧作家浪漫地把它移至这一时刻，用心自见。在表现李隆基与道士一同升天时，两人分合着吟诵了苏东坡的中秋词《水调歌头》，将头两句改为："明月在何许？挥手上青天。"跟剧中人这时的身段表演动作更加吻合。李、杨在月中见面，"对抱哭介"，当众拥抱，在别的剧本中少见。接下去几曲，不是生唱旦合，就是旦唱生合，"同心钿盒今再联，双飞重对钗头燕"。金钗、钿盒自唐明皇赠送杨贵妃，前前后后共出现过六次，这是最后的聚合。《长生殿》精心描写的"钗盒情缘"，至此亦告圆满。

情人们每每对着星月盟誓，源于人类的自然神崇拜；人们对着满月表达自己希望团圆的心愿，这又体现了交感共鸣的思维形式。月之圆满美丽，寄托着人事的美丽圆满的理想。李隆基前有"见月"，对月悲叹，这里又有奔月，追求爱人，追求圆满的爱情，月亮，早已与人类的感情生活形成了一种异质同构的关系。

【東胡系民族資料彙編】

張久和 主編

王麗娟 編

庫莫奚資料輯録

中華書局

圖書在版編目（CIP）數據

庫莫奚資料輯録/王麗娟編. —北京：中華書局，2024.4
（東胡系民族資料彙編/張久和主編）
ISBN 978-7-101-16423-7

Ⅰ．庫… Ⅱ．王… Ⅲ．奚（古族名）－民族歷史－史料－中國
－北魏~元代 Ⅳ．K289

中國國家版本館 CIP 數據核字（2023）第 217163 號

書　　　名	庫莫奚資料輯録
編　　　者	王麗娟
叢　書　名	東胡系民族資料彙編
責任編輯	陳　喬
責任印製	陳麗娜
出版發行	中華書局
	（北京市豐臺區太平橋西里 38 號　100073）
	http://www.zhbc.com.cn
	E-mail：zhbc@zhbc.com.cn
印　　　刷	三河市宏達印刷有限公司
版　　　次	2024 年 4 月第 1 版
	2024 年 4 月第 1 次印刷
規　　　格	開本/920×1250 毫米　1/32
	印張 10⅞　插頁 2　字數 210 千字
國際書號	ISBN 978-7-101-16423-7
定　　　價	78.00 元

目　録